中国社会科学院 学者文选

罗大冈集

中国社会科学院科研局组织编选

中国社会科学出版社

图书在版编目(CIP)数据

罗大冈集 / 中国社会科学院科研局组织编选. —北京：中国社会科学出版社，2009.8（2018.8 重印）

（中国社会科学院学者文选）

ISBN 978-7-5004-7883-6

Ⅰ.①罗… Ⅱ.①中… Ⅲ.①文学研究—法国—文集 Ⅳ.①I565.06-53

中国版本图书馆 CIP 数据核字（2009）第 096960 号

出 版 人	赵剑英
责任编辑	周兴泉
责任校对	王雪梅
责任印制	李寡寡

出　　版	中国社会科学出版社
社　　址	北京鼓楼西大街甲 158 号
邮　　编	100720
网　　址	http://www.csspw.cn
发 行 部	010-84083685
门 市 部	010-84029450
经　　销	新华书店及其他书店
印刷装订	北京市十月印刷有限公司
版　　次	2009 年 8 月第 1 版
印　　次	2018 年 8 月第 2 次印刷
开　　本	880×1230　1/32
印　　张	12.125
字　　数	292 千字
定　　价	69.00 元

凡购买中国社会科学出版社图书，如有质量问题请与本社营销中心联系调换
电话：010-84083683

版权所有　侵权必究

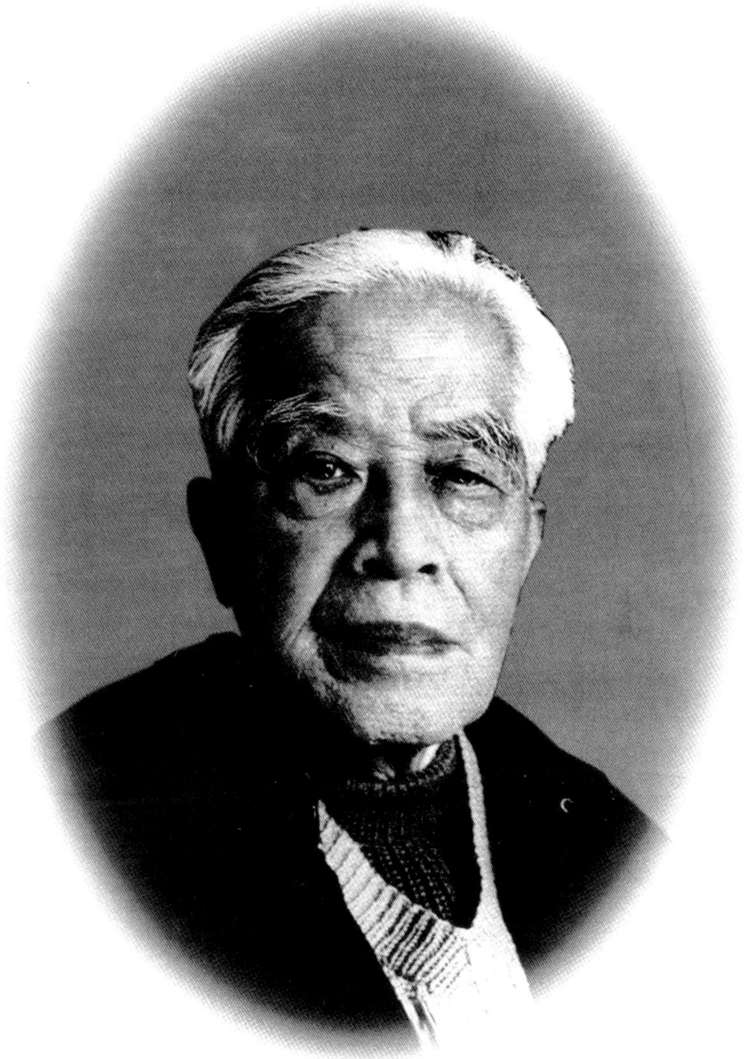

出 版 说 明

一、《中国社会科学院学者文选》是根据李铁映院长的倡议和院务会议的决定，由科研局组织编选的大型学术性丛书。它的出版，旨在积累本院学者的重要学术成果，展示他们具有代表性的学术成就。

二、《文选》的作者都是中国社会科学院具有正高级专业技术职称的资深专家、学者。他们在长期的学术生涯中，对于人文社会科学的发展作出了贡献。

三、《文选》中所收学术论文，以作者在社科院工作期间的作品为主，同时也兼顾了作者在院外工作期间的代表作；对少数在建国前成名的学者，文章选收的时间范围更宽。

中国社会科学院
科研局
1999年11月14日

目　录

编者的话 …………………………………………（1）

试论雨果 ……………………………………………（1）
人格与文风
　——试论鲍狄埃诗歌的思想内容和艺术形式 …（19）
向艾吕雅致敬 ………………………………………（43）
街与提琴
　——漫谈现代诗 ………………………………（64）
皇帝的新衣
　——关于今日法国抒情诗 ……………………（91）
反映农民起义的文学作品 ………………………（107）
孟德斯鸠的《波斯人信札》………………………（127）
关于巴尔扎克 ……………………………………（175）
拉法格的文学论著 ………………………………（188）
试论《追忆似水年华》……………………………（200）
超现实主义札记 …………………………………（213）

关于存在主义文学
　　——读萨特的文学作品 ………………………………（228）
两次大战间的法国文学 …………………………………（243）
阿拉贡的小说《共产党人》 ………………………………（259）
当代法国文学评论初探 …………………………………（291）
试论 20 世纪法国文学 ……………………………………（313）
《约翰·克利斯朵夫》和文学遗产的批判继承问题 ………（328）
《母与子》译本序 …………………………………………（339）
为人生而艺术
　　——罗曼·罗兰的艺术观 …………………………（353）
先生之风山高水长
　　——《论罗曼·罗兰:结束语》………………………（365）

作者主要著作目录 ………………………………………（371）
作者年表 …………………………………………………（373）

编 者 的 话

我于1978年考入中国社会科学院研究生院，在外国文学系法国文学专业学习，罗大冈先生是我们的老师。时光荏苒，罗先生去世已经11年了，我自己也已退休，但是他给我们留下的印象，至今仍历历在目。

罗先生是浙江绍兴人，在北平中法大学毕业后赴法国留学，获文学硕士学位和博士学位。他回国后从事法语和法国文学的教学和研究，在诗歌、学术研究、教学、翻译和散文方面均成就卓著，他的著作已先后汇编成《罗大冈学术论著自选集》和《罗大冈文集》（四卷）出版。

罗先生从小酷爱诗歌，在中法诗歌方面都有深厚的造诣。他在里昂大学的毕业论文是关于法国象征主义的《诗人萨曼》，在巴黎大学通过的博士论文是《诗人白居易的诗歌灵感的双重性》。在因二战爆发而滞留欧洲期间，他将《唐人绝句百首》译成法文，当今唯一的华裔法兰西学院院士程抱一，当年见到这部译作时喜出望外，"恰似在沙漠跋涉中遇见了导引或伙伴"。[①] 罗

---

① 程抱一：《无尽的追念》，《罗大冈文集》序言，中国文联出版社2004年版，第1卷，第4页。

先生还在瑞士出版了用法文撰写的关于中国古代七位诗人的评论《先是人，然后才是诗人》。1981年11月，罗先生在改革开放之初应邀赴法，在法兰西学院、巴黎、波尔多和尼斯等多所大学宣讲《对法国现代诗的看法》，1983年被授予"法兰西学院荣誉奖章"和"巴黎第三大学荣誉博士"的称号。

罗先生写诗不求出版，即使偶尔发表也用笔名。直到1987年将近八十高龄的时候，他才把毕生的诗作结集为《无弦琴》，由作家出版社出版。正如他在后记中所说：

《无弦琴》者，无限情也。

我以耄耋之年，生平第一次（想必也是最后一次）有机会将数十年来业余自娱的诗作整理成册，公之于世……

拙诗思想水平艺术质量均不高。幸有自知之明，因此一直不急于发表。然而今日之我，已届风烛残年，日薄崦嵫，来日无多，何况诗虽拙劣，也是我心灵之呼声，所以愿在我将于世人告别之际，公开诗稿，聊表对人生眷恋之情意而已。①

他的诗歌充满激情，有对大自然的赞美，对祖国春天的讴歌，对友人的怀念，而最动人的则是他在"十年动乱"结束时所写的诗篇，例如《严冬里的阳春》：

牛棚里你怎样熬过十载寒冬？
漫长的黑夜你怎样苦盼天明？
……
我们爬行了十年，顶住了狂风，
我们匍匐着穿通阴暗的隧洞，
但是你我始终相信阳春必将来到。

---

① 《罗大冈文集》，中国文联出版社2004年版，第2卷，第278页。

严冬季节要始终相信阳春,始终!①

正因为如此,他才分外珍惜劫后的余生,在《白发逢春》中写道:

满园春色,一个白发老人扶杖独行,
他可以"离",可以"退",可以"休",
他不能将剩下的日子付诸东流!
……
祖国的新春也要为白头翁高举酒杯,
即使老人不能痛饮美酒,
也要痛饮一杯高兴的泪水。②

罗先生在"文革"期间被迫中断研究达10年之久。1973年因年老体弱返京治疗,在此期间写出了专著《论罗曼·罗兰》(1979)。"十年动乱"结束后,年届古稀的罗先生担任《中国大百科全书·法国文学卷》的主编,亲自培养研究生。他以惊人的毅力修改旧稿,并且发表了许多新的论文,例如《鲍狄埃诗歌的内容与形式》、《关于巴尔扎克》、《关于雨果》、《向艾吕雅致敬》和《阿拉贡的道路》等。有些评论如《巴黎诗坛巡礼》等是他在80岁以后发表的,从中可以看出他对法国当代的文学动态非常熟悉、如数家珍。

罗先生的本职工作是研究和教授法国文学。他在1947年4月30日回到国内,5月就出任南开大学外文系法国语言及文学教授。他努力译介法国的进步文学,当年就发表了《两次大战间的法国文学》和《地下抗敌的法国文学》等一系列论文。与此同时,他也熟悉而且并不排斥现代派文学,早在1947年就介

---

① 《罗大冈文集》,中国文联出版社2004年版,第2卷,第214、215页。
② 同上书,第216页。

绍过超现实主义和存在主义等现代派文学思潮，评述法国现代诗歌的《街与提琴》，翻译了萨特的剧本《义妓》（即《恭顺的妓女》）。解放以后，他在教学的同时撰写了许多关于法国进步作家作品的评论，例如《存在主义札记》，《孟德斯鸠的〈波斯人信札〉》，《阿拉贡的小说〈共产党人〉》，《近年来法国进步小说概况》和《拉法格的文学论著》等。

　　罗先生学术研究中最为重要的成就，是关于罗曼·罗兰及其小说《约翰·克利斯朵夫》的研究。他的专著《论罗曼·罗兰》曾经引起广泛的争议，其实这种争议早在20世纪50年代就已经开始了。罗曼·罗兰的小说《约翰·克利斯朵夫》在30年代由傅雷译成中文后，在中国知识界影响很大。1958年，《读书月报》组织了对小说的讨论。从1961年到1963年，我国的法国文学界批判罗曼·罗兰的"资产阶级个人主义和人道主义"，罗先生作为研究罗曼·罗兰的权威学者，也在当时政治形势的影响下写了几篇评论，如《约翰·克利斯朵夫及其时代》，《约翰·克利斯朵夫与资产阶级人道主义》，《罗曼·罗兰创作〈约翰·克利斯朵夫〉时期的思想情况》和《〈约翰·克利斯朵夫〉和文学遗产的批判继承问题》等。正如他后来所说的那样："这一阶段写的文章都是上级下达的任务，配合'反右'运动和反对'现代修正主义'，批判某些外国文学作品中的错误观点。"①

　　罗先生的专著《论罗曼·罗兰》，原计划要写两卷，第一卷分析批评罗曼·罗兰思想中的资产阶级人道主义和个人主义；第二卷专论作家的崇高人格及其文学作品的艺术成就。第一卷从20世纪50年代开始构思，写作于"十年动乱"期间，初版于

---

① 《罗大冈学术论著自选集》导言，北京师范学院出版社1991年版。

1979年，虽苦心孤诣、三易其稿，但显然难免受到当时流行的极"左"思潮的影响，副标题《兼论资产阶级人道主义的破产》就是一个明证。正因为如此，这本呕心沥血的学术著作受到了许多读者的批评。"文革"后他已年老体衰，无力再完成第二卷的写作，但他还是听取读者的意见，将第一卷认真修订后于1984年再版。

施康强在为《罗大冈文集》所写的序言中指出，罗先生是一个真诚的人，对他认为合理的意见就统统接受，但也真诚地相信自己的立论，不随波逐流地轻易放弃自己认为是正确的观点，而是坚持充分占有材料之后才发言。施康强的说法是言之有据的，我至今仍保留着当年在课堂上所做的笔记。第一个学期，罗先生给我们讲法国中世纪文学，第一课首先讲了如何做学问，特别强调要有科学的态度和严谨的学风，例如引用原文要注明出处，而且要亲自看过。他告诉我们研究外国文学要不怕累、不怕苦，要精通专业外语，更多地学其他外语。一定要读原文原著，掌握尽可能多的第一手资料，包括与文学有关的史料。在此基础上旁征博引、融会贯通，才能得出独到的见解。这些教益使我们受益匪浅。

罗先生不仅诲人不倦，而且自己身体力行，为了查阅罗曼·罗兰的政论集《战斗的十五年》，他两次致信罗曼·罗兰夫人，借了还，还了又借（当时还没有复印机），以致使这本书在重洋之间往返数次，他在"文革"中冒险藏匿，到"十年动乱"结束后访法时才郑重归还。罗先生写作时如此注重原著，所以《论罗曼·罗兰》一书资料丰富翔实，对于后人是有益的参考，在我国的罗曼·罗兰研究方面起到了开创性的作用。

1979年9月12日，罗先生给我们做学术报告，讲他为什么要研究罗曼·罗兰。他说他喜欢罗曼·罗兰的风格，但是研究这位作家不是出于个人爱好，而是客观需要，因为研究的时候应该把个人的爱好放在一边。他坦言自己对罗曼·罗兰否定太多，批判批判再批判，这不是马克思主义的态度，承认自己犯了错误。他是在《论罗曼·罗兰》出版不久就说这番话的，由此可见他的修订本虽然到1984年才出版，但并非一味固执己见，而是早就听取了读者的批评意见，并且努力加以改正的。

从20世纪50年代到60年代初，是罗先生创作的黄金时期。出于对诗歌的爱好和译介进步文学的热情，他翻译了许多进步诗人和作家的作品，例如《艾吕雅诗钞》和《阿拉贡诗文钞》，艾尔莎·特里奥雷的《马雅可夫斯基小传》，孟德斯鸠的名著《波斯人信札》，以及《拉法格文学论文选》和《拉法格论革命前后的法国语言》等。罗先生在中文和法文两方面都造诣精深，因此他的译作十分出色，尤其是《波斯人信札》的文笔优美流畅，堪称名著翻译的典范。他在晚年不顾体弱多病，翻译罗曼·罗兰的名著《母与子》，以八十高龄每天在小楼梯上爬上爬下，到狭窄的阁楼上去辛辛苦苦地爬格子，字斟句酌地爬满130万字。他不仅自己反复推敲，还要请夫人齐香教授校订一遍，这种认真负责的精神，恐怕令今天的译者望尘莫及。他兢兢业业，历时10年才译完全书，分上、中、下三册出版，由此可见他顽强的毅力和对罗曼·罗兰的热爱。

罗先生是学贯中西的诗人、学者、教授和翻译家，但正如他的诗作不为人知一样，也很少有人知道他是出色的散文家。他的散文集《淡淡的一笔》到1988年才由天津百花文艺出版社出版，《罗大冈散文选集》则是在他去世前两年才由天津百花文艺出版社出版的。这个集子收入了他的41篇散文，大多是晚年时对自己的童年时代、对祖母和母亲等亲人以及梁宗岱、徐志摩和罗兰夫人等故友的回忆，以及对周围生活的观察和感受，真诚地表达了他对祖国和故乡的热爱，以及对大自然和生活中美好事物的向往。

罗先生的散文朴实自然、感情真挚，他在80岁时回忆起自己的母亲，还为未能尽量减轻母亲临终时的痛苦而责备自己的不孝，流露出一片令人感动的赤子之心。罗先生不但没有知识分子那种往往故作清高的心态，而且由衷地钦佩鞋匠或缝工等普通劳动者，以致于对自己写作的价值都产生了怀疑：

> 为了把我们祖国建设成真正繁荣富强的社会主义伟大国家，多少人，在各自的工作岗位上，摩顶放踵地劳动着、战斗着，而这些人身上穿的，脚上登的，哪一桩能不借重缝工或鞋匠的劳力？可是像我这样的人，虽然也腰驼背曲，坐在窗前，一天忙到晚，但工作的成果，对于那些为建设社会主义而辛勤劳动着的人，能像缝工和鞋匠的劳动产品那样，满足大多数人最迫切、最实际的需要吗？这个问题，常使我心中困惑。

这种心情是一个自觉地改造思想的知识分子的心声，无疑有着时代的烙印，但同时也是与他甘于清贫和淡泊的性格是分不开的。正因为如此，他才会发自内心地崇拜无名的老石匠，特地写了一篇回忆文章，以便在心里为老石匠树立一块丰碑。

在罗先生去世前不久，适逢希拉克总统访华，中央电视台记者按照我的建议采访了罗先生。那时他已经病入膏肓，只记得我的名字，却认不出我来了。但是当记者要我请他讲几句法语以便录音的时候，他依然非常流利地说了几句法语。1998年3月17日，罗大冈先生以89岁的高龄去世，真正做到了为研究法国文学鞠躬尽瘁、死而后已。

外文所领导委托我选编《罗大冈文集》，我自当为完成这个纪念老师的光荣任务而尽心竭力。按照院科研局关于《中国社会科学院学者文选》的编选要求，主要精选了他在我院工作期间的论文和解放前后的代表作，力求全面地反映罗先生的思想、文风和成就。其中的《街与提琴》原来分为上、下两个部分，是分两次发表的同一篇文章，所以收入时予以统一，特此说明。

中国社会科学院外文所研究员
法国文学研究会会长　吴岳添
2008 年春节

试论雨果

　　法国的传统文学评论，虽然不能不在文学史上给庞然大物的雨果以相当高的地位，但在一般情况下，对他总是批评和指责多于赞扬。首先指责他的政治立场反复无常；其次说他的诗歌艺术不甚高雅与精湛，不登大雅之堂。我认为这种指责与批评是不公正的。下文试就这两方面的问题，发表一点个人不成熟的想法，供同志们参考。

一　在十字街头

　　1952年，雨果诞生一百五十周年，在北京隆重召开了纪念会。法国方面派了伊夫·法奇和格洛德·罗阿来参加。今年纪念雨果逝世一百周年，在法国以及在世界各地，纷纷召开纪念会，学术讨论会，盛况不减1952年。仅就北京而论，同样性质的纪念会不止一处，更不用说武汉、南京、上海等大大小小的文化中心，也召开了类似的会。听说连法国政府也觉得有点出乎意外，他们派法国的学者教授们到国外去参加纪念会，都忙不过来了。在我们这个大战争危机潜在，小战争始终不断的20世纪80年代，这类遍及世界的文化活动，多么使人振奋！

世界各国历史上的伟大诗人，比如屈原、荷马、但丁、莎士比亚、歌德，等等，在文学史上的重要性不亚于雨果，甚至超过雨果，为什么人们纪念他们时，反不如纪念雨果那样普遍和热烈？我想其中主要的原因应当在雨果和人民群众的关系上去找。

雨果和人民大众的关系始终是密切的。作为诗人，他永远站在人民大众的一边。他心中有人民，所以人民热爱他。

1851年，雨果在他的剧本《安琪罗》序言上写道："在我们生活着的这个世纪中，艺术的视野已有很大的开展。过去，诗人说'公众'，现在诗人说'人民'。"

法语"人民"（peuple），这个词有两个含义，狭义的"人民"指平民阶层，包括广大劳苦群众，雨果所说的指广义的人民，也就是一切不属于统治势力，不包括在特权阶层内的人民大众。当然也包括劳苦大众。至于上文所说的"公众"是指文学作品的读者，它的范围比人民小得多。雨果是说，今天诗人心目中的读者对象已经扩大到人民大众。诗人心中开始有了"人民"这个概念，诗人开始走向十字街头。这种观点在法国文学史上是前所未有的，是有重要意义的革新。试想17世纪法国了不起的古典主义文学盛极一时的日子里，欣赏高乃依和拉辛悲剧的观众，据说总共不过三千多人，因为当时的戏剧是在宫廷中演出的，观众除了国王与王室成员之外，就是廷臣们和贵族。莫里哀的喜剧观众可能多一些，但也不可能太多，因为喜剧也是在宫廷中的特设舞台上演出的。当然，莫里哀剧团在外省巡回演出时，情况想必不同。

19世纪初期，夏多布里昂、拉马丁、维尼、缪塞等人的缠绵悱恻的浪漫主义抒情诗，主要的读者也无非是当时经过资产阶级大革命折磨的一些没落贵族，以及少数资产阶级上层分子。

1830年以后的法国浪漫主义文学,也就是文学史上所说的后期浪漫主义,开始倾向于民主主义的潮流。雨果的"人民"概念,正是这种潮流的反映。

1870年,在国外流放十九年之久的老诗人雨果终于在一天晚上九点回到巴黎,那时他所坚决反对的拿破仑第三已经成了普鲁士侵略军的俘虏,第二帝政已经垮台。老诗人回到巴黎,巴黎市民夹道欢呼,好像迎接一员凯旋的大将。

1881年2月27日,在雨果巴黎寓所的窗外,几百市民自发地聚集来,向老诗人欢呼,祝贺他八十大寿。

1885年5月22日,雨果病逝。6月1日,法国第三共和政府为他举行隆重的国葬。当天"盛况空前"。莫里斯·巴莱斯(1862—1923)的小说《连根拔的人们》以及莱洪·都德(1867—1942)的《文学回忆录》中都有详细的叙述。可惜我手边没有这些材料,只有保尔·拉法格(1842—1911)的一篇论文《雨果传说》,下边引用的都是拉法格的话。

根据雨果的遗嘱,他的灵柩用穷人下葬时运棺材的小板车载着,拉到巴黎第五区庄严宏伟的"先贤祠"去埋葬。当时有三十多万市民自发地组成送葬行列。夹道伫立,等候和诗人的灵柩告别的巴黎人、外省人以及从远方专程赶来送葬的外国人,共有一二百万之多。

上面几个事例,说明广大人民如何热烈敬仰雨果。1952年以及今年各处纪念雨果的各种群众性的活动,可以说是历史的余波。

拉法格的文章开宗明义地说:"1852年政变以来,雨果已成了传说中的人物。""政变"是指"雾月18日"路易·波拿巴篡权窃国,登上皇帝宝座,自封为拿破仑第三的那出丑剧。法国人民坚决反对恢复帝政。当人民的正义不得伸张,斗争极为艰险的时刻，诗人雨果挺身而出，不顾个人安危，站在人民一边，参加人民的斗争，所以法国人民永远不会忘记他。

雨果站在人民一边，不是从 1852 年开始的。1848 年巴黎工人由于临时政府取消了国立工场，许多工人因此失业。工人们再次拿起武器来斗争，被刽子手卡维涅克血腥镇压之后，雨果仗义执言，要求当政者赦免被判刑的工人。

1871 年巴黎公社起义失败之后，雨果又一次挺身而出，要求赦免起义的工人。

雨果在青少年时期，受他望岱派母亲的影响，拥护封建复辟。可是他的心灵并没有被保守思想束缚，他很早就同情"不幸的人们"。

1862 年雨果给友人写信时，提到一件对他印象特别深刻的往事。1818 或 1819 年（他十六或十七岁）的某一天，雨果偶然走过巴黎法院前的广场，他看见偷了主人家东西的一个年轻女仆在遭受惨无人道的酷刑。女犯人被锁在柱子上。刽子手拿着烧红的烙铁，用力按在女犯人赤裸的肩部和背部。犯人身上立刻冒起一阵皮肉被烧焦的白烟，同时那可怜的女人发出不像人声的尖叫……少年雨果的心，诗人的心，被受刑者凄惨的叫喊撕裂了。当时他在心中发誓，要和"法律"的恶毒行为作斗争。这里所谓"法律"，实际意义是"暴君"。从那时起，不论他的政见由于受时代风云的影响，发生多少次反复转变，他的心始终站在"不幸的人们"一边。大约四十年后，他开始创作伟大小说《悲惨世界》时，他真心诚意地表现了他忠于年轻时的誓言，可见这种决心他是终身不变的。在法国文学史上，像这样的作家、诗人，不止雨果一个人，他们真诚地同情不幸的人们，而认为把自己的力量贡献给改变不幸者们的命运的斗争，是人生最崇高的事业。正如 20 世纪一位伟大的法国作家罗曼·罗兰所说："一切受压迫的人是我的祖国，一切压迫别人的人是我的仇敌。"我真不理解，为什么有许多人并不认为这是法国文学上的优良传统，是法国精神的崇高表现，反而认为那些枯守象牙之塔，醉心于雕词琢句，争一家之奇，斗一句之巧的诗人是法国文学的杰出代表？

法国评论家常常指责雨果的政治态度反复无常，认为这是他的极大的缺点。我认为这种责难是不合理的。雨果的一生正是法国历史上风云变幻，动荡不宁的时代，封建复辟与反复辟，帝政与共和，反复较量，一波未平，一波又起的时代。生在那样的时代，人们不得不随时认清方向，端正态度。在当时，这样"多变"的人不止雨果一个。所以重要的问题不在于"多变"，而在于根据什么原则变，还是无原则的变。我认为雨果固然"多变"，但他始终是有原则的，他的坚定不变的基本立场就是永远站在"不幸的人们"一边，他的原则就是和人民大众一条心。

雨果有两句诗，反驳责备他"多变"的人，诗曰：

只因在牙牙学语时，我哼了几句保王歌词，

难道就应当在痴愚蠢笨中过一辈子？

雨果始终站在法国人民一边，同时也站在受侵略和蹂躏的各弱小民族的一边。只要打开他四大卷的《言行录》来看，他声援世界各处受压迫的人民争取独立自由的斗争，例子多不胜举。下边略举几条，以见一斑。他反对拿破仑第三和英帝国主义勾结，侵略克里米；反对拿破仑第三侵略墨西哥，号召墨西哥人民起来抵抗法国侵略军。他号召巴尔干半岛各弱小民族为了争取独立自由，起来向鄂托曼（土耳其）帝国进攻，如此等等。

对于我们中国人来说，最突出的事例当然是1860年英法联军侵略中国，洗劫和焚烧圆明园，激发了雨果的义愤，对"两个强盗"发表了严厉的谴责。

1861年,有一个名叫白脱勒的军人,写信给雨果,问他对英法联军"远征中国"有什么意见。雨果复了一封长信,信中先说圆明园是东方的伟大艺术宝库。洗劫圆明园毁坏珍贵文物是严重的罪行。接着他声色俱厉地斥责英法殖民主义者的强盗行为,他写道:"一天,两个强盗闯进圆明园。一个强盗抢掠,另一个强盗纵火。他们的胜利是偷儿的胜利。两个胜利者对半分赃。把一座圆明园破坏无余。园中不但有精美的艺术品,还有一大堆金银器皿。一场惊人的掠夺,满载而归的赃物。一个人把他的口袋装得鼓鼓的;另一个人见了,把他的箱子也装得满满的。于是两个人手挽手,嘻嘻哈哈地回到欧洲。我们欧洲人是文明人,我们污蔑中国人是野蛮人。这就是文明人对野蛮人干的事。在历史的记录上,这两个强盗一个名叫法兰西,一个名叫英吉利……"

中国人民永远感激雨果仗义执言,对我们遭受殖民主义强盗残暴蹂躏表示深厚的同情。我们永远不会忘记雨果的崇高姿态及敢于和邪恶势力对抗的无畏精神。

1952年,我国著名作家茅盾向世界和平理事会建议,号召世界各国的文化中心举行雨果诞生一百五十周年的庆祝活动。伟大的法国诗人雨果,他也是属于全世界人民的。

法共作家兼诗人阿拉贡在他主编的法兰西文学报上发表短文,宣称法国人民不会忘记中国作家茅盾倡议纪念雨果这一重要事实。

二 "唉,就算是雨果吧!"

据说有人问法国作家安德雷·纪德(1869—1951):"谁是法国最大的诗人?"纪德考虑了一下,回答道:"唉,就算是雨果吧!"(Hugo, hélas!)纪德这句俏皮话在法国几乎尽人皆知,而且常常有人引用。例如恰好放在我手边的一本小册子，鲁式罗编写的《法国诗史》第 71 页就引用了这句话。我本来记得这句话是纪德在他编的《法国诗选》序中提到的。于是把《法国诗选》找来仔细查阅。结果没有发现这句话，是我记忆有误。可是我在那篇序文中却发现纪德批评雨果诗艺不登大雅之堂的许多别的俏皮话。例如他先引了雨果的三行诗：

但愿你感觉到无限生命的亲吻，

于是仁爱、幸福、希望、和平，

呵，永恒的树枝上落下神圣的果品。

接着，纪德批评道："何等令人赞美的诗句！你能想象出比这更美妙更光彩……更空洞的东西吗？"

纪德对雨果的批评是尖刻的，然而有代表性，他代表的就是所谓"高雅趣味"（Le bon goût），他不得不承认雨果是法国最大的诗人，但他表示遗憾，因为他对雨果有保留，他并不承认雨果是伟大的诗人。法语 grand 这个词可以理解为"大"，也可以理解为"伟大"。雨果是个大诗人，这是无可怀疑的，他有很大的创作才能和异常充沛的精力，生平著作之多也是法国文学史上绝无仅有的：他发表过诗集二十三本，小说九部，剧本十二种，外加回忆录等杂文多部。他在法国和在国际上的威望之高，影响之大，没有一个法国作家或诗人能望其项背，即使巴尔扎克也远不如他。所以作为法国最大的诗人，雨果是当之无愧的。至于说他"伟大"，恐怕极大多数的法国评论家，尤其是今日的评论家，都采取保留或怀疑的态度，如果不是干脆表示反对。在雨果逝世后整整一百年的今天，法国诗坛对于这位大诗人的评价是否有了比较一致的看法呢？我觉得正相反，今天法国文学界对于雨果不但没有定评，而且似乎意见更分歧了。这是可以理解的，因为自从现代派的抽象诗占上风之后，人们对诗歌艺术本身的概念就更分歧，更朦胧了。而雨果诗艺的特色恰恰是抽象与朦胧的对立面。在他的作品中，形象的逻辑和思维的逻辑是统一的。有人说，雨果的诗篇噪音多于心声。几位知名的学院派理论家认为，"语言的丰富是雨果诗作的主要特色"，这个意见评论家之间是比较一致的。所以也有人说："雨果的才能完全在语言方面。"听说贝济（1873—1914）有一句话："雨果的才能损害了他的天才。"

  一个作家，尤其是诗人之所以感动读者，关键问题不在于耍两片嘴唇，而在于他自己心弦的颤动。但是，滔滔不绝的语言写成的作品不一定是劣作。单纯的语言丰富也不一定构成严重的缺点。请看超现实主义诗人阿拉贡，难道不是以滔滔不绝的语言丰富为特点的吗？因此有人甚至说阿拉贡是20世纪的雨果，我看这话并不是毫无道理的。雨果的语言滔滔不绝，直到自己失去控制的程度，于是有人说这种情况和超现实主义的"自动文字"（écriture automatique）有相通之处。这样看来，雨果几乎成了超现实主义开山祖，岂非笑话！当前的法国评论家，尽管对雨果的总评价有所保留，却认为现代派诗人之中有不少受雨果影响的具体例子，例如《醉舟》的作者兰波（1854—1891），《玛尔佗罗之歌》的作者罗特雷亚蒙（1846—1870），等等。

  雨果自己完全意识到语言的重要性。文学是语言的艺术，去掉语言，根本无文学之可言。雨果干脆认为语言是神圣的，"语言就是上帝"。

    因为你必须知道，字句是有生命的，
    字句是心灵中的神秘的行人，
    因为字句就是语言，语言就是上帝。

  对于文学作品来说，语言是最根本、最主要的，语言就是一切。这和当前风靡法国文评界的结构主义评论，岂非颇有相通之处？

谁说雨果的诗过时了呢？雨果的诗是不会过时的。因为他的才华是多方面的，正如人们说一个演员："他的戏路宽。"在抒情诗的各个方面，他都发挥过才能，显示出他无所不能，甚至无所不精，大诗篇如波澜壮阔的咏史诗《拿破仑二世》，小至一二十行的写景小诗《雪月》甚至只有八行的小诗《六月之夜》，等等。如果他在这边失败，在另一边往往获得成功。个人抒怀诗《奥兰比欧的哀愁》一般认为是失败之作。这首诗令人不能不想起拉马丁的名诗《湖上吟》，然而比《湖上吟》的艺术魅力差得很远，很远。在缠绵悱恻的爱情诗方面雨果无论如何比不过拉马丁与缪塞。然而在同一部《光影集》中，另外一首长诗却远远胜过《奥兰比欧的哀愁》，那就是《海洋之夜》：

呵！多少水手，多少船长，

高高兴兴地出发，登程远航，

在阴暗的天边，他们消失得无影无踪。

这首四十八行的哀歌，并不是为个人命运，为了个人的儿女私情而悲吟，而是咏叹人类为了生存，在和大自然作斗争中壮烈牺牲。不论是夏多布里昂、拉马丁、维尼、缪塞以及后来的波德莱尔，都没有写过具有这样深沉悲壮的节奏的诗篇，因为他们关心的只限于他们自己的个人命运。浪漫主义文学在它的宣言中，早就规定下一条基本法则，那就是写个人的，甚至个人主义的情感。可是身为浪漫主义文学的最杰出的代表人物的雨果，却首先炸毁了这个框框，砸烂了这个甲壳。他的二十三部诗集中有不少写不幸的人民大众的诗。他的代表作《历代传说》和《惩罚集》，都不是写个人命运的。那么雨果究竟是不是一般所说的浪漫主义诗人呢？肯定不是。既然不是浪漫主义诗人，难道他是现实主义诗人吗?在某一种意义上可以这样说,阿拉贡发表一本理论性的小册子就叫《现实主义诗人雨果》(1952)。文学史上的事实告诉我们,一个伟大的作家,伟大的诗人往往不能用什么派,什么主义的签条范围他。伟大的天才是不受任何框框约束的。

根据不完全统计,雨果一生发表过二十三部诗集,包括他死后发表的遗作,总共二千七百九十七首诗。发表了这么多的诗篇,可以理解,不可能每一篇都写得很精美,不可能没有败笔。但是,如果不是成见很深,也不能不承认雨果创作的将近三千首诗中,有很精彩的篇章,不但从思想感情方面说,而且也从艺术的角度衡量。

在不同的时代评论雨果的诗作,必然会得出不同的论断。一百多年前,法国诗坛对雨果是一种看法。比如波德莱尔在他题为《浪漫主义艺术》的一组论文中提到雨果,几乎全部是恭维的话,对雨果表示很大的尊敬,这是由于雨果曾经执法国浪漫派文坛之牛耳,而且波德莱尔写有关的文章时,雨果正由于反对拿破仑第三而流亡在国外。1885年6月初,法国政府为诗人雨果举行隆重的国葬时,你如果在巴黎遇到一位文人学士,你问他:"雨果是法国最伟大的诗人吗?"对方势必连连点头称是,而绝不会说:"唉!就算雨果吧!"

到19世纪末年、20世纪初期,当朗松(1857—1934)编写他的权威著作《法国文学史》的初稿时,情况就不同了。朗松(当时是一位中年学者)论述雨果时,几乎没有说什么恭维的话,几乎全部是批评,即使恭维一句半句,恭维中也含有批评之意。例如他说雨果"一点没有病态的忧郁,没有雷阵雨式的激情,没有痛苦的不安。……很显然,在他的壮健和均衡的心灵中,感情不足以为诗歌的泉源"。最后一句是贬词。

至于今天的法国诗坛和评论界，由于受形式主义的影响，对于雨果的诗歌更不可能有正确的，历史唯物主义的评价，对于历史上的人和事物，今天的评价不可能不考虑时间、地点和条件的制约，这是可以理解的。但是历史的事实是客观存在，不能够由任何人的主观意图任意改变。雨果的诗歌，姑且不谈他的其他作品，小说、戏剧等，在当时的法国文坛上以及广大人民的精神生活中，曾经产生深远的影响，这是我们研究雨果时，所必须承认的基本事实。

有人说，雨果已成为一个历史上的人名，今天已经没有人注意这个人名所代表的一切，没有人读他的作品。事实可能是这样。据说今天还再版，还有销路的雨果的作品仅仅是他的小说《悲惨世界》，1952年到北京来参加雨果纪念会的法国作家格洛德·罗阿对我说，他在巴黎坐出租汽车，发现司机座位上放着一部已经看旧了的廉价版的《悲惨世界》。司机说，那是他在等待顾客时，为了解闷而看的。可见《悲惨世界》对于今天法国的一般读者，仍然是一本吸引人的书。至于雨果的诗集，在法国，今天恐怕基本上没有人看了。1961年巴黎进步书籍之友社重版了《惩罚集》。在这以前，1952年阿拉贡编选了一本雨果诗选，书名叫《你读过雨果的作品没有？》向读者提出这样一个问题，更说明现在法国几乎没有人读雨果的诗了。但是这种情况丝毫没有改变雨果在法国文学史上曾经建树重要功绩这个事实。荷马的史诗今天在希腊读者恐怕也不多。但丁、屈原的情况可能也一样。但是他们都不失为世界文学遗产宝库中的伟大诗人。雨果也不例外。

三 《现实主义诗人雨果》

1952年2月号的《共产主义手册》上，发表了法共中委谷尼欧的论文，阐述了雨果生平为主持正义和保卫世界和平而作出的巨大贡献。诗人阿拉贡发表了理论小册子《现实主义诗人雨果》，选编了一本雨果诗选《你读过雨果的作品没有?》号召青年人读一读雨果的诗。这几件事引起当时国际进步知识界的重视。

阿拉贡在他的小册子里驳斥了法国某些评论家对雨果政治态度多变的指责。他说："雨果伟大之处……那就是：他不停地变化，并不是为了某种利益，而是由于他对历史可惊地顺从，同时也顺从创造历史的人民；由于他对历史无比的敏感。"又说："这种'变化'是从深刻的现实主义的概念中得来的。这一概念曾经逐步坚定，逐步加深，它不能不反映在雨果的作品中……"总之，"雨果的道路是现实主义照亮的道路，由于这个理由，他的作品也和他本人一样，向着现实主义变化。"

接着，阿拉贡举出几首雨果现实主义诗歌的例子。下面是写于1853年诗人流亡国外时期的一首诗的片段，这首诗的标题是《快乐的生活》：

> 好！强盗、阴谋家、坏蛋、权贵，
> 赶快坐下来，围成一桌，大吃大乐！
> 　　赶快跑去，够大家坐的！
>
> 大爷们，喝吧，吃吧，人生短促。
> 被征服的人民，愚蠢的人民，
> 　　整个儿属于你们！
>
> 出卖国家！砍伐森林！劫夺钱包！
> 盗空仓库，枯竭源泉！
> 　　已经到了时候。

拿走他们最后一文钱！拿吧，兴高采烈，
　　敲诈乡村的劳动者，敲诈城市的劳动者。
　　　　拿吧，欢笑吧，享乐吧！

　　大鱼大肉！对呀！不错！享乐吧！大吃大喝！
　　穷人一家老小蜷缩在草蓐上挣扎，
　　　　有门无板，有窗无帘。

　　父亲哆嗦着，走向阴暗处求乞，
　　母亲没有面包下肚，孩子没有奶吃，
　　　　凄惨的赤贫。

　　这些现实主义诗歌，使我们明白为什么雨果坚决反对独夫民贼拿破仑第三，此人就是这群大吃大喝、寻欢作乐的权贵和富豪的头子。他们的"快乐"是以挣扎在死亡线上的穷人们的悲惨命运为代价的。这就是现实主义的诗，难怪纪德之流的"高雅"人士不喜欢雨果的诗。正如我国有些风雅士不欣赏杜甫的《三吏》和《三别》一样。他们嗤之以鼻，说："这是政治宣传，不是艺术！"今天的法国和某些国家的纪德们还在这样说。所有中国和外国的"风雅士"、"高级文艺"的欣赏者们，你们应当知道人民群众宁愿世界上没有"高雅"的文艺，也不愿看见人和禽兽一样，眼看别人活活穷饿而死却无动于衷！雨果始终没有背叛他少年时期的良心深处的誓言："永远站在不幸的人们一边。"在雨果的诗集中，和阿拉贡在他的理论小册子中所举的现实主义诗篇《快乐的生活》、《回忆四号夜里》，等等，相类似的例子，为数甚多、不胜枚举。阿拉贡关于他所谓现实主义诗歌的主要意见，和雨果自己对诗歌的看法，基本上也有互相贯通之处，值得介绍。

阿拉贡说:"现实主义是一种有思想的文学,和假称客观并且把生活作片段处理的自然主义恰恰相反。……因为现实主义首先有所抉择,而照相是自然主义的事情。至于现实主义的事情,并不是出其不意的摄影,一瞬间的形象,而是典型——创造出来的典型,典型环境中取得的典型人物。……现实主义固定了英雄人物的形象,这形象是千百万人的视线集中点。这种人物的存在具有激励与教育的价值。现实主义开始的地方,也就开始了英雄人物的天下。"

阿拉贡接着说:"至于诗歌方面,我所谓现实主义的诗歌,非常明显,决不是指除了本身燃烧之外别无目的的诗歌;而是指这种诗歌:它之所以成为诗歌的理由在于以未来的精神教育人、改造人,从现实出发创造典型形象,也就是创造改造现实的英雄人物。我所谓现实主义的诗歌,与那种逃遁的、催眠的、故意什么都不肯说的诗是完全相反的,而是指有思想的、英雄主义的诗。对于这种诗,完全能用年轻的君权主义者雨果对他未婚妻说的话来阐明:诗存在于思想之中……"

1821年12月28日,十九岁的雨果给他的未婚妻娅黛尔·傅谢复信时写道:"你问我,诗句难道不是诗吗?仅仅是诗句不是诗。诗存在于思想中,思想来自心灵,诗句无非是美丽的身体上的漂亮外衣。诗可以用散文表达,不过在诗句的庄严曼妙的外表之下,诗显得更完美。心灵中的诗启发人的高尚情感,高尚行动以及高尚的著作。"

雨果这里所说的"思想"是指崇高的思想境界,也就是理想。诗,心声也,所以仅仅有一般的思想还不够,一定要有深入心灵的思想,化为感觉,化为激情的思想,才能够成为创作动人的好诗的原动力。至于说诗的内容也可用散文表达,写成诗句不过加上美丽的外表而已，这种观点，显然是陈旧了。我国古人有一句话："言之无文，行而不远。"意思说美丽的诗句其实就是散文。加上美丽的外表，无非便于人们广为传诵而已。从美学上说，这种观点都已经很陈旧。现代诗的特点，恰恰在于不能用散文代替。现代的美学原则在于和散文彻底分工，和逻辑思维分工，直接表现内心的感觉，不是表现经过逻辑思维整理的感觉。

至于阿拉贡根据恩格斯的理论，认为现实主义诗歌应当塑造典型环境中的典型人物形象，塑造英雄形象，对雨果提出这样的要求，显然是太高了。据我所知，雨果全部作品中，塑造带革命性的英雄形象的诗几乎没有，就连阿拉贡在他的理论小册子中举出来作为雨果现实主义诗篇的样板的《回忆四号夜里》，似乎也不符合这样的要求。但是阿拉贡这本理论小册子是很重要的，这给了我们关键性的启示，那就是，作为现实主义诗人的雨果始终站在人民一边，始终斗争在十字街头。

四　结束语

雨果始终是站在十字街头的诗人，而不是坐在象牙之塔中，寻章摘句的"老雕虫"。

如果我记忆可靠，法国文学史上出现"象牙之塔"这个名词，最早见于19世纪的文评家圣伯夫（1804—1869）评论维尼的诗句。到19世纪后半期，这个名词用得比较多，比较常见了。巴尔那斯派诗人，尤其是提倡为艺术而艺术的戈蒂耶（1811—1872），醉心于用整齐完美的诗句，表现事物外表的美，也就是形式美，不惜因此而脱离社会、脱离生活，枯守在他们的象牙之塔中，19世纪末叶的象征派诗人，更加强调这种倾向。例如马拉梅（1842—1898）就是一位典型的象牙之塔中的诗人。雨果既不像维尼那样悲观遁世，也不像马拉梅那样雕词琢句、孤芳自赏。雨果不是象牙之塔中的诗人。这是雨果的光荣。

所谓十字街头的诗人，我的意思是指不脱离客观实际，不脱离群众，勇于干预社会生活的诗人。这是为人生而艺术的道路，是罗曼·罗兰、托尔斯泰、高尔基、鲁迅等伟大作家的道路，它和为艺术而艺术的方向是对立的。也许有人要问，为艺术而艺术的艺术家埋头苦干，创造精美雅致的艺术品，供人观赏，丰富人民的文化生活，难道实际上不也是为人生而艺术吗？这话多少有道理。不过在今天的世界上，谁最有条件欣赏精美绝伦的艺术品，是养尊处优、饱食终日的特权阶层，还是处于水深火热的斗争中的劳苦大众？我们并不反对，更不排斥精美雅致的艺术珍品，然而我们今天迫切需要的是有益于人民大众为了生存与自由而斗争的艺术。当然，人民大众的艺术趣味也是发展的，不是永远不变的。将来，全人类从阶级压迫与民族压迫中彻底解放出来了，人民大众生活改善，精神舒畅了，说不定大家也会偏爱精致的艺术珍玩。可是今天，世界上极大多数的人民大众还不得不竭尽全力进行反压迫、反侵略、反剥削的斗争，我国人民还不能不在亡我之心不死的敌人虎视眈眈的威胁之下，争分夺秒，磨顶放踵，建设四化，为保证民族安全，人民幸福，使社会主义祖国繁荣富强，为人类多作贡献。因此我们需要的首先是能鼓舞我们的斗争勇气的文学艺术。

雨果的气势磅礴的诗篇不但表达了19世纪人民大众的心声，在今天也还是有现实意义的，这是雨果的伟大之处。

不问一个作家或诗人的精神境界如何、道德品格如何，单纯地讨论他的文章或诗歌的艺术水平，这样的评论方式，我总觉是不可取的。（也许这是我的成见。）我评论一个作家和作品，既不以艺术标准为首先第一的着眼点，也不以政治标准概括一切，而是以"人"的标准为先决条件；也就是说，道德品质，思想境界是一切的基础。距今四十多年以前，那时我刚刚过三十岁，我在瑞士用法语写过一部散文集，介绍七位中国古代诗人，这部书的名称叫做《先是人，然后才是诗人》，现在我已到了耄耋之年，我这个观点始终没有变。我确信一个精神状况低下，性格卑鄙自私，灵魂糜烂的人，绝对不可能成为有价值的文学家或艺术家，即使他们创作出外表美丽动人的作品，实质也是虚伪的。

评论古代的或外国的重要作家，用贴标签的办法，说他们是什么主义者或什么派，不一定很科学，也往往不能自圆其说。我坚信，最合理、最可靠的衡量标准应当是：看这个作家对于当时当地的有进步性的人和事物，进步的潮流，采取什么态度；看他对人民大众一贯采取什么态度。拿这个标准衡量雨果，无疑应该给他很高的评价。

探讨一个人的思想面貌和道德品质，是对一个作家或诗人进行全面研究的基础。对待这个问题必须严格，不容含糊。然后在这个稳固的基础上来评价他的艺术成就，艺术特色，尺度不妨放宽一点，不必拘泥于一家之言。固然，艺术欣赏也可以有客观的尺度，但是个人趣味，个人爱好难免占一定的比重。而趣味与爱好容许各人不同，不必强求一致。雨果的才华是多面化的，他的作品又异常丰富，其中有各种风格与不同情趣的不同表现，欣赏者不妨各取所好，不计其余。在艺术欣赏方面，切忌不宽容态度（L'intolérance），不同的趣味与爱好，既不应强求一致，更不能和宗教信仰一样，互相排斥，甚至势不两立，互相火并（如法国的宗教战争）。

艺术创作有自己的客观规律，不同于理论著作。我们不能将理论著作的必要条件，强加于艺术创作（尤其是诗歌）。美学的基本规律在于要求不断推陈出新，甚至要求日新月异。没有创新，就没有艺术。经常寻求新的艺术感受是人之常情。但是我们不应当因此而对陈旧的艺术成果采取虚无主义的态度。须知今日之新乃明日之旧。而今日之陈曾经是昨日之新。今日之先锋到明日可能成为殿军。而今日之殿军在昨日或前日何尝不是先锋？有新必有旧，有旧必有新，新与旧的关系是辩证的关系。法国的抒情诗自从19世纪末叶象征主义崛起以来，产生了美学上的划时代的革新。雨果的诗歌创作于这种革新以前，所以从现代诗的角度看来显得陈旧了。然而在当时，雨果也是诗坛上的先锋人物。不但他对于16、17世纪以来传统诗体，作了很显著的革新，即使对于19世纪初期的法国浪漫主义诗歌，也有新的突破。这些历史事实，我们在研究雨果，评论雨果时，都是不容忽视的。

(1985年初稿，发表于武汉大学《法国研究》季刊，1987年11月修改)

人格与文风

——试论鲍狄埃诗歌的思想内容和艺术形式

无论哪一个阶级,在评论文学作品时,不管表面上怎么说,实际上总是政治标准第一,艺术标准在次。这是客观现实。这是科学真理。我们丝毫没有离开这条原则的意图。但是我们理解,所谓政治标准第一,决不等于政治标准惟一。政治标准不能代替、也不能排斥艺术标准。

现在大家都知道,搞经济工作应当按照经济的客观规律办事,不能由任何人主观决定一切。

经济如此,文学艺术何尝不如此?世界观尚且只能指导创作方法,不能代替或指挥创作方法,更何况简单的口号。

文学创作如此,文学评论何尝不如此?中国文学如此,外国文学的评论介绍工作何尝不如此?

过去我们在外国文学评论方面,一般都满足于粗略的阶级分析。我们的论述似乎形成了一个公式,那就是:某某作家,某某作品,产生于什么历史条件下,在当时有什么积极意义,同时还存在着怎样的时代局限和阶级局限。说来说去总是这三句话。这个公式成了一种框框,仿佛画地为牢,使我们不敢越雷池一步。

时至今日,我们决不是反对唯物主义,也不是忽视阶级分析。正相反，我们认为应当提高我们的历史唯物主义与辩证唯物主义的水平，实事求是，加强科学性，增加我们的理论深度。可是，仅仅用历史唯物主义研究作家的思想意识，社会影响，等等，这是不够全面的。必然在这个基础上更进一步，试探文学艺术本身的规律，研究一部文学作品对读者如何产生艺术效果，其原因何在。总之，必须接触到文学本身的规律，接触到文学的特性，才能够逐步提高我们对外国文学的评介工作的水平。

本文企图以《国际歌》作者鲍狄埃的诗歌作为具体例子，探讨作品的艺术风格和作者的道德品格、政治品格的密切关系，着重评述鲍狄埃作品的艺术成就，以期有助于消除所谓鲍狄埃诗歌艺术水平不高的误解。这种"误解"有时是资产阶级评论家故意对革命歌手鲍狄埃的诽谤和贬斥，我们不应当随口附和。

一

1913年初，列宁在《真理报》上发表文章纪念《国际歌》歌词作者逝世二十五周年。文章不长，可是非常精辟，仿佛逐字逐句都是雕刻在大理石碑或青铜造像上的铭文。这是无产阶级革命导师给予《国际歌》作者的崇高评价，也是历史对于鲍狄埃的鉴定。

最近一个时期，北京人民出版社和人民文学出版社先后出版新编的鲍狄埃评传。两本书内容大同小异，但是各有特色。此外，人民文学出版社即将出版一部新译的《鲍狄埃诗歌选》，包括诗歌一百首，约是现存的鲍狄埃作品总篇幅的五分之二。这些新出版物必将有助于我国读者加深对鲍狄埃的认识。尤其可贵的是，这三种新出版物的编写者与翻译者都参考了法国近年来出版的第一手材料，主要是1966年巴黎马斯佩罗出版社出版，比埃·蒲洛雄编的《鲍狄埃全集》和1971年巴黎国际研究与资料出版社出版的，莫理斯·陀芒瑞的著作《公社社员和国际歌手鲍狄埃》。这两本书分别附有关于鲍狄埃的文献资料以及佚诗等，是研究鲍狄埃不可不读的重要材料。

当前我们的外国文学评介工作，一般地说，不够重视第一手资料，也不太强调专业的外国文学工作者必须直接阅读外国原著。根据间接资料评论外国作家作品，有时也是必要的，因为这样做有利于迅速介绍外国文学动态，也有利于向国内读者普及外国文学知识。如果专业的外国文学工作者认为不妨满足于间接材料，甚至说研究外国作品不必读原文著作，那就不利于在普及的基础上逐步提高外国文学工作的学术水平。马克思主义认为研究问题的最基本的条件，在于理论必须联系实际，从具体事实出发，而不从抽象的、人云亦云的概念出发。外国文学工作者当然也必须用老老实实的科学态度，着重调查研究，重视第一手材料，包括原文著作。

鉴于上述理由，我们认为新近出版的两本鲍狄埃评传是值得重视的，这两本书的编著者都直接研究了国外出版的比较新近的第一手材料，这种治学态度是值得提倡的。

同时也必须指出，这两本介绍鲍狄埃的书还是不够全面的。这两本书给自己规定的任务，都是从政治角度评述《国际歌》作者生平事迹，没有着重介绍作为诗人，作为革命歌手的鲍狄埃，当然更没有提到鲍狄埃诗歌的艺术特色。我们不能这样要求上述两本新编的鲍狄埃评传，不能求全责备。因为它们都不是以研究文学本身的问题作为自己的中心任务。如果这种缺点出现在专门评论文学的著作中，那就无疑是美中不足。

国内评论外国文学的文章和专著，一般很少谈到作家的艺术成就，作品的艺术特色，甚至绝口不谈。文学创作是以语言为惟一工具的,当我们不得不通过翻译对不谙外语的读者解释作品的艺术问题时,困难确实是不小。可是一般避而不谈作品的艺术问题并不完全由于这种技术上的困难,而是怕扣帽子。帽子可能很多,也很大,例如:"资产阶级形式主义"、"政治性不强"、"马克思主义理论水平不高"。这种现象之所以出现,实质就是反映了把"政治标准第一"误解为"政治标准惟一"的错误观点。

由于我们在评述外国作家和作品时,只讲思想意识,不讲作品的艺术特色,不免引起一些读者的模糊认识和思想混乱。最近一个时期,我们不止一次地听人说:"鲍狄埃诗歌的艺术水平不高。"这种议论使我们很惊讶。为什么这样武断呢?这种议论有什么根据呢?

某些法国学者在他们所写的文学史中,向来对鲍狄埃一字不提。即使偶然提到,也不过诽谤几句,说他的诗歌"粗俚"、"庸俗",说他连小学也没有毕业,没有文化,等等。19世纪法国另一位鼎鼎大名的歌谣作者贝朗瑞,则在法国文学史有一定的地位。这是不难理解的,因为贝朗瑞作品的主要思想内容是资产阶级民主,而鲍狄埃所歌唱的则是无产阶级革命,他和资产阶级站在势不两立的对抗地位。资产阶级评论家之所以排斥鲍狄埃,恰好证明"政治标准第一"这句话千真万确。资产阶级反对巴黎公社委员鲍狄埃的政治立场是真,所谓鲍狄埃艺术水平不高,不过是借口而已。我们岂可信以为真?试就歌谣与歌谣相比较,那么艺术之高下应当是很容易分别出来。明摆着的事实是:无产阶级革命歌手鲍狄埃的艺术水平,丝毫不低于资产阶级民主歌手贝朗瑞,有时甚至青出于蓝而胜于蓝。请问,资产阶级学者、评论家为什么不排斥贝朗瑞而排斥鲍狄埃呢?我们认为,研究作品的艺术形式问题,必须立足于下列几点原则性的考虑,那就是:在思想内容与艺术形式对立统一的辩证关系上,内容是第一位,形式是第二位；内容决定形式，而不是相反；形式为内容服务，而不是相反。

由此可见，作家的道德品格与政治品格，实质上也就是他的阶级立场和阶级意识，既然直接影响他的思想内容，必然间接影响他的艺术形式。换言之，艺术形式既然直接决定于思想感情，必然间接决定于作者的道德品格与政治品格。

具体到鲍狄埃，我们认为要评论他的艺术风格，就得从他作为无产阶级革命战士的崇高人格谈起，从他毕生坚决为革命效劳和始终热爱诗歌，这两种强烈的激情相结合谈他；要说明他的艺术特色，就得从这种艺术为怎样的思想内容服务谈起。

二

鲍狄埃出生于巴黎一个手工匠的家庭。时间是1816年10月4日，正是路易十八的复辟王朝统治法国的时期。鲍狄埃父亲是制木箱和搞包装的工人，虽然自己开作坊，有徒工，但生活比较穷苦。因此鲍狄埃十二岁就失学，开始在父亲的作坊里学手艺。以后他一直没有机会再上学。从他的诗歌以及他遗留下来的信件中看，鲍狄埃的文化修养是相当高的，那是他勤奋自学的结果。

鲍狄埃学木工满师之后，继续在他父亲的作坊里工作，每天父亲给他四个法郎的工钱。据说这个待遇在当时是十分优厚的。他是独生子，父亲满心想他日后继承父业，当作坊的主人。但这不是鲍狄埃的志愿。这个少年强烈地热爱诗歌，他决心投身于革命斗争的行列，以诗歌作为武器，为了解放在不公正的社会中受尽苦难的人们。他二十岁左右曾经两次离开家，主动到社会上去过流浪生活，去见世面，经风雨。他父亲虽不富裕，但是家中粗衣粗食的温饱生活是不成问题的。可是年轻的鲍狄埃宁愿放弃这个卑微的安乐窝,他决心到广阔的地平线上去寻找自己的道路。在那时,他常常为一块充饥的面包,被迫接受任何工作。他曾经在小学校里当过两年监督员(专门在学生上自习时,或课间休息时监视学生的职员),所得的工资还不如打扫宿舍的女工。在那些年月里,鲍狄埃饱尝在饥饿线上挣扎的滋味。正如他在诗歌中所写:

破床没被单,光脚没鞋穿;
寒风刺肌肤,面包无觅处!

大约二十五岁左右,鲍狄埃开始比较稳定的生活。1841年10月,他和一个犹太族的女子结婚。他的固定职业是设计印花布的图案。在这方面他很有才能,他设计的花样不同一般,大受欢迎。他先在一家图案作坊当工人兼司账。最后鲍狄埃独资创办了一家图案画作坊,生意兴隆,成了巴黎同类画店中的第一家。与此同时,鲍狄埃还经营一家规模较大的浴室。这个时期,是他一生最富裕的时期。他积累了数目可观的家产。但是即使在那时,他也没有忘记年轻时的决心,要为劳苦大众改善自己命运的斗争贡献力量。他主动将他作坊中的画工们组织起来,成立了一个"布匹、印刷、织物、采纸、花边、刺绣图案画工工会"。那时是1870年3月。不久,这工会的会员发展到五百多人。在鲍狄埃的推动下,这个工会集体参加国际工人协会。工人们欢迎鲍狄埃的慷慨行动。可是他的同行,那些图案画作坊的老板们,开始把鲍狄埃看成他们的眼中钉。

1870年7月20日,普法战争爆发的第二天,鲍狄埃在"工人国际巴黎委员会告各国工人和德国以及欧洲的工人兄弟"的宣言上签了名,号召各国工人起来反对战争。同年9月,巴黎被普鲁士侵略军围城。鲍狄埃虽然年过半百,体弱多病(他曾经患过脑震荡和局部瘫痪),但他毅然决然参加了巴黎人民奋起捍卫首都的武装斗争，成了国民自卫军的一名军曹。

1871年3月18日至5月28日，在巴黎公社起义期间，鲍狄埃全心全力投入公社的革命斗争，直到最后一刻。当时有人问他："你那么大年纪，身体又不好，而且家中富裕，为什么要去搞那样冒险的活动？"鲍狄埃严肃地回答："我认为那是我的责任。"他投身于公社的革命斗争时，早已置生死于度外，当然更不考虑他的家产。公社的起义不幸遭受反革命暴力的镇压，鲍狄埃仅以身免。不久，他被缺席判决死刑。他的全部私产，当然不再属于他所有。为了革命，鲍狄埃弃黄金如粪土。他始终不贪恋个人财富，否则他决不会那样热烈勇敢地参加革命斗争。

贫穷吓不倒鲍狄埃，富贵不能使他变节，白色恐怖更不能使他屈服。5月28日，公社抵抗力量的最后据点被白军攻破，战斗到弹尽援绝的最后几位革命英雄们，在拉谢兹神甫公墓的墙边全部被屠杀。接着一连若干天，白色恐怖笼罩巴黎，白军到处搜捕公社社员和参加街垒战斗的一切人，不分男女老少，不经过审讯，大批屠杀嫌疑分子。当时，巴黎天空弥漫着战火余烬的浓烟，街上是殉难者的成堆尸体，大片大片的血泊，反革命野兽们的嚎叫，被残酷践踏的无辜市民的惨呼……就在这种悲剧气氛中，被掩护在友人家中的公社委员和天才的革命歌手鲍狄埃，写下了不朽的革命诗篇《国际歌》。

"国际悲歌歌一曲，狂飙为我从天落！"当时诗人眼看革命群众大批被屠杀的惨状，义愤填膺，他不顾个人安危，用《国际歌》作为复仇的炮弹，射向疯狂的阶级敌人。他用悲壮深沉的诗句，号召奴隶们起来斗争，他表达了继续斗争的钢铁意志，和最后胜利的坚强信心。

鲍狄埃继续战斗的决心，不但表现在诗歌中，也贯彻在他后半生的实际行动中。他从1871年6月流放到国外以来，直到

1880年大赦回国,在异乡异土流离颠沛,生活十分困苦。即使在那种狼狈不堪的生活条件下,鲍狄埃仍然积极参加当地的工人运动。1880年他返国之后,直到1887年逝世,在这一生的最后阶段,鲍狄埃生活更加困苦不堪。由于衰老多病,又因为时势不同了,他用原来的一套手艺找不到工作,经常衣食不周,处境十分狼狈。虽然如此,鲍狄埃依旧没有停止政治活动。正如列宁指出,鲍狄埃1880年回国之后,立刻参加了当时法国的工人党。暮年的鲍狄埃,在自己和家人都挣扎在饥饿线上的时候,还苦熬苦省,节约一点生活费用,支援罢工的工人。

总结无产阶级革命战士鲍狄埃一辈子的生活和战斗,他的崇高的革命人格,可以概括为三句古老的成语:威武不能屈,富贵不能淫,贫贱不能移。

以这样卓越的人格为基础的鲍狄埃的诗歌艺术,确实是不同凡响,而不是所谓"粗俚、庸俗,水平不高"。当然,我们并不认为伟大的革命家个个都是卓越的诗人。可是我们相信,一位伟大的革命家如果同时又是经常写诗的诗人,他的崇高的革命人格不可能不反映在他的艺术风格中。

三

在鲍狄埃为无产阶级事业坚忍不拔地战斗的一生中,还有一个特别值得指出的情况,我们认为对于他之所以成为艺术水平很高的革命歌手是有直接影响的,那就是他从青少年时代开始,直到生命的最后一刻,在灵魂深处始终有两股强烈的激情紧密地结合在一起:一方面是对于诗歌的深挚爱好,另一方面是对于革命的强烈斗志。

他从小热爱诗歌,最崇拜平民歌手贝朗瑞,他是贝朗瑞的私淑弟子。每天夜晚，他在油灯下抄写贝朗瑞的作品，并且熟读背诵。有时自己也摹仿着写一首歌谣，往往过了午夜还没有上床睡（他的所谓床，实际上不过是一大堆刨花，上面摊一条麻袋而已）。第二天早上，父亲五点钟就叫他起来。接着就是锯木刨板，每天劳动十四小时。有时，父亲看见孩子满嘴嚼着刚刚刨下来的刨花，两眼发愣，以为他在偷懒。不，他在默诵贝朗瑞的歌谣。

有一天，他偶然在家中一口破烂衣柜中发现了一本破烂的法语语法课本。旧式的法语语法课本最后几页总附有《诗律》，简单介绍写诗的方法。鲍狄埃仿佛在黑夜中发现了一盏明灯。从此他就无师自通地掌握了写诗的基本规律。

少年鲍狄埃用父亲给他的工钱买书，刻苦自学。同时他开始出入于称为"高盖特"的小酒店。那可不是一般的酒店，而是爱好诗歌的工人聚会的场所。工人们下工后，往往连工作服都来不及换，就去小酒店休息、喝酒，同时高唱流行的歌曲，满座酒友同声附和，形成宏亮的齐唱。如果你愿意发表自己的新作，不妨即席朗诵。若是引起群众注意和赞赏，你就有成为人民歌手的可能。就在这种情况下，十四岁的鲍狄埃出版了他的第一本诗歌集：《年轻的女诗神》。那是1830年的事。

"高盖特"不是普通的酒馆，而是工人的诗歌俱乐部。"高盖特"不是一般的诗社，而是宣扬革命思潮的工人讲坛。复辟王朝的警察给"高盖特"立下禁令：一不许谈论时政；二不许毁损国君和王室成员的尊严。尽管这样，工人们在"高盖特"中所唱的诗歌，极大部分是讽刺时政或表示对现状不满的作品。鲍狄埃的《年轻的女诗神》就是证明。这部处女作只收十六首诗歌。第一首《自由万岁》号召人民大众起来为争取自由而斗争，流露了诗人对复辟王朝的不满。其余的诗歌有的歌颂反复辟革命斗争中流血牺牲的平民英雄,有的声援当时为祖国独立而战斗的波兰爱国者。

少年鲍狄埃已经选择了他毕生的道路,他认为用诗歌来鼓励劳苦大众为自由与正义而斗争,以诗歌作为武器去参加他们的战斗,将是一辈子最高的幸福,最大的乐趣。他在《年轻的女诗神》中唱道:

贫苦的工匠,我的道路已划定!

为了生活得愉快,我选择了诗歌。

在鲍狄埃一生中,不论生活多么困苦,斗争多么激烈,他始终没有搁置写诗的笔。到了晚年,他成了一个半瘫痪的、贫病交加的老汉,衣衫褴褛,面容憔悴。可是,只要有人跟他谈到诗歌,老人脸上立刻焕发出兴奋与喜悦的光辉。1883年3月,这位生活十分狼狈的老诗人,居然还兴致勃勃地参加了一场诗歌比赛,而且评上了最高奖。这件发生在他逝世前四年的事,和他十四岁就发表第一本诗歌集的事实联系起来,生动地说明鲍狄埃对于诗歌的一贯爱好和出众的才能,深刻影响了他一生的生活与斗争,这种激情和他的政治热情结合起来,形成他的诗歌艺术高度成就的内心基础。

鲍狄埃的诗歌具有旗帜鲜明的政治倾向,但是他的作品绝对不是枯燥的口号,不是刻板的公式,而是从灵魂深处流露出来的热情呼号。

四

形象思维是文艺创作的规律。可是形象思维也必须以有血有肉的生活体验作为基础,而不能是干巴巴的面壁虚构。由于作家思想感情的真实性、真诚性和深度有程度上的差别,同样是形象思维的产品,艺术魅力可以有大有小。最高明、最完美的艺术手段,必须是充分地、恰到好处地表现作者思想感情深度的工具。在艺术上,标奇立异的形式只能说明艺术家灵魂的空虚,思想感情缺乏真实性。

细读鲍狄埃诗歌二百五十首,我们的印象是鲍狄埃的诗歌有它的艺术特色,有很高的艺术水平。正如上文所说,鲍狄埃的艺术风格是他对于无产阶级革命事业的热情,和他对诗歌艺术的强烈的爱好的结晶。读鲍狄埃的诗歌,你立刻觉得被他深厚的无产阶级感情所激动,被他的始终不渝的革命信心所振奋。和古今中外真正伟大的诗人一样,鲍狄埃最动人的诗句和歌词,总是那些自然流露的心声,一气呵成,纯真质朴的段落。诗人心中有滔滔不绝的诗歌源泉,因为他要歌唱的不是个人情感的窄狭天地,而是整个人类的美好未来和实现这种理想必须进行慷慨激昂的斗争。他恨不得把自己的心掏出来献给革命大众,恨不得让自己的歌喉震撼世界。在《被遗忘的孩子》中,表露的就是这种心情:

> 我的心是充满诗歌的鸟窝,
> 可惜我没有好嗓子,不能高歌。

《歌谣宣传》这首诗说得很明白:歌谣应当成为革命斗争的武器,歌谣应当走进穷人居住的阁楼和草棚,体验挣扎在饥饿线上的"奴隶们"的痛苦。歌谣也应当走进大商店和兵营,去看看有钱的人如何剥削穷人,也看看压迫劳苦大众的鹰犬们的丑恶嘴脸。

鲍狄埃诗歌的战斗锋芒主要指向这几个方面:一、揭露人吃人的资本主义社会,控诉白色恐怖,讽刺反动人物的狰狞嘴脸;二、为那些生活在水深火热的活地狱中的苦难大众鸣不平,对那些被蹂躏的年轻女性表示深厚的同情;三、号召被压迫的劳苦大众起来斗争,争取自己的解放。

第一组诗歌中最突出的例子是《该拆毁的老屋》、《吃人者》、《巨魔莫洛赫》等。"吃人者"不是别的，就是资本主义社会：

> 我是一个吃人的老魔鬼，
> 我把自己打扮成人类社会。
> 瞧，我双手鲜血淋淋，
> 瞧，充血火红的一双眼睛。
> 我的穴洞里有多少角落，
> 堆满腐烂的尸体和骨骸。
> 瞧，我吃掉了你的父亲，
> 我还要吞噬你的儿孙。

于是，这个打扮成社会的巨魔，引导人去参观现代的人间地狱。第一层是战场，在那里被屠杀的人们尸骨堆积如山。第二层地狱是妓院，悲惨的女性在那里出卖自己的肉体。第三层地狱是牢监，第四层是工厂……但丁在他的《神曲》中描述了地狱的惨状，那不过是纯粹的虚构。现代社会的现实地狱，比但丁笔下的地狱惊心动魄百倍。可是有哪一个现代诗人能写出现代的《神曲》，除非像鲍狄埃那样的人民歌手。

另一组诗专门暴露那些反动家伙的丑恶嘴脸。每一首诗是一幅生动的漫画，辛辣地讽刺那些为人民所不齿的败类与恶魔。每一首诗是锋利的标枪，投向罪大恶极的人民仇敌。《饥饿制造者》控诉工厂老板为了加重剥削，故意关闭车间，不许工人上工，以饥饿为武器，强迫工人接受削减工资的条件，那真是：

> 眼看工人们无路可走，
> 资本家更加肆无忌惮。
> 谁把钱包掌握在手，

谁就能操生杀之权。

文学史上从来没有人像鲍狄埃那样，用诗歌的形式表现了这样深刻的现实主义，揭发了这许多从未有人揭发过的社会现象，将穷人的悲惨生活暴露在光天化日之下。例如在《八日》中，残酷的房东为了催逼房租，竟敢将病人、孕妇、小孩、老人赶到街上去。又如在《工头》中，万恶的工头滥用职权强迫年轻女工一个个都让他满足兽欲。

字字血泪，令人不忍卒读的是一组专门写资本主义制度下的悲惨牺牲者的诗歌。例如《苦工苦望》，《穷汉苦望》，以及描写童工的《小赤脚汉》，描写矿工的《被活埋的人》等。在《小赤脚汉》中，我们看到一个被折磨到活不下去的童工形象：

一堆刨花上摊一条麻袋，
可怜的孩子，这就是你的羽绒铺盖。
工厂的烟囱已经在冒烟，
快快从这"舒服"的床上起来！
起来吧！八岁的小奴隶。
他已经驼背，得了肺病。
他必须去呼吸车间的空气，
一早就去，不论风雨阴晴。
……
这可不是个娇养的娃娃，
他父亲早已在矿井里遇难。
悲愁的寡母把他奶大，
贫穷和苦难就是他的摇篮。
他垂头丧气、悲惨的命运只好忍受。
可是苟延残喘，毫无生趣。
挨工头打骂的时候，

他真觉得活着不如死去。

鲍狄埃对于资本主义社会中过着悲惨生活的妇女,寄以特别深刻的同情。这也是以前的诗人中罕见的。《全集》中有不少诗歌替这种可怜的妇女鸣不平。这里只举一例:《已经》。一个还不足十五岁的穷苦女孩,沦落街头,为了不至于饿死,为了几个小钱,任人蹂躏。

> 她有十五岁了?不,不像。
> 不到十五,可已经像个老太婆。
> 在她那青灰色的脸上,
> 毫无童年的天真,青春的活泼。
> 两眼无神,发愣,发呆,
> 说明她经常受残暴的蹂躏,
> 她身上发出一股尸体的气味,
> 已经!

当然,鲍狄埃决不满足于暴露资本主义社会的人间地狱。他刻画一幅幅的地狱现形记,为的是激起劳苦大众的反抗与斗争。上文我们所介绍的控诉黑暗社会和同情受苦受难的劳动人民的许多动人的诗歌,其强有力的结论自然就是奴隶们必须起来战斗,自己解放自己。直接号召反抗和战斗的革命呼声,形成鲍狄埃全部诗歌的重点,是他毕生作品的交响乐中的最强音。暴露阴暗的一部分诗歌起前奏曲的作用。在这前奏曲的配合与反衬下,斗争呼号显得更加气势凌厉,更加震撼人心。

在《全集》中,直接号召奴隶们起来斗争的诗歌有一二十篇,其中不朽的代表作是《国际歌》。《国际歌》有很高的政治思想水平,但它不是干巴巴的政治宣言,不是一大堆口号。它有很高的艺术水平。全诗格调十分深沉、悲壮。一字一句都很有分量,没有浮夸的话,也没有华而不实的辞藻。这是朴实、真诚,从灵魂深处流露的歌声,一切有正义感的,都不能不为之震动。《国际歌》不但是鲍狄埃政治思想成熟的标志,也是诗人的艺术水平达到高峰的标志。

五

上文紧密联系鲍狄埃诗歌的内容,对它们的艺术形式做了初步探讨。在这个基础上,最后也许可以单独针对艺术形式,也就是表现方法问题,再做一点补充说明。

诗歌是语言的艺术。语言是诗歌艺术的惟一工具或艺术手段。对于诗歌语言的研究,应当是探讨诗歌艺术最具体的办法。但是由于这里不得不通过翻译来谈鲍狄埃诗歌的语言,也就是法国语言,所以难免有隔靴搔痒之感,因此只能比较广义地理解诗歌语言问题,换言之,只能谈一谈鲍狄埃诗歌的表现方式。

鲍狄埃诗歌的语言是相当精练的,尤其在他垂暮之年。资产阶级说鲍狄埃诗歌"粗俚,庸俗",那是别有用心之论。要说语言是否精练,并不是由某种抽象的绝对的标准决定的,主要关键在于读者对象。作家在写一部作品时,心目中必然有他的服务对象。无产阶级的文学作品,它的服务对象是工农兵和广大劳动人民,而不是一小撮胖得发愁的老爷太太。我们说,《苦工若望》、《穷汉若望》这类诗歌的语言是精练的,胖得发愁的家伙们很可能嗤之以鼻。这种现象也不足为怪。打一个比方,林黛玉欣赏的文学语言,焦大肯定不会欣赏。而鲍狄埃诗歌是写给焦大们看的,唱给焦大们听的;不是写给黛玉们看的,唱给黛玉们听的。一个诗人的语言精练与否,我们得征求焦大的意见,而不能由黛玉说了算。

19世纪法国有个平民出身的史学家兼散文作家弥什来

(1794—1874),非常重视工人出身的作家和诗人。他曾经指出,平民出身的作家错误"在于常常背离他们自己的心,忽视他们的力量之所在,而向高等的社会阶级借用那抽象概念和泛泛之谈。平民作家有一种很大的有利条件,然而他们自己却毫不欣赏,那就是他们不懂人云亦云的语言,他们不像我们一样,念念不忘现成的文句,无法抛开陈词滥调"。

鲍狄埃诗歌语言的主要优点,恰好在于他不喜欢抄袭"高等的社会阶级的抽象概念和泛泛之谈";他不屑搬用资产阶级职业文人的陈词滥调。他和贝朗瑞同样是杰出的人民歌手,但是他比他的前辈贝朗瑞更热情、更熟练地用平民语言创作诗歌。他更接近劳苦大众。他善于用人民大众熟悉的事物、喜爱的形象,来丰富他的诗歌的艺术形式。例如在《复活节的鸡蛋》这首歌中,诗人用民间的"复活节"互送鸡蛋,表示庆贺这一古老风俗,将洁白可爱的鸡蛋象征人民向往的光明美好的未来社会,指出这种"鸡蛋"早晚属于人民,但必须以不懈的斗争作为代价。

在诗歌的语言艺术方面,晚年的鲍狄埃达到更成熟的境界,以至于《全集》的编者蒲洛雄认为雨果在他的名著《惩罚集》中,有若干首用歌谣体写的作品,在艺术形式上,不一定能和鲍狄埃媲美,更不用说超过鲍狄埃。本来不妨选录几首《惩罚集》中的歌谣,和鲍狄埃的作品对比一下。但是通过翻译,即使对比也不一定说明问题。所以下面只选录雨果与鲍狄埃的诗各一首,供参考。这两首诗的题材相同,主题也差不多,都是对于一个穷苦老人表示深厚的同情。但是两首诗的意境和艺术手法,是完全不同的。

乞 丐

一个穷汉顶风冒雪在街上行走。
我轻轻地敲玻璃窗,那人站在我门口。

很礼貌地,我把大门打开。
街上正走过几匹毛驴,打城里赶集回来。
乡下人跨着鞍子,骑在驴背上。
穷苦的老汉,他住狗窝似的一间破房,
就在高坡下边。他孤独地在梦想:
地上拾个小钱……阴暗的天空出现一道阳光。
伸手,他求告世人;合掌,他祈祷上苍。
我向他喊道:"进来暖暖身子,喘口气。"
我问他叫什么名字。他说:"我的姓名
就叫穷人。"我握住他的手:"进来吧,老诚人。"
我让人给他端来一大碗牛奶。
老人冻得直哆嗦,可是跟我扯起话来。
我没有仔细听;一边沉思,一边搭讪。
我说:"你衣服湿了,快晾开,烤烤干。
就晾在壁炉前面。"他走过来,靠近炉火。
他的大氅破旧褪色,满身都让虫子蛀过。
现在整个摊开,晾在炉边的衣架上。
透过千百个小孔眼,可以看见炉火的光亮。
大衣挡住炉火,好像一片黑夜,满天星光。
他在烤那件令人心酸的破披身。
雨水穿过破洞,流成一道道的水槽。
我心想:"这个人全身全心都在祈祷。"
我只顾看,我们在说什么,漫不经心,
我在注视那件破呢大衣上的满天星辰。

据说雨果这首诗深刻动人,因为诗中写一个穷途末路的老汉,非常"老诚",忍受苦难,毫不怨天尤人。老乞丐心中,显然充满上帝的灵光。而在他那件晾在炉火前的破大衣上,无数的蛀虫破孔透过炉火的亮光,像满天星辰象征着上帝的灵光……你瞧,这是多么高超的意境,多么高妙的艺术!

鲍狄埃在《穷汉若望》中也写一个穷途末路的老汉,但是意境和艺术手法和雨果完全不同。即使通过翻译,两者对比之下,也还多少可以判别究竟哪一位诗人的艺术更朴实,更直率,更动人。

穷汉若望

骨瘦如柴,衣衫破烂,
他发着高烧,神志迷惘,
跌倒在死胡同里,穷汉若望!
他说:"痛苦,你难道不知疲倦?"
　　唉!可叹……
难道老这样下去,没有个完?
天上没一颗星星,地上没一个亲人!
这地方那么荒凉,那么静悄悄。
如果天气干燥,我索性睡它一觉。
可是雨夹雪还下个不停。
　　唉!可叹……
难道老这样下去,没有个完?

铺路的石块,我的老朋友,
你们说,我已经山穷水尽?
没有吃的,没有住处,满腹酸辛。
这个生活,实在叫我作呕。
　　唉!可叹……
难道老这样下去,没有个完?

从前我是成衣工人,手艺高强,
如今老了,我成了一堆破布烂衣!
打世界开始那天起,
工人的命运全都是这样。
  唉!可叹……
难道老这样下去,没有个完?

永远干活,工资菲薄,
必须身体顶得住,要不就被折磨死。
戴方帽子的法官,背枪的兵士,
从没听说他们罢工不干活。
  唉!可叹……
难道老这样下去,没有个完?

倒楣!他们还狠狠教训我们,
什么"秩序"、"家庭",讲一大套……
我儿子替他们去打仗,把命送掉;
我女儿受他们的奢华诱惑,毁了身!
  唉!可叹……
难道老这样下去,没有个完?

这些没人性的江湖大盗,
教会在祝福他们的腰包。
他们的上帝把我们的手抓牢,
好让他们在我们口袋里猛掏。
  唉!可叹……
难道老这样下去,没有个完?

想当年，有一天，云散天清，
我拿起公社社员的刀枪，
跟随红旗，奔向前方，
太阳晒进我们破烂的家庭。
　　唉！可叹……
倒楣的日子，可还没有完！

后来，我们成千上万被打翻在地，
凄惨的月光照着遍地尸体。
我高呼："公社万岁！"
当人们把我从尸体堆中救起。
　　唉！可叹……
倒楣的日子，可还没有完！

永别了，萨多里狱中的烈士和英雄！
永别了，空中楼阁，徒然的自慰！
旧世界在腐烂，我们死了倒干脆，
离开这世界，就是离开囚笼。
　　唉！可叹……
难道老这样下去，没有个完？

若望的尸体终于抬到陈尸厅。
可是多少道旁，多少街心，
天天有新倒毙的穷苦人。
他们是苦难的人质，贫穷的牺牲品。
　　唉！可叹……

难道老这样下去，没有个完？

晚年的鲍狄埃掌握诗的语言达到更熟练的程度。现存的《全集》中有二十九首十四行诗，大部分是晚年写的。十四行诗是法国16世纪七星诗社最喜爱的格律，后世诗人很少用这种古典诗律。写十四行诗要求精练的艺术语言。晚年的鲍狄埃得心应手地使用这种诗歌武器表达他的革命激情，说明他写诗的艺术已经达到很高的水平。然而也并不是说只有这二十九首十四行诗才代表鲍狄埃诗歌艺术的顶峰。他的绝大部分作品都是用民间歌谣的形式写的，包括不朽的杰作《国际歌》。但是鲍狄埃的十四行诗却说明他驾驭诗歌语言的熟练功底，即使和擅长十四行诗的资产阶级诗人相比，也毫不逊色。他的二十九首十四行诗当然不是每一首都完美。可是其中足以使人反复吟诵而觉得意味深长的，却也不少，例如《兽尸》、《蜘蛛网》、《猛兽》、《保守派》，等等。下边选择两首，以见一斑。

兽　尸

我瞧见一具令人恶心的牲畜尸体，
它散发触鼻难闻的腐烂臭气。
肥胖的蛆虫密密麻麻爬成一大堆，
这儿是虫豸们统治的神圣的禁地。

条条蛆虫都在饱餐脓血，
好比讲究吃喝的人在大吃大喝。
我操起一把钢叉，使出全身力气，
把这堆腐烂的丑类抛向远处。

可是那些作为保守派的蛆虫，

在他们的冲天臭气中,
却在异口同声大哄大嚷:

"私有制必须尊重!
谁敢来挖我们的墙脚?
这个社会永远不会摇动!"

猛 兽

马戏场上,驯兽者带着猛兽出场:
红棕鬣毛的雄狮,两眼放射凶光,
血盆大口张开,好一个可怕的山洞!
驯兽者故意把他的脑袋往山洞里送!

看台上,坐着一位正人君子,
大老板、参议员、有钱,可是秃顶。
他拿手戏是维护秩序,救世道,正人心!
他挂一条白领带,说话截铁斩钉:

为了捍卫祖辈留下的信念和家庭,
为了保护私产,我们通过最严厉的法令;
要铲除破坏分子,决不留情!

一切吃人的野兽都不如此人凶性难改,
狮子、老虎、豹,全可以驯服,
可谁也没法驯服顽固不化的保守派!

法国文学史上有一个以擅长十四行诗著名的诗人,贺赛-玛利亚·德·埃雷迪亚(1842—1905),他的十四行诗专集《彩幡集》曾经震动法国文坛，风靡一时。下面选译《彩幡集》中一首咏史的诗《雄鹰之死》（"雄鹰"影射拿破仑一世），来看一看资产阶级认为艺术水平登峰造极的十四行诗，究竟有多么精彩：

雄鹰之死

雄鹰振翅，超越长白的雪峰，
它还要飞向广阔的天边，
更接近红日，衬着一片蓝天，
为了照暖它光芒阴森的双瞳。

雄鹰冲天飞，呼吸着璀璨的闪光，
越飞越高，飞得安详，飞得骄傲，
它冲向雷雨，响应电光的号召，
突然，一声惊雷折断它两只翅膀。
雄鹰摇曳着一串惨叫，盘旋在高空，
它遍体痉挛，被一阵狂风席卷。
最后，它傲然吸一口火焰，坠入深渊。

幸福的人，他为了自由，为了光荣，
为了美梦的陶醉，力量的自傲，
死得那么迅疾，又那么光焰四照。

当然，像《雄鹰之死》那样的诗，写得很有气派，也很精练。但是，且不说它的个人英雄主义的主题思想，就是它所用的一系列意象，比如"长白雪峰"、"广阔的天边"、"雷雨"、"狂风"、"惊雷"、"闪光"、"火焰"……也都是浪漫主义诗歌所惯用的辞藻，也就是平民歌手鲍狄埃不屑向"高等的社会阶级"借用的艺术手法。用浪漫主义一套传统手法，写成一首有一定艺术魅力的十四行诗，肯定比写一首充满现实主义，以现实社会的阶级矛盾为主题的十四行诗容易见功。然而革命歌手鲍狄埃的现实主义思想内容，现实主义艺术手法的十四行诗，在艺术语言的精练程度，却也达到了和资产阶级的十四行诗"顶峰"不相上下的程度，这也是鲍狄埃诗歌艺术的卓越成就的一个证明。

鲍狄埃的《兽尸》写于1875年。在波德莱尔的诗集《恶之花》中，有一首《一具兽尸》，写于1857年。鲍狄埃肯定知道波德莱尔的那首诗，而且不可避免地受到波德莱尔的启发。但是这两首题材相同的诗，在思想内容和艺术方面存在着很大的差别。波德莱尔的《一具兽尸》长四十八行（十二节），大部分诗句用来描绘蛆虫的丑态，绘声、绘色描写恶臭，写得那样细致，唯恐读者不作三日呕。至于主题思想，原来只是庸俗的红粉骷髅论。诗人借这首诗提醒卖弄风骚的"美女"，她们的最后下场，还不是和"兽尸"一样地与草木同腐。鲍狄埃把腐烂奇臭的兽尸比作资本主义社会，把成堆的蛆虫比作寄生阶级、剥削者，使《兽尸》这个旧题材获得了新的内容和更深刻的意义。从这一事实，难道也有人可以得出"鲍狄埃诗歌艺术水平不高"之类的奇怪结论吗？

（1979年3月初稿，1987年11月修改）

向艾吕雅致敬

携着我的手吧,同志们
我是你们的人。

——艾吕雅《政治诗集》

是的,艾吕雅是我们的人。他不但是法国人民热爱的诗人,也是全世界爱好和平自由的人尊重的诗人。在当代法国诗坛上,他是一个杰出的代表人物。艾吕雅五十七年的生命,几乎完全献给诗歌艺术。而他的诗歌,尤其达到成熟期以后的诗歌,全部贡献给法国人民,作为争取自由、独立、和平、民主的武器。

"携着我的手吧,同志们,我是你们的人。"这就是艾吕雅的声音。他的声音是多么亲切、真诚、坦率、自然。像一个孩子的声音一样,纯洁、天真、热情、令人感动。他一生就用这样的声音吟诗。可以说:艾吕雅的声音是"灵魂之声",是从心灵深处发出来的声音。古往今来,任何一个诗人,如果不能表现从灵魂深处发出的呼声,不能算真正的诗人,更说不上伟大的诗人。可是事实上,在十个出名的诗人中,很难得有这样的一个诗人。

在十个不出名的诗人中，倒不一定没有一个这样的诗人。一个伟大诗人的成名，一方面靠他自己劳动的成果，另一方面要看舆论的评价。

诗人艾吕雅的价值是经得起舆论的考验和时间的考验的。

20世纪法国文坛上出现过不少蜚声国内外的大诗人。但是他们之中有的干脆背叛人民，与人民为敌，有的对人民的事业漠不关心，他们多半是象牙之塔中的，为艺术而艺术的诗人。艾吕雅在艺术上有很高的成就，然而他绝对不是象牙塔中的诗人。他是高度的艺术水平和高度的为人类造福的良心结合起来的，可贵可敬的诗人之一。和他同时代的另一个值得尊敬的诗人是路易·阿拉贡。阿拉贡在文学上、政治上活动的方面比艾吕雅更广，而且艾吕雅的进步与成就和阿拉贡给他的影响是分不开的。不过艾吕雅的益友不止阿拉贡。远的不说，光说当代诗人中，值得艾吕雅取法的诗人，就有马雅可夫斯基、罗尔卡、聂鲁达和希克梅特。这几位诗人各自以他们的文学事业中的最积极的一面，影响了艾吕雅。当代法国的进步画家费南·雷瑞，艾吕雅的生平好友曾经说"艾吕雅和马雅可夫斯基、罗尔卡、聂鲁达、希克梅特站在一起，他代表法国。这五个伟大的名字是分不开的"。

1949年世界和平理事会派艾吕雅为代表，去参加了墨西哥的和平会议。但他未能到纽约去参加那儿的和平会议，因为美国政府拒绝签证，不许他入境。1952年11月他病逝的翌日，法国政府下令禁止治丧委员会将诗人的葬仪用群众大会的形式举行，并规定柩车的速度不得弱于每小时40公里，以免大队群众跟去送葬。反动派对于一个人民诗人是这样害怕，甚至诗人已死，见了他的遗体还这样胆战心惊。

正如和平鸽不需要任何护照而能飞遍全世界，艾吕雅的诗不是任何国界所能限制。他的诗句毋须签证可以流传各国，深入人心。至于巴黎人民对于他们自己的诗人敬爱与哀悼的热忱，更不是巴黎警察总监下一道命令，把柩车开得飞快所能阻挠。那天，1952年11月22日，聚集在拉谢士神甫公墓门前的群众仍然人山人海，拥挤不堪。反动派所头痛的人物，往往正是人民所热爱的，艾吕雅也不例外。

法国人民对艾吕雅十分崇敬。法国共产党中央委员会关于艾吕雅逝世的讣告，等于一份人民对诗人的鉴定书。讣告说：

法国共产党中央委员会沉痛地讣告：保尔·艾吕雅于1952年11月18日在巴黎逝世，终年五十七岁。

法国共产党向保尔·艾吕雅致敬。他是伟大的诗人，伟大的法国人道主义者，可钦佩的爱国志士和"抵抗运动"的战士，莫理斯·多列士的朋友和战友。他从良心和天才出发的整个理智，参加了共产党。他就是这样的一位同志。

保尔·艾吕雅的名字是法国的光荣，工人阶级的光荣，他的名字和他的诗一样，将永垂不朽。

法国共产党，莫理斯·多列士的党，号召法国人民向这位为了人类的幸福，为了自由，为了祖国的光荣，为了和平，奋斗到最后一息的诗人表示隆重的敬意。

法国共产党中央委员会（政治局代）

艾吕雅逝世引起全世界进步人士同声悼惜。聂鲁达从智利打电报说："我太哀痛了，连话都说不出来。他曾使法国遍地开花。我哭了。"希克梅特的悼电说："他是世界人民在争取自由、民族独立与和平的战斗中，高举着的最壮丽的旗帜之一。"以法捷耶夫、西蒙诺夫、爱伦堡为首的十几个苏联作家，在他们的悼电中也说："艾吕雅之死，对于全世界的文学是令人沉痛的损失。"

保尔·艾吕雅的原名是欧仁·格朗岱尔。1895年12月14日，他生于离巴黎北郊不远的一个名为圣·特尼的小镇上。这是一个工业市镇，许多冶金厂、机器厂、化学厂集中在那里。格朗岱尔的父亲是会计员，母亲是女裁缝。一个是职员，一个是手工业工人，都是仗着辛勤劳动度日的人，但是和一般的产业工人却又不同。未来的诗人艾吕雅在那工人集居的小镇上，在机器和汽笛声的喧腾中，在充满烟灰的空气中，度过童年。1908年，他随着父母迁居巴黎。由于他父母的工作关系，全家定居的地方是巴黎东车站附近的工商业闹市。他的童年和少年均在所谓"平民区"的辛劳忙碌的气氛中和对劳动人民的同情中度过的。

1911年，影响他一生的一件严重事故发生了：他患了肺病。所以不得不辍学，到瑞士高山上住了三年疗养院。一个十六七岁的年轻人在寂静的疗养院里过着漫长的空闲日子，这不是一件容易忍受的事。他开始写诗。他那时候的枕边书是惠特曼《草叶集》的法文译本。

他出疗养院不久，第一次世界大战爆发。现在保存着的艾吕雅作品中，最早的一篇诗写于1914年，正是第一次大战爆发那年。那首诗开头说：

心挂在树上，你摘就是了。

青春的心苦于无处寄托，倘逢知己，不妨双手奉送。当然，有志气的年轻人到了一定岁数，往往会有"十年磨一剑，霜刃未曾试"的感觉。但是艾吕雅的年轻的心是不会交托给战争的。不过面对着公民的"义务"，他不愿留在后方。1915年他足二十岁，到了服军役的年龄。一起头，他当卫生员，后来自请调任为步兵。诗人的事业倒并未因战场生活而中断。正相反，1917年他生平第一本诗集问世了。一共"印"了十七册，其中包含十首诗。这诗集名为《义务》，而第一首诗就替一个战死的伙伴鸣不平：

> 遍地上，人在受苦，
> 而你的鲜血使土地渗裂，
> 他们把你抛弃在深渊边沿！

集子中其他诗篇有的题名《受罪》，有的题名《焦躁》，另有一首题为《巴黎这么愉快》。诗的内容却并不怎样愉快：

> 这是战争！没有比冬天打仗更为艰苦！

艾吕雅在战争中只歌唱了他对生命的"忠诚"。意思就是说他希望能保全自己的生命，他对于生命并没有失望。隔了一年（1918），他发表了第二本诗集《和平咏》，尽情歌唱了战士们生还的狂欢。事实上他并没有等1918年大战告终才退出战场。1917年，敌人用毒气袭击，他受了重伤，又加肺弱，不得不回来医治。从此他一生孱弱善病，时常需要进疗养院疗治。甚至1952年他逝世的病因，据医生说，亦当归咎于他肺部中过毒气的病根。

第一次世界大战在他身体上留下严重的伤痕，对他的思想也有一定的影响，不过这种影响不立刻就反映出来。艾吕雅参加战争时才二十岁，他对战争的体会远没有巴比塞或瓦扬—古久里等人那么深刻。在战场上一心盼望生还，生还那天高兴到别的什么都不想，这对于一个被迫打仗的二十岁小伙子，并不出人意外。可是像阿拉贡和艾吕雅那样的青年，从战场上回来以后，相信自己有权利，并且也有义务，大声表示他们对现状的不满。他们盼望发生改变，但不清楚改变什么，怎么改变。由于战后的社会使他们懊丧，他们心里更明白了当初去充当炮灰完全是冤枉、受骗。他们含糊地感觉到那个社会里存在着严重的矛盾。但是他们在那时还没有一定的觉悟，也没有能力去正视、追究和分析当前的矛盾。在现实生活上碰了壁，这群青年决意在文学上来一个翻天覆地的"变革"。因此，青年的艾吕雅，曾经参加了"达达"运动。"达达"幻灭之后，超现实主义代之而兴，艾吕雅又参加超现实主义的行列。

1936年发生所谓西班牙内战，其实是希特勒与墨索里尼发动世界大战的序幕，大炮开始轰击前的"试射"。西班牙人民替这一阵"试射"付出了惨重的代价。"试射"的炮声惊醒了多少直到那时为止在政治上处于睡眠状态，或游移状态的人。画家毕加索是其中之一，他的至友，诗人艾吕雅也一样。

说艾吕雅的政治觉悟是被西班牙内战的炮声所催醒，这是对的；但这并不是说他在那时以前完全站在反动的立场上，丝毫没有觉悟的契机。他曾经对记者多美尼克·特桑谛宣称："即使在'达达'运动的时期，我已经负荷着一种政治的不安。"1936年在伦敦举行的超现实主义的展览会上，艾吕雅作了以下发言：

> 时机已经到来，所有的诗人有权利、也有义务这样主张：他们是深深地活在别的人们的生活之中，公共的生活之中……诗人们的孤寂，今天正在消失。现在他们是和大家一样的人。他们有了兄弟。

——《诗的明朗》，1937版

1936年他到民主西班牙去了一趟，作了一系列的关于赞扬西班牙人民的儿子毕加索的演讲。经受了多少世纪的压迫终于被解放了的西班牙人民，走上欣欣向荣的发展道路，这使艾吕雅深受感动。十年前，苏联电影《波将金铁甲舰》在巴黎演出，艾吕雅在字幕上读到"兄弟们！"这几个字，触动了他心中的人民感情，使他激动得流泪。在人民的西班牙他更亲切地体会到"兄弟们"这几个字的意义。对于艾吕雅来说，这几个简单的字是打开他的心扉、激荡他的感情的一把金钥匙。"兄弟们"触动了艾吕雅的心,使他回想起童年、少年时代生活在他周围的,那些终日劳碌的人们的面孔。使他猛省自己并不是剥削阶级出身的;他父亲替别人写账,母亲替别人缝衣。他的心属于所谓普通的老百姓。因此,佛朗哥对西班牙人民的残暴进攻使艾吕雅感觉到愤恨与悲痛。促使他写了三篇在他一生中划时代的诗篇:《奎尔尼加的胜利》、《1936,11月》和《昨日的胜利者一定要灭亡》。这三篇诗初步确定了他的政治态度,因为他从那时起,逐渐站到人民的立场上,认清了人民的死对头是法西斯主义。

　　1939年第二次世界大战爆发,艾吕雅又被动员。他已经是中年人,未上前线,在后勤部门服务。1940年法军溃退,艾吕雅起先也跟着逃难的人流,涌向南方,不久即返巴黎——已被纳粹占领的巴黎。面对着占领者的阴险、狠恶,面对着法国人民的痛苦,艾吕雅毫不犹豫地参加抗敌的地下组织"抵抗运动"。这一爱国运动是法共领导的。在第二次世界大战爆发的前夕,法共已经被法国反动政府打入地下。在"抵抗运动"中,法共同志永远站在爱国志士们的最前列,因此法国共产党那时被人民尊称为"烈士党"。这也说明党员们在前仆后继,激烈斗争之中,遭受了相当重大的损失,同时决未因损失惨重而放松斗争。就在这时,1942年春天,保尔·艾吕雅正式参加了法国共产党。应当说:他重新回到劳动人民的怀抱中,并且从此不再离开。

　　有两点是非常明显的:第一,在"抵抗运动"中艾吕雅才认识了无产阶级先锋队的真正面目,因此他决定使自己成为其中的一员;第二,祖国和党都在危急存亡,千钧一发的时候,艾吕雅挺身而出,投入激烈与危险的"抵抗运动",他是有决心用自己的鲜血来写作他的最壮丽的诗篇的。

另一件事也深深地教育了他，那一年他所发表的诗集《诗与真理·一九四二》获得了向所未有的畅销。而且在敌人占领下，出版与销售的条件都非常艰苦，居然获得对于一般的诗集来说是向所未有的广泛流传。不仅如此，那时流亡在伦敦的"自由法国"无线电广播，也大大地利用了《诗与真理·一九四二》的诗篇，向法国人民作爱国主义的宣传，号召他们起来驱逐纳粹占领军。为了同一目的，当时英国空军以成千册的《诗与真理·一九四二》空投在法国境内。足见艾吕雅的名字在当时如何地为法国人民，甚至别的欧洲国家的人民，所熟悉，所热爱。《诗与真理·一九四二》以及稍后出版的《和德国人会面》，普遍地为法国人民，甚至法国以外的人民所传诵。这些诗篇无疑地在法国反纳粹的"抵抗运动"中起了具体的作用。艾吕雅这才深刻地明白，只有写人民所需要的诗，表现人民的心声，才会受人民热烈的欢迎。

诗与行动是不能分开的。艾吕雅入党以后，同志们并没有要求他什么都插手，倒是他自己愈来愈闲不住了。结果，他什么工作都插手，要是不让他干，没有他一份儿，他反而不痛快。他积极地、自动地帮着大家写标语，拟传单，张罗着印刷，秘密传递，分发，编辑地下报刊，编辑"抵抗"丛书，甚至筹款，找纸张，拉稿，校对……什么都热心。同时自己抽空写稿，写诗。不仅是文化战线上的工作，其他无论什么，只要有助于"抵抗运动"的工作，他全不推辞。比如设法隐藏被敌人追缉的爱国志士，传递消息等。那样，他整个地生活在理想的追求中，也就整个生活在他的诗里。等于他把诗写在纸上以前先用实际行动写了一遍。而写在纸上的诗，那才像歌德所说，无非是值得记录的生活事实的极微小的部分。写在纸上的诗，只是伟大的生命诗篇的微弱的反光。艾吕雅在那一时期感觉到生命的充实，这是他之所以能够终于写出有价值的诗篇来的理由。在一本题为《我为什么是共产党员》的小册子里，艾吕雅这样写：

> 我在1942年春天加入了共产党。那是代表法国人民利益的政党，因此我把我的力量，同时把我的生命，永远交给了它。我愿意和祖国人民一起前进，向着自由、和平、幸福、向着真正的生命。

由于他全心全意地参加了实际斗争，对于"抵抗运动"作了一定的贡献，二次大战结束，艾吕雅光荣地获得法国人民给他的"抵抗运动勋章"。二次大战以后，他写诗的工作更与他的实际行动分不开。

法国人民争取独立、自由的斗争，和全世界人民的和平斗争是不能分割的，因此当时法国许多卓越人士都投身于和平运动，艾吕雅是其中之一。他是法国和平运动的主持人之一，法国西班牙协会的主席，法国希腊协会的发起人之一。在这一时期，也就是他一生中最后一个时期，他贡献了很大的力量于国际文化交流工作上，这是和平运动的重要工作之一，以法国人民的和平文化使者的身份，艾吕雅在他生命的最后五六年间，跑遍了欧洲各国。其间一度出席洛克劳和平会议，两次访问希腊的革命人民，并且到遥远的南美洲去出席墨西哥的和平会议。1950年"五一"节，1952年纪念雨果、果戈理等文化名人，艾吕雅曾经两度访问了苏联。

艾吕雅正从法国人民爱国运动的积极参加者的身份，逐渐发展为世界人民争取和平的斗争的积极参加者与歌颂者，他的逝世的确不仅是法国人民的损失，也是全世界爱好和平的人民的损失。

艾吕雅不仅是爱国志士，和平战士，而且始终是一个杰出的诗人。苏联名作家爱伦堡在他的悼电中说:"艾吕雅证明了伟大诗歌和我们这时代的伟大运动是可能结合起来的。"这就是说,艾吕雅诗歌的艺术水平足可以配得上他的作品的伟大主题——爱国主义、和平运动。

他的诗应当划分为两大阶段:1936 年以前是个人主义抒情的小天地;1936 年以后他逐步走上十字街头,在他的诗篇中,愈来愈嘹亮地响彻着群众的步伐声。用诗人自己的话来说,从 1936 年以前的"个人的地平线"终于走到了 1936 年以后的"大众的地平线"。

《义务与不安》是他早年的一本诗集的题名,其实 1936 年以前的他的诗,不妨总题为《义务与不安》。因为不知道什么是他的"义务",于是就使他非常"不安"。当然,在没有明确做人的义务以前,是不可能明确做诗人的义务的。1936 年以前,"义务"对于他一直是一个问号,所有的在那一时期内所写的诗,基本上是盖着这个问号的烙印的。诗人曾用了大半生,四十多年之久,来追求那问号的答案。早在 1919 年,他已经发表了追求"纯洁"的理论:

所谓这是"美的",那是"丑的",这种无谓的说法和无谓的偏见,根源在于若干文学时期以来细磨细琢的错误;在于情感的亢奋,以及由此而来的混乱。我们试图保持绝对的纯洁,这是很难的……

使饶舌者满足的可厌的语言,死的语言,我们要压缩它,改变它成为娓娓动听,真正的,在我们之间可以交换使用的一种语言。

他始终相信诗歌的力量,始终相信诗歌是传达情感的利器。他完全从事于写诗的一生,很显然地证明了一个真正的诗人必然是一个具有不能抑制的、几乎和小孩子一般天真的、强烈地希望大家都爱他、同时他也爱大家的这种欲望的人。可是他从1936年以后，才逐渐明白这种无条件的"天真"的爱，在人剥削人的社会中是不可能实现的。要实现人间真正的博爱，不是写几首诗就可以办到，而必须让诗歌服务于为了达到这种目的而进行的实际斗争。艾吕雅早年希望用一种"纯洁"的语言，达到一种"纯洁"的境界；到了那儿，人与人之间的感情才能自由流通，不受阻拦，不被歪曲。他不同意于唯美论者抽象地决定"美"、"丑"，并且主观地认定除了美以外别无目的。到底打算跟哪些人去"交流感情"，跟被剥削者，还是跟剥削者？跟劳动人民，还是跟统治者？这些问题也要等他参加了为自由与祖国的独立而战斗的人民的行列以后，才得到解决。

艾吕雅常把呈现在他想象中的许多意象加以精选，加以洗练，而仅仅保留下最能令人回想起当时情境的"一弦一柱"；通过这样扼要的点触，诗人认为掌握了打开自己的情感之门、同时也是打开读者的情感之门的钥匙。艾吕雅所谓"诗的语言"，所谓"纯洁的内容"，除开意象的点触或堆砌，还包含一些别的东西。在一首题为《语言》的诗中，艾吕雅说：

我有平易的美，这是可喜的，
我在风的屋脊上滑溜，
我在海的屋脊上滑溜，
我成了富于感情的"语言"，
我再也不知道谁在领导。

在另一处，他又给平易下了定义：

我说平易，所谓平易
就是忠实。

——《诗与真理·一九四二》

无论是意象的铺陈或点触，无论是格调的平易或忠实，均需要服务于表现正确的思想与感情，方始不至于落入空洞的探讨。几个简单的字，一个富于启发性的意象，要能成为打开读者感情之门的金钥匙，必须具备客观的条件。不用说，那就是存在于创作者与人民大众之间的共同的社会条件。也就是两者之间得有某些息息相关的共同之点。再说得明白一点，在阶级社会里，最根本的问题是两者之间阶级利益的一致，阶级立场的一致。因此，不朽的名著应当无例外地在当时深深感动过多数的人们，发生过很大的影响与积极的作用。后世的评价是根据当时的影响与效果而定的。

艾吕雅在反侵略的爱国主义运动中，以及在稍后的争取和平运动中，都曾用他的战斗的诗歌，发挥积极作用，收到很大的效果。因为他那时胸中焚烧着人民的感情，所以只要他加以忠实的表现，就是好诗。他那一部分诗歌在法国文学史，甚至在当时的世界文学史上的重要地位是完全确定了的。给他确定这样的地位的人，不是少数"专家"，而正是人民，全世界爱好和平的人民。

等到艾吕雅明白了打开情感之门的金钥匙必须符合客观的条件，必须以群众的需要为基础，而不能由诗人一味主观、闭户造车，等到他明白了这一点，也就是他开始有了真正的政治觉悟。这已是1936年以后的事。从那时起，他开始走上成功的道路。

从1936年到1952年他逝世为止，这十六年之间的作品，无疑地是他一生中所写的最成功、最重要的作品。

1940年到1945年，法国人民在法共领导下进行了反纳粹的"抵抗运动"。那一时期艾吕雅所写的诗，总的说，与西班牙内战时期的诗在主题上是差不多的。那就是：歌唱人民的斗争，憎恨敌人的残暴，表示坚定的胜利信心。可是由于诗人在那些年头亲身参加了斗争,那一时期的诗与西班牙内战时期的诗,有显著的提高。这儿不再是对敌人的含混的憎恨,而是敌人的血腥暴行与丑恶嘴脸的具体暴露。例如《又愚蠢又恶劣》这一类诗篇,不再是远远地对人民的英勇斗争喝彩鼓掌,而是画出英雄和烈士们的有血、有肉的面目来了。例如《合乎人的尺寸》这一类诗,不再是对最后的胜利表示相当缥缈的希望和原则上的信心,而是开始觉悟到人民胜利的必然性,例如在《勇气》这类诗中。总而言之,向现实前进了一大步,由比较抽象的概念,比较浮面的情感而进入更具体、更有生命的表现。而这些收获,显然不是空洞地追求形式上的"纯洁"的结果。

以上是指艾吕雅创作生活第二时期(1936以后)的前两阶段。到了第二期的第三阶段(1946—1952),也就是他一生最后的六年,他的艺术又有显著的提高。当然,这首先表现于诗的内容从爱国主义发展到国际主义与爱国主义的结合。到了那时,艾吕雅的作品里开始表现了一个比较明确而且正确的世界观。在这个意义上,试将1918年所作的《和平咏》与1951年的《和平的面目》对比一下,就可以看出"从个人的地平线上,走到大众的地平线上",变化是何等巨大而且显著。至于写敌人的凶狠与人民的英勇,可以在1949年所写的《寡妇们和母亲们的祷告》这首诗中,看出已经不仅是正义的声援,而是相当猛烈的战斗呐喊。

因此,到了这最后阶段,不但在诗的内容方面,艾吕雅进一步体现了革命的现实主义,即使在形式上,也是他终生作品中最为明朗的部分。此外还有值得指出的一点,就是这一时期的作品中,反映了诗人的广阔的政治视域,从法国国内到全欧洲,从苏联到西班牙与希腊,有关反对侵略、保卫和平的政治性的事件,往往在他的诗篇里得到回响。正和晚年的雨果一样,世界上一切强暴压迫残害弱小的现象,一切不公正、不人道的现象,在他的诗中都引起正义的和愤怒的呼声。显然,这不仅仅是题材广泛的问题,而是充分说明了诗人正义胸襟的阔大与正义热情的强烈,所以他那些诗的内容都相当充实,情感都达到一定的强度。

尽管1936年以前的艺术面是比较抽象的、玄虚的,而后一时期则越来越具体、越明朗;尽管前后的区别有这样明显,也必须承认后期的艾吕雅的诗,在技术方面,是不可能不从早期的经验上发展出来的。因此也就是前期的诗在技术上作了后期的指导,同时也作了准备,而后期的作品不可避免地受着前期的技术上的影响,无论在好的方面,或坏的方面。但这并不是说,早期的形式主义的影响,在后期完全肯定地被保留下来了。正相反,后期的艺术上的成就,主要地是在否定早期的形式主义影响这一斗争上发展出来的。

从很早就开始,艾吕雅专心在日常的语言中,来找寻、提炼他的诗的语言,也就是他所谓"纯洁"的语言。正如讨厌油头粉面、艳妆浓抹的"美人"一样,艾吕雅曾经声明他最不喜欢"诗化"的诗。《恶之华》的作者波德莱尔曾经宣称诗里边打动读者的因素在于"奇特",艾吕雅偏说他欣赏于波德莱尔的地方,倒是他的平凡的方面。艾吕雅认为应当在生活的平凡的一面去挖掘真正的诗;在平凡中发现不平凡,通过平凡表现伟大。平凡的表现使我们的感情更容易接近伟大,了解伟大,接受伟大。平凡的诗句才能最"忠实"地、最"纯"地表达伟大;在这个意义上,平凡的诗句是伟大感情的钥匙。艾吕雅甚至说诗的任务就是使"不平凡的事物平凡化",也就是说使人对于异常的事物发生亲切的感觉。因为据他的说法"只有平凡的事物才能深入人们的心;稀罕的事物往往从人们的左耳进去,就从右耳出来"。

事实上，在艾吕雅最好的诗篇里，可以明显地看出一些日常的字句。手面上的字句，到了他的笔下，就可以发生金钥匙的作用，巧妙地打开读者内心感情之门。

巴黎在挨冻，巴黎在挨饿，
巴黎街上没有烤栗子吃了……

——《勇气》

这两句"平凡"的诗，使纳粹占领下过着悲惨生活的巴黎人——尤其是巴黎的所谓"平民"，永远是艾吕雅心目中的知音者的"平民"——立刻情不自禁地怀恋起战前的巴黎，尤其是所谓"平民区"。在劳动人民挤挤攘攘的街上，充满着忙碌、热闹与乐观的气氛。冬天，这些街上常有推着装在小车上的炭炉卖烤栗子的小贩，使空气充满烤栗子的令人流涎的香味，使忙碌的行人脸上浮现不知不觉的微笑，因为他们心里好像由于栗子的焦香而增加了些微的温暖。这是多么平凡的生活小景。但是对于生活在敌占区，挨冻、挨饿的老百姓，由这恍如隔世的烤栗子香味的记忆，不能不联想到他们失去了的自由与幸福，因此增加对于侵略者的愤恨。这正是这首诗所要达到的目的。这是艾吕雅写诗的手法的一方面；而这方面的典型作品，首先应当举出《加勃里埃·贝里》。

从"平凡"入手，也许不一定是写好诗的惟一保证，真正的保证应当是在典型的环境中，透过典型的事物，抓住典型的情感。不过典型的情感不宜于用滥调来表达，否则一定失去它的典型作用。艾吕雅常常企图通过"朴素"和"平易"来抓住最真挚的情感，用"朴素"和"平易"来提炼"平凡"的题材，使之成为达到不平凡的感情的钥匙。在他早期的作品中，有时也有一些随手拈来不费气力的妙句。那些拈花微笑，恍惚若有所悟的妙句，也就是他早期作品中最吸引读者的地方。可是艾吕雅强调诗要言之有物，要求"诗应当以实践的真理为目的"。这也就说明了早期的所谓妙句必须为崇高的意境服务。

在另一方面，这些"朴素"与"平易"的笔法，在他后期的作品中，有时也起了些肯定的作用。例如憎恨人民的敌人时，他用明快的诗句，以斩钉截铁的印象给予读者：

> 什么样的宝石也比不上，
> 替无辜的人们复仇的愿望可贵，
> ……
> 再没有什么天气能比，
> 叛徒们伏法那天早上更明朗。
> ……
> 如果对刽子手们宽大，
> 世界上永不会有幸福。
> ——《宽恕的贩卖者》

关于未来以及对未来的信心，他也有他的简洁的说法：

> 我们是我们自己的主人，而我们的孩子
> 将永远是他们自己的主人。
> ……
> 过去是打碎了的鸡蛋，未来是正在孵着，
> 小鸡的鸡蛋，现在，那是我的心。
> ——《诗的大路和小径》

又如提到阶级友爱，战斗的友谊，他也有一些出色的句子，虽然译文很难完全传达原诗的妙处：

> 替大家工作的时候我是自由的，
> 因为我知道自己被众人的光辉笼罩着。
> ——《锡珪衣洛思》

有时在一首诗中有一句或两句非常突出，可是全诗并不很好。有时一句诗的原文非常精彩，然而由于法文与中文毕竟相距甚远，不易在译文中保持原来的光泽。不过艾吕雅有一些诗篇，因为整首的力量本来很充沛、结实，所以经过翻译以后，也还多少保存原来的生命。例如《自由》这篇尽人皆知的诗。这是艾吕雅最出名的作品，同时也是使他成为法国人民诗人的重要篇章之一。《自由》恰好使艾吕雅写诗的才能很顺手地发挥了优秀的一面。就大体说，这首诗的体例很简单，甚至相当单调。所用的"材料"当然完全是手面上的，极"平凡"而且"平易"的事物。可是这首诗技术上的优点，正就在于它的亲切与朴素上。

"失掉了自由的人们渴望自由，的确是一种念念不忘，寝食难安的情绪。"法国评论家葛洛特·罗阿说得很对，当时艾吕雅考虑如何能将被践踏在纳粹铁蹄下的法国人民渴望自由的深刻心情，非常有力地，同时又非常亲切地表现出来。终于，他采用了写爱情诗的办法。

在我的练习本上，

在我的书桌上，树木上，

沙上，雪上，

我写你的名字：

全诗二十一节零一行，共八十五行，除了最后的一节稍有变化以外，其余二十节反复地说在什么东西上，"我写你的名字"。直到最后的一行，独立的一行，也就是第八十五行，才用所谓"画龙点睛"的办法，点出对象的名字："自由。"这样，使这两个极其平常的字，发挥了出人意料的力量，充分表达了平凡中的不平凡。而全诗各节不嫌其烦，不嫌其单调，念经式的重复，正为了最后一声大呼准备气力，同时深刻地表达了对于自由的极其固执的想望，以及在想望中的迫切与焦急不安的心情。倘如把那首诗的最后两个字"自由",换成一个人名,一个真正的恋爱对象的名字,那么这首诗就立刻变成了动人的情诗。因为爱情是人人皆有的感情,强烈与真切的情感,以爱人的心情来表现爱自由的真切,是很容易被人所体会的。比方说,爱祖国如爱母亲,爱光荣如爱自己的眼珠,都是同样的力求真切的表现法。

效果是这样:《自由》这部诗集一出版,喘息在纳粹铁蹄下的法国人民为之震动,甚至国境也拦阻不住这首平凡的诗的广大而强烈的震波。因为那时法国以及欧洲许多被德意两国法西斯党徒所蹂躏的人民,他们日夜渴想的爱人,不是别人,正是"自由姑娘"。她是当时千百万人心目中共同的爱人。能够抓住这一点,而加以简单有力的表现,对这样的诗人,我们不能不承认他是伟大的艺术家。

正因为爱人是"自由",是整个民族的自由,而不是毫无代表性的、个别的张三或李四的自由,所以艾吕雅这首诗所起的作用决不同于一首简单的情诗,它是伟大的战斗号召。事实上这首诗也曾成了登高一声万人响应的战斗呐喊,即使诗人并没有写"杀呀!""冲呀!""自由万岁!"诸如此类的句子,当然,并不能说艾吕雅的办法就是惟一的好办法。但至少在当时当地,《自由》这首诗曾起了极大的作用,这一点是值得深思的。

历史的事实,和他本身作为诗人的亲切体会教育了艾吕雅,终于使他找到了正确的道路:认为诗人必须与人民大众一条心,必须与他们走同一条路,而且深入他们的感情,然后才能以最精炼的诗句表达诗人自己的感情,也就是人民的感情。只有这样的诗才有存在的价值。

1950年,艾吕雅被邀请到莫斯科参加"五一"典礼。在那儿,他发表了题为《诗歌——和平的武器》的重要演说,主要地提出了"凡有诗歌均为即事诗"的现实主义的理论。艾吕雅一生对于诗的见解,结论式地归纳在这一篇可以认为是他的"文学遗嘱"的文章里。那是一篇研究艾吕雅的重要文献。

从艺术形式上说,他的后期的诗篇也显然日趋明朗。早期的形式主义的痕迹眼看逐步被洗清。但是长期的形式主义影响的残留显然很难在短期内洗刷干净。尤其,比方意象的堆砌以及有些表现方式由于过分单纯化,显然有些抽象,以致妨碍了全诗的明朗性,在后期的作品中这些缺点都或多或少地存留着。这种倾向之所以残留——虽然在程度上与早期作品有了显著的区别,但是一直不能洗刷干净——基本原因仍然是他过分追求"语不惊人死不休",追求一击便中要害的最富于关键性的意象,甚至最富于关键性的一行诗,一个字。由于金钥匙不是那么容易找到,有时最关痛痒的一句话,一个意象,如骨鲠在喉,欲咽不得,欲吐不能,急得诗人在一大堆近似的意象,或含有暗射的意象上打转。因为不能从正面入手把金钥匙抓住,只好不得已而求其次,从侧面加以烘托。

所谓烘托,也不同于一般习惯的烘托法,而是超现实主义的老把戏之一:梦与现实的交错。也就是把一些毫无联系的事物,故意放在一起,使之发生突兀的印象,以及"此中有深意,欲辨已忘言"的奥妙。例如在他逝世前一年发表的比较重要的长诗《畅所欲言》,基本上是一篇比较明朗的诗,但是其中仍不免有些玄虚的意象:

> 表现成群的手,成荫的树叶,
> 彷徨歧途,没有个性的野兽,
> 肥沃、丰产的河流以及露水,
> 站起来了的正义,牢固的幸福。

在这一节诗里,按照超现实主义的看法,问题并不在于前三行如何烘托最后一行的"正义"与"幸福",亦不在于"没有个性的野兽"到底是什么东西,它暗射什么;而在于这些风马牛不相及的意象连接一起究竟给你一个什么印象。艾吕雅希望给我们的印象,据说不仅是视觉的想象,而且也是听觉的想象;甚至听觉比视觉要重要得多。他逐步地寻求形式上的明朗的努力,主要表现在最后的几本诗集中的作品大量采用法国诗传统的格律这一事实上。在这一时期许多诗是用整齐的十二音诗写的。如果他能多活若干年,这种寻求内容与形式的明朗,与两者之间的和谐与一致的倾向,必然会得到更大的成就,一切形式主义的残余势必得到进一步的洗刷。

阿拉贡非常注意艾吕雅后期的诗逐渐格律化这一事实。在纪念艾吕雅逝世一周年的文章中着重提出这一点,并且认为这是艺术形式上的个人主义的克服。在阿拉贡的提倡之下,目前法国最年轻一辈的进步诗人,正在掀起格律诗的热潮。总之,明确的内容要求明确的表现形式,这是艾吕雅从自己的甘苦中得来的宝贵体验;同时也是作为新旧两时代过渡时期的桥梁的、伟大诗人艾吕雅所能遗留给青年诗人的珍贵教训。

在他逝世前一年发表的一首长诗《畅所欲言》中,一开篇他就沉痛地检讨了自己:

做着梦,我随便流露出一些形象。

我糊涂一生,没有学好清楚地说话。

接着他表示了此后要如何更好地写诗,更进一步地深入生活,和人民生活在一起,斗争在一起。这是对的:要求"清楚地说话",不仅是形式与技术的问题,首先还需要充实内容。可惜他未能像雨果似的活到八十多岁,年寿未允许他完成大志。

即使未竟全功,艾吕雅的诗在法国也还是受到广大读者的欢迎,对于当前法国的读者,他的诗仍然是起很大作用的。下列事实,可以证明。他逝世一年以后,在法国作家协会一年一度的"售书会"上,他的作品在短短几小时内,销售的价值达一百余万法郎。尤其是诗集,这样畅销是空前未有的。

从另一意义上说,对于艾吕雅的艺术的明朗性,也就是说他作品中所表现的斗争性的强度,似乎不应该脱离法国目前社会情况,脱离法国人民革命现阶段的条件,而用一种悬空的"标准"去要求它。艾吕雅自己也很明白自己的历史任务及其局限性。1950年他在莫斯科所发表的演讲中曾经坦白诚恳地说:

……可能在你们眼中,今天法国诗人们的"政治诗"显得既落后于战斗诗的辉煌传统,亦落后于苏联的诗歌的惊人的活动范围;那么,你们可以说我们(法国诗人)无非是先驱者——早就期望,然而尚有待于争取的一块土地的先驱者。

正如加里宁提到旧俄时代的文学与艺术时所说:"那时候艺术的力量是什么?那力量在于:伟大的艺术家们用他们的才能和技巧来表现他们所了解的人民的希望。他们在这一方面的成就是相当大的,因为在他们的时代,他们是俄国社会的进步的代表人物。"诗人艾吕雅的一生勇敢地从"个人的地平线",走向"大众的地平线",挣脱了形式主义的艺术的圈套,指出了以诗歌作争取和平的武器的正确方向,他的光辉的范例,必定永远保留在法国文学史上,供后来者认真地学习。

(1954年2月初稿,1987年12月修改)

街与提琴

——漫谈现代诗

诗在现代，乍看似乎本身充满矛盾。然而极度动乱和苦难的今日世界，诗歌始终是比任何历史时期都更恳切地被苦难中的人民需要着、盼望着。人民多么希望他们创痕累累的身心，能在诗人的吟咏中得到慰藉；多么希望他们为寻求光明而进行的斗争，能在诗人们呼号中得到激励。这样的现代诗是有的，例如反法西斯战争期间法国诗人艾吕雅（1895—1952）和阿拉贡（1897—1982），他们写了激动人心的反法西斯斗争的诗歌，艺术水平也很高。和他们类似的诗人当然还有一些，但是为数极少。一般的现代诗人愈走愈陷入个人小天地，新的象牙之塔又出现了。甚至可以说文学史上从来没有见过诗人和他们的艺术与人民群众如此疏远，与实际生活如此隔膜。

现代诗是抽象的，玄虚晦涩，刻意不让人懂的。法语中有一个名词，叫做"封闭主义"。封闭的诗篇像天书一样难读，可是有一种特异的吸引力。封闭派诗人有的已经蜚声国际，获得诺贝尔文学奖。但是现代诗不通俗，不像雨果（1802—1885）的诗一样大众化。现代诗不为广泛的公众所理解，即使个别诗人荣获诺贝尔文学奖，现代诗的社会影响仍然是有限的。

现代诗的现象及其本质问题是很复杂的。本文并无作任何结论的企图，因为我们既不能单从政治角度，思想意识角度，也不能从传统的诗歌艺术角度来评价现代诗。多提供一些有关现代诗的客观事实，使读者对现代诗为何物有更多的认识，更全面更具体的概念，让读者自己去分析辨别吧。这无非是本文有限的目标。

呻吟在纳粹占领军铁蹄下的法国（1940—1945）诗坛上忽然出现比散文文学（包括小说、游记、回忆录等）更为繁荣的现象。一时之间，诗歌小册子，如东风中的花瓣似地纷纷飘落在书店的摊架上以及评论家们的案头。万马齐喑，唯独诗歌喧鸣。这种种现象说明什么？有人说，散文是直言不讳，吐露心曲；诗歌则以文胜质，可以给思想感情披上一件五色缤纷的外衣，令人眼花缭乱，抓不住诗人心中要表达的究竟是什么。所以乱世立言，宜于写诗。这么说来，现代诗之所以扑朔迷离，原来诗人心中有难言之隐，或者说诗人心中有不敢直言的怒火与苦衷。祸从口出，何况以笔代口，其祸更烈。古今中外的文字狱，为了一句诗，一行字，得罪权贵，引来杀身之祸者，并非鲜见。这也是现代诗之所以处境狼狈的一个原因。

碰巧我手边有一本日内瓦出版的期刊《文学》，其中有一篇关于今日英国诗坛的通讯。作者康弗特说，从 1942 年到 1945 年，诗歌在英国大量出版，为前所罕见。每周总有三四种新诗集出版。有时是三两个诗人合出一册的诗集。有些诗集根本没有纸章统制机关的许可证，偷偷地出版。这种盛况也许不限于英、法两国。连日内瓦这个"永久局外中立国"的旅游和国际会议中心，一向不以文化活动著称，也出现一本以诗歌为中心的文学刊物。到了战后的法国，诗歌已经不是出版界的大量产品。大量的产品是小说，许许多多英美的流行小说的法文译本充斥市面。可能由于那时一般读者已经有较多闲暇时间与闲暇心情去读大厚册的小说，薄薄的诗歌小册已经不是能满足读者胃口的精神食粮。但是对于所谓纯文艺的爱好者，目光仍然注视着战后诗坛的演变。自从1913年亚波里奈（1880—1918）发表他的杰作《醇醪集》以来，诗歌在法国文坛上占有特殊地位，这无疑是现代诗的光荣。然而光荣的现代诗，据说在战后的年月里没有读者。除了极少数的诗歌爱好者以及研究者之外，广大读者对于愈来愈难读难懂的现代诗不敢问津。

孤傲的诗人一跨出书房或斗室，立刻显得狼狈孤立。我在街头瞥见现代诗，它几乎以乞丐的面目出现在大众面前。在很长一个时期，我在国外留学，课余时间，大部分消磨在公立图书馆中和旧书摊上。从恬静的书籍世界出来，一脚跨进所谓现代文明之花的热闹大街，眼睛突然受现代生活的骄阳猛射，半天张不开。我意识到，大城市的热闹街道，除了使人嗅到金钱与物质欲望的臭气之外，还有什么意义呢？物质生活与精神生活极度不调和正在成为20世纪后半期新诗歌产生的社会背景和历史条件。金钱和物质欲望的臭味，在资本主义世界，是文学和艺术的唯一养料。诗人艺术家如果厌恶这一切，反对这一切，如果要在诗歌或艺术作品中表现自己的苦闷和烦恼，势必产生抽象的、玄虚的、晦涩或怪诞的诗歌或绘画、雕塑、音乐。当然，可能也有某些诗人或艺术家干脆说："我就爱这个物欲横流，精神腐烂的世界，我就爱闻金钱和物欲的臭气！"但是这种"诗人"毕竟不能在他的诗歌中坦率表现他们卑污的趣味，所以只好用玄虚抽象或晦涩来掩饰空洞庸俗的心灵。但是文艺创作无论如何不能逃避一条根本性的规律，那就是如果作者没有崇高的精神境界，纯洁的心灵，任凭他用什么矫揉造作或朦胧诡谲的手法，也创作不出有价值的作品。

在资本主义国家繁华热闹的大街上,我,一个来自远方的外国穷学生,往往寻思着人生的意义,一边在熙熙攘攘的人丛中匆匆地行走。有时,我惊讶地听到小提琴微弱的演奏声。我寻声而往,发现一位衣衫破旧,长发蓬松的音乐家,他用左肩和下巴夹着一张陈旧的小提琴,眼光注视地上,他的弓弦在提琴上拉出一声慢条斯理的长叹。提琴的空盒打开着放在地上,准备接受善心的行人们给他的布施。他并不是乞丐,他无非是个衣食无着的落魄艺人。我每次遇见这样的流浪艺人,心中不自禁地产生深厚的同情。我暗暗地说:瞧,这就是现代诗的显形,现代诗的象征。如果你不愿意或者不善于用哗众取宠的伎俩,出奇制胜的手段,"惊震庸俗的大众",达到名利双收的目的,成为桂冠诗人,或什么学院的院士,甚至荣获诺贝尔文学奖;如果你下定决心,保持你纯洁的灵魂和高尚的情操;用真诚、朴实、恬淡的艺术风格创作你的作品,你很可能一生成为默默无闻的诗人,可能勉强维持温饱,也可能流落街头。繁华的物质文明和你是无缘的。

我们把现代诗比作沿街卖唱的小提琴,是指心地纯洁,态度真诚,风格朴素的现代诗,指永远和人民大众心连心的现代诗,而不是指标奇立异,哗众取宠,追求名利双收的现代诗。自从少年时代开始,我就认为可敬可亲的是街头卖唱,纯朴真诚的流浪诗人,而不是那些声名赫赫,趾高气扬,不可一世的时髦诗人,走红运的诗人。萨特拒绝了诺贝尔文学奖。他说他不接受一切官方的"恩施"。

现代诗也不能一概而论。不能说现代诗的共同特色是玄虚、抽象,朦胧、空洞。往往这个诗人的风格偏于玄虚抽象,那个诗人的风格偏于朦胧空洞,人人各有所侧重。更重要的是,内容比较健康充实的诗人,将抽象朦胧的风格向好的方面、增加艺术美感方面发展。内容不充实、不光明磊落的诗篇,玄虚朦胧的艺外衣适足以增加其空洞诡谲之特色。这也不足为奇，每一个时代的诗歌有其时代的总风格，时代的共性。同一时代的各派诗人，各个诗人又各有其个性。无论哪一时代的诗歌，都不免有品格比较高尚和品格比较低下之分。现代诗的一般风格是玄虚抽象，朦胧晦涩。这种风格所表现的内容又随诗人品格之高下而不同。

现代诗之所以有这些特色，主要原因在于20世纪发生了两次史无前例的惨烈的世界大战，经历了无数次大大小小的社会变革；残酷的阶级压迫与民族压迫，使全世界人民的生命与财富蒙受巨大损失，人民颠沛流离，精神恐怖不宁。现代诗是人类精神的子宫里孕育的一个怪胎，一个畸形儿。我们是唯物主义者，我们的思想中不可能否定文学艺术是人类社会生活的土壤中生长出来的花木。我们要分析理解某种文学艺术现象，不能不从文艺植根的社会土壤说起。现代诗是今天社会生活中物质因素高度发展，精神因素异常萎弱贫乏而产生物质文明与精神文明严重失调的苦果。现代诗企图在玄虚、朦胧的境界中，将物质生活与精神生活极度不均衡的裂缝弥合起来，或者说，企图将这种裂缝加以掩饰。为了达到这种艺术的目的，现代诗不能不对传统的诗歌美学观点加以改革。现代诗反对17世纪法国古典主义诗学的唯理主义和19世纪初叶法国浪漫主义诗歌的感伤主义。在现代诗中，你既见不到唯理主义的影子，也见不到感伤主义的痕迹。许多读者对于现代诗的美学革新十分不习惯，比较保守的人甚至干脆否认现代诗是诗。但是现代诗在美学上的创新显然不能一笔抹煞，并且值得我们深入研究。后世诗人如果企图在诗的艺术上有新的开拓，他们将不得不借鉴于今天现代诗的美学探索，不得不借鉴于超现实主义的"冒险"。

一切事物的发展都只能是螺旋式的上升，而不可能是割裂式的跳跃前进。艺术的创新向来只能是融化旧传统，推陈出新，而不能对艺术传统采取绝对的虚无主义。一切成功的革新都是在破旧的基础上进行的。破旧立新也仍然以旧为基础。创新不可能是从天上掉下来的"新",从天空什么也没有掉下来,一切都是从地上长出来的。今天的现代诗有两大缺点,一是对艺术传统几乎完全采取割裂的态度;二是脱离人民大众。

诚然,诗歌脱离人民大众并非从20世纪开始。在法国文学史上,诗歌成为个人的创作,个人的事业,大约是从16世纪开始的。诗歌是人类的文学创作中最早、最古老、最原始的形式。原始文学是口头文学,而且都有韵的。韵文便于流传,便于记忆和背诵,因此诗歌早于一切其他文学形式而产生。这是世界各国各民族没有例外的现象。上古的文学都是民间文学,上古的诗人都是民间诗人,他们当然不会发生脱离人民大众的问题,据说古希腊诗人荷马是个民间歌手,他的长篇史诗《伊里亚特》和《奥德赛》来源于民间传说与歌谣。法国中世纪的流浪诗人在文学史上占有重要地位。他们手拿简单的乐器,到市集上去弹唱,吸引许多听众,可以获得一定数量的收入。有时,游吟诗人被请到封建郡主的府邸中,面对老爷太太们,既弹且唱,博得贵人的赞赏。这些游吟诗人所唱的不外乎民间传说,保卫民族独立自由的英雄人物以及他们的爱情故事。此外就是神话和宗教典故。反正都是人民所熟悉而且百听不厌的内容。游吟诗人到封建宫廷中去演唱时,少不得加上一些贵人们爱听的材料,例如骑士们的忠勇,急公好义,以及骑士对于贵妇人的近乎偶像式的崇拜,至死不渝的爱情。为什么我们称他们为游吟诗人,而不是卖唱者或行乞的歌人?因为他们在歌唱民间传说以及另一些几乎人人熟知的材料时,肯定是有艺术加工的。而且在弹唱时,各有各的吸引听众,魅惑听众的手段,所以他们是艺术家,是人类最早的"街头提琴",是现代诗人的远祖。今天在巴黎大街上拉小提琴求乞的落魄艺人，也是中世纪游吟诗人的后裔。当年他们的祖先，到处受欢迎的游吟诗人，是名副其实的人民歌手、人民诗人，而今天，他们500年后的子孙，已成了大街上的乞丐。这么大的变化，你可以说是悲剧性的变化。但不能怪罪诗人，也不能怪罪诗歌艺术，一切受制于社会的发展，历史的演变，决定于生产的盛衰。自从18世纪末叶，法国资产阶级掌握政权以来，虽然中间经过复辟王朝与拿破仑帝政的干扰，资本主义却一直向前发展，到20世纪初年，法国的垄断资本主义已经成熟到进入帝国主义阶段。

法国的，以致西方的现代派文学，包括现代诗在内，是帝国主义时代的文学，帝国主义时代的诗歌。这种文学，这种诗歌，身上不可避免地盖有帝国主义烙印。但是我们并不赞成用"腐化堕落"四个字来评断和概括帝国主义时代的文学。我们认为帝国主义时代盖在文学艺术上的烙印决不是简单的"腐化堕落"四个字，而且"脱离实际，不敢正视现实；心中充满焦愁苦闷，不敢坦率地表达出来"。如上文所阐述，帝国主义时代的文学艺术是物质文明畸形发展，精神文明极度萎缩，两者之间非常不协调，不均衡的表现。帝国主义时代的诗歌之所以呈现玄虚抽象，朦胧晦涩的面目，不外乎两种动机：第一，诗人接受了拜金主义的社会潮流，追求金钱，追求物质享受，物欲横流，灵魂空虚，而不能把这种庸俗卑下的精神实质，厚着面皮用白纸黑字表达出来，所以只好矫揉造作，吞吞吐吐，故意写成谁也看不懂，看不清，只能意会，不能言传的"密封"式的天书。第二，诗人对于拜金主义，物欲横流极度反感，极度憎恶，然而大势所趋，黄钟毁弃，瓦釜雷鸣，一两个人头脑清醒，心地光明，又何济于事？所以势孤力薄，不敢公然站出来正面反对。不然寡不敌众，也许反遭诬陷而受迫害。文字之狱外国也有，祸从口出，不能不令人寒心,所以说话战战兢兢,给人造成晦涩含糊的印象。以上就是我对现代诗的粗略分析。倘有谬误之处,谨候海内高明之士批评教正。

估计必然会有不同意见,认为现代诗与传统诗之差别,在于艺术形式的发展与演变,这仅仅是美学上的问题,与时代的变迁无关。我们的意见与此不同,我们的观点是:文学艺术作品的艺术形式决定于它们的思想(感情)内容。是内容决定形式,而不是相反。内容是第一位的,形式为内容服务,而不是相反。而内容则取决于社会制度与物质基础,受制于历史条件与社会环境。恕我重复说一句:文学艺术是从社会的土壤中生长的,不是从天外飞来的。美学观点发展与变化是随作品内容的需要决定的,不是由创作者主观幻想决定的。我们的观点所根据的是客观实际,不是主观空想。

此外,本文所用几个名词的定义需要根据事实加以澄清。法国所谓现代文学与现代派文学不是一回事。在法国文学史上,现代文学是从16世纪文艺复兴开始的。当时的代表作家是蒙田(1533—1592)、拉伯雷(1494?—1553?)和诗人龙萨(1524—1585)。现代派文学则从19世纪末叶的象征主义开始。本文所说的现代诗是指现代派文学中的诗歌,也就是现代派诗歌,简称现代诗。法国文学史上以及一般的文学评论中,一向不用"现代派"这个词,而用"现代式"或"现代性"。本文为行文方便起见,按照我们评论界习惯,一般用"法国现代派文学"一词。这个词不是法国人的用语,不是从法文原文翻译的,特此声明。我们现在说的"法国现代派文学",是指从象征主义开始,尤其是从本世纪20年代初崛起的超现实主义开始,直到今天的文学。至于"当代法国文学"这个称号的含义,在法国评论界也相当混乱。有人认为从1900年开始是当代文学；另一些人则认为应当从 1919 年开始，更多的人则主张当代法国文学从 1945 年算起。我们倾向于后者，把 1945 年作为法国当代文学的起点。

法国文学史上一般认为：以信号弹的形式出现于天空的第一部法国现代诗，是 1857 年发表的波德莱（1821—1862）的杰作《恶之华》。按照超现实主义者的意见，出现在天空的现代诗的第二颗信号弹不是兰波（1854—1891）的《地狱的一季》（1873）和《醉舟》（1883），而是罗特雷亚蒙（1846—1870）的《玛尔佗萝之歌》（1869）。第三部信号弹式的杰作出现在天空的是亚波里奈的诗集《醇醪集》（1913）。这三部诗集均为天才之作，几乎没有一个超现实主义诗人的作品能与之媲美。后来艾吕雅和阿拉贡在反法西斯战争时，冒着生命危险创作的抗敌诗歌，无论在澎湃的激情还是在强烈的艺术感召力方面，都达到了现代诗的顶峰。

法国的现代诗都是房中乐，而不是大锣大鼓的交响曲。法国的现代诗是个人情怀的抒写，是轻音乐，供少数人在优雅的沙龙中清听。这和俄国未来主义诗人们，例如玛雅可夫斯基，在大庭广众中咆哮的朗诵诗有很大的区别。除了在阿拉贡诗集《法兰西的号角》（1944）中，有几首可以用咆哮的高音来朗诵，能表现阳刚之美外，一般法国的现代诗却突出幽静阴柔之美。自从玛拉美（1842—1898）以来，法国现代诗就定下了内心独白的调子。由于是内心的独白，所以不易为外人理解，有时连诗人自己也不知所云。到了超现实主义诗人手中，抒情诗成了潜意识的申诉，真的和伪造的潜意识。真正的潜在意识是什么样的，其实谁也没有见过，谁也说不清，除非在睡梦中。梦是潜意识的王国。可是梦是很难如实地记录下来的。写成文字，写成诗句的梦已经有很大一部分人为的因素。也就是说，已经是一杯掺水的酒。

其实即使在古人的诗中有时也出现潜意识的闪光，不过那只是偶然的，不经心的，不是故意追求的现象。诗之所以与散文不同，就在于诗中允许有时出现梦呓，出现吃语。追求诗中表现潜意识，不是从本世纪20年代的超现实主义开始的。波德莱在他的美学观中，提倡"奇特"的美，也就是说，在正常的情况下，突然出现不正常的现象，可以给人以特殊的美感。玛拉美尽毕生精力寻求隐藏在平凡事物背后的不平凡的精神，寻求事物的真谛，可能他是在追求某种不可捉摸的幻觉，某种给他以强烈诱惑的永恒幻影，有如古代的方士炼丹一样。能使人长生不老的金丹始终没有炼成，没有一个人能实现这种非凡的奇迹，可是他们不惜把自己的整个生命焚化在炼丹炉中。记得也是玛拉美最先把写诗叫做"语言的炼丹术"，他自己有特殊的手法，不是诗句玄虚、朦胧、晦涩，而是用字用词的突兀。尤其在一行诗的结尾处，他喜欢用一个出人意外的字，乍看似不可解，仔细体味，才知道整一行诗，整首诗，由于一两个令人觉得突兀的字或词的出现而产生了新的意境，产生了言外之意，弦外之音。玛拉美真是一个"语不惊人死不休"的诗人。

　　另一位象征派的著名诗人，保尔·魏尔兰（1844—1896）企图用别的方法来表达无法用正常言语表达的情意。首先，他提出诗的音乐素质置于一切之上："音乐先于一切"，这是他的一首诗中的第一行诗。音乐不是语言，是节奏。音乐是超语言。我们心灵深处的语言不是普通的语言，而是心弦颤振，是无言的旋律，是节奏。他的名作《秋之歌》简直是一条颤抖着的琴弦：

> Les Sanglot lsongs
> Des violons
> 　　　Del'automne
> Bercent mon coeur

D'une langueur

Monotone.

……

中文只能翻译大意,无法表现扣人心弦的音节:

秋天的提琴,漫长的呜咽,

摇荡我的心,单调的悲戚。

在现代诗中,魏尔兰的作品保留浪漫主义诗歌的余风最多,主要表现为两点:一、音乐的节奏;二、感伤的情调。本世纪20年代之后,受过超现实主义洗礼的法国现代诗,完全和魏尔兰背道而驰,既摒弃音乐感,更反对感伤主义。音乐感和感伤主义是传统抒情诗的主要因素。20世纪20年代以后的法国抒情诗的特点,正在于坚决清除这两种被认为"廉价的装饰品"的"诗魂"。20年代以来的抒情诗,如果还配称抒情诗的话,发展的方向是枯燥的形象和抽象玄虚,似是而非的形而上学哲理。在这点上,被列为后期象征派的大诗人保尔·瓦雷里(1871—1945),似乎和超现实主义诗人有相近之处。人各有所好,艺术上的爱好出于个人兴趣,不必强求一致,更不必为此而进行学院式的辩论。我个人兴趣倾向于抒情诗的音乐感和多少带点感情流露的味道,因此我在现代诗中偏爱艾吕雅和苏佩维埃尔(1884—1960)等有人情味的诗人,而不喜欢玄虚派和密封派。我对于在街头拉小提琴求乞的潦倒艺人表示同情,正因为他们奏演的不是抽象诗的曲调,而是近乎魏尔兰《秋之歌》中的"漫长的呜咽",富于人情味的一声长叹。

我20多岁在国外侨居和上学时,走在资本主义世界的繁华扰攘的大街上心中充满反感,甚至仇恨这种大街,这种世界。我当时是穷学生,口袋里没有几文钱,任何物质享受都没有我的份,但我并不羡慕有钱的人,即使我有钱,我也讨厌禽兽一样的物欲享受。在那个世界里，人和野兽有多大区别？街上行人急急忙忙走着，几乎人人都在小跑前进，恨不得跑得更快，甚至把旁边的人撞倒，也不放在心上。19世纪30年代，德国诗人海涅（1797—1856）侨居巴黎，喜欢在街头故意让行人撞一下，或者故意让行人踹他一脚，为的是听法国人用很礼貌的态度，和婉的语言向他道歉。年轻淘气的海涅以此为乐，而且写在他的日记上。法国人是有优良文化传统的民族，他们向来以态度平易近人，从容不迫，轻松风趣闻名。可是经受了两次世界大战之后的法国人，风度已经大不如前。现在，在巴黎大街上的法国人也在疾步奔走，去追逐"物质利益"。

精神文明在街头呜咽。20世纪的精神文明以拉小提琴的艺人姿态出现，在物质产品极其丰富豪华的大街上求乞。提琴一声声发出"漫长的呜咽"，这是在物质文明威胁下的精神文明在抒发出银灰色的叹息，无可奈何的叹息。

本来，小提琴的音调并不微弱。魏尔兰式的抒情诗的音调也不是微弱的。小提琴如果在一个肃静的音乐厅里独奏，它的音调有时深沉，有时洪亮，有时高亢，有时旖旎，扣人心弦，而毫无微弱之感。可是在嘈杂喧嚣的大街上，小提琴的音调就显得微弱了。我对于银灰色叹息特别敏感。一听见就知道附近有一把小提琴在呜咽，于是顺着琴声找到狼狈的老艺人（十之八九是老人），静静地听他演奏，掏出我衣袋里仅有的一点零钱，不是掷在他的空琴盒中，而是弯下腰，把纸币端正地放在盒中，表示我对老艺人的敬意。

不知道为什么，从青年时代开始，我常常寻思，到我老年时，我很可能成为一名乞丐，一个白发龙钟的老乞丐。可是我不会拉提琴，不会演奏任何乐器，我，作为一名沿门求乞的老诗人，只好编一套《莲花落》（顺口溜），沿街去唱……不知道为什么，我每次看见求乞的老艺人，总不禁油然起敬，我想他们是灵魂比较纯洁的人，比发大财做大官的人们要纯洁得多（指旧社会）。再回头来看看街上扰攘不休的忙碌群众。他们庸俗的面目虽然表情各人不同，但心里所想的基本上是一致的。那就是用各种手段去猎取多多益善的物质利益，发财致富以后，尽量满足自己的物质欲望和官能享受。难怪街头的提琴在叹息："呜……呜……真不知道，人和禽兽有什么区别……"

资本主义国家大城市的大街，象征着现代生活的修罗场，一边是无穷的诱惑与刺激，欺诈与掠夺，盗骗与残害；在商店里你可以看见大腹便便富商，如同大肚子蜘蛛一样，盘踞在网中，静候自投罗网的猎物；杀人不见血的大盗们，坐着最新式的汽车在街上疾驰。另一边是为饥寒所摧残的"倒楣鬼"，拖着疲乏的肢体，怀着慌张和怨恨的复杂心情，张着艳羡和绝望的眼睛，也在街上的人流中浮沉。现代生活的丑恶与罪行在街道上汇成一股污浊的洪流，不舍昼夜地流向死亡与毁灭。这个旧世界是注定要毁灭的。但是人类绝对不能毁灭！在这种气氛中，提琴灰白色的叹息显得很不协调，而且毫无意义。不，不是毫无意义。提琴满怀怨愤，在给旧世界奏演哀歌。

至于不协调，那倒是真的。那玄虚、抽象、朦胧、晦涩的现代诗，和帝国主义时代资本主义世界的乌烟瘴气的社会，确实比街头提琴的哀歌协调得多。这种现代诗，它是这个时代，这个社会的产物，它和这个时代和社会基本上是协调的。我们指的是超现实主义兴起以后的法国现代诗。

20多岁时，我有几个和我年纪不相上下的青年朋友，我们常在一起谈心，立志要终生从事文学艺术事业，不论创作或评论。不论怎样碰钉子，哪怕穷得在街头求乞，此志决不改变。我们从事文学艺术只有一个目的，那就是提醒人类，劝告人类：

"人呵，你毕竟是人，不是禽兽！你每天晚上就寝时，应当扪心自问：我这一天所作所为，言论和思想，有哪一点和禽兽截然不同呢？"

魏尔兰强调诗的音乐素质，把音乐性放在诗艺的第一位："音乐先于一切。"这是他1885年发表的《诗的艺术》这首名诗的第一行。在同一首诗中，魏尔兰提出另一个重要的美学见解："明确与含混相辅相成。"原诗有这样两行：

> 没有比灰色之歌更为动人，
> 其中含混与明确相辅相成。

魏尔兰十分重视的音乐性，并未被20世纪现代派诗人所赞赏。关于含混与明确相融合这一倡议，却大受现代派诗人欢迎。所谓"灰色之歌"，后来成为现代派的朦胧诗。"灰色"这个词在法语中可以当"醉"解。醉、梦、疯狂，把现代抒情诗逐步引入人心深处，深入到传统诗歌很少接触的灵魂最隐秘的角落。

魏尔兰提倡"灰色"，意义并非要求阴暗，而是强调朦胧。他认为诗的语言线条不应当过于清晰，梦与醒，伪与真之间，不需要太明确的分野，只要有"细微的差别"就够。波德莱（1821—1862）专门在"醉"字上下工夫。我记得波德莱诗中从未提到过喝酒。那么他的醉从何来？他服用麻醉剂，也就是所谓"毒品"：鸦片烟或吗啡。19世纪初期的浪漫主义诗人歌咏"醇酒妇人"，在20世纪现代派诗人眼中，"醇酒妇人"已经淡而无味。20世纪的地道现代派诗人，从"达达"和超现实主义这条线上产生的诗人，他们要求的是更强烈的刺激，酒与性爱很少出现在他们的诗中。波德莱为什么不惜损伤健康，用毒品麻醉自己？因为他追求"人为的天堂"。他有一部散文作品都以《人为天堂》（1860）为标题。在波德莱之后，一直到20世纪的现代派诗人之中，当然还有用毒品麻醉自己，追求"人为天堂"的个别例子。为什么有这种现象，主要原因之一在于诗人对现实生活的绝望，对于人生的痛苦感觉。也可以说是对于时代的绝望。现代诗人之所以热衷于写玄虚、空洞、晦涩、朦胧，从某个意义上说，未始不是追求"人为天堂"的一种表现，一种方式，虽然并不是人人都要吸毒才能够建立自己精神上的"人为天堂"。

"精神狂乱，灵魂虚空"，有的评论家这样贬斥现代诗。我们认为这种结论未免太草率，太不全面。其实现代诗的所谓虚无主义，也表现了追求"人为天堂"的意图，也是对时代不满，对人生感觉痛苦的一种反映。这正是现代诗悲剧感深度之所在。在古今中外的诗坛上，这样的例子并不少见。正由于作为诗人的基本条件是有善良淳朴的心，有热烈的人性感和深厚的人情味，所以诗人对时代的悲剧和人民疾苦感受特别灵敏，特别深刻。这种悲剧感即使不一定能使他成为一个伟大的诗人，也许能成为一个非常令人感动和同情的人，因为他所表达的痛苦其实不仅是他个人的痛苦，而是人民大众的痛苦通过他个人的热血（或者说血泪），通过他内心深处的颤动，他个人的心声而向全世界全人类申诉的一种方式。中国唐代的诗人李贺就是这类诗人中的一个突出例子。法国15世纪的诗人维永（1431？—1489？），19世纪的诗人奈瓦尔（1808—1855），罗特雷亚蒙（1840—1870），兰波（1854—1891），等等，都属于这一类诗人，他们都是叛逆者，同时是人类苦难的呼号者。本文所说的现代诗，或现代派诗歌，主要指本世纪20年代开始，直到目前的诗歌。罗特雷亚蒙、兰波，甚至亚波里奈所代表的现代诗，是现代诗的发源、现代诗的前奏或序曲，严格说还不是现代诗的主体。

现代诗的主体是从"达达"运动和超现实主义开始的。这方面的代表诗人是查拉（1896—1963），勃勒东（1896—1966），苏波尔（1897—？），佩莱（1899—1959），等等。艾吕雅和阿拉贡虽然都是超现实主义运动的发起人，可是后来他们都和勃勒东决裂，脱离了超现实主义文学团体。由于政治思想的进步，觉悟提高，他们先后参加法国共产党。可是他们在诗歌艺术上，还多少保留着超现实主义的手法与风格。可见超现实主义对法国现代诗的影响在艺术方面，比在思想意识方面深远得多。所以本文重点准备从美学的角度探讨超现实主义的特色，同时也是法国现代诗的特色。

评价一种文学艺术的新倾向，新发展的关键是它的内容，它的思想感情的实质，或者说是内容和形式的结合，是两者之间辩证关系，而不是将两者分离，使它们各自孤立起来，加以探索。

上文提到，现代诗，包括超现实主义在内，也反映时代的悲剧和以阶级矛盾为基本原因的世界上的苦难，为什么没有产生扣人心弦的伟大作品？反之，和勃勒东宣告分裂，和超现实主义文学团体脱离关系的诗人，例如艾吕雅和阿拉贡，在诗歌创作上就有比较大的成就。其主要区别就在于对艺术（包括文学创作）的态度。在现代诗人行列的内部，包括在超现实主义集团内部，对于艺术的态度也不是人人一致的。大体上可以分为两类：一类主张为人生而艺术；另一类提倡为艺术而艺术。这种分歧，在第二次世界大战时期表现得特别明显。当时法国被法西斯德国（纳粹）武装侵占，法国人民呻吟挣扎于占领军的铁蹄下，一部分有良心，有尊严品格和骨气的作家和诗人，甘冒生命危险，积极参加法国共产党领导的地下抗敌斗争，产生了多少可歌可泣，永远为人民大众称颂的事迹，多少慷慨激昂的作品。同时也有另外一些作家和诗人，例如超现实主义文学集团的首脑勃勒东以及他的忠实追随者，对于国家沦陷、人民涂炭的悲惨现实采取袖手旁观的超然态度。他们为了明哲保身，苟全性命于乱世，纷纷逃到非洲和南北美洲去。人们这才深刻了解，所谓"超现实"是什么意义,所谓"为艺术而艺术"是什么意义。干脆说,还不就是极端的个人主义?当时设法漂过大西洋,抱头鼠窜到美洲的勃勒东的信徒们,甚至发表小册子,咒骂留在法国参加地下抗敌斗争的法国诗人"丧失诗人身份","降低诗人品格",因为他们认为诗人不应当参加实际政治活动,甘心做宣传机器。直到五六十年代,法国还有某些现代派诗人,宣称阿拉贡参加地下抗敌斗争时期所创作的诗篇是他毕生所创作的作品中"最拙劣的作品"。

说到这里,问题已经明确:我们并不反对现代诗,我们反对的是为艺术而艺术的现代诗。

当然,对于古代诗中的为艺术而艺术的倾向,我们也坚决反对。但是我们决不反对"艺术",决不反对艺术的革新,问题在于谁来掌握并应用这种不断革新的艺术,用什么思想意识,什么感情,什么态度来应用这种不断革新的艺术。不断革新,创新,这是美学上的最根本的原则。没有不断创新就没有艺术的生命,陈陈相因意味着艺术的枯萎和消亡。

对于像艾吕雅、阿拉贡和苏佩维埃尔(1884—1960)那样有崇高人格的现代诗人,我们准备另写专文介绍。下文对现代诗如何革新诗的艺术略作阐述,以供参考。

法国现代诗与传统诗的区别是十分明显的。首先,现代诗立意不用格律,没有音节(节奏),不协韵,有时连标点都没有。现在我国青年诗人写诗有时也废除标点了,这是跟着外国现代诗学时髦。上文已经提到,现代诗故意排除音乐感,故意避免多情善感,几乎没有例外地厌弃廉价的感情泛滥。总结起来,可以说现代诗的共同特点是思想意识上反理性主义,语言表达方式上的反逻辑主义。我们连用两次"主义",说明这种倾向,这种方式,是现代诗毫无例外地一贯强调的一种体系。

从 20 世纪 20 年代开始发展的法国现代诗是以超现实主义为

中心火炬，超现实主义的光芒指示着整个现代诗坛演变的方向与路线。可以说没有一个法国现代诗人不受超现实主义的影响，不论他曾经参加超现实主义文学集团，还是从未参加过。超现实主义好比强大的磁极，吸引着每一个现代诗人。虽然每一个诗人都有自己的发展道路，都有个人的特色，但他们共同的核心是超现实主义。而超现实主义的核心正是反理性，反逻辑。所有的现代第一流诗人，诸如弥修（1899—1983）、勒维谛（1889—1960）、雅高勃（1876—1944）以及苏佩维埃尔等，没有例外，都是超现实主义的各个支派的代表。

　　超现实主义的真谛是反现实。它所要表现的不是客观世界，它认为客观现象是肤浅的浮面的现象。真理隐藏在表面现象背后，在外表的内部。逻辑的语言只是人为的符号，只能表达浮面的、虚假的现象，而不足以表达不可捉摸的真理。只有人的潜在意识能够用直觉感受真理，然而不能用逻辑语言表达，只能用一种不能理性控制的"自动文字"表达。超现实主义要表达的不是外在的客观世界，而是内心的直觉世界。逻辑语言是散文的语言，不是诗的语言。传统诗向来是用逻辑语言写的。逻辑语言不可避免地含有人为的，浮浅的，人云亦云的，甚至虚伪的成分。"自动文字"是最洗练、自然、真实的语言，因此是真正的诗的语言。这种种观点，如果说从科学的角度衡量不一定正确，从美学角度观察，却是一种革新。我们对它的评价也只能到此为止。像勃勒东所说，超现实主义不但要"改造"人生，而且要"改造"世界，完全是一种错觉，一种夸张。从他自己在反法西斯战争时期所采取的超然态度和反人民的立场来衡量，就可以证明他是多么不实事求是，他不认识一个诗人、一个艺术家的使命，也不认识他在人类社会中的正确位置。按照梦幻的启示改造世界，还是在人类前途的光明远景指示下，顺应历史的发展规律，按照每一个不同时代人民大众的不同感受和内心要求,来掌握艺术不断创新、不断前进的方向盘?到底是伦敦泰晤士河上的雾景启发英国画家画出关于雾景的名画,还是像英国诗人王尔德(1856—1900)所说,是泰晤士河上的雾景在摹仿画家们的画?由此可见,根本问题仍然是:为人生而艺术,还是为艺术而艺术?

梦幻也是人生的现实,是现实生活的一部分,人不能没有梦幻而生活,梦幻影响现实生活,这都是不能否认的客观存在。问题在于从现实生活的角度理解梦幻(这是弗洛伊德精神分析的学说),还是从梦幻的角度"改造"现实生活(这是勃勒东的观点)。况且诗与梦幻的密切关系,诗与梦幻的融合,从19世纪初期的浪漫主义文学以来,就已经为世人所公认,所以并不是超现实主义的新发明。超现实主义不过受了柏格森直觉论和弗洛伊德关于 Libido 学说的影响,把潜意识固定为一切艺术创作(包括文学)的 Leitmotif。

勃勒东,超现实主义的理论家和坛主,甚至是独裁者,往往将不服从他指挥的超现实主义诗社社员开除出社。艾吕雅与阿拉贡先后因与勃勒东意见不合而宣告与他分裂,可是并没有互相谩骂。"君子交绝,不出恶言"。有少数社员被勃勒东推出门外之后,心怀怨愤,出版一本小册子,题为"一具尸体"借以宣告勃勒东死刑,同时宣布超现实主义已经寿终正寝。这种情况在法国文学史上是破纪录的,说明超现实主义作为一个文学流派,和别的无数流派颇有不同之处。勃勒东前后发表三篇《超现实主义宣言》。这种情况也是史无前例的。勃勒东本人既非哲学家,又非美学家,也不是纯粹的诗人。他是医科大学毕业生,他的职业本来是精神病科医生。人们很可能怀疑他本人的精神是否完全正常。勃勒东毕生致力于超现实主义的宣扬和传播,真是鞠躬尽痒，死而后已。从1924年勃勒东发表他的第一篇《超现实主义宣言》开始，到1966年勃勒东病逝，超现实主义文学集团基本上解体为止，超现实主义没有产生过一部感情深度与文学价值能与波德莱的《恶之华》（1857）和兰波的像火焰般的诗篇相媲美的杰作。

以上就是法国现代诗的核心，超现实主义的大致情况。

《玛尔陶洛之歌》（1869）的作者，被超现实主义者封为"先驱者"的罗特雷亚蒙（1846—1870），有一天在半昏迷状态中忽然看见一架缝纫机，一把雨伞，放在一张外科手术台上。他立即意识到，几件毫无关系的东西偶然拼凑在一起，也许使人感到突兀，但是正由于这种突兀之感，令人体会到异乎寻常的奥妙与深意，"此中有深意，欲辨已忘言"。这种新奇的手法被超现实主义奉为美学上的新奇诀窍，广泛应用，成为超现实主义艺术风格的特色。

说句实话，本文标题《街与提琴》也许会被汉语水平很高的先生们斥为似通非通。可是，人们可能没想到，这个"街与提琴"的标题是地道的超现实主义艺术手法的仿效。"街"与"提琴"本来是两件"风马牛不相及"的东西，把它们放在一起，令人在突兀感觉之中窥测到意想不到的深意，难以言传的内蕴。如果把这标题改为《街头的提琴》，说明一个落魄的音乐家在街头拉提琴，岂非平淡无奇，不值一哂？

不过超现实主义者把这种手法有时用得也未免过分，例如下面这首诗：

太太
一双
丝袜
不是

向空中一跳

　　一只鹿

据说这是用报纸上两个不相干的广告拼凑起来的。

西班牙诗人罗尔卡（1899—1936）一天在客寓里朦胧小睡，在半梦半醒的状态中，听到邻室有人对话，他立刻起身把隔壁两人的对白记录下来，于是写成题为《暗杀》的一首小诗：

　　这是怎么回事？

　　面颊裂开一条缝，

　　这就是一切。

　　一只指甲抓着一根筋，

　　于是大海停止了荡动。

　　怎么？到底怎么回事？

　　别动我！就照这么办？

　　对。

　　心自动地出了腔。

　　倒楣！倒楣的我！

罗尔卡不但是当代西班牙杰出的诗人，而且是英勇的革命者。他参加西班牙反法西斯内战，1936年7月不幸被敌人俘获。他坚强不屈，宁死不屈，7月18日英勇就义，时年37岁。我们可以深信不疑，罗尔卡绝不是一个"为艺术而艺术"的象牙之塔中的诗人。他为革命流尽最后一滴鲜血，用鲜血写了最伟大、最动人的诗篇。然而上边这首超现实主义风格的小诗却是罗尔卡的作品。当然，这首小诗不能算罗尔卡的代表作。我也念过罗尔卡别的诗，念过他的诗集的法文译本。我记得给我印象最深的是他描写在月光下，河滩上，他和情人相会的诗。他的爱情诗一点没有使人感到庸俗、卑污的因素，而是反映一个热情、天真，有时甚至调皮淘气的小伙子的无拘无束的心情。想必他的诗在西班牙现代诗中也是别具一格的。

说到这里，我又想起现代诗的另一个特点：现代诗不写爱情。听起来也许有人不信，可是事实确实如此。也许由于现代诗反对感情奔放，反对多情善感。可是也有例外，歌唱爱情的现代诗人也有，而且他们恰好是现代最优秀的诗人，例如艾吕雅与阿拉贡。艾吕雅年轻时期的作品中常常有真诚清新的爱情诗，好像带露的玫瑰。到了晚年，具体说到他去世的前一年，1951年，他还发表了一部爱情诗专集《鸾凤集》，专门讴歌他和他的续弦夫人陀弥妮克的爱情。阿拉贡更不用说了。他一生写了不止一部他和夫人蔼尔莎·特里欧莱之间绵绵不断的情歌：《蔼尔莎的眼睛》（1942）；《蔼尔莎》（1959）；《一个爱蔼尔莎爱得发疯的人》（1963）；《在我心目中，没有蔼尔莎就没有巴黎》（1964）……歌唱自己的爱妻这样热烈，这样连篇累牍，没完没了，阿拉贡确实是"疯"了。像这样的例子不但在法国（恐怕不仅法国）现代诗中是独一无二的，即使在自古至今的法国文学上，也是破纪录的。

人们不能忘记一个最诚恳真挚的现代爱情诗人，甚至不妨说是最伟大的现代爱情诗人，是亚波里奈（1880—1918）。人们也不能忘记提出"超现实主义"这个名词的第一人，是亚波里奈。不仅是名词而已，超现实主义者尊奉亚波里奈为现代诗的先驱是有道理的，因为亚波里奈把法国抒情诗从传统诗歌的僵硬框框中解放出来，因为亚波里奈大胆地反对象征主义诗派的玄虚和矜持，因为他用"新精神"、新风格启发了20世纪法国广大读者所渴望的新艺术，能满足新时代读者的新感受力，新的精神需要的现代诗。

人们不能忘记，亚波里奈一生几乎专门写爱情诗。他一举成名的《醇醪集》（1913）中的主要部分是《情场失意之歌》。

亚波里奈的爱情诗总带郁悒之感，这是由于他在爱情上总是不走运。最后，他好不容易得到一位可以"昼夜抱在怀中"的情人"路"。可是好景不长，1914年世界大战爆发，亚波里奈志愿入伍，编入炮兵队。1918年（或1917年）作战时受伤，脑震荡，伤势严重，被送到后方医院治疗。1918年11月初，在德国战败投降，宣告停战前夕，亚波里奈病逝。在他参军作战的四年中，几乎一有机会就给他的情人"路"写信，而且他的情书都是用诗歌形式写的。四年的时间，积累了一部别具一格的爱情诗集。亚波里奈去世前不久，曾经给"路"写信，建议把他的情诗全部编成集子出版。诗集的标题都想好了，叫做《我的爱情的影子》。这些诗稿全部在"路"手中。"路"迟迟不把亚波里奈的手稿公开。直到诗人去世，这集子未能出版。许多知情的出版商一再要求把《我的爱情的影子》出版。"路"一直犹豫不决，因为手稿中有许多两位情人之间十分亲密的"私情"描写，"路"不好意思在她生前公之于世。30年耽误过去了。直到1947年，《我的爱情的影子》才由日内瓦一家瑞士出版商出版。

这是一部鲜为人知的别具一格的爱情诗集，是法国（不仅法国）现代诗中的杰作。

上文指出现代诗的特点之一在于没有爱情诗，这是指一般诗人而言。亚波里奈、艾吕雅、阿拉贡等是少数最优秀的现代诗人，他们写了许多爱情诗这一事实，依然没有改变现代诗不写爱情的总局面。正如现代诗人中也有像西班牙诗人罗尔卡一样的真正的血性男儿，心地纯正，光明磊落，天真热情，见义勇为。也有像艾吕雅、阿拉贡那样的关心人民大众的疾苦，以诗歌作为武器，勇于参加人类为正义与光明而进行的斗争，为了无愧于"人"这个尊严称号而尽他们天职的诗人（艺术家）。

不论哪一时代，哪一国家，都有精神境界纯洁崇高的诗人，也有在光明正大的词句之下，掩藏着猥琐的灵魂，自私自利心胸的诗人和艺术家。但是这样的文人艺士只能短期蒙骗读者，甚至赢得很高的声誉，但是经不起时间的考验，最后总难免露出狐尾。现代诗人中当然难免也有这类人。如果由此就下结论，说现代诗缺乏崇高的灵魂，或者把这句话的外文直译成汉语，说什么"现代诗缺乏灵魂的伟大性"，这是缺少科学分析的主观评断。当然，时代的风气是决定艺术倾向的基本因素。前两年法国《新观察者》期刊上，曾经有人发表过引起普遍注意的文章，说当今法国社会（其实何止法国如此）盛行着一种只追求个人享受的"新个人主义"，青年人眼光短浅，毫无理想，毫无大志，只求个人的安乐。可能当今的文学，包括现代诗、小说以及花样繁多的文学评论（或者不如名之为"评论文学"），在一定程度上反映了这种社会风尚，反映了"新个人主义"。

我们认为，名副其实的真正诗歌，它的内在本质，它的灵魂，应当是"反抗"二字。崇高精神企求对于腐化堕落的社会风气的反抗；唯利是图的所谓"物质文明"对于精神文明的压迫的反抗；粗暴野蛮的实力派对于手无寸铁的文化劳动者残酷迫害的反抗；以至诗人自己思想感情中，纯善和崇高的人性成分，对于卑鄙丑恶的杂念的斗争与反抗。诗人自身灵魂深处善与恶，美与丑的斗争，诗人自己对自己的反抗，也可以写成可歌可泣的作品。这才是真正的诗，真正的诗人。我们不信现代诗一点反抗性都没有。谁也无权下这样匆促草率的结论。对于这样的评断也应该反抗。也许现代诗的委婉曲折，甚至突兀奇特，甚至晦涩难解的艺术形式正是适合于现时代斗争条件、斗争需要的一种新姿态，新的反抗手法。为此，我们甘冒天下之大不韪，认为现代诗（包括超现实主义）的艺术创新有值得肯定之处，该肯定的不妨大胆肯定。

1927年法国勃勒蒙神甫（1865—1933）发表他的名著《纯诗论》。他认为诗的任务在于表达不能用言语表达的心声。其实我国古代诗人早已体会到这一点。"此中有真意，欲辨已忘言"（陶潜）。"此情可待成追忆？只是当时已惘然"（李商隐）。现代诗人费尽心机要想表现不能表现的内心隐秘。在这个问题上，诗人们各有巧妙。艾吕雅用手指轻轻地，曼妙地抚摸你的心房。突然，一个字，一行或半行诗，触动你的心弦，你全身为之一震，仿佛用手指点到你的穴道，使你有一种说不出的快感。阿拉贡的抒情诗如喷泉外涌，川流决口，滔滔滚滚，一泻千里，一种不可与抗的韵律、节奏，把你牵引而去，你只好任他牵引。

有人举了一个例子，打了一个比方。有一对互相热爱的情人，久别重逢（或小别重逢），两人心中充满温情，不知说什么好。男的说，我昨天傍晚抬头望着天空，不知道想干什么，这时一朵白云飘过来，我恨不得抓住它，紧紧地抱在怀中……女的说，前天邻居老太太说她家的母猫又下了一窝可爱的小猫，我不知为什么，呜呜地哭起来，自己都觉得不好意思……

这就是现代诗。

如果那对情人彬彬有礼互相倾诉离愁别苦，女的说，这些日子真是度日如年。我天天给你写信，可是没有寄出，怕你没有时间看，又怕旁人见笑……男的说，我想你，每分钟想一千遍，真是寝食不安。但是我又安慰自己，但愿你身体好，我们再见面时的欢乐，也就可以报偿别离的痛苦了……

这就是古典诗，传统的诗艺。

古典诗艺是解释法，说明性的表现法。现代诗是直接表现法。古典诗人说：月亮在远远的高空，像一个银盘……现代诗人说：银盘挂在高空，我伸手把它抓住……

现代诗人不管读者是否知道他说的是月亮，反正他表现当时自己内心的感觉。

记得亚波里奈有一句诗："我的杯中盛满了酒颤颤摇摇地一杯火焰。"（想必是指红酒）

后来艾吕雅读到这句诗，触动了他心中某种感觉，某种难以言状的情绪。他照例用他曼妙的手指，用空灵的意象，砌成七级浮屠，看去通体晶亮，不着微尘，但是你摸不透里边供奉的是什么神明。艾吕雅的诗写道：

我手中执着街道像一只杯子
满盛着欢乐的光芒
满盛着轻声的言语
和无缘无故的笑声
地上最美的果子

散步的人们是麦秸做的
众鸟飞散剩下青空
一个瘦削苍白的姑娘
永远这般多忧多虑
不至于不来露面

古老的小女孩
证实我的梦
成全了我的愿望
有如童年的返照
她守望着街上金色的流波

不同的读者读了这首诗会有不同的感受，或许从中获得灵感，由此写另一首诗或一篇散文，也许什么反应也没有，这是各人自己的事，诗人只是表达他自己的心情，对读者并未提任何要求或教训，这又是现代诗和古典诗的不同之处。

1948 年 3 月起草于天津，发表于《文学杂志》，
1987 年 10 月修改

皇帝的新衣

——关于今日法国抒情诗

在法国现代派文学中,现代性①表现得最突出的莫过于抒情诗。今天的法国诗歌有些什么特征,研究这个问题,对于理解现代派文学也是很关键的。然而抒情诗恰好是最难捉摸、最难说明的难题。许多迹象表明,今天法国诗歌正处于过渡阶段,正在发展过程中,要对它作全面性的分析论断,为时尚早,尤其像我本人,对于当前法国诗歌情况了解得不够全面,不够系统,所以只能提供几点初步体会,聊供参考。

1981年11月,我应法国对外关系部②文化司邀请,访问法国一个多月。在我匆匆访问的法国文化界人士之中,有十几位是诗人。其中最老的如八十多岁的弥修③,七十多岁的纪勒维克④,

---

① Modernité.
② 即外交部。
③ Henri Michaux,生于1894年,原籍比利时。
④ Eugène Guillevic,生于1907年。

比较年青的有 A. 波司盖①，Y. 鲍内华②。总之，全是中年以上的诗人，他们经过了时间考验，在法国诗坛上有一定的声誉和地位。我所遗憾的是没有设法接触三十岁左右的青年诗人，如"寒冷诗"派的维尔特③，"电气诗"派的如弗洛瓦④等。顺便提及，我在巴黎偶然见到一本大型诗刊，好像是在外省出版的，名叫《说呓语的女人》⑤。这个标题引起我极大的兴趣，因为当时我在法兰西书院⑥作专题报告的题目是《有意识的呓语》⑦。我的讲稿（直接用法语起草）在1981年10月底出国以前（大约在1981年七八月间）就已准备好了。那时，我根本不知道有《说呓语的女人》这种诗刊，连名字都不曾听说过，所以这完全是一种巧合。这一巧合说明，对于法国当代诗歌有呓语的印象者不止我一个人。可惜当时我太忙，未及细看《说呓语的女人》这本诗刊，更没有时间去探访该诗刊的编者。我在巴黎见到的诗刊还有几种，多半是在外省出版的。一般都生命很短，有的出了一两期就难以为继了。当然，即使昙花一现的诗刊，也值得注意，甚至更值得注意。诗歌是最娇嫩的文艺之花，不像小说或戏曲那样经得起磕碰。一首好诗，一个有高度艺术价值的诗人，不一定一出现就为群众所理解、欣赏。有的诗作，有的诗人，可能名噪一时，但经不起时间浪涛的无情冲刷，若干年后渐渐被人忘却。与此相反，有一些诗人和作品，乍一问世引不起公众的注意，甚至遭受误解与责难，然而时间愈久却愈显得璀璨夺目，中

① Alain Bosquet（1919— ）。
② Yves Bonnefoy，生于1923年。
③ André Velter.
④ Alain Jouffroy.
⑤ la Délirante.
⑥ Collège de France（详见后注）。
⑦ Le Délire conscient.

世纪法国诗人维永就是如此，19世纪的诗人波德莱尔和他的《恶之华》更是这方面一个典型的例子。对于法国当代诗歌，我只是走马看花，岂敢妄作评断？最好对具体的诗人，具体的作品进行具体分析研讨，而且还要让最有权威的评论家发言——那就是时间的考验。否则不免演成朗松式的笑柄。这位学院派的文学评论大师把1857年问世的《恶之华》骂得一文不值，可是经过一百多年的考验，《恶之华》是开法国现代诗歌之先河的第一块里程碑，文学史上已有定论。

我个人对法国当代诗歌的态度是，既不笼统地焚香礼赞，也不一笔抹煞，认识多少说多少，有什么体会就作为个人感想提供参考。当代的法国诗在发展中，我的认识也是发展的，新的认识可以增补或纠正旧的认识；新的体会可能丰富旧的体会。关键问题在于不能有这样或那样的成见。1981年11月我在巴黎拜访的第一位诗人是A. 波司盖。我请教他当前法国抒情诗有些什么特色，有什么共同的趋势。他说，要说共同趋势，只有一种，那就是没有共同趋势。每个诗人都力求有自己的特色。他的原话是："各人在自己的实验室中，寻求特殊的单方。"如果意译，可以说"各人在自己的炼丹炉中，炼制与众不同的灵丹妙药"。

对于一切艺术作品，都有理解与欣赏两个问题，诗歌也不例外。有人以为理解与欣赏是一回事，因为必须理解一首诗所包含的思想感情，才能够欣赏。理解与欣赏是有联系的，但毕竟不是一回事。理解属于理性思考范围，欣赏则是艺术感受的结果。古代的诗歌着重于说理，法国古典主义诗歌如此，中国古代也有所谓"诗言志"的说法。"志"就是指思想。自从19世纪末叶的象征主义以来，法国现代派诗歌愈来愈重视诗的艺术形式，艺术魅力，愈来愈忽视思想内容。诗人瓦莱里有一句名言："诗句并无读者所理解的意义。"① 意思是说，读者可以这样或那样理解一句诗，而诗人之意却不在这儿，也不在那儿。究竟什么涵义，连诗人自己也说不清。正如陶潜所说："此中有深意，欲辨已忘言。"用散文说不清楚的道理，用诗句倒可以淋漓尽致表现出来。如果诗句的内涵，全可以用散文说得一清二楚，则又何必写诗？诗的艺术任务，诗的独立而不可取代的艺术价值又何在？所以我在巴黎法兰西书院②以《有意识的呓语》为题的报告中，首先肯定了并且赞赏了现代诗强调艺术性，从而结束了以协韵的散文代替（或冒充）诗歌的时代。可惜的是，现代诗重艺术的倾向发展到今天，又走到另一极端，诗歌成了完全抽去理性内容的"抽象诗"，这和当代法国绘画中的抽象画是一对孪生姐妹，两者互相影响，互相启发，双双进入了纯形式主义的死胡同。

既肯定法国现代派诗歌强调艺术性的功绩，又反对晚近法国抒情诗坚持抽象的、纯形式主义的错误方向，这就是我在法兰西书院专题报告《有意识的呓语》的基本内容，不过当时的听众都是法国人（少数几个中国人），我的报告是用法语起草，宣读给法国人听的，所以不能不用法国听众能够接受的，可以引起他们注意和听起来不至于太沉闷的措辞与语调。我批评了当前法国诗脱离人生，脱离社会现实，但是话不得不说得委婉曲折，避免引起法国听众的误会。

---

① "Le vers n'a pas le sens qu'on lui donne."

② Collège de France. 旧译"法兰西公学"，不相宜。因为这并不是学校，其中亦无学生，只有一些经过严格甄别的当代法国最有成就，最有新见解的专家、学者、教授（包括诗人）在那里讲学。采取公开演讲方式，谁都可以去听，不缴学费，也不考试。我国古代学者讲学的地方往往称为"书院"，例如朱熹的白鹿书院，故以"书院"译之，义似稍近。法兰西书院创立于法国文艺复兴时期，是法国最高学府。

法国朋友们（其中有汉学家，比较文学教授）知道我在国内翻译出版过艾吕雅和阿拉贡的诗歌，这两位都是超现实主义诗人，所以他们希望我谈谈对法国当代诗的感想。我的报告就从超现实主义谈起。超现实主义的根源是"达达"①。达达是遍身浸透虚无主义气味的文学思潮。超现实主义青出于蓝而胜于蓝，主要在于它对达达的虚无主义与无政府主义的消极破坏性有所抑制，然而它骨子里虚无主义的毒素并未消除干净。直接继承超现实主义的当前法国抒情诗，将这点剩余的虚无主义毒素大加发挥，花样翻新，成为抽象诗与纯形式主义的杂交品种。

艺术最忌矫揉造作，当代法国抒情诗从超现实主义开始就走上矫揉造作的道路。发展到最近的抽象诗，可谓极矫揉造作之能事了。我的专题报告题为《有意识的呓语》就是一针见血地指出超现实主义表现所谓潜在意识，实际上是一种矫揉造作。超现实主义的创始人勃勒东等，深受维也纳医生弗洛伊德精神分析学说的影响，认为人的潜在意识是极其丰富、极其深刻的精神世界和情感渊源，人的一切言行思维全部受潜在意识的控制。因此，诗歌应当表现潜在意识，才能够表现人的灵魂。潜在意识是不可能用言语表达的，用言语表达出来的潜在意识已经不是真正的潜在意识，不是潜在意识的真面目，而是伪造，是说谎。我在报告中，为了避免刺激法国听众，不能用"说谎"这类比较生硬的词句，而只能用"摹拟"②。法国人感觉十分敏锐，在"笔会"法国分会为我召开的招待会上，该会主席质问我："您用'摹拟'这个词似乎不大妥当，因为法语'摹拟'是含贬义的。"我

---

① Dada，或：dadaïsme.
② Simulacre，摹拟，装腔作势，弄虚作假。

说:"确实是这样。我很抱歉。但是对表达潜在意识这一举动的实际意义,我的理解,我的认识,把它说成'摹拟'最为恰当,因此我坦率地、直言不讳地这样说了。"其实超现实主义者早就知道潜意识是不能用语言表达的,于是他们提倡所谓"自动文字"①,当然"自动文字"也是江湖骗术,弄虚作假。凡是诚实的人都不能不承认这一点。我不过像安徒生的著名童话《皇帝的新衣》中的那个冒冒失失的孩子,失声高呼:"皇上没有新衣,新衣是假的!"当时在场观看皇帝穿着新袍对人民大众显示威风的人的心里也都明白这一点,可是谁也不敢明说。《皇帝的新衣》于是成了永远不会被人说穿的骗局。

法国的抒情诗发展到今天已经远远超过潜在意识和自动文字这一阶段。在一般情况下,今天的抒情诗根本不表现任何实质性的思想情感,诗人们追求的是空灵,是玄虚。当然,这种空灵神秘的诗歌是有它的市场的,有些读者读了这样的诗据说颇能心领神会,欣然若有所得。他们和童话中的聪明人赞美皇帝的新衣一样赞赏空灵诗、抽象诗。这并不是偶然的现象。空灵诗、抽象诗是有它的社会基础的。不论它怎样空灵、抽象、玄虚,它不可避免地,直接或间接,正面或反面,反映了诗人的思想情感。我们应当通过现象,探讨实质。文学艺术的花草,不管它们是美是丑,都是从历史和社会的土壤中长出来的,都是历史的产物,都是有根可刨的。

1914—1918年的第一次世界大战和1939—1945年的第二次世界大战,是资本主义、帝国主义和法西斯恶性膨胀的产物;都是人类历史上对于广大人民的生命财产破坏程度空前惨烈的战

---

① L'écriture automqtiqne. 不假思索而信手乱写的文字,有点像我国旧时代的扶乩。

争。这样的战争不可能不在人们的心智方面，不可能不在精神文明领域内，引起十分强烈的震荡。就文艺界而言，第一次世界大战末期以及停战后不久的年月里，法国产生了达达[①]和超现实主义。当时法国文艺青年们有一句众口一词的话："无论如何不能和战前一样了！"阿拉贡有一句话，大致说："要不顾一切地成为现代派！"这两句话的意义基本上差不多，那就是说，在战前和战后的精神世界之间，有一条不可逾越的鸿沟，无论如何也不能再回到战前去了。第二次世界大战后的法国文艺界先是存在主义文学[②]像山洪突然暴涨似地泛滥法国以及其他一些西方国家；接着是50年代与60年代风靡一时的"新小说"、荒诞派戏剧以及纯粹形式主义（完全不顾思想内容）的"新评论"，尤其是所谓"结构主义"。至于抒情诗，各个诗人埋头在各自的"实验室"里探索与众不同的新花样，没有条件形成气势较为壮大的潮流，也没有产生振臂一呼，应者云集的诗坛巨人。这是由于当代诗的空灵玄虚的性质不利于产生对群众有号召力的巨人。可是晚近法国抒情诗并没有站在法国现代派文学的总潮流之外。正因为随着总潮流的发展而发展，所以抒情诗演变成愈来愈抽象，愈来愈形式主义化。所谓抽象是指抒情诗人故意从作品中抽掉思想内容。所以抽象与形式主义两者关系密切，可以相提并论。现代派文学的形式主义还有一个特点：虽然重形式，却不追求语言美。新小说，荒诞派戏剧，抽象诗的形式主义并不表现为雕词琢句。这些作家与诗人既不追求文字的华丽或潇洒，也不讲究风格，他们所追求的似乎只是与众不同的特色。"新小说"自称

[①] 达达开始时是由罗马尼亚青年查拉在瑞士苏黎世倡导的，1919年转移到巴黎。

[②] 萨特的存在主义小说《恶心》发表于大战前夕（1938）。

"反小说",荒诞派剧本自称"反戏剧"①,其实抽象诗歌何尝不可以称"反诗歌"?在这里,我们又一次嗅到了达达的"反文学"的余味。直到本世纪六七十年代(也许更久),距离达达风靡的时期已经半个多世纪,可是在法国文坛上,达达虚无主义的阴魂未散。

  抽象诗人们当然有他们自己的形式主义言论,可惜我手边没有资料,无从引证。这里姑且引述一个旁证:"新小说"家洛勃-格里埃的言论。这位理论家早就在他的论"新小说"的小册子中提出形式主义问题。最近这位"新小说"作家兼理论家访问中国,在北京大学作了两次报告②,又一次肯定形式主义。他说"新小说"实现的革新当然是限于表现方式上的革命,至于小说的内容,根本谈不上什么革新。自从人类开始写小说以来,小说的内容始终是不变的,也是无法改变的,也就是说,无非是饮食男女而已。说得多么干脆!其实"新小说"对于小说的内容已经进行了革新(甚至革命),那就是根本不要情节,也没有中心人物。在一切革新中,超现实的、虚无主义的革新最为彻底,最为可怕,因为这种革新从根本上取消了被革新的事物之所以存在的价值与理由。这是和我们理解的革新相反的"反革新"。我们理解的革新是使事物获得新的生命力,使它发出新的生命光辉,从而引起广大群众的注意与重视,对于改善人类命运这个伟大事业作出一份应有的贡献,而不是与此相反。

  我们完全赞成不断地创新是艺术的生命根源,是艺术的灵魂这一个美学原则。(可以说是永恒的美学原则。)但我们要求的

---

① 《秃头歌女》剧本的内封面上标着 Anti-pièce(反剧本)。
② 我听到的是磁带录音。

艺术创新是内容紧密结合形式，或者说形式紧密结合内容的创新，而不是两者互相分离、割裂的创新。一件艺术品（包括诗歌）是否真正获得了创新的积极效果，要用群众的反应来衡量，而由时间的长期考验作最后的论断。所以说我们现在对抽象诗歌作出最后的结论为时尚早。

法国群众对于抽象诗的看法与态度大致分为三类。（一）把现代派文学及其中的抽象诗歌奉为神奇，认为这是法国文学的新阶段，是本世纪法国文学的最高成就；认为对于形式主义全面肯定是美学上的突破；认为把内容与形式分开，承认文艺的任务就在于它的表现方式，是合乎"科学"的理论，所以结构主义是最"科学"的文学评论。这种人在法国只占少数，但在法国国外近年来也有人响应，即使在我国近年来也可以听到对于形式主义以及抽象诗的赞美言论了。（二）对于抽象诗采取保留的态度，甚至公开反对；这类人极大部分是中等及高等学校的教师，他们对于法国传统文学受过比较系统的教育，觉得抽象诗不正规，不是从传统文学的轨道上发展出来的，换句话说，是邪门左道。这类人比赶时髦的第一类人多一些，但总的说人数也不算很多。（三）第三类人占压倒多数，他们代表通情达理的"中等法兰西人"①，他们之中即使有一部分是业余的文学爱好者，对于现代派文学，尤其是抽象诗，也根本不感兴趣，认为不屑一顾，不值一笑。他们是多数，他们是一股不可轻视的力量。在法国，一部新书能成为畅销书，关键就在于能引起这些中间分子的注意。1981年11月我应邀去法国访问，在巴黎的一位友人家遇到一位法国老知识分子，退休的中学教师，知识渊博，谈锋甚健，说话风趣，有地道的高卢人的风度。他问我这次来法国了解什么

---

① Le Français moyen.

情况，我说我是走马看花，主要想知道一点法国文学评论与抒情诗这两方面的近况。老人听了之后，双眼翻白，双臂向上高举，说道："我的上帝，我们法国目前根本没有诗，您到那儿去找诗。您是不是想学狄欧仁①，大白天点了灯笼到巴黎街上去找诗人？"

一种新的艺术品出现，社会上有人爱好，甚至崇拜；有人不爱好，甚至反对，这都是很自然的现象，不足为奇。可是做研究工作的人却不能由于爱好而去研究，或由于不爱好就置之不顾，或感情用事，作主观的论断。抽象诗愈抽象，愈玄虚，我们愈觉得这里面有文章，抽象和玄虚的外表底下，掩藏着某种思想情感。我们知道，绝对真空，毫无思想情感作为基础的文学作品（造型艺术和音乐也一样）是不可能产生，也不可能存在的。西方资本主义制度，资产阶级社会，在本世纪上半期接连②爆发人类历史上空前惨烈的两次大战，说明这个制度，这个社会内部的矛盾冲突的激烈程度已经到了旧的均衡不能再勉强维持的极限。西方人（尤其是青年们）的精神世界受到猛烈的震荡、冲击，发生了深刻的变化。人们对于传统的一切精神价值，无论是宗教、道德（伦理）或美学，都已经失去了信任。同时对于未来世界的理想和信念则又采取怀疑的态度。瞻前顾后，彷徨歧途，想到最后，觉得比较具体、比较可靠的只有"自我"。于是提倡唯我自决，个人的自由意志决定一切是人生的惟一意义的存在主义思潮应运而生。1945年左右，巴黎的青年们居然提出这样的有代表性的问题："存在主义，还是共产主义？"说明那些年月

---

① 狄欧仁（Diogène），古希腊哲人，传说他曾经白天点了灯笼在雅典街上寻找，有人问他找什么，狄欧仁说："我找一个人，一个真正的人。"

② 两次大战相隔只有二十年。

里他们站在个人主义与集体主义的交叉路口,思想混乱,莫知所从。当然,由于习惯势力的影响,极大多数,几乎全部法国青年后来都选择了个人主义的道路,把个人放在集体之上,把主观放在客观之上,形成违反事物发展客观规律,违反科学的人生观。距今一两个月以前,巴黎的一本畅销的期刊《新观察者》发表了一篇很有意思的文章,介绍了代表法国目前极大多数人精神面目的"新个人主义"。这是一种卑之无甚高论的个人主义。对人生没有任何崇高理想,对个人也没有什么雄心壮志。惟一的要求,不过是在物质上和精神上比较舒适地过一辈子而已。

难道抽象诗的高雅面具不是用来掩饰这种"新个人主义"的尊容吗?我们并不是说,抽象诗与新个人主义之间可以画等号,而是认为抽象诗在一定程度上反映了这种思想情况。抽象诗的空灵境界也是虚构的,实际内容是非常平庸的。

我在法兰西书院作专题报告时,避免用这样的分析来批评法国当前的抒情诗,而是从正面提出我认为健康的诗歌观点应当是什么。做一个无愧于"诗人"这个崇高称号的诗人,首先应当有一颗真诚的心。我引用了法国古代诗人的名句:"诗艺无非教人能写出合乎格律的诗行,只有诗人的心,可以使他成为真正的诗人。"[1] 这句话也是对于形式主义的批评。正如罗曼·罗兰所说,"你心中必须有非表达出来不可的情感,才把它写出来。如果你心中没有这种要求,完全为写作而写作,为引起别人注意,使别人夸奖你而写作,那不是艺术,那是说谎。"(大意)[2] 有了真诚的心,写出来的诗句才能够感动读者,因为诗人自己首先感

---

[1] L'art ne fait que des vers, le coeur seul est poète.
[2] 小说《约翰·克利斯朵夫》中,克利斯朵夫的舅父对童年的克利斯朵夫说的话。

动了。可是今日法国的抒情诗人们不止一次地声明过，他们写诗的目的不在于感动人。他们认为这样的目的是"可笑的"。这又是当代抽象诗的一个特点，正是这个特点使我们和他们没有共同语言了。

没有共同语言也不妨，我在我的报告中就只顾说我认为正确的、真诚的语言。我说现代诗的崇高任务（指西方"自由世界"）应当是向社会上的庸俗的实利主义以及自己思想中的个人主义、自私自利的成分造反，用"诗的逻辑"（指崇高的理想）战胜"现实的逻辑"（实利主义、个人主义）。我说古今一切严肃的文学作品，都直接或间接地提出或接触到这个根本问题："怎样做一个无愧于'人'这个崇高称号的人？"或者说："人与禽兽究竟有什么区别？"现代诗人应当在夜深人静时扪心自问："作为一个有高度物质享受的现代人（指西方人），我难道是真正幸福的吗？"我大胆地指出，法国的抒情诗有一天回到以人的尊严为根本思想的道路上时，必然会获得新生[①]。

我作这个题为《有意识的呓语》的报告时，心中是有点战战兢兢的。我怕大约一百多人的听众之中，有人会当场站起来责问我，表示反对我的话，没有想到我报告的最后一句刚刚说完，全场爆发了完全自发的，毫不勉强的热烈掌声。我衷心感激法国朋友们的宽宏大量。过了两年，1983年1月，巴黎大学按原定计划给我荣誉博士学位，说是表彰我在中国介绍法国文学的"成绩"。我心中非常惭愧。法国人并没有因为我1981年在法兰西书院胆大妄为地批评了法国今日抒情诗而取消给我荣誉学位的计划。他们当然不会完全同意我的报告，但是他们以容许百家争

---

① "获得新生"原话是 régénérée，我用这个词分量是很重的。因为 régénérée 的反面就是 dégénérée，退化。我的言外之意是说当前的法国抒情诗处在退化状态中。

鸣的高姿态，接受了我对法国文学一知半解、错误百出的幼稚报告，这是对我的信任和鞭策。我决心充分利用我所余无几的有生之年，认真、严肃地完成我在研究法国文学的工作方面准备进行的几个计划。

以上是几句题外的闲话。

回到法国当代诗这个课题上来，我觉得还有两点需要补充。第一，今日法国的抽象诗在不自觉地暴露了当代法国文化界人士在一般情况下内心比较空虚的现实情况。但是同时，诗人们也表现了不安于这种空虚状况，而感到焦虑和迷惘。所以不能说抽象诗单纯是灵魂空虚的表现。这种焦虑和迷惘的情绪，可能成为今天的法国抒情诗日后逐渐走上比较健康的道路的起点。我们应当更确切地说，当前法国抒情诗表现灵魂在空虚中挣扎，反抗空虚。

第二，我们和法国现代派文学（包括抽象诗）的分歧主要在对形式主义的看法上。我们对于形式主义采取否定的态度，而他们则不但肯定形式主义，而且加以颂扬。这种分歧的根源在于他们和我们对文学的根本观点不同。文学上向来有两种不同的观点，一种是"为人生的艺术"（包括文学），另一种是"为艺术而艺术"。我们的观点属于前者的范围，我们认为文学必须为人生服务，作品必须联系作家本人的思想实际，联系社会与时代的实际，必须表达作家愿为实现人类的光明前途而奋斗的伟大事业作出贡献。远的不说，鲁迅与罗曼·罗兰都是这类作家的卓越代表。他们的作品为广大人民所热爱与尊重，因为他们对于改善人类命运的伟大理想怀着一颗真诚和热烈的心。至于为艺术而艺术，作为理论第一次提出来是在 19 世纪中叶法国巴尔那斯派诗人戈蒂耶的小说《模斑小姐》的序言中。他认为艺术有它自己的独立的任务，那就是对"美"的追求。他所说的美是指形式的完美。他认为完美的艺术品是不朽的。除了"美"的追求之外,艺术不应当有其他目的,不应当和宗教、政治、哲学等等混杂在一起。戈蒂耶把诗人比作镂雕玉的首饰匠,手艺技师。而"为人生而艺术"的观点则要求诗人有真诚而且伟大的心,他的心中不能只有他个人,还必须有"他人",有广大的人民群众。屈原和但丁都是这类伟大的诗人,祖国和人民是他们的艺术(诗歌)创作的激情根源。今日的抽象诗人并没有声明他们追求"美"。他们的"美"的概念是超越一切的空灵境界。这一点,他们和戈蒂耶提倡的形式的完美是不同的。但是彻底脱离个人实际,脱离社会和时代实际的基本精神,和戈蒂耶的理论是一致的。

我们简略地阐述了这两种文艺观点,为的是说明我们和形式主义的分歧是根本性的分歧,立场的分歧。这种分歧是不可调和的。

写抽象诗的诗人们是 20 世纪的象牙塔中的隐士。他们完全脱离群众,与世隔绝,群众当然也不理睬他们。所有爱好文艺而且有见识的法国人眼看有光荣传统的法国诗歌被抽象派诗人带到纯形式主义的死胡同中去,感到十分惋惜。广大群众甚至以为法国诗歌已经寿终正寝,不再存在。这是诗歌的悲剧。当前的抽象派诗歌则是悲剧的诗歌。谁都盼望法国诗歌早日结束悲剧的场面,恢复它的青春。例如今年一二月份合刊的《欧罗巴》月刊诗歌专号的编者导言中就表示了这种愿望。该导言一开头就说:

诗歌在法国是存在的[①],首先因为有诗人存在。我们的诗歌好比云中之日,大家看得见它,也在谈论它,然而它却

---

① 可见有法国诗歌已不存在的舆论,所以《欧罗巴》的编辑要郑重其事地声明诗歌还是存在的。

暗淡无光。规模大的出版社，诗歌出版得愈来愈少。只有规模较小的出版社，尤其在外省，还在出版一点诗集，碰碰运气。印数极少，常常不到一千册，有时不到五百册。新闻界，不论日报或周刊，除了极少的例外，一般都对诗歌不感兴趣。电视，以前还给诗歌几分钟的播出，夹在戏曲节目与商业广告之间，现在连这一点恩赐都取消了。

当前法国诗坛的不景气，是不可讳言的事实。这是抽象诗脱离实际、脱离群众的必然结果。尽管如此，法国仍然有人继续对抽象诗焚香礼拜，高唱颂歌，继续演《皇帝的新衣》这出令人啼笑皆非的悲喜剧。与此相反，《欧罗巴》的实事求是的态度是值得我们赞赏的。该刊编辑部为了出《今日法国诗歌》特刊，给当前的大多数法国诗人发信征求近作，有五十八位诗人，包括七八十岁的和二三十岁的，响应了该刊的号召，寄了近作来发表。这一期特刊将近二百五十页，选载诗歌约二百首。特刊的导言说，这二百多首诗虽然不能说是今日法国诗坛的全貌，但至少也是主要的面容，重要的线索。你想知道今日法国诗歌究竟是什么样子的，那么你读了这一期诗歌专号就可以有一个具体的、根据第一手材料提供的基本概念。《欧罗巴》之所以编辑这样一期专号，因为编辑部确信，诗歌毕竟是广大人民文化生活中不可缺少的重要项目，人民迫切需要能代表他们心意的好诗。《欧罗巴》月刊编者指出，今天的法国诗坛也不是一潭死水，这里边有不易察觉的波澜在起伏，人们已经可以看出年轻的诗人们寻找新方向的努力，他们发现了"对于现实的激情"，他们体会到歌颂信念的重要。尤其值得指出的是一种"新的现代性"[①]的倾向开始露出苗头，主要表现为"新的反浪漫主义"

[①] Modernité nouvelle.

和竭力挣脱超现实主义与形式主义相混合的影响。

我们衷心祝愿,在法国新的一辈年轻诗人的努力下,法国诗歌必将有一天回到"为人生而艺术"的健康道路上,重新发出灿烂的光辉。但是这种演变需要足够的时间,而不是指日可待的。

(1984年8月于青岛疗养院,1987年10月修改于北京)

反映农民起义的文学作品

法国史籍一般只提到法国历史上规模较大的少数几次农民起义，比如997年左右的诺曼底农民起义；1024年布勒塔尼农民起义；1251年"牧民"起义以及1024年五六月间震动全国的亚克理起义。

哪里有压迫，哪里就有反抗。在漫漫长夜的中世纪，法国农民是封建压迫和剥削的主要对象，是社会结构的底层，他们的生活特别困苦悲惨，起义的次数也特别多。可是旧时代的史学家不重视农民起义对于人类历史发展的重要意义，很少提起农民起义的事实，即使提到，也只是一笔带过，不屑详谈，有的甚至歪曲污蔑起义的农民大众，说他们是"暴徒"。例如中世纪法国史学家傅华萨（1337—1410?）在他的《闻见录》中提到1358年的"亚克理"起义，但语焉不详，而且对起义的农民只有谴责和污蔑，所以19世纪的法国考古学家兼文学家梅里美（1803—1870）说傅华萨"偏见很多"。

梅里美自己以1358年的农民起义为题材，创作了一个剧本：《亚克理》（1828）。

1358年法国农民起义，从5月28日开始，到6月24日即告失败，前后不到一个月。时间虽短，但在法国历史上是声势最浩大的一次农民起义。当时法国北部和西北农民闻风响应，揭竿而起者有数十万众。法国史籍称这一次农民起义为"亚克理"。后来通称一切农民起义为"亚克理"。可见 1358 年这次农民起义声势浩大空前绝后，影响深远也是无与伦比的。

为什么叫"亚克理"？

亚克或雅克，本来是法国最普通的人名之一，比如若望或路易，都是普通人常用的名字。可是在封建统治下，封建贵族由于鄙视农民，把所有的农村百姓都叫"尾烂"（Vilain，下贱人）或叫"呆子亚克"（Jacques bonhomme），以示轻蔑。"亚克理"一词，意为"亚克造反"，是指农民起义的行动，不是指农民起义的组织，所以我们音译为"亚克理"，而不译为"亚克团"。

梅里美的《亚克理》是法国文学史中第一部以农民起义为题材的比较完整的作品。到 19 世纪末年，才出现了另一部写农民造反的完整作品，那是欧仁·勒·洛亚的长篇小说《造反者亚谷》，发表于 1899 年。这部小说虽然是写个别受迫害的农民，忍无可忍，铤而走险，和封建大老爷进行生死斗争的故事，但是写得真切深刻、可歌可泣、十分动人，是一部现实主义风格的好作品。据我所知，法国文学史上以农民起义为专题的文学作品，除上两种之外，没有更突出的了。所以下文集中介绍这两部有代表性的作品。《亚克理》已有中译本，名为《亚克团》。《造反者亚谷》还没有听说有中译本。

梅里美的剧本《亚克理》基本上是根据 1358 年法国西北部农民起义的历史事实写成的。但是剧中情节大部分出于虚构，主要人物也是作者用想象力塑造的，例如"亚克理"的首脑人物，修士若望。《亚克理》的作者是艺术家，不是史学家。他选择了这个题目也许觉得很适合于发挥他的艺术才能，这是完全可能的。更重要的是为表达他的政治观点。剧本《亚克理》的序言说明了这一点。序文寥寥数百字，简明扼要，没有一句空话。不妨全文迻译如下，供读者参考。

序

关于"亚克理"几字不存在任何历史文献。——在傅华萨的著作中，人们可以看到的只是很少的事实，很多的偏见而已。一场农民战争仿佛引起这位作家深深的反感。他乐于歌颂的是比武场上挥戈相斗，观众的喝彩声以及高贵的骑士们的惊人的战功。

至于产生"亚克理"的种种原因，那是不难设想的。封建制度的过火行动引起了农民们的过火行动。值得注意的是几乎在同时，在弗朗德、英国和德国北部，都爆发了类似的起义。

我让一个修道士当了起义者的首领。这样的假设，我认为是无损于历史的真实性的。在那时，僧侣与贵族之间时常发生引起双方分裂的争执。英国的一次平民起义是由一个名叫若望·鲍尔的教士领头的。

对于14世纪的残酷风俗习惯，我只求勾勒大致而已。至于画面上的色调，我只有冲淡，而没有使它们更加阴暗。这个剧本企图在舞台上表现三个方面的情节：（一）农民为什么要起义，如何酝酿起义；（二）起义的主要过程；（三）起义的失败，包括失败的原因和经过。

关于起义的原因，剧本只能表现直接点燃起义火焰的几件事。例如，"英国人"袭击达普勒蒙男爵的厦垛所在达普勒蒙农村，抢劫农民的牲口。男爵率领家丁出来和英国人交锋，失利，几乎为英国人所掠。村中农民群起抗敌，赶走了英国人，救了贵族老爷的命。老爷不但不感谢农民,反而把农民从英国人手中夺回来的牲口全部牵走。又如男爵府中的总管踢伤怀孕的农妇致死,等等。

在起义的准备阶段,剧本突出两件事:(一)农民推举修士若望为义军首领;(二)修士若望争取绿林好汉们(在树林中落草的农民)以及英国侵略者的散兵游勇为盟军。

在起义战斗本身,剧本表演了两场农民胜利的战役:(一)劫法场,救出即将被杀害的农民勒诺,杀死了达普勒蒙男爵的儿子;但同时显出农民临阵胆怯,未能拦阻逃回庄院的一群贵族家丁冲过吊桥;(二)和贵族援兵第一次交锋,义军获胜,但剧本暗示参加义军行列的英国弓箭手对于胜利起了很大的作用。

"亚克理"起义最后失败了。剧本将失败的原因归结为农民缺乏斗志。稍稍获胜,农民就心满意足,渴望解甲归田。一遇挫折,农民就军心涣散,不是各自逃命,就是准备屈膝降敌。

总的说,即当时法国农民在封建压迫、教会控制和外国侵略者的残酷蹂躏之下,过着食不果腹,衣不蔽体,甚至家破人亡、流离失所的悲惨生活。根据当时的文献记载,农民男女蓬头散发、鸠形鹄面的形象,令人见之酸鼻。这种情况,剧本中却毫无反映,即使不能一切都用舞台动作表现,也没用言语表述。

再则,将"亚克理"的失败归咎于农民的自私、目光短浅、涣散和害怕斗争,也是不符合历史事实的。当时达普勒蒙起义农民振臂一呼,四方响应者风起云涌,数日之间,各地高举义旗的农民达数十万人,充分说明挣扎在水深火热的绝境中的农民,斗争性是多么强烈。农民不是畏惧斗争,而是迫切盼望通过斗争求得解放。"亚克理"之所以失败的主要原因,无疑是当时缺乏坚强正确的领导核心。剧本通过修士若望的形象,也反映了义军领导力量的软弱。可是剧本作者把"亚克理"失败的责任,几乎全部推诿给农民群众,把群众写成投降主义的代表,这对起义农民也是一种歪曲。

关键人物是被推为义军统帅的修士若望。这是个农民出身的教士,能文能武,多才多艺。出家为僧以前,若望曾经在军队里混过几年,不但会武艺,还多少有点韬略。他在圣勒弗瓦修道院中,专搞一些小魔术,比方让耶稣受难的塑像头上戴的荆棘冠开花,使圣母塑像眼泪汪汪,等等。用这些"奇迹"哄骗信徒,使修道院增加收入。因此他成了修道院中的重要人物,颇得长老倚重。长老波尼法司临死前,遗言要求众僧侣推选修士若望继承主持僧职位。长老病死,附近的封建郡主,男爵纪尔倍·达普勒蒙立刻写信给修道院里的僧侣,要他们推举他的表弟修士奥诺雷为主持。修士若望落选之后,对达普勒蒙男爵怀恨在心,同时也增加了他对于一切贵族的仇视,这些细节似乎也没有给修士若望增加光彩。

准备起义的农民们选择修士若望当他们的首领,首先因为他是农民出身,平时和农民有往来。农民们有什么困难,常到修道院去求若望修士援助,或者求他治病。同时也因为这位修士能文能武,在农民们看来是个法术无边的人。

剧本把修士若望写成正面人物,然而不知不觉地暴露了他许多缺点错误。作为起义农民的首领,修士若望缺乏远大的计划和鲜明的方向。这是他的最根本的弱点和错误。这种错误首先表现在他争取别人参加起义时的说服动员方式。对某些人,若望修士以大碗吃酒肉、大块分金银作为争取他们参加起义的诱饵。例如争取绿林好汉的头子"狼巫",以及争取英国侵略军将领希瓦入伙时,修士若望都是以利诱为主要方式的。争取蜕化变质的农民比埃入伙时,若望许诺在庄院攻破之日,让比埃占有达普勒蒙男爵的女儿伊莎佩尔小姐。

在起义的农民厌战思家,希望解甲归田时,身为义军统帅的若望却大摆上司的架子,想用严刑重罚代替思想工作。他从来不设法启发农民的阶级觉悟,加强他们的阶级感情,坚定他们的斗志。直到最后,"亚克理"义军遭到封建武装的突然袭击,被打得落花流水的时候,若望决定收拾残部,继续战斗,这是正确的;但是同时,他面对主张逃跑或投降的农民战士们,还只是用威胁和恫吓的高压手段,希望利用他的威势来挽回涣散的军心。结果只能激怒他的部下,使他们觉得无路可走,于是有人放暗箭,从背后将若望修士射死。

修士若望作为"亚克理"的统帅,敌我界限不清,警惕性不高,到令人难以置信的程度。英国散兵游勇明明是法国农村的大患,法国农民的死敌。这些冒险家侵入法国,目的在同法国封建朝廷争夺这片富饶的国土,奴役生活在这块土地上的几千万勤劳的人民。可是,他们之中的一部分,有时也可以成为法国封建主的雇佣军,让他们同别的外敌作战,或镇压法国农民。修士若望居然争取不久前袭击和抢掠过达普勒蒙农村的英国匪首希瓦和他的部下,作为"亚克理"的盟军,而且非常信任和重用他们,以致在义军和封建贵族的武装力量决战的关键时刻,希瓦为法国贵族所收买,临阵倒戈,投向贵族,袭击农民,使"亚克理"义军腹背受敌,一败涂地。

修士若望敌我不分,警惕性不高的一贯作风,不但说明他无能,也说明他思想中有弱点。正因如此,封建朝廷派来使者劝降,建议先停火三个月,由"亚克理"派代表团到巴黎去谈判和议条件,修士若望表面上似乎也在提防对方搞鬼,实际上还是欣然接受和议。用一句我国文学上的习惯用语,就是接受招安。

结果,封建统治者不需要一个月,就调集大军,根本不顾

"亚克理"代表们在巴黎搞什么和议（"和议"本来是陷阱），突然向"亚克理"义军发动袭击，又有英国人希瓦和他的100多名弓箭手作为内应，一战而胜"亚克理"，接着就是对农民群众的血流成渠的大屠杀（当然，剧本中没有表现这一幕）。

另一个作为正面人物的农民形象是狼巫。所谓"狼巫"（Loup-garou），是古代法国民间传说中的妖巫。他藏身深山密林，白天是人，黑夜是狼。谁要是在树林里遇见了狼巫，十之八九性命难保。其实狼巫并不是什么妖怪，而是地地道道的人，往往是穷苦农民，得罪了贵族豪门，又不甘心屈服，走投无路，只好躲藏在森林中。他们为了坚持反抗和斗争，必须设法活下去。为了获得活下去的条件，他们干一点拦路行劫的勾当，也是难免的。

《亚克理》中的狼巫，本身就是七八十名绿林好汉的头领。此人本为附近的村民，职业是铁匠，原名法朗克·克雷纪安。一天，他外出的时候，他老婆被叫到达普勒蒙男爵府中，被男爵奸污了。法朗克知道实情之后，举起打铁的大锤砸碎了他老婆的脑袋。男爵派人拘捕了法朗克，判了他死刑。法朗克没有束手待毙。他打死了看守，逃出囚房，来到林中继续反抗贵族老爷的迫害。法朗克盼望有一天他能用大铁锤砸死纪尔培·达普勒蒙男爵，才能消他心头之恨。他每砸死一名贵族分子，就在铁锤的柄上划一记号。他争取划上50或100个记号，才算不辜负这把大铁锤。

法朗克虽然粗鲁，但非常质朴豪爽。他阶级意识很强烈，爱憎分明，反封建的斗争性十分坚决。他誓死不投降，反对议和，他希望能一直打到巴黎，摧毁封建朝廷。根据法朗克天真的报复思想，他要让受苦受难的农民都当贵族，而让作威作福的贵族都到田间去劳动，养活翻身当上贵族的原先的农民。他想他自己至少也得封个男爵。法朗克对一般劳苦农民，无疑的是怀有深厚的阶级感情的，但是他和农民群众也有些距离，因为他觉得一般农民对贵族的压迫逆来顺受，他们驯服得和绵羊一般，一点反抗性、斗争性都没有。他有点瞧不起农民群众。他只信任他手下那群经得起考验的好汉。因此，当"亚克理"打了败仗，溃不成军时，法朗克也丧失了对修士若望的信心，丧失了对起义前途的信心，于是他带着他的老部下，置修士若望与残剩的农民部队于不顾，为了保存自己的实力，撤退到林莽深处，恢复他们的"自由自在的生活"。

比较次要的农民形象还有几个，这里不一一分析了。最后，需要提到的还有一个反面人物，农民比埃。

比埃是个年轻的农民，但是他已经背叛自己的阶级，成了农民阶级的败类和叛徒。他是出卖起义农民，破坏"亚克理"作战计划的罪人。叛徒比埃最后将自己的丑恶面目暴露无遗，被法朗克一锤打死，是剧本中大快人心的合理安排。

梅里美用"亚克理"这个历史题材，写了一个歪曲起义农民形象，令人失望的剧本。剧本没有设法直接或间接反映封建阶级对农民的极其残酷的压迫和农民们水深火热的悲惨处境，也没有反映起义群众的坚强斗志。剧本既没有悲壮激烈的斗争场面，也没有不怕艰险，不怕牺牲的人民的形象。难道在十余万人参加战斗的"亚克理"起义者之中，竟然没有一个经得住考验的英雄典型吗？肯定是有的，而且决不止一两个，否则不可能发动这样大规模的起义。问题在于作者缺乏塑造这种人物的正确思想和热烈感情。

我们坚信，历史上被压迫的人民群众要求解放的革命斗争，即使由于当时的条件限制而受了挫折，暂时宣告失败，也必然在人民大众之间埋下革命火种，而在几年，几十年，甚至更长的时期之后，星星之火，仍然可以燎原。一个明显的例子是1871年的巴黎公社起义，它可以被理解为1917年十月社会主义革命的前奏。有些例子因果关系不是这样明显。但是每一次被压迫人民的反抗和起义给后世的积极影响都是不容否认的。在这个意义上，"亚克理"起义决不是例外。剧本《亚克理》最后一句话是"各自逃命"，可见作者对这一场震动全法国的农民起义的历史意义，理解得不正确。

欧仁·勒·洛亚的小说《造反者亚谷》也许还没有中译本，或者很早以前有过中译本，现在看不到了。下文先把情节简略介绍一下。

这本书是用一个老农民自述苦难家史的口吻写的。事情发生在法国布彭复辟王朝时期（1814—1830）。

1815年，拿破仑在滑铁卢打了败仗，全军覆没，他自己也当了欧洲各封建国家反动联军的俘虏。他被放逐到遥远的圣海仑岛上。

随着法国封建王朝的复辟，封建余孽纷纷回到他们旧日的领地上，恢复他们对于农民的压迫与剥削。

1815年底，基督教的"圣诞节"的钟声刚刚消失在冬云凝冻的空中，在法国中部贝里皋地区，有一个受当地封建领主欺侮、压迫实在走投无路了的穷苦农民，愤怒地用猎枪打死了贵族的管家，一个任意糟蹋农民妇女、卑鄙凶险的恶棍。

农民马底索一时控制不住心头怒火，打死贵族的爪牙，闯下了大祸。他的贵族地主南萨克伯爵，买通官府，判马底索20年徒刑并流放远处去服刑。几个月后，马底索就被狱卒的皮鞭和沉重的劳动折磨死了。他的老婆不久也在劳累贫病和忧愤中死去。剩下一个六七岁的孤儿亚谷，无依无靠，几乎饿死在道旁。

15年后，被人收留、抚养长大的亚谷，为了替他父母报仇、替受害的乡亲们报仇，集合了一批敢于造反的农民群众，放火烧掉南萨克贵族的庄院——艾尔木厦垛（古代封建郡主的邸第兼堡垒）。由于那时已临近1830年七月革命，布彭复辟王朝摇摇欲坠，官府不敢结怨于广大贫苦农民阶级，亚谷和他的造反同伙，获得了无罪开释的胜利。

以上就是小说《造反者亚谷》的梗概。

最精彩的部分，是小说的头三章。作者用工笔画的手法描写一家赤贫的农民的困苦生活，他们住的是破烂的窝棚，衣衫褴褛，食不果腹，经常在饥饿线上挣扎的这一家三口，亚谷的父母和六七岁的小亚谷本人，还不断受封建领主和他的家奴打手们的压迫、敲榨和凌辱。

亚谷家的茅屋就在老爷的树林边缘。小亚谷和他母亲常到林中拾野果、毛栗充饥。尤其是栗子，是他们一家三口的主要粮食，没有储备足够干栗，冬天就有饿死的危险。

到林中去拾充饥的野果和挖野菜，也是提心吊胆的冒险行为，因为常有老爷的家丁在那儿巡逻，防人偷砍树木或私下打猎。亚谷的父亲是出名的猎手，也是贵族最注意、最忌恨的一个"偷猎者"。马底索不搞点野味到集市上去卖，换点粮食回来，就养不活老婆孩子。他打猎不是为行乐，而是为活命。他白天不敢进林子，只好深更半夜，尤其月黑星暗的黑夜里，准保不会碰上巡逻队，他才敢进林去和野兽搏斗，拿生命去换取一点养家的口粮。尽管如此，马底索的"偷猎"行为还是瞒不过南萨克伯爵。他派人通知马底索：一、不许他擅自进树林；二、不许他养狗，必须把已经养着的那条母狗立刻处理掉。

很久以来，南萨克伯爵的管家拉卜利常到小亚谷和他母亲放羊的荒僻草地上去纠缠亚谷的母亲——一个壮健清秀的年轻农妇；这恶棍有时趁马底索不在家，径直到他们家里来，逼亚谷母亲"放明白些"，意思就是要她满足他的兽欲。拉卜利是个贪婪残酷的恶棍，他不但助纣为虐，压迫和剥削南萨克伯爵领地上的农民，从中捞取油水，而且任意玩弄附近农村妇女，被他糟蹋的农民妻女不计其数。亚谷的母亲不顾拉卜利的威胁利诱，什么："下次在集市上我给你买一条花头巾……"见对方不睬他，又说什么："你会后悔的！你会后悔的！"她坚决拒绝他的无耻要求。

恼羞成怒的拉卜利，决定采取卑劣的报复手段，他用伯爵的名义，先派人通知马底索不准养狗，接着命令他搬家，要把马底索一家驱逐出伯爵的领地。

马底索舍不得把狗卖去或杀掉。第二天，他一边准备搬家，一边将狗送到远远的亲戚家先寄养几天。没想到亲戚没有把狗锁结实。当天晚上，那条狗挣断绳索，自己跑回主人家来。次日一早，马底索正和老婆孩子在屋里吃早点，只听门外远远的有马蹄声和人声。马底索知道是来催他腾房的。他正要站起来，他那条狗已经一蹦而出，连吼带跑地向来人冲去。没等马底索前脚跨出门口，只听得外边枪声一响，一粒子弹碎片打在门框上，反弹过来，擦伤亚谷母亲的面颊。马底索立刻回身拿起倚在门内的猎枪，冲出门去……他老婆眼看要出乱子，想上前拦阻他，或至少夺下他手中的枪，可是已来不及了。

马底索出门一看，只见管家拉卜利骑马而来，满面杀气，手中提着枪，枪口还在冒烟。再看那条狗，已经倒在血泊中死去。马底索满腹怨愤，化为仇恨的怒火，他不觉举起手中的枪，瞄准那个使他一家不得安生的恶棍。

拉卜利不及躲闪，应声落马。他和一分钟前被他杀害的那条狗一样，倒在地上再也不能动了。跟在他马后的一个家丁，立刻转身飞奔而去。当然，他急于去报告拉卜利被打死的消息，同时也本能地感到站在那儿，面对马底索复仇的枪口是很不安全的。

事情已经闹大。马底索回到茅屋里，二话没说，匆匆拿了几件御寒的破旧衣服，带上干粮和火药袋，事不宜迟，他吻别老婆孩子，出门奔森林而去。

以上就是小说开端时的紧张场面。

马底索在林中餐风饮露，隐藏了几个月之久。官府派去宪兵，贵族派去家丁，都拿他无可奈何。小说在这一段叙述中，正确地突出了贫苦农民之间的阶级友爱和互相支援。没有群众支援，马底索不可能在树林隐藏得这样久。最后，他终于被捕了，一个穷极无聊的农民阶级的败类出卖了他。

亚谷和母亲在父亲马底索离家后不久，就被撵出破屋。母子二人在丛林深处的一个荒僻角落，找到一间曾经是烧瓦工人的工棚，现在已半倒塌没有人要的破草舍，作为无可奈何的栖身之地。

为了糊口，亚谷的母亲不得不早出晚归，经常在树林周围远远近近的农村里找活干。农忙季节，她还可以东干几天，西帮几天，用菲薄的工资，勉强能养活娘儿俩；农闲的季节，母子二人只好在树林里过原始人的生活：拾野果，挖树皮草根，掏鸟窝，等等。

亚谷的母亲听到丈夫已死在苦役牢中的消息，并没有感到意外，她早就有思想准备。相反，她反而松了一口气。往先，每到夜深人静，她不能合眼，老是想她的马底索在苦役牢不知怎样受罪。20年的苦役和牢中的非人生活，铁打汉子也顶不住。与其受够罪再死，不如早死少受罪。马底索死了也好，总算不幸中之大幸。这样，这个可怜妇人反而从丈夫的死亡中得到一点安慰。剩下的大事就是报仇！

　　接到马底索死讯的那天，月黑云低，亚谷的母亲半夜起来，拉着亚谷的手出门，在森林里急急忙忙地走着。虽然她从小在这林子里拾柴打草，大小路径都不生疏，可是在漆黑的深夜，又加情绪紧张，她拉着孩子跌跌撞撞，摸了几个小时，才到达目的地：通过林边稀疏的树枝，可以望见艾尔木厦垛高耸的箭阁。

　　母子二人走到厦垛外围的沟堑边站住。母亲伸出右手，按照农民宣誓的习惯，先在手掌上吐一口唾沫，然后握拳举向南萨克伯爵的堡垒兼宅第，高声宣誓："一定要替马底索报仇！"接着，她让孩子也起誓。小亚谷完全按照母亲的方式办事，先在右手掌上吐了唾沫，然后高举小拳："一定要替爸爸报仇！"

　　时间过得很快，这一年又到夏末秋初。母亲一早出门到附近村子去帮活，小亚谷独自留在家里，也就是说，留在树林深处一间半倒半斜的破草棚里。四周没有邻居，没有人烟。亚谷那时只有八岁，一个人留在林中，他毫不害怕。怕也没有用，妈妈不能带他去，免得耽误赶路，耽误干活。

　　有一天，亚谷爬在一棵高大的树上掏鸟窝玩。忽然望见远近的村子里几处火光熊熊。那是人们在庆祝什么节日。孩子突然灵机一动，这不是报仇的好办法吗？对，放火烧掉南萨克伯爵的树林，让他损失大笔钱财！自从那天夜里和他母亲一同起誓以来，孩子心中念念不忘报仇。

　　正碰上那几天母亲农活忙，晚上赶不回来。小亚谷仔细筹划了他的报仇行动。第一，要先烧掉南萨克家的那一片林子，不能让火延烧别家的树木；第二，不能留下痕迹，让人查出是他放的火。有一夜，风势很猛，小亚谷毅然决然地点着了他事先准备好的干柴堆。

森林大火延烧了两天,惊动四乡,人们纷纷赶来灭火。小亚谷的计划圆满完成,南萨克家的林子烧得精光,别家的树林基本上没有烧着。在远处帮活的母亲,一听森林大火,担心孩子的安全,急急忙忙赶回来,到了家门口,只见亚谷骑坐在大树枝上,悠然地在观望随风飘荡的滚滚浓烟。母亲把孩子搂在怀里,问他受惊没有。只见孩子发亮的眼睛透露出胜利的光芒,嘴边挂着得意的微笑。母亲立刻就明白怎么回事。她注视孩子的眼睛,只说了一个字"你?"

母子二人立刻紧紧拥抱在一起。彼此心照不宣,别的话都没有说的必要了。

过后不久,亚谷的母亲一病不起,结束了她苦难的一生。

那时正是秋收忙碌的日子。母亲在远处村子里干了四五天活,抢收庄稼,累得筋疲力尽,她在回家的途中遇上了暴雨,雷电冰雹,把她淋得遍身寒战。到家后就倒在床上起不来了。夜里,她开始发高烧。第二天就死了。留下八岁的亚谷,成了无家可归的孤儿。

以上是小说第一部分的节略。由于这是全书比较精彩的地方,所以我们介绍得稍稍详细些。

小说的第二部分,从第四章到第六章,在作者心目中,很可能是全书精华所在,而在我们看来,却是比较有问题的章节。

母亲死后,亚谷无亲无靠,孤苦伶仃,流落道旁,成了小乞丐。有一天,他饿得几乎倒毙的时刻,绝处逢生,碰到鲍雷尔神甫。他将孩子收留在家,不但供给衣食,还教他学文化。稍后又让孩子学农活。十来年过去了,神甫受教会内部斗争的影响,被撤职回老家之后,亚谷帮着他耕种园地,维持生活,直到神甫病殁。那时亚谷已是20岁左右的精壮青年。

小说的第三部分（第七、八两章）主要叙述亚谷复仇的经过。有一天，亚谷在树林中碰到南萨克伯爵的家丁和伯爵本人，进行面对面的斗争，因而暴露了目标。伯爵派人将他捉来，囚禁在地窖中，几乎断送性命。亚谷被救出来以后，用一个月时间养好了伤，然后展开串联活动，组织四乡受过南萨克伯爵欺凌祸害的农民群众，胜利地放火烧掉贵族的老窝，艾尔木厦垛。

小说的最后部分（第九章和第十章），写造反胜利以后的农民亚谷如何成家立业，后来一直活到90多岁，子孙满堂，过着俭朴的然而安宁的生活。这些情节，其实也是与造反主题无关的画蛇添足。作者好像有一种顾虑，他不愿意给人这样一个印象，认为他的小说是单纯写农民造反的小说。这种顾虑无疑使小说的现实主义大为减色。

小说《造反者亚谷》的现实主义意义，却并未由于作者的思想局限和主观意图而完全消失。恩格斯论巴尔扎克时有一句名言："我所指的现实主义甚至可以违背作者的见解而表露出来"，小说《造反者亚谷》的现实主义有很大的局限性，这是无可否认的，但是，也有独到之处。原因在于作者欧仁·勒·洛亚的资产阶级民主主义的政治立场，在当时来说是反映着一定的进步倾向的。小说在某种程度上结合当时的客观现实，反映了复杂的阶级斗争中的某些问题，例如农民和卷土重来的封建势力之间的斗争。比较重要的是，小说突出了这样一个对后世也不无现实意义的历史教训：反动的统治势力一朝实现复辟，广大劳动群众必将吃二遍苦，受二茬罪。

资产阶级民主思想是小说《造反者亚谷》的主要色彩，但并不排斥这一事实，即作者的同情始终寄托在受封建压迫的劳苦农民大众一边。而且这种同情表现得极为真挚。这种同情心，是小说《造反者亚谷》的灵魂。它赋予这部文艺作品以血肉，使它成为一部有生命力的艺术作品，使它在一定程度上具有感人的魅力。

亚谷不是一个平平常常的农民。他是造反世家的子弟，是几代轰轰烈烈造反农民的后裔。"造反者"是他家祖祖辈辈传下来的光荣称号。他的远祖是17世纪造反农民。他的祖父，在1789年革命前夕，起来造反，放火烧掉封建贵族的厦垛。要不是大革命恰好爆发，祖父的脑袋早已落地。亚谷父亲马底索，公然开枪击毙贵族的管家，当然也是个大胆的造反者。

自从知道了自己的家史以后，亚谷也常常想他家的苦难历史和斗争传统。然而造反者亚谷所想的绝不止他自己的家史，而更多的是想到一般农民兄弟的苦难和阶级仇恨。他造反的力量主要来自阶级觉悟。满腔仇恨使他"在思想上把自己一家人的悲剧和从古到今农民的苦难联系起来……"他发现农民的命运就是"永远被鄙视、虐待，而且经常被他们残忍的主人任意屠戮……"他的报仇行为，说明他已经达到这样的结论，那就是农民只有自己起来和封建势力斗争，才能够掌握自己的命运。

替亚谷出庭辩护的律师冯格拉弗，是一个资产阶级知识分子。可是他同情劳苦农民，反对封建压迫，立场很鲜明。他在法庭上慷慨激昂，揭发和控诉贵族残酷压迫农民的罪行和血债，认为农民造反有理，要求无罪开释亚谷。他是根据资产阶级人道主义和民主精神发言的。他的立场就是小说作者的立场，他是作者的代言人。冯格拉弗为什么敢在公堂上大声疾呼，号召农民起来造贵族的反呢？正如亚谷所说："时代不同了。我们现在不是在1815年，而是在1830年。"1815年是封建王朝宣布复辟的那一年，而1830年则是布彭复辟王朝摇摇欲坠的一年。那时，法国人民盼望一场新的反封建革命风暴会很快地来到。

资产阶级作为一个阶级，和封建阶级形成不可调和的矛盾，他们在和封建势力展开真刀真枪的搏斗时，必须借重广大平民群众，尤其是工人和农民，作为同盟军。资产阶级知识分子在思想中常常反映反对封建，同情农民起义的民主立场和人道主义观点，绝非偶然。

小说《造反者亚谷》对封建势力的反感，对造反农民的同情，不但表现在人物的言谈中，而且具体地表现为受压迫的农民的生活和斗争的细致而有深度的描述。很可能，没有一个法国小说家，不论乔治·桑、巴尔扎克、左拉或别人，对于贫苦农民的生活条件、内心活动和为生存和解放自己而进行的斗争，能像《造反者亚谷》的作者那样，用工笔细描细绘，深入刻画。当然，这不是单纯的技术问题，而是作家的思想感情问题。

《造反者亚谷》是一部政治小说，它的反封建的倾向相当突出，相当鲜明。小说不但是高举反封建的旗帜，而且也把矛头指向某些资产阶级上层分子、暴发户、政客、野心家、冒险家，这些人往往和封建复辟势力勾结起来，骑在广大人民头上，作威作福。欧仁·勒·洛亚笔下的乡村小资产者、小生产者、小私有者，往往从各人自己的角度，同情和支援封建压迫下的农民。这一点，如巴尔扎克在他的小说《农民》中所反映的情况，是大致相似的。然而《农民》作者的政治立场和《造反者亚谷》作者的政治立场是截然不同的。巴尔扎克毫不隐讳他对贵族阶级的同情，也不掩饰他对农民阶级和乡村小资产者的反感。《农民》的作者眼看贵族破产时出卖的庄园，被农民和乡村小资产者分割得七零八碎，深深地慨叹，今不如昔，意思说："糟得很！"

与此相反，造反者亚谷当时只是七岁的儿童，已经放火焚烧仇人的林木，后来他长大了，终于邀集农民群众，夜袭南萨克伯爵的厦垛，纵火焚烧，使贵族豪华宅第兼深沟厚垣的堡垒，转瞬化为灰烬，使南萨克伯爵一家老少无处栖身，惶惶然如丧家之犬。对于这一切，欧仁·勒·洛亚在他的小说中高呼："好得很！"

如果说，《农民》是咏叹封建特权阶级必然崩溃的一曲无可奈何的挽歌中的一段插曲，那么《造反者亚谷》显然是歌颂法国农民反封建斗争胜利的一支嘹亮的凯歌。即使小说《造反者亚谷》中存在着许多的思想缺点，而它是歌颂历史上农民起义胜利的凯歌这一点，是正确的，值得肯定的。

巴尔扎克的《人间喜剧》反映的是 1815 年至 1848 年间的法国社会。《造反者亚谷》写的是 1815 年至 1830 年间发生的事。两位小说家反映的是同一时期的法国历史。然而两者观察事物的角度完全不同。这难道就是所谓"仁者见仁，智者见智"吗？当然不是。主要原因是《农民》的作者巴尔扎克和《造反者亚谷》的作者欧仁·勒·洛亚的政治态度不同，阶级立场也不一致。此外，《农民》和《造反者亚谷》的写作时期先后相距约半个世纪，也是一个重要的原因。《农民》出版于 1845 年。据说作者写这部作品，构思、起草、加工，前后共用了 8 年之久。《造反者亚谷》出版于 1899 年。这是欧仁·勒·洛亚最重要的作品，当然也是经过长期锤炼的。无论如何，这两部有关农民问题的文学作品，由于它们产生的时期不同，在反映法国历史上同一时期的社会现象时，得出了完全不同的结论，这也是值得我们深思的现象。

鲍雷尔神甫对亚谷的教导，他句句都听，只有"忘掉你的仇敌，不要报仇"这句话，他不能遵照办理。也幸而如此，否则"造反者亚谷"根本不成其为造反者,甚至很可能成为妥协派,投降派。

神甫鲍雷尔教导亚谷说:"人生于世,必须劳动,这是自然规律;由此观之,一切劳动之中,种地这种劳动最有益于身心。人和地关系愈亲密,自己就愈有深感庆幸的理由,无论从身体健康方面,或从精神健康方面看。"(第 207 页)又说:"幸福的条件之一,在于自由地生活在自己的天地中,依靠自己的劳动。"(同上)什么职业最适合于实现这种自由自在地生活在自己的小天地中的"幸福"呢?那就是种地,做一个家有足供一家人吃饭的小片土地的自耕农,小土地所有者。这种自耕农,"能够吃亲手种的麦子磨成的面粉和自己的老婆亲手和面烤成的面包;尝自己动手接枝的果树上的果实,喝自己种的葡萄酿成的酒;生活在大自然中,大自然不断启发我们清心寡欲,远离红尘十丈的城市——贤智之士,舍此而外,别无所求。"(第 208 页)

这就是神甫鲍雷尔的处世哲学:远离城市,住在乡间,耕种小片土地,自给自足,清心寡欲,与世无争。当然,这也就是小说作者的人生理想。作者使他笔下的英雄人物亚谷实现这种理想。大约在 20 多岁那年烧掉艾尔木厦垛以后,造反胜利的亚谷,就按神甫的教训生活,成家立业,娶妻生子,若干年后,子女成群。他在树林里当一个烧炭工,后来有了自己的炭窑,也有徒工或帮工。他住的一直是十分简陋的林中茅屋,不过后来家中人口激增,子孙满堂,不得不在老屋边上,扩建几间茅屋。总之,亚谷和他的家人过的是勤劳俭朴的农村生活,正因此,他能够怡然自得,活到 90 多岁。

这部作品的最后章节,成了乡土小说,以描写作者故乡贝里皋的山川草木,人情风物为主要内容,有时甚至采用一些土语方言,以增加小说的地方色彩。

对于我国读者，欧仁·勒·洛亚几乎是一个完全生疏的法国作家。此人在法国文学史上是有一定地位的。巴黎大学的莫内教授在1927年出版的《法国文学和思想史》中，认为《造反者亚谷》是法国文学的一部"半杰作"。

欧仁·勒·洛亚（1836—1907）年轻时曾随拿破仑的远征军转战非洲和意大利。后来舍武就文，在税收机关当一名公务员。从那时起，他基本上没有远离故乡。他热爱故乡，早年发表过几部考证贝里皋地区历史的学术著作。1895年起，他开始发表乡土小说，前后发表过四部作品，以《造反者亚谷》为最成功，最负盛名。

（1976年9月初稿，1987年12月修改）

孟德斯鸠的《波斯人信札》

一 《波斯人信札》在18世纪法国文学中的地位

启蒙运动是思想革命运动，严格说并不是文学运动。因此法国18世纪的文学，通常所谓启蒙运动的文学，在法国文学史上情况比较特殊。这一时期文学的最光辉的一面，建筑在思想运动的基础上，并且和它有密切关系。这一时期最重要的文学家，同时也是最重要的思想家和社会革新运动者。这些人的文学事业是直接服务于思想战线上的斗争的。通过文学形式，这样直接、具体和尖锐地反映社会革新思想，在以前，法国文学史上找不出例子；即使有，也是个别的，不像18世纪一样，成为风气。明确的倾向性，使18世纪法国文学有特殊内容和适应这内容的特殊形式。在这方面，孟德斯鸠的《波斯人信札》是典型的例子，也是最早的例子。

1715年路易十四去世，绝对专制的封建统治开始动摇；"挣脱专制暴政的枷锁"，这一个希望在人民心里萌芽。希望的光芒即使还很微弱，但是它逐渐照在现实上，使黑暗的、腐化的、不合理的事物原形毕露，更令人不能忍受。有志于革新的人针对这些现象发表意见，于是在那时发生了一种大胆地指摘时政的风气。这种精神反映资产阶级革新思想的抬头。孟德斯鸠的《波斯人信札》正是这种精神在文学上的最早的表现，也是获得很高成就的范例。

法国有句谚语："一燕不成春。"从南方飞来了一只燕子，不等于说春天已经完全来到，这是对的。不过，我们可以这样想，这只先驱的孤燕，至少预示春天已经不远。如果把启蒙运动和启蒙运动的文学比作春天，那么，《波斯人信札》就是预报春回大地的第一只燕子。这只"燕子"是1721年出现在法国天空的。那时离开启蒙运动本身的蓬勃发展，还差30年。因为1750年前后，作为1789年法国资产阶级大革命的前奏曲的思想运动，方始达到高潮。1748年，孟德斯鸠发表了他的巨著《法意》；1749年，狄德罗发表《论盲人书》；1750年，卢梭发表《关于科学与艺术的演讲》；1751年，达郎贝发表《百科全书序言》。这些著作都不是文学作品，但它们的出现，说明启蒙运动进入了新的阶段；从那时起，直到1770年前后，伏尔泰、狄德罗、卢梭等人的文学作品，将随着启蒙运动的高涨，形成18世纪法国文学的主流。

18世纪法国文学不仅有孟德斯鸠、伏尔泰、狄德罗、卢梭等人的作品，还有勒萨日的小说，马里伏和博马舍的剧本。勒萨日、马里伏、博马舍都是优秀作家，他们的作品在不同的角度和不同的程度上，揭露了没落中的封建社会腐化和黑暗。但是这些作品，没有尖锐地感觉到不可避免的变革将要来临，因而也没有像《波斯人信札》那样，表现充分的战斗精神。

至于资产阶级文学史认为代表18世纪法国正统文学的克来比雍、勒尼亚和唐古等人的悲剧和喜剧，一般地说，无非17世纪大作家高乃依、拉辛、莫里哀等人的摹仿，因此被称为假古典主义。如果说启蒙运动文学是18世纪法国文学的光明面，那么假古典主义不妨说是它的阴暗面。前者反映上升中的资产阶级的革命精神，后者是没落中的封建文化在文学上的表现。

资产阶级文学史家往往说，除了假古典主义以外，18世纪没有"真正的文学"，没有"纯文学"。他们心目中看不起，甚至憎厌像《波斯人信札》那样的直接参加思想战斗的作品，这是很明显的。例如狄德罗的小说，无疑是很重要的文学作品，可是资产阶级文学史家除了《拉谟的侄子》有时稍稍提到，其余的往往略而不提。郎松在他的从1910年出版以来，一直被奉为"权威著作"的《法国文学史》中，一共用了17页的篇幅介绍孟德斯鸠，其中只有两页谈到《波斯人信札》，其余的篇幅都用来介绍孟德斯鸠的学术著作《罗马兴亡原由考》和《法意》。朗松之流故意把启蒙运动思想家的哲学、史学或法学著作，当作广义的文学作品；这样，不但可以忽略像《波斯人信札》那样的，真正的，并且富于战斗性的文学作品，又可以得出这样的结论，启蒙运动的思想家们并没有写出"真正的"文学作品来。我们认为启蒙运动的大师，不但写了重要的学术著作，同时也创作了划时代的文学作品。法国18世纪的文学史，无疑地应当从这个角度上研究。以孟德斯鸠而论，《法意》固然是他的最重要著作，《波斯人信札》也是他的重要著作。两者之间不仅有密切关系，而且各有各的特殊作用，谁也不能代替谁。因此，为了比较全面地了解孟德斯鸠的思想，以及他的思想和当时社会生活的关系，对《波斯人信札》作单独的分析研究，是完全必要的。

二 产生《波斯人信札》的法国社会

孟德斯鸠生于1689年，《波斯人信札》出版时他32岁。这本一鸣惊人的作品，是他在20岁到30岁之间慢慢写成的。这本书篇幅并不很大，译成中文还不到20万字，为什么创作过程这样长呢？那是因为书中主要部分，是根据日积月累的点滴感想与印象，渐渐酝酿成的。正如《波斯人信札》中所说："勇于求知的人，决不至于空闲无事……我以观察为生，白天所见、所闻、所注意的一切，到了晚上，一一记录下来。什么都引起我的兴趣，什么都使我惊讶。"

仅仅善于观察，勤于笔记，还不足以成为一个大作家。《波斯人信札》作者还具备其他优越条件，比方他的博学，他对于社会革新潮流的敏感与热心等。25岁时，孟德斯鸠已经担任他故乡波尔多城的法院参议之职，27岁继承他叔父遗留下来的法院院长职位。年轻的院长却用了大部分时间与精力，热烈支持波尔多科学院的工作，他自己也宣读了若干篇论文，大部分是关于自然科学的。那些论文虽然并不是精深的研究，却说明年轻的贵族知识分子孟德斯鸠是站在进步思潮这一边的。当时的进步思想家都重视自然科学，并且都亲自动手，从事科学实验与研究。举例说，孟德斯鸠、伏尔泰是这样的，稍后的狄德罗也是这样的。他们是科学家和哲学家，同时又是文学家，这种学者和文人，当时通称哲学家。这种类型的哲学家，是启蒙时代的特殊产物，而《波斯人信札》作者，是这类哲学家中最早的代表人物之一。他们的特征，不单是有广泛的学术活动范围，而且尤其重要的是他们对于一切事物，总提出这样的一个问题："是否合理？"

《波斯人信札》的主要精神，就是这种唯理主义的倾向；主要内容，则在于尽情揭发当时社会生活中种种不合理的事物，同时透露出作者心目中所谓合理的社会的进步轮廓。《波斯人信札》中所暗示的乌托邦式的"合理王国"，是建筑在道德与理智这两大基柱上的。启蒙运动的思想家提出大同小异的各种"合理王国"，实质上都无非为了资产阶级利益受尊重，资产阶级势力占主要地位的国家。这种理想在《波斯人信札》中获得比较生动活泼的文学形式的表现，是和当时资产阶级思想的动态，有密切关系的。

法国的资本主义结构在16世纪已经产生。它在封建社会内部慢慢成长的过程是迂回曲折而富于波澜的。在路易十四逝世以前，封建势力曾经一度登峰造极。到了这位不可一世的"太阳王"的晚年，封建统治在表面似乎仍然气焰万丈，实际上已经渐渐成为强弩之末。反映18世纪初期法国资产阶级思想和情绪的《波斯人信札》，对于路易十四王朝表示憎恨，并不是偶然的。路易十四从5岁登基起，在位72年之久，实际掌政50多年，几乎是一贯地压迫资产阶级，使它在经济上没有很大的发展余地，在政治上更不许它抬头，时刻提防它和受压迫与剥削最厉害的农民联合起来"造反"。为了达到这目的，路易十四尽量加强封建统治，把中央集权的君主专政发展到最高的程度，形成所谓的"绝对专制"。

广大农民的劳动果实，是当时法国封建统治的主要经济来源。封建统治者和教会，不断地对农民加紧压迫与榨取，使大批农民流离失所，家破人亡，这无异于统治者自己挖掘自己的墓穴，自己破坏当时社会的主要物质基础。农民和封建统治者之间的矛盾，是当时法国社会最严重、最基本的矛盾之一，而这矛盾，几乎不可遏止、不可挽救地趋于尖锐化。从17世纪末叶直到孟德斯鸠创作《波斯人信札》的时代，差不多年年有农民起义，只是规模大小不同而已。其中声势特别浩大，斗争延续几年甚至十几年之久的，有1664年到1670年的起义和1702年到1715年的起义。

18世纪初年法国资本主义的萌芽状态，主要表现在下列几点：分散的手工业作坊；拥有数百以至一两千工人的，规模较大的"联合制造厂"；各种形式的高利贷，从农村中盘剥农民，吞并贫苦农民土地的资产者起，一直到借大笔款给朝廷的"金融家"和包税商为止。总的说，那时的商品经济和金融资本家，都服从封建经济的支配，为封建经济服务。封建朝廷由于和资产阶级利益不同，所以对资产阶级采取了自相矛盾的态度，一方面利用资产阶级，十分需要在资产者身上吸取油水，另一方面怕他们过分发展，成为一种可以和朝廷对抗的势力，因此课以重税，并对工商业加以种种限制。受压迫的资产阶级，在那时还没有足够力量作正面反抗。一般暴发户和大财主，除了喜欢借钱给公家以外，最乐意的事莫过于买官职或爵位，因为这是最稳当的投资，做了大官或当了贵族老爷，财产就不受苛捐重税的侵害了。简单说，18世纪初期的法国资产阶级，为了自己的存在和发展，还必须依靠既存秩序，依附封建统治势力。

孟德斯鸠出身于世袭的贵族家庭，他常以自己的家世为荣，因为在他父系方面，据说有两百多年可考的封建贵族血统。他既不是由暴发户摇身一变的新贵族，为什么有资产阶级的思想意识呢？事实上，倒并非所有的暴发户都是资产阶级的代言人，尤其是他们花钱买到官职或封号以后；而血统贵族之中，由于生活环境不同，利害关系不同，可以有不同的政治见解。有的贵族拥护路易十四和他的专制政权，有的贵族完全相反，他们主张在政治上有所革新。孟德斯鸠就是一个有革新思想的贵族知识者；在他的思想中，进步的一面符合上升中的资产阶级的要求，保守的一面表现出他的贵族身份给他的限制。

路易十四朝的巴黎，是豪门贵族聚居的地方。他们依赖朝廷的犒赏、俸给与年金，养尊处优，过着不劳而获的寄生虫生活。花费在这些人身上的钱，给国库造成极大的负担。农民身上，已经不能再挤出足够的膏血来供养大批的封建老爷。这些外省贵族都很贫困,有的走投无路了,只好向朝廷乞怜,有的不愿意在朝廷的恩赏面前屈膝,只好另谋生路,除了封建剥削之外,兼营"副业"。《波斯人信札》作者正是这样,他决意不仰仗朝廷。为了充分发挥他的领地的作用,亲自经营葡萄园、酿酒、贩酒。

这些亲自经营工商业的贵族分子,竟为一般封建贵族所不齿,被他们轻蔑地称为"庶民",说他们"自甘下贱"。实际上这些"自甘下贱"的贵族——他们为数很少——比那些过着"高贵"的寄生虫生活的"纯正"贵族,还要开明得多,进步得多。封建剥削和资本主义剥削同样是剥削,但是后者显然比前者进步,因为资本主义在发展生产这一点上,远远超过封建主义。像孟德斯鸠那样的开明贵族"不惜降低身份",经营工商业,尽管人数很少,对于当时法国资本主义的发展,也是有利的。因为他们和资产阶级有了共同的利害关系,也就是有共同的思想感情、共同的要求和共同的言论。《波斯人信札》作者是典型的例子,他是资产阶级的杰出的代言人。这并不等于说,孟德斯鸠之流的贵族工商业者甘以抛弃贵族身份,完全和资产阶级合流。以孟德斯鸠为例,他的思想情感固然许多地方和资产阶级相同,却也有不同的地方。

孟德斯鸠并不认为经营工商业有辱贵族身份,正相反,他看清楚了这样一个道理,就是若要维持贵族尊严,支撑贵族门面,必须有钱,而生财之道,莫过于从事工商业。不但个人如此,对于封建王朝,道理也是一样,如果要挽救濒于破产的财政,如果要使国家从贫困的境地达到富裕,必须发展商业和工艺。这是他在《波斯人信札》中一再鼓吹的。孟德斯鸠重视的首先是商业,他是当时的重商主义倡导者之一。他所提倡的工艺,主要指手工业和较大的联合作坊,那时法国还没有机器工业。

孟德斯鸠子爵从他伯父，他母亲以及他妻子方面承袭了大片地产，但是由于当时农村普遍破落，时势又不太平，这些土地的生息不但微薄，而且毫无保障。他亲自领导开垦荒地，治理灌溉系统，种植葡萄。这样惨淡经营了若干年，终于积累了足以维持一个子爵家庭的门面的财产。他酿造葡萄酒质量较好的卖给英国人，较差的卖给北欧各国。

孟德斯鸠的酒大量远销英国，这也有助于说明何以他对英国早就有好感：1721年发表的《波斯人信札》中已经表示对于英国的赞美与向往，1748年发表的《法意》更不用说，把英国的君主立宪制奉为世界上最高明的政治制度。作为酒商，孟德斯鸠居然还是一个相当精明的商人。为了避免中间人的剥削，他直接和外国客商打交道。1749年他还在做这项买卖，而且做得相当顺手。他给朋友写信，提起英国和荷兰的商人都很满意他的酒，因此送他一些礼物。1741年到1748年之间，因为奥国王位承继问题而引起的战争，给波尔多城的酒商造成很大的损失。1749年情况才开始好转，孟德斯鸠给友人的信中写道："波尔多商业稍稍复原，而且英国人甚至存着一种奢望：今年就能喝到我的酒；但是目前我还是只能和美洲各岛正式恢复交易，目前的买卖，主要在这方面。"资产阶级憎恨战争，这是很容易了解的，因为战争给商业带来损失。由此可见《波斯人信札》中反对战争的论调，决不仅是哲学家从书本知识中得出来的结论。

孟德斯鸠之所以必须经营商业，不沾朝廷恩泽，还有一个重要原因：保持思想上的独立。孟德斯鸠的同辈作家伏尔泰说得对，如果他没有物质生活的独立，就不能保障思想独立。伏尔泰和孟德斯鸠都是启蒙运动的先驱，资产阶级的代言人，这一点两人相同；重视家业，亲自理财，在这一点上，两人也相同。伏尔泰是上升的资产者家庭出身，而孟德斯鸠是开明贵族，这是两人不相同之点。说不定就由于这个原因，伏尔泰理财的本领比孟德斯鸠子爵高明得多。伏尔泰晚年尤其富有，住在瑞士边境的一个小村镇上，简直和独立王国一般。

这一点说明18世纪上半期的作家，完全仗版税生活是不可能的。同时，也说明了那时的作家和17世纪的作家生活已经有极大的区别。因为在那时，封建朝廷已经不再是斯文中心，公家已经不能供养大批文人雅士，尤其是不肯以假古典主义为职业的作家。像孟德斯鸠和伏尔泰那样，他们著作的目的，主要在于表达革新的思想，更不能依靠朝廷的俸禄，版税既然也不足以保障生活，他们势必用别的方法，使自己的物质生活能成为思想的独立的基本条件。

三　政治见解

《波斯人信札》正文包括160封信，附录不计算在内。这些信可以分为下列几个方面：（1）有关政治问题的信49封，其中包括政治寓言《穴居人》；（2）有关宗教信仰以及哲学问题的信20多封，包括《阿非理桐与阿丝达黛的故事》在内；（3）有关社会生活，风俗习惯，包括妇女问题在内的信共43封；（4）有关波斯人后房妻妾奴婢生活情况的信40封，《伊卜拉亭的故事》附带在内；（5）其他杂信若干封。总的说，这是一本讨论政治问题的书，同时接触到宗教、哲学、文学、社会生活、风俗习惯以及道德问题；上层建筑的各方面，几乎多少都碰到了。诚如作者在"关于《波斯人信札》的几点感想"中所说，他写小说只是借口，真正意图在谈论"哲学、政治和道德"。启蒙运动时代的思想家和文学家，有一种共同的倾向，他们从上层建筑着手去攻打封建堡垒，使封建主义在文化领域中的基础发生动摇。同时这也说明这些思想的局限性，他们志在革新，可是他们的着眼点局限于上层建筑，而有关社会生活物质基础各方面的问题，没有引起他们足够的注意。

《波斯人信札》一开头，作者就给我们介绍他理想中的乌托邦，这是很有意义的。穴居人的故事不但可以给《波斯人信札》作为楔子，也不妨看作孟德斯鸠毕生著作的序言，因为这个简单的故事说明作者毕生努力的方向，为人类设想合理的社会组织和幸福的生活。

这故事的引言，提出了一个基本问题："人之所以幸福，是否由于官能的满足与快感，还是由于道德实践？"整个故事就是对这一问题的答复。作者认为道德问题不仅是个人幸福的关键，也是社会盛衰和国家兴亡的关键。这种道德救世论不但是孟德斯鸠的主要思想，甚至也是比他晚起，因而比他成熟一些的启蒙运动学者与文学家的重要看法之一。穴居人的故事表达了唯心主义的乌托邦思想，这是受时代的限制，而整篇故事中洋溢着对于光明与正义的恳切的企望，仍然是很动人的。当初，穴居族人人自私自利，恶劣异常，甚至互相掠夺，互相残杀，和野兽一样。于是穴居族人"由于自己的劣根性，遭受灭亡"，成了"他们自己背信弃义的行为的牺牲品"。后来，幸亏有两个孑遗的穴居人，"两个很奇特的人：他们有人道精神，认识正义，崇尚道德"。这就是作者心目中的关键问题，换句话说，社会由衰落到复兴，必须具备这些条件。那两个有道德的穴居人，相亲相爱，情同手足；遇到吃苦卖力的事情，争先恐后；在利益面前，则互相推让。他们的子孙也和他们一样，敦厚谦让，成为传统的风气，不禁使人联想起"镜花缘"中的君子国。可是，别以为穴居人故事仅仅是一些天真的描述，其中也有耐人深思的警句，例如："个人的利益永远包括在公共利益之中；要想和公共利益分离，等于自趋灭亡"。反对损人利己，提倡个人利益服从集体利益，这种思想，固然不属于封建主义的意识形态，也超越了资产阶级的眼光，因此穴居人故事在当时还是有一定的进步作用。

《波斯人信札》谈到政治问题，往往和时事相结合。书中对于路易十四和他的50多年的统治，提出各方面的指责。他嘲笑路易十四卖官鬻爵，作为主要财源之一，好比西班牙国王在殖民地开金矿。他讽刺路易十四滥发空头纸币，如玩弄"魔术"一样。至于"太阳王"在财政支绌的情况下，仍然度着极奢侈的宫廷生活，尤其为作者所不满，他指出国王生活十分豪华，"尤其在经营宫室方面。御苑中的雕像，多于大城市的居民"。御林军之强大，"无愧于无敌国的御林军"。路易十四暮年，国库空虚，财政紊乱，几乎到无可救药的程度。"太阳王"虽然维持着表面上的辉煌，暗中却已成为借债度日的人。《波斯人信札》作者说得妙："我想从来没有人像他那样：极度的富有，决非任何君王所敢冀望。同时贫困的程度，亦非普通人所能忍受。"

作者不止一次地指摘路易十四在宗教问题上的错误。他反对法国君主对罗马教皇这样恭顺，反对路易十四接受教皇的"宪章"，让教廷干涉法国内政。当然，路易十四对教廷唯命是从，并不是没有代价的。他的专制朝廷，有赖于教会全力支持。也就因此，他不惜重新引起新旧教之间的纷争，竟在1685年废除了调停新旧两教争端的"南特敕令"，天主教从此在法国占了上风，天主教会依仗朝廷威势，毫不留情地迫害新教徒，使新教徒大批流亡到外国，其中包括许多经营工商业的资产阶级分子，手工艺匠人，以及若干学者。法国的工商业受到了废除南特敕令的不良后果，一度陷于凋敝，对于国计民生，为害不浅。路易十四这一措施，在历史的意义上说是遏止进步的举动。《波斯人信札》对于这件事表示非常痛心，这种看法的进步意义，也是很明显的。总之，在《波斯人信札》作者眼中，路易十四是君主专政的象征，革新运动所应当打击的主要对象。路易十四一死，法国人民松了口气，在《波斯人信札》中，我们可以听到作者脱口而出的欢呼："在位如此之久的君主，已不在人世了！"

路易十五即位，年仅五岁，由奥良亲王摄政。《波斯人信札》作者和当时的老百姓一样，一起头对摄政政府存着若干幻想，以为它能与民更始，施行新政。但是这种希望不久便成泡影。摄政政府不但不能挽救前朝遗留下来的财政危机，并且任用苏格兰冒险家琼·劳为财政总监，滥发纸钞，财政紊乱到不堪收拾的程度，王家银行因此宣告破产，法国经济陷入空前的危机。于是，狡黠者投机取巧，浑水摸鱼，往往朝夕之间，成为暴富；老实的百姓，反而遭殃。《波斯人信札》作者亲身经历这种事变，因此义愤填膺，在书中一再斥责琼·劳，把他比作神话中捕风捉影，愚弄人民的大骗子。在这问题上，《波斯人信札》作者再一次充当了人民的喉舌，同时对于经济遭受不堪收拾的破坏的法兰西王国，表示无穷忧虑。可惜他看问题还不能完全离开封建贵族的角度，以为只要把那些贪得无厌，唯利是图的资产阶级分子从贵族行列中，从统治阶级中清洗出去，事情就好办了。说到最后，他把经济问题也看成了道德问题。孟德斯鸠重视生产，重视商业，甚至以身作则，亲自经营酒业，并且认为富国裕民之要道，莫过于工商业。但是他却非常反对为发财而发财的庸俗想法。在他的杂感录中，我们读到这样的句子："一个欲望总要产生另一个新欲望的，尤其你所追求的东西可以增加到无数，比方金钱，那么你的欲望还会有止境吗？"他自己但求家产与门楣相称，固然不愿意家产太薄，不够维持他的身份，也不要求家产大于他的子爵身份。他憎恨一般贵族的挥霍无度，鄙薄他们向朝廷摇尾乞怜，冀求恩赐，也讨厌他们走投无路时，向放高利贷的资本家求告。路易十四为了维持这群贵族，不得不以苛捐重税加在人民头上，《波斯人信札》作者认为专制君王这样做等于自己寻绝路："君主挥金如土，赏赐廷臣，其动机究竟何在？是否要借此维系他们？……如果君主要笼络那些臣下，出钱收买他们，则必因同一理由，丧失广大的百姓，因为他们陷于贫困。"

《波斯人信札》主要谈论了法国的事，但并不以此为限，欧洲各国的事也引起作者注意。这里有两个较为突出的例子，西班牙与英国。《波斯人信札》对于西班牙显然缺少好感，作者提起西班牙，几乎总是表示深深的憎恶，他用讽刺的笔调，把西班牙的国民性，画成丑恶的漫画。对于英国，他的态度恰好相反。他那时尚未去英国游历，也没有对英国作比较深入的研究，这和他写作《法意》时情况不同。但是他对于英国政府和人民，已经颇有好感。他说："在英国，常见在纷乱与叛变的火花中产生自由；在不可动摇的宝座上，君主却永远是摇摆不稳的；这是个急躁的民族，但即使发怒，也保持着明智，它成为海上的霸主之后（这是空前的），将商业与帝国的发展结合起来。"重商主义者孟德斯鸠，对于重商主义的英国表示钦佩，完全是可以理解的。

孟德斯鸠提倡的主要是对外贸易。为了有东西可以出口，必须发展生产，主要指手工业作坊的产品，在"信106"中，作者认为如果没有工艺，势必导致严重的后果："公民之间，将几乎没有经济关系；由于各行各业互相隶属而产生的钱财的流转与收入的增加，亦将终止；各人将依靠土地生活，而土地的生息，将只够使他免为饿莩。"他甚至认为国家如果没有工艺，政权也不可能持久，因为国家的经济势必涸竭，不但个人收入受到影响，国王的收入也大大发生问题。有人说工艺发达，徒然助长奢侈的风气。《波斯人信札》驳斥这种错误的想法，并且正确地指出，并不是工艺发达，生活舒服，使人"瘫软"，而是那些光享受不劳动的人，养尊处优，四体不勤，结果变为"瘫软"动物。至于劳动者，工艺愈发达，劳动愈紧张，决没有机会瘫痪在过分奢侈的生活中。作者进一步揭露当时法国贫富不均的现象："巴黎也许是世界上最重嗜欲的城，那里的人最讲究乐趣，可是巴黎同时也是生活最困苦的城。为了一个人生活得十分舒服，必须有一百个人为他不停地劳动。一个妇女，心里盘算着，要穿某种服饰，去参加某一集会，从那时起，50名工匠必须忙得连睡觉与饮食的时间都没有。那妇人一声号令，人们立刻服从她，比服从我们的君主更快，因为利益是地球上最大的君主。"

人们服从金钱，比服从君主还快，这一句话很耐人寻味；由此可见18世纪初期的法国社会，金钱已经占相当大的优势。巴尔扎克的《人间喜剧》所描写的法国社会，比《波斯人信札》的时代大约晚一个世纪，而《人间喜剧》的中心问题是金钱万能，在《波斯人信札》中已经露了苗头。18世纪初期的法国社会尽管基本上是封建社会，资产阶级在社会生活中所占的势力显然已经很大。孟德斯鸠在某些问题上的看法固然符合资产阶级利益，从他的作品的客观效果上看，他是资产阶级的代言人，但是对于金钱万能的趋势，他并不欢迎，在这点上，也是他和资产阶级不完全相同的证明。

《波斯人信札》在许多地方，显然在给《法意》做准备工作，例如对于古今各国的政治制度作比较研究；从而得到的各种结论之一是：愈是严刑峻法的国家，政治愈不稳定；反之，在温和仁善的政府之下，人民倒是更"驯顺"，更遵守法律，因此，作者坚决反对酷刑，反对专制暴政。他那时理想的国家是共和国。难怪穴居人故事到末了发生这样的事：穴居族人鉴于人口日繁，财富日增，要推举一个人出来当国王，治理众人之事，不料被推为王的一位老者，竟痛哭流涕，不肯就位。当时欧洲的瑞士联邦共和国以及历史上的罗马共和国，都使《波斯人信札》作者十分向往。他用一连十多封信，专门讨论人口问题，在讨论过程中，他又比较了古今各国的政治制度。他认为地球上人口一天比一天减少，在某些地区，人口衰落尤为显著。在人口日衰的种种原因中，作者并未忽略政治的原因，但是他认为首先应当算在大自然的账上。比方洪水、旱灾、疫疠，等等，都是人口减少的原因。此外，他认为某些宗教是不利于人口增殖的，古代东方有的宗教允许一夫多妻，后宫内房，姬妾成群，再加上太监阉奴，都是终生不能结婚的人，因此人口不能不受限制。至于另一些宗教，令大批男女出家修道，不许婚嫁，天主教就是一例，这对人口的损失，非常严重。新教情况可就完全两样，不但牧师可以娶妻，不提倡禁欲生活，而且新教徒一般都勇于从事工商业，生活比旧教徒活泼丰富，利于人口繁殖。一般来说，新教占优势的地区，人口一定比旧教区多。在当时，新教还是比较新兴的事物，所以孟德斯鸠寄以很大的同情，虽然他自己是旧教家庭出身的。新教在基本上代表新兴的资产阶级利益，而天主教却站在封建势力的一边，《波斯人信札》不但同情新教，而且举新教为例，反对旧教，立场非常明确："没有一个新教国的国君，所得的税收，不比教皇取之于民的赋税多；然而教皇之民贫困，同时新教徒却生活在繁荣之中。在新教徒之间，商业使一切生气勃勃；在天主教徒之间，修道制度到处散播死亡。"

《波斯人信札》在人口问题上坚决反对奴隶制度和殖民政策。作者认为非洲地广人稀，人口日减，就是贩运黑奴的结果。无论贩奴对于非洲人口的影响大不大，可是坚决谴责贩奴，肯定是孟德斯鸠思想的进步表现。反对贩奴，反对殖民地，这是《波斯人信札》重要意见之一，因此这意见不但在人口问题上提出来，在别的信中也不止一次地提出。作者企图以种种理由，说明殖民主义的残暴不仁。有些理由,甚至在今天看来比较天真一些,比方反对在殖民地进行采矿:"荒唐之举,无过于从地底挖取金银,而害死数不清的人……"这种看法,仿佛是最初的自发的工人运动中,有人迁怒于机器,甚至加以捣毁。问题显然不在开矿,而在惨无人道的剥削制度和对于殖民地人民以及黑种人的奴役。但是,即使在论点上有这些那些漏洞和薄弱的地方,《波斯人信札》在殖民主义高潮的18世纪初期,勇敢地反对殖民与贩奴,也是值得敬佩的人道主义的表现。《波斯人信札》在法国文学史上,发出了第一声反对贩卖黑人和反对殖民主义的正义呼声,这也是值得注意的事。美国文学上反对奴役黑种人的名著《黑奴吁天录》发表于1851年,比《波斯人信札》晚出130年;法国大诗人维克多·雨果反对黑奴制度的那本不大出名的小说《布格·雅格尔》,发表于1819年,比《波斯人信札》也几乎晚一个世纪。

在两百多年以前,《波斯人信札》作者痛斥西班牙殖民者为"野蛮人";作者写道:"那些野蛮人所到之处,只见一个人数之多不下于欧洲各国人口总数的大民族,从地球上消灭了;那些野蛮人在发现西印度群岛时,似乎只想给人类指出,什么是残酷的最高阶段。"如果孟德斯鸠还活着,他对于屠杀无辜的赛得港居民、阿尔及利亚人民以及马来亚人民的20世纪的"野蛮人",对于挥舞着原子武器和氢武器,妄想通过大规模屠杀来独霸世界的恶魔,又将作何等愤怒的斥责呢?

《波斯人信札》不止一次地肯定共和政体的优越性,因为在共和国里,人民的自由和荣誉都有保障。真正的自由,应当以正义为保障。正义就是人与人之间互不侵犯的正确关系,越过这种界限,自由就不免受到侵犯。作者给正义下了个很恰当的定义:"正义是确实存在于两件事物之间的恰当的关系。"正义的敌人,表面上看好像是强权,实际上不仅是强权,更基本的还是人们自私自利,损人利己的劣根性。而这种劣根性,是以私有制为根源的,这一点,当然不是《波斯人信札》作者所能看到。作者认为正义就是良心的呼声,可惜"人之七情,纷纭嘈杂,正义的呼声很难听见"。在利益与正义之间,人们往往舍义而取利,这是一切不幸的源泉;即使法律,即使宗教,也不能保险,使人不入邪途。而且,在阶级社会中,宗教与法律替统治阶级的既得权益保镖,因此是否能站在正义上讲话,很成问题。作者也体会到这一点,所以他说:"就算没有上帝,我们必须永远热爱正义……即使我们抛弃宗教的枷锁,也不应当抛弃公平无私的东西。"《波斯人信札》作者可能预料到新兴的资产阶级"抛弃宗教的枷锁",因而预先提出警告,正义比宗教更重要。至于法律,它的正义性更是相对的。"比我们更强的人,环绕在我们四周;他们可以千方百计,侵害我们;十有七八次,他们可以侵害我们而不受惩罚……"作者认为比较可靠的保障,仍不外乎道德。他对于道德的信任是很大的:"幸而在这些人心中,有一内在的原则;这原则起战斗作用,对我们有益,使我们免受那些人的侵害;我们知道这点,心中何等泰然!不然的话,我们难免经常提心吊胆,我们从别人面前走过,将如同在猛狮跟前经过一样,而我们的财产、荣誉和生命亦将得不到片刻的保障。"《波斯人信札》作者的道德论是唯心的,他对于正义的要求,却是十分真诚恳切的;他不但以正义勉励别人,而且也用正义来检查自己:"一个人检查自己时,发现他有正义的心,对于自己是多么大的快慰!"他这种追求正义的热情,确乎令人感动。

孟德斯鸠在国际问题上,照样强调他的正义立场。国之君主,也应当和寻常百姓一样,受正义的约束,否则就会引起战争与屠杀。孟德斯鸠认为战争应当分两类,正义的战争和非正义的侵略战争。正义战争的定义是这样的:"只有两类战争是正义的战争:一类是为了抗拒敌人的侵袭而进行的战争;另一类是为援救被侵袭的同盟者。"正和坚决反对殖民主义一样,他反对任何侵略战争,他认为:"征服这行动,本身并不给征服者任何权利;如果被征服的人民仍存在,征服者应当保证和平,并补救征服所造成的错误;如果被征服的人民已经消灭或散失,征服乃是暴政的纪念碑。"毋须说,作者热烈主张和平,认为和平条约一定要订得公允,使缔约两国人民都能生存,否则难免伏下战争的祸根。因为和平条约是和平的保障,它"对人类如此神圣,就像大自然的呼声,大自然在争取它的权利"。

现代科学发达,难免给战争带来更残暴的武器,给人类带来更惨烈的祸害。这一点,《波斯人信札》作者已有预感。他并不反对科学,正相反,他竭力提倡现代科学,鼓吹科学的功用,但是他不能不指出某些由于科学用途不正当而产生的可悲的事实。比方由于罗盘针的发明和航海术的进步,许多新的陆地被发现,许多新发现的民族因而受到掌握科学利器的民族的侵凌,"整个整个的民族,已被摧毁;其中幸免于死亡的,被迫在如此残暴的奴役之下度日……"炸弹的发明,更助长侵略者的野心和侵略手段的残酷,以致18世纪初期的欧洲人恐惧火药和炸弹,和20世纪中叶世界上某些人,上了战争贩子的恐怖宣传的当,非常害怕原子武器和氢武器一样:"自从发明了火药,就没有攻不克的要塞……地球上从此无处藏身,无处躲避强暴与不义。"另一方面,火药与炸弹的发明,中世纪式的封建割据更其无法维持了。他们的乌龟壳式的"厦垛",已经不足以抵挡侵略者的重型火器。历史事实证明,掌握炸弹的并不永远是封建统治者,新兴的阶级一朝掌握了现代武器,没落中的统治阶级命运就决定了。只有新兴的阶级掌握新式武器,才能发挥推动历史的进步作用;而新兴的阶级是必然会掌握新武器的,这是不可遏止的趋势。人民的力量强于任何猛烈的炸弹和任何新奇的发明,这个道理孟德斯鸠在230多年以前,似乎已经领悟了。年轻波斯人磊迭从意大利写信给寓居在巴黎的波斯人郁斯贝克,已经隐约地预感到几百年之后世界上会出现原子弹之类的大规模屠杀工具,因而发生深深的忧愁:"我不寒而栗,生怕到了最后,有人发现某种秘密因而能用简捷的方法,置人于死地,摧毁整个民族,整个国家。"于是年长的波斯人郁斯贝克——他在书中常常是作者的代言人——作了很有见识的回答:"你说,你生怕有人发明一种破坏的方法,比目前采用的方法更残酷。不。这种万恶的发明一朝出现,它将迅速遭受人权的禁止,由于各国一致同意,这发明将被埋葬。"当然,《波斯人信札》作者还没有能很明确地说,人民的力量可以控制任何武器,但是他始终相信正义是最后的胜利者,虽然不知道主持正义的正是觉悟的人民大众。

最后,应当指出《波斯人信札》作者在国际性的问题上,表现了同时代人所没有的、一种慷慨而崇高的情感——相当接近我们所谓国际主义的情感。"人心本无国界,到处可作公民。"说这样话的人,肯定不至于成为沙文主义者。他对于国家的概念,不作狭窄的了解,因此他说:"我是善良的公民,可是,无论我出生在哪一国,我都将成为善良的公民。"这种想法,与封建贵族的世系与门第的成见,似乎相去很远;和资产阶级的只要能够营生,到处可以为家情绪,仿佛比较接近一些。他曾经说,当他执笔著作的时候,他并不以法国人自居,而是从世界的公民的角度看问题。因此他的著作,不仅是法国人民的珍贵文化遗产,也是全世界人民应当重视的宝贵资料。他的博爱的胸襟,也是值得后人学习的。很少有法国作家,曾经像孟德斯鸠这样写道:"如果我知道有一事物对我有益,而对我家有害,我将从我的思想中把它摒斥出去；如果我知道有一事物，对我家有益，而对祖国无益，我将淡然忘之；如果我知道有一事物，有益于祖国，而有害于欧洲，或者有益于欧洲，而有害于人类，我将视之为罪恶。"显然，孟德斯鸠自己也很重视这几句话，因为他不仅把它们记录在"手册"中，也采用在他的小说《真实的故事》中。

四　宗教问题和作者的世界观

在封建制度的社会基础开始动摇的时代，宗教问题不可避免地被提到日程上来了。孟德斯鸠创作《波斯人信札》的时候，法国的宗教情况大致是这样的：一方面，天主教会依附着封建朝廷的势力，以国教的面目统治人们的精神生活，至少在外表上如此；另一方面，在人民群众之间，宗教势力已大大削弱；18世纪初期的法国人，对于宗教开始采取怀疑的态度，也可以说宗教信仰在法国已经开始动摇。

宗教问题在《波斯人信札》中，占相当重要的篇幅。像《波斯人信札》所采取的态度那样，表面上仅仅是反教会，实质上不但反对宗教，而且反对封建统治。"僧侣始终是和封建主携手同行的"，《波斯人信札》表现了相当剧烈的反僧侣倾向，当然引起了教会的忌恨，同时也招致朝廷的反感。教会和朝廷结合起来，对《波斯人信札》及其作者进行迫害。当时巴黎主教弗勒里，出面执行这种迫害，阻挠孟德斯鸠进入法兰西学士院。当时的进步思想家的反教会的倾向，在很大程度上影响了当时的群众，以致形成一种怀疑的风气，使教会不可能再用天堂地狱这一套神话，来吓唬善良的老百姓。启蒙运动的思想家以及他们的先驱者，并不单纯地对教会表示不恭敬。他们用这种反僧侣倾向，来伪装他们在基本上已经失去了宗教信仰——不仅对天主教，而且是对任何宗教——的思想面目。问题如果正面提出，不免引起严重的后果；因为封建君主的权力是建立在"神权"上面的，所以号称信奉基督教的国君，都要请罗马教皇给他们加冕。如果否定神权，无异于根本否定封建阶级的统治权。而在这一点上，《波斯人信札》作者以及其他启蒙运动思想家常常犹豫不定，至少没有采取彻底反对封建主义态度。这也说明他对于宗教态度的不彻底性：宗教信仰在他们心中发生动摇，天堂地狱这一套神话对于他们已经丝毫不起作用，这是事实；但是这不等于彻底反对神权。也不等于完全否定神的存在，"他们并没有达到唯物主义和反神论的高度。在这些人之中，我们可以举出孟德斯鸠，伏尔泰，贡谛雅克和达朗拜。"

《波斯人信札》着重揭发宗教上的"不宽容"态度给人民带来的祸害。尤其是基督教，它不但排斥其他宗教，和其他宗教势不两立，而且内部的宗派纷争，也特别严重。不但有所谓新教与旧教之争，在法国历史上造成长期的战争，使人民流离失所，无法安生；还有所谓耶稣会与扬赛尼司特派之争以及其他的明争暗斗。《波斯人信札》说得好："从没有任何王国，内战频仍，能和基督王国相比。"至于基督教会对异教徒的残酷压迫，恐怕在任何宗教史上，都是罕有的。"宗教法庭"这名称，在欧洲语言中，至今尚可以用为最惨无人道的刑罚的代名词，令人谈虎色变。当时欧洲的宗教法庭任意杀人，"烧死一个活人，像烧稻草一样轻易。"孟德斯鸠的时代，法国早已没有宗教法庭之类的组织，否则单凭《波斯人信札》这一本书，作者已经足够被教会判为"异端"，绑在柴堆上，活活烧死。但是，只要天主教会和封建帝王的专制政府狼狈为奸的统治存在一天，残暴的宗教迫害与宗教战争的危机，永远不能消除。

即使不能从政治上和法律上取消教会的权力，至少可以从思想上，从情感上，削弱教会的威望。《波斯人信札》对教会和教士，有时简单采取顽皮儿童式的、半真半假的笑骂。这种态度，稍后在伏尔泰的作品中得到更突出的表现，也就是法国一般所说的"伏尔泰精神"。故事用嬉皮笑脸的不严肃的态度，来对待道貌岸然的教士，以及一切不可侵犯的"神圣事物"，这是反抗教会，否定信仰的第一步。这一类例子，《波斯人信札》中俯拾皆是。"某人有一天对我说：'我相信灵魂不灭，但得看季节。我的意见绝对要取决于我的身体情况；按照我精神上有多少禽兽成分，按照我的胃纳增减，按照我呼吸的空气是纯是杂，按照我食用的肉类是否易于消化，我就成为斯宾诺莎派，索西派，天主教徒……医生站在我床边时，接受忏悔的教士觉得我易于摆布。我身体健康时，很知道如何阻挡宗教，不让他来使我痛苦，但我生病时，允许他来安慰我……"对宗教采取这种嘲笑的态度，反映了当时资产阶级对于宗教的极端不恭敬。在《波斯人信札》作者的眼里，教士是一种可笑的人物："有一种沉默寡言的教士……据说他们入修道院时，先割掉舌头；大家非常希望，所有别的教士，把他们职业中用不着的东西，也一起割掉。"这简直就是暗示以宦官的待遇，施之于"神圣"的教士之身，怪不得教会说《波斯人信札》是一本"亵渎神明"的书。大胆的《波斯人信札》，不但对僧侣不够尊敬，对教皇也不够严肃；有时教皇被称为"魔法师"，有时被称为"古老的偶像"，人们对他顶香膜拜，也无非习惯使然。

作者对于宗教，不仅表示消极的否定态度，也发表了若干积极的意见。他主张不同的宗教信仰互相"宽容"，和睦共处。这是所谓宗教上的"宽容"主义。他说："热爱宗教，尊奉宗教，决无必要因此而憎恨与迫害不信教的人。"

《波斯人信札》并不主张彻底否定宗教信仰，取消宗教；而是企图改革宗教，不但要提倡宽容，而且要使宗教人道化。为此，首先应当反对迷信，其次对于过分重视宗教仪式的偏向，也应当纠正。

作者虽然对于灵魂不灭表示怀疑，却不否认神的存在。他的宗教观是不彻底的，自相矛盾的。他以人间的理解，去衡量天堂，同时也用人间的尺度，去衡量上帝。在《波斯人信札》作者心目中，上帝无非是一个理想化的善良公民。因而每一个虔诚的信徒，首先应以上帝为表率，成为善良的公民。"因为，无论你在何种宗教中，遵守法律，热爱人类，孝顺父母，永远是首先第一的宗教行动。在事实上，信教者第一个目标，岂非在于取得他所宣扬的那宗教的创立者——那位神祇的欢心？欲达此目的，最有把握的办法，无疑是遵守社会的规矩，尽人类的义务。因为，无论你生活在何种宗教中，只要你假定有一种宗教，你也就完全应当假定上帝热爱人类，既然上帝为了人类幸福，建立了这宗教。如果上帝爱人类，我们也爱人类，必能使上帝高兴；就是说，对于人类，要尽人道与仁善的义务，不要破坏保障他们的法律。"

《波斯人信札》作者对宗教的看法，和他的世界观是不可分的。他的自然神论的倾向和他的世界观的二元论的倾向是有密切关系的。面对自然界，他是唯物主义者，在社会问题上，他是唯心主义者。像他这样的思想情况，在当时相当普遍，《波斯人信札》中就有现成的例子："此间大家非常关心科学，然而人们是否博学，我可不知道。某人以哲学家的身份怀疑一切，而以神学的资格，却什么也不敢否定。"这是18世纪初叶，法国代表进步倾向的文人学士的一个剪影。在这些思想家身上，反映着相当明显的笛卡儿影响，当然，《波斯人信札》作者也不例外。他认为宇宙是物质和运动形成的,生命本身也无非物质。所以人死之后"变为一枝麦穗,一条虫,一棵小草……"死亡只是物质的变化,而自杀,也不过是个人主动地变化他本身的物质:"有人会说……上帝将你的灵魂与肉体结合在一起,而你把他们分开。因此违反神意,抗拒神旨。这是什么意思呢?我更改了物质的变化,本来是一个圆球……我把它变成方形了,这就算扰乱天道神理吗?毫无疑义,并不如此。"作者并不承认灵魂与肉体之分,他甚至把灵魂放在一边,不加理睬。他继承笛卡儿的说法,认为世界是由无数原子组成的,也就是否定了上帝创造世界那一套神话:"一万万个像我们这样的地球,都无非一粒微妙纤细的原子……"但是,对于这样的宇宙如何认识,作者认为那是不可解释的:"由于上帝的知识广大无边,才看见这一粒原子。"同样,他虽然认为宇宙无非物质和运动,但是仍然不满足,不能解释这物质与运动是从何而来的。所以他相信另外有一种力量,是这物质与运动的给予者:"自然的创造者,以运动给予物质,这就足以产生我们在宇宙中所见的复杂繁多的效果。"孟德斯鸠在创作《波斯人信札》以前,曾经一度醉心于自然科学,致力于物理学研究,并且发表过几篇浅显明晰的科学论文,例如论回声,论物体透明的原理等。这些研究的成绩,虽不十分精深,却在《波斯人信札》作者的思想方法上,留下相当深的痕迹。

孟德斯鸠的思想方法,有显著的自然科学研究方法的影响,虽然他自己进行的自然科学研究仅仅是非常初步的:这种影响的发生;并不是偶然的,而是有意的。他在1725年发表了一篇题为《鼓励我们研究科学的动机》的演讲,指出"研究自然科学的各种发明之所以值得这样赞美,并不是因为人们所发现的这些简单的真理,而是发现这些真理的方法"。运用自然科学的基本方法来研究社会问题,这本来是很好的方向。可惜孟德斯鸠的科学方法，只限于简单的机械论。他认为哲学家能用"一种简单的机械道理，解释神圣建筑的程序"，这里所谓"神圣建筑"，是指上帝创造的世界。而作者认为放之四海而皆准的了不起的大道理，无非机械原理的初步概念，它们是"一般的、不变的、永恒的规律；这些规律在无边无际的空间，在无穷的整齐与迅速的情况下，毫无例外地被遵守着"。这些规律，在我们今天看来，都不过是物理学上的初步知识。"第一条规律是：除非遇到需要绕行的阻碍，任何物体皆倾向于直线进行；至于第二条规律，只是第一条的继续，那就是：任何围绕着一个中心旋转的物件，皆表现离心的倾向，因为，物体离心愈远，它划出的线条愈接近直线。"

在社会问题上，《波斯人信札》表现了同样明显的形而上学与机械唯物论的倾向。而这种倾向，在孟德斯鸠晚年出版的巨著《法意》中，有更具体的表现。

五 社会生活和妇女问题

《波斯人信札》作者不但谈论了政治、哲学、宗教方面的问题，而且也十分注意社会生活的形形色色。《波斯人信札》有40多封信，证明他如何关心实际生活，如何勇于揭露实际生活中不合理的地方。向社会生活的黑暗面进攻，是这一部分信札的目的。前面提到的，那些有关政治、哲学、宗教的严肃的议论，和这一部分信札有密切关系。长篇议论的主要题材，往往来自日常生活的观察；同时，这些日常观察的记录，在《波斯人信札》这部书里，恰好给庄重的议论提供具体的例证。

作者在写这一部分有关社会生活的信札时，充分施展了他的文学才能。他的笔调是变化多端的：有时用轻松的诙谐，有时用辛辣的讽刺，有时塑造性格的类型，有时增加生动的情节，使一篇讽刺文章故事化。这些信札中，有些片断，经常出现于一般的文学选集，因而成为几乎人人皆知的古典名著。例如关于巴黎市民的好奇，作者的描写，很能概括一般的少见多怪的心理："巴黎居民好奇到荒诞不经的程度。我初到巴黎，大家把我看成天上派来的人一样，男女老幼，无不以目睹为快。……假如有人偶然告诉大家，说我是波斯人，我马上听见周围乱哄哄地说：'啊！啊！先生是波斯人吗？这真不可思议！怎么一个人会成波斯人呢？'"

好奇之心人皆有之，这倒不是巴黎特产。作者所要鞭挞的是隐藏在这种好奇心后面法国人的一种通病，轻浮佻佻挞的毛病。《波斯人信札》作者是有志于社会革新的青年，同时也是爱国志士。和旧时代一般的比较严肃的文学家一样，孟德斯鸠企图找他的本国人民的通病，或者说"国民性"中的弱点，加以针砭，使本国人的精神生活健康。这也和他的道德救世论的基本看法有密切关系的。首先，他对于饱食终日无所事事的人，表示很大的憎恶，因为一切道德败坏，行为堕落的开始，几乎总以游手好闲为起点的。在《波斯人信札》所反映的时代，所谓有闲阶级差不多全是封建贵族。劳动人民忙于餬口之计，资产者忙于发财致富，都不可能悠闲。贵族分子度着寄生虫的不劳而获的生活，所以他们之中能产生《波斯人信札》所描写的种种类型的、无事忙的废物；他们的存在是社会进步的阻碍。作者以漫画家的笔使这些人的无聊嘴脸突出在纸上。社交场上的忙人，就是一例："人们说，人是社交的动物。在这基础上，我觉得法国人比任何人更合乎人的标准；这是最好不过的人，因为法国人好像是专门为社交而生的。……他们永远是忙忙碌碌的，因为他们有一件要事：无论遇见什么人，他们一定要打听：到何处去？从何处来?"作者在描画某一类型的人物形象时,善用多种不同的笔法,从多种不同的角度去观察。他常常让信中人物自己也来写,利用信中有信的格式,使人物直接用第一人称发言。有时用告示、诏令或其他文件的形式,使他的讽刺不陷于单调。例如社交忙人的墓志铭,在故意夸张的讽刺中,可以看出作者对于那些饱食终日,无所事事的人,怀着极大的反感。墓志铭是这样写的:"昨天,他们之中,有一个人积劳而死,在他的墓上,有人题了这样的铭文:'此地安息着一个生前从不曾得到安息的人。他曾经追随了530队送葬行列。他曾经庆贺过2680名婴儿的诞生。他用永远不变的词句,祝贺友人所得的年俸,总数达到260万利弗……他言谈多逸趣,居常准备365篇现成的故事;此外,从年轻时起,他从古书中摘录箴言警句118条,生平逢有机会,即以此炫耀。他终于弃世长逝,享年60。过路人,我不说了,死者生平的作为和见闻,如何对你说得清?'"

当时巴黎社会上,有一大群这样无聊的人,多半是受朝廷豢养的封建贵族以及他们的门客,其中大部分是破落的世家子弟。像社交忙人那样的漫画,在《波斯人信札》中是很多的,例如做黄金梦做到疯狂程度的炼丹家,整日搬弄谣言的所谓"新闻家",以及一些终日在咖啡店厮混,或在豪门富家的沙龙中到处乱闯的所谓风雅士,他们高谈阔论,哗众取宠;尤其喜欢故作"妙论",取悦于妇人女子。严重的问题在于这种废物,在当时社会上居然能存身立足;不但如此,而且有的沙龙才子,还居然能利用裙带关系,夤缘而入法兰西学士院。通过这些例子,作者忠实地反映了没落中的封建社会的腐化的文化生活。

涉及道德问题的一部分信札中,作者着重批评骄傲自大,提倡谦虚。作者描绘了几种有代表性的骄傲自大的面目,各人自以为了不起,都有一番自己愈想愈有理的根据。比如贵族大老爷,自以为出身尊贵，于是目中无人："他随时随刻对接近他的人表示他的优越……他用如此傲慢的神气，吸一撮鼻烟，擤鼻子又擤得如此用力，吐痰的神气又如此冷淡，他抚摸他的那几只狗的样子，对于人简直是侮辱……"

又有一种人，自以为知识和学问比谁都强，因此狂妄到不可救药的程度。世界上的确有这种"无不晓"，他们主观之强，使别人没有插言的余地："昨日我在某交际场所，看见一个非常自满的人。顷刻之间，他解决了三个道德问题，四个历史问题和五个物理学上的问题。我从未见过如此渊博的决断家，他的精神，从不被一丝疑云所阻断。大家放开科学，谈论时事新闻，他就解决关于时事新闻的问题。我存心难他……和他谈谈波斯。但是我刚刚对他说了四个字，他已表示了两次反对意见……我心里想：'啊，善良的上帝，这是什么样的人呢？不久，他连伊斯巴汗的大街小巷，都要比我熟悉了！'"这种自以为是的人，当然在知识分子中特别多，他们的具体表现之一，就是勇于著作："大多数法国人的狂病，在于想有风趣，愿有风趣的人的狂病，在于好著书立说。"孟德斯鸠自己也不例外，他是十分喜欢著书立说的人；不用说，他也是个很富于风趣的人。著书立说，似乎并不应当视为坏事，一个人有点风趣，似乎也不应当看成坏人。问题在于没有自知之明。没有风趣的人矫揉造作，硬要有风趣；没有条件著书立说的人，不问青红皂白，拿起笔来就写，那就成了孟德斯鸠所说的"狂病"。像孟德斯鸠那样一个杰出的著作家，对于自己尚且不敢过分自信。他曾经说："我有一个毛病，喜欢著书，书成以后，自己又觉得惭愧。"

喜欢滔滔不绝地谈自己，这已经是一种优越感的表现，何况自吹自擂，表扬自己的长处，更是不谦虚的极端的例子。《波斯人信札》作者非常瞧不起这样的人，他说："我发现四面八方，都有人在谈论自己，喋喋不休。他们的言谈，就是一面明镜，永远照出他们的厚皮嘴脸。"万一这样主观自信，自高自大的人碰在一起，问题就不简单了。《波斯人信札》中提到两位"声望很高的学者"，一位说："我所说的是真的，因为是我说的。"另一位说："我没有说的话都不是真的，因为我没有说。"当然，这种"学者"，假如勇于著作，书成之后，决不会有愧怍之感的。《波斯人信札》认为值得我们学习的人是怎样的呢？作者介绍得很明确："我见过一些人，德行美好，而态度自然，使人不感觉到他们身怀美德；因为他们克尽厥职，毫不勉强，倾向所至，如出本能，他们决不至于长篇大论，标榜自己了不起的优点……"

作者反对骄傲自大，热爱谦虚，不但是一种思想的认识，而且是出于真挚的感情。谦虚是崇高的道德表现，也是和知之为知之，不知为不知的科学态度相接近的；标志着一个时代的进步倾向的《波斯人信札》，对于谦虚的重视绝不是偶然的。作者热情地喊道："谦虚的人，快来，让我拥抱你们！你们使生活温和动人。你们自以为一无所有，可是我说你们拥有一切。你们想不使任何人感到惭愧，其实面对着你们，大家都感觉惭愧。在我思想中，把你们和我到处看见的那些武断的人相比较时，我就把他们打下高坛，让他们伏在你们脚下。"这种话决不仅是写给别人看的，到了他的晚年，他也同样地教训他的子孙："你们要知道，接近卑鄙的情感的，无过于骄傲；接近高尚的情感的，无过于谦虚。"

在社会问题中，《波斯人信札》将极大注意力放在妇女问题上。当然，问题中的妇女，首先是所谓"上等社会"的妇女。作者并没有打算将当时的妇女生活作全面研究，比如关于某些妇女主持沙龙，提倡学术的情况，就略而不提了。作者着重提出的是妇女生活中成为问题的地方，尤其是一些不健康的和不光彩的现象，而首先是对男女关系混乱的大胆揭发，好比外科医生无情地挑破了长在封建社会和虚伪的宗教道德身上的、一个充满了脓的恶疽："法国人几乎绝口不提他们的妻室，因为怕听众之间，可能有人比自己更熟悉自己的妻。在法国人之中，有些人非常不幸，而大家也不去安慰他们，就是那些吃醋的丈夫。有些人为大家所憎恨，就是那些吃醋的丈夫。有些人为大家所蔑视，还是那些吃醋的丈夫。因此，吃醋的丈夫，在法国为数极少。在这点上，没有别的国家能和法国比。……在此地，丈夫们采取漂亮的态度，将妻室的不忠，视为恶星照临，劫数难逃。某一丈夫，如果愿意独占自己的妻室，则将被目为公众快乐的搅乱者，被目为只许自己享受太阳光，而不许任何别人分享的荒唐鬼；在此地，爱自己妻室的人，是一个本身不具备什么长处，足以见爱于另一个女子的人……"男女关系的混乱，有其社会的原因。在一定的社会制度之下，在一定的历史条件中，这种情况是可能发生的，倒并不是法国如此，别的国家便不如此。《波斯人信札》当然把这看为道德问题，而并没有进一步分析原因。

作者还暴露了妇女生活的其他黑暗面，例如妇女趋鹜时髦，如痴如狂，在这点上，恐怕法国是世界上独一无二的；又如巴黎女子嗜赌成风，妙龄女子，在赌场上卖弄风姿，醉翁之意不在酒；上年纪的妇女，在别的方面已经不能恣意放纵，只好把热情发泄在赌博上。此外，法国女子还有一种特殊情况，恐怕也是其他国家所罕见，那就是她们往往以色相为代价，在政治舞台上，起着很大的幕后牵线作用。这种妇女，也就是所谓"贵夫人"之流，在法国全国形成一个系统，互相支持，互相联系。这种情况，在法国是有长期传统的，但是在文学作品中作如此直率的揭发，《波斯人信札》是比较突出的例子。

妇女的社会地位是妇女问题的关键所在。《波斯人信札》对于这一点发表了正确的意见。作者主张男女之间，社会地位完全平等。这种思想显然和封建主义的精神大相径庭，在当时有很大的进步意义。作者借了一位"对妇女很殷勤的哲学家"的话，指出我们男子"加于妇女头上的威力，是真正的暴虐。我们肆行暴虐，无非因为她们比男子更温和些，由此之故，比男子更富于人道与理性。这些优点，如果男子通情达理的话，本应使妇女获得优越地位；男子却不通情理，所以妇女失掉了优越地位……如果男女教育平等，力量亦必相等。不妨将妇女未经教育削弱的各种才能加以考验，就可以知道究竟我们男子是否比她们强。"值得注意的是《波斯人信札》在距今230多年以前，在妇女问题上已经有下列三点主要的看法：第一，男女地位应当平等，女子的不平等地位，是由男子的"暴虐"造成的；其次，男女的能力是平等的，如果女子和男子受同样的教育，女子可以和男子一样能干，担当男子所担当的一切工作，这样，作者就驳斥了认为女子天生不如男子的谬论；最后，不但女子能力和男子完全一样，而且有胜过男子的地方，因为女子天性温和，比男子更富于人道感情与理性。

六 关于异域情调

《波斯人信札》不仅是一本哲学家的书，而且作者还煞费苦心，把他的书点缀成为"一种小说"；换句话说，是在哲学家的议论中间，穿插若干传奇的成分。而这些传奇的成分，大部分以波斯生活作为材料，尤其是介绍波斯豪富之家，后房内院的妻妾奴婢，如何生活，有力地吸引着读者的好奇心。这一部分材料，形成《波斯人信札》的"异域情调"的一方面，同时也是最吸引人的方面。

在《波斯人信札》的序文里，作者这样声明："在这本书中，那几个写信的波斯人，曾经和我住在一起；我们一同起居。由于他们把我当作另一个世界的人看待，他们什么都不瞒着我。的确，从如此辽远的地方迁移来的人，毋须乎再有什么秘密，他们将大部的信札给我看，我抄了下来。我甚至趁他们不注意，看了几封别的信，这些信他们本来决不会向我公开的，因为信的内容使虚荣心与嫉妒心受到很大的损伤。所以我仅仅做了翻译的工作……"这是文学上的惯技，明白的伪装。在这伪装之下，作者可以尽量从波斯人的角度，用波斯人的口吻，来说法国人所不便说的话。郁斯贝克和黎伽，《波斯人信札》中两个主要人物，也就是两个写信最多的波斯人，初到法国，耳闻目见，几乎事事新奇，发生许多滑稽的感想。等到后来，他们旅居法国年月愈久，惊异之感也愈减少，看惯了也就平淡无奇，但同时对于事物的认识，不免渐渐深入了。作者认为这也是《波斯人信札》中"小说"情节的一种发展过程。

应当声明，18世纪法国文学——尤其是小说中运用外国材料，常常通过寓言的方式，来阐述某些道理，表达某些思想，这和19世纪小说与诗歌中的所谓"异域情调"和"地方色彩"根本性质是不同的。19世纪的"异域情调"，着重描写表面，追求形式的美，目的在于使人从无情的现实生活中逃遁到远方异地去，在虚无缥缈的"异域情调"中，获得幻想的陶醉。这种倾向在法国文学上的发展过程是很长久的，从雨果的诗集"东方咏"起，一直到波特来的"招游"，甚至比埃·罗谛的小说，也属这一类情调。从总的趋势说，异域情调的文学愈到后来内容愈灰色，颓废与腐朽的气味愈浓重。

《波斯人信札》中的异地风光，并不损害这本书的明朗的现实意义，也没有减退思想内容上的战斗性。《波斯人信札》问世以后，有一些肤浅的读者睁着好奇的眼睛，在书中找寻所谓"后房艳史"。就算这"后房艳史"是书中异地风光的焦点，它的情节也很简单，材料并不丰富。古波斯人实行一夫多妻制，不但国王后宫佳丽成群，即便平常百姓，只要家道殷实，也不妨三妻四妾。至于名公大臣，富贵之家，更是姬妾充满深院内室，轻易不让外人看见。郁斯贝克留在波斯家中的妻妾，从书中情况估计，至少也有十多人。国王的后宫有太监看守着妇女；臣民家中，如果妻妾成群，也同样用一些阉人监视后房内院。这种阉人是受过腐刑的奴隶，其中多数是黑人；也有白皮肤的阉奴，但他们只充外役，不能直接伺候妇女，因为白奴面目姣好，即使身成残废，还怕发生意外。郁斯贝克旅居他乡，最放心不下的也就是他家中的一群妻、妾、婢女和阉奴。郁斯贝克在孟德斯鸠笔下以"哲学家"的面目出现，他对于许多事物往往有明达的见地；只有面对他家的妻妾婢奴，他仍然是不折不扣的封建大老爷。郁斯贝克离家不久，他的妻妾就纷纷给他写信，诉说离愁别恨，并促他早归；到后来年长月久，郁斯贝克仍不回家，家中妻妾"空房难独守"，渐渐有了轨外行动。加上这群妇女和他们的看守者——那些身体不健全，精神也很不正常的阉人，禁闭在深院内室，和外界几乎断绝往来，可以说是过着非人的生活，心理自然不能正常，不是互相猜忌，就是互相争吵，直到最后，混乱到不可收拾，演成流血的惨剧。

　　文学史上对于这一段后房故事在《波斯人信札》中的意义，有种种不同的看法。归纳起来，主要的意见有下列三种。一、认为后房故事是《波斯人信札》的中心，整本书都围绕着这故事发展；二、认为后房故事无非《波斯人信札》这本哲学家的著作中的一种点缀，而且是无聊之至的点缀，是书中最弱的部分；三、认为后房故事并不是书中的可有可无的点缀，而是有它的特殊的思想意义的。

主张第一种说法的人,自以为有一个强有力的理由,就是读者的兴趣。《波斯人信札》的某些读者,一开始就被这个故事吸引住。而且作者写这故事,也很卖力气。你看他描写独守空房的妻妾的哀怨情怀,何等细腻?她们给远旅他乡的主人写信,回忆往日的恩情,何等缠绵?刻画阉人的痛苦生活,又何等深入?再说,当时路易十四逝世不久,人们从伪善的严肃和虚假的道德桎梏中解放出来,物极必反,一时风俗趋向于轻狂浇薄。《波斯人信札》以后房故事飨读者,岂不正是投合时好?

主张第二种说法的人不需要另找理由,作者自己在序文中,在"关于'波斯人信札'的几点感想"中,已经声明这本书的"小说"的成分,无非为了吸引读者能从头至尾,把书看完,所以这方面的信札,只占全书一小部分,而且分散在发议论的信札之间,每隔若干封哲学家口吻的信札,插入一两封小说家的信札,使读者不至于厌倦哲学家的滔滔不绝的议论;而关于"哲学、政治与道德"的议论,却是书中的主要部分。同意这种看法的人比较多,比如百科全书派的学者达朗拜,在他的《孟德斯鸠颂》中,曾经指出后房故事在《波斯人信札》中地位是不重要的,他说关于无论是真实的或假想的东方风俗,以及亚洲人的爱情的骄傲与冷淡的描绘,仅仅是这些信札所写的材料中,最微不足道的部分。

第三种看法是比较新近的意见,例如苏联学者耿德里赫森,在他的《孟德斯鸠论》中,指出后房故事的思想性。

我们认为所谓后房故事,决不是《波斯人信札》的主要部分。关于这一方面波斯材料,孟德斯鸠丝毫没有独创之处,因为他既没有到过波斯,也没有在法国或别处认识过任何波斯客人。在后房故事中,作者甚至想象力也没有花费多少,他所做的,无非原原本本，搬用现成的材料，至多不过东边抄一点，西边摹仿一点，凑成一篇故事。欧洲的传教士和商人，在波斯住了若干年回来，往往不免发表一本游记。这类资料在18世纪初期孟德斯鸠写《波斯人信札》时，已经屡见不鲜，孟德斯鸠借用现成材料，是斑斑可考的；他在这方面不但没有创作，而且不敢随便创作，以免与一般游记所叙述者有太大的出入。因此，如果说后房故事是《波斯人信札》的主要内容，这本书岂不是成为毫无价值的抄袭与摹仿的产物？如果这样，势必不能引起重视，而只能引起冷淡与鄙视。可是事实上，《波斯人信札》不但在当时起了很大的影响，而且直到现在仍是法国文学上一本不朽的名著。很显然，《波斯人信札》的重心决不在于后房故事，而是在当时思想战线上直接起作用的部分。

　　后房故事在书中起了点缀的作用，这一点却也是肯定的。作者为了他的书能接触广泛的大众，有意地利用这一部分材料，把他的书装饰成小说，这是不容否认的事实。但是后房故事不仅是点缀，同时也有思想内容。如果说，既然是点缀就谈不上思想内容；或者说，既然有思想内容那就不是点缀，这都把一件事的两方面过分绝对地分割开来，使之成为相互之间毫无关系，甚至互相排斥。实际上，问题并不复杂：后房故事是《波斯人信札》之所以成为文学作品的必要因素之一，它使书中的波斯人的异国状貌更为鲜明，它用传奇的气氛来调剂书中的抽象议论，在这个意义上，也可说它在全书中起了点缀作用，但是"点缀"两字，此地不能了解为多余的、浮面的附带品。正相反，后房故事在起点缀作用的同时，和《波斯人信札》全书的思想内容发生有机的联系，它是全书中有机的组成部分，而不是披在表面上的、轻飘飘的伪装。

　　后房故事暴露了波斯封建社会中，妇女所处的极度悲惨的地位，控诉封建老爷把女子当作玩物的残酷行为。郁斯贝克从阉奴的信中，得悉家中妇女已把神圣不可侵犯的后房内院，变成接待情人，偷欢私会的地点。他不觉大怒，露出封建老爷的狰狞面目，飞函命令阉奴，对妇女进行残暴的压迫。结果，激起了妇女们的心头宿怨，加深了她们对主人的仇恨，索性公然反叛，其中最美丽的女子洛克沙娜的反抗与报复的行动最为突出，她下药毒死阉奴，随即仰药自尽。通过这一悲剧，封建社会男女之间不可调和的矛盾完全暴露出来了。

郁斯贝克给友人写信时曾经承认，他对家中妻妾，并无真正的爱情，而且故意避免发生真正的爱情。生怕一发生真爱情，倒不好驾驭她们了。但是他又给家中妻妾写信，很虚伪地说如何热爱她们，如何想念她们，尤其想念美丽的洛克沙娜。至于长年禁闭在后房内院的妇人，对封建老爷本来只是主奴关系，谈不上爱情。但是他们迫于处境，不得不对主人表示她们的"热情"。所以她们一边偷偷摸摸地寻找外遇，一边给主人写信，说她们多么想念主人，日日夜夜盼他回来。这种虚假的关系，终于破裂了；无情的斗争终于展开，一边是大老爷的狠心镇压，那一边是妇人们的勇敢反抗。她们把心里的实话，像一口吐沫似地啐到主人脸上：她们恨他，而且早就恨他！

洛克沙娜的绝命书是160封信的最后一封，是全书的结尾，这恐怕也不是毫无用意的。洛克沙娜说郁斯贝克自以为能用甘言蜜语来欺骗她，其实受骗的不是她，而是郁斯贝克自己。她是人，不是郁斯贝克的奴隶与玩物，她有自由选择爱情的对象，也有自由决定自己的命运。她早就不爱郁斯贝克，而另有所欢；她早就决定瞒着郁斯贝克，将囚牢般的后房，变作接待情人的密室。不幸她的秘密终于被阉奴撞破；阉奴们杀害了她的情夫，于是洛克沙娜不再是郁斯贝克梦想中的美丽驯顺的姬妾，而是暴怒的狮子。她决心报仇,她终于报了仇!在自杀之前,她毒毙代替郁斯贝克施行残暴压迫的阉奴。

后房悲剧不是以压迫者的胜利,而是以被压迫者的胜利告终的。作者借英勇的女性洛克沙娜之口,宣称压迫别人的人自己总不会得到自由,欺侮别人的人自己决不能获得幸福。这种思想和贯彻在《波斯人信札》全书中的反对君主政制、反对侵略与奴役、尊重人权、主张正义等精神,是互相结合,而有明确的一致性的。

七 《波斯人信札》的文学形式

《波斯人信札》是什么性质的书,主要决定于它的思想内容。但是,作为一本文学作品,《波斯人信札》何以受到当时读者广泛热烈的欢迎,何以产生这么大的影响,关于这些问题,除了内容的关系之外,文学形式也起着相当大的作用。首先,这本书究竟是不是小说,在法国文学上,一向有分歧的看法。有些文学史把它归入"社会批评",或"道德批评"这一类,和拉卜吕衣埃的《品格论》放在一起,也就是把它看作一本散文集,而不作为严格的小说。作者自己却认为《波斯人信札》里边包含着"一种小说"。这句话似乎应当这样了解,《波斯人信札》内部含有小说的成分,但并不是全部都是小说;即使从小说的角度来看,《波斯人信札》里边的小说,也和一般所谓小说不完全一样。《波斯人信札》究竟是不是小说,问题并不重要,毋须多费笔墨;而且读者如果把这本书从头到尾看一遍,这个问题也就可以解决。重要问题在于作者采用这样的文学形式,用意何在,发生了什么效果。关于这一点,最好先听作者自己的话:"在《波斯人信札》中,最讨人喜欢的,就是不知不觉地发现一种小说,人们看到这种小说的开端、进展、结局。不同的人物,都放在把他们联系起来的一根链条上。……况且这类小说,在平常情况下,总是受欢迎的,因为人们可以借此明了自己的当前境况……在普通小说中,题外的话是不能允许的,除非节外生枝,另成一篇小说。普通小说中,不能夹杂议论,因为一切人物都不是为议论才聚合在一起;议论是和小说的企图与本性相抵触的。但是用书信的形式,登场人物也就不是预先选定的,讨论的题目也不取决于任何计划,或任何预订的提纲;作者有这样的方便,可以将哲学,政治与道德,纳入小说中,并且把一切都用一根秘密的链条贯穿起来,这根链条在某种程度上,是不为人所察觉的。"

总的来看,《波斯人信札》这个作品是由两种因素组成的:一种是议论文与讽刺文;另一种是记叙文,其中主要部分是有关后房故事的30多篇信札,次要部分是三篇可以独立的故事,那就是穴居人的故事,《阿非理桐与阿丝达黛》以及《伊卜拉亨》。作者企图把这些不同的成分天衣无缝地融合起来,成为一个整体,事实上并没有完全办到。发议论的信札和叙述故事或分析后房妻妾奴婢内心生活的信札,参差错综,交织在一起,并没有很好地形成一个有机的整体,反而不免多少给人以零散的感觉。因此我们可以说,作为文学作品,《波斯人信札》的内部结构并不是很完美的,尽管从思想内容的角度看,书中不同成分之间,存在着明显的一致性。如果这本书主要地作为散文集而出现,那么结构的问题就不这么严重,而且其中某些部分或者干脆不必用小说的形式加以表达。这样,《波斯人信札》可能更接近于蒙田的《随笔集》和拉卜吕衣埃的《品格论》这一类文学作品。但是问题不是这样简单,《波斯人信札》作者强调他的作品中的小说的一面,这并不是本单纯的散文集,而是介乎散文集与小说之间,兼有两者之长的一种新的体裁,特殊的体裁。

体裁与风格等的演变，主要的是被作品内容的变化所规定的，是密切结合文艺思潮的发展的；我们并不否认文学作品在形式上可以互相影响，但是我们认为与内容毫无关系的形式摹仿，或者说纯形式的互相影响，如果不说明文学研究上的主要问题——思想内容互相影响的问题，就不值得作为研究的主要对象，更不值得以此代替文学研究上其他更有意义的方面。《波斯人信札》出现于18世纪20年代的法国，它的新颖而且特殊的文学形式，主要是被下列两个条件所规定的。作者是年轻的革新思想家，他不满于社会现状，他需要在思想战线上，向种种令人不满的社会现象挑战，这是他的主观要求。当时的封建王朝以及天主教会在政治、社会生活与文化思想各方面的统治势力还是很牢固的，不可能和这些势力正面冲突而不遭受残酷的迫害；当时群众觉悟还很差，正面反对既存秩序的书籍，不可能广泛流传；这些都是客观的限制。作者的主观要求和当时的客观条件之间有明显的矛盾，为了尽可能妥善地解决这一矛盾，孟德斯鸠就创造了《波斯人信札》的特殊形式，最适合于表达它的特殊内容的形式。通过这形式，作者方能达到向黑暗势力挑战的目的；同时由于书中的异国情调和传奇气氛的掩护，就可避免和统治势力发生过于尖锐的摩擦；又因为这种情调和这种气氛是当时流行的文学形式，所以能够达到广泛地接触群众的目的。

书简小说并不是《波斯人信札》作者首创的，以前早就有这体裁。从外国游客的少见多怪的角度来谈论本国事物，也不是《波斯人信札》作者首创的，在他以前早就有人这样做过。《波斯人信札》作者的真正创造，是为了改造社会生活而斗争的思想内容，和书简小说加上外国情调的文学形式的结合。这样丰富与生气蓬勃的内容，有积极意义的内容，同时又用这种独创一格的文学形式来表达，这样的作品，才真正是过去没有见过的。

《波斯人信札》的成功，不仅在于出版后受到广泛的欢迎，尤其在于它的主要意旨没有被人误解。在一般读者和文学研究者心目中，大家公认为在这本书里，议论部分最重要，讽刺在其次，而传奇的成分仅居附属地位。孟德斯鸠的当代人已经有这样的感觉，上边引用的达朗拜的话就是一个证据。《波斯人信札》问世以后，尽管作者预先准备好了一套保护色，仍然遭受权贵侧目和教会的攻击，这是另一个证据。因为，书的重点是什么，不但在当时大家心里明白，到后世也还是一样。19世纪的批评家圣佩韦认为《波斯人信札》已经是《法意》的雏形，20世纪的诗人保尔·瓦雷理说："耐人寻味的集子《波斯人信札》，与其说导人入梦幻之境，不如说启发人去思索。"

　　在《波斯人信札》的艺术成就中，最高的评价应当给予作者的雅美的散文。《波斯人信札》中的散文大致可分三类：说理文、讽刺小品和叙述文。在三类散文中，作者的才华向不同的方面施展，并且各得其妙。他的说理文善用简朴自然的文笔，深入浅出地阐明细微的道理，使人不知不觉地接受他的论点，被他说服并不是困难的事，而是一种愉快。他的讽刺小品显然不是单纯追求所谓风趣，不是沙龙中的无聊扯淡，而是在风趣的外衣之下，藏着锐利的针刺；这是一种能够使你轻松地发笑，可是在笑完之后才发现自己身上有些疼痛，原来不知不觉中，他已在你的弱点上扎了一针。《波斯人信札》的叙事文章，更是独创一格；他叙述故事，目的在于说明某些道理，因此他的故事或小说都相当接近于某些宗教经典中的寓言，在这种故事或小说中，叙述者的平静的声调，好像永不受叙述中的狂风暴雨所干扰；好比喜马拉雅山的高峰，耸立云外，在哲学家写的小说里，人类最高的智慧，静静地俯瞰着人心中热情与欲望的幻变与纠纷。总之，《波斯人信札》虽是孟德斯鸠30岁以前的作品，可是这像山间溪流一样，清澈见底，游鱼细石历历可数的散文，不但在18世纪是突出的，即便在法国文学史上，也是值得称道的范例。瓦雷里在他的《波斯人信札序》上写道："比这更优雅的文章，从未有人写过。"

在文章风格方面：蒙田的《随笔集》和拉卜吕衣埃的《品格论》，给《波斯人信札》的影响是很深刻的。本来蒙田的散文，在法国文学史上开散文之宗，因而后代无论哪一时期的散文家，都不妨说多少师宗蒙田。《波斯人信札》以清新的格调，淡言微中的态度，来谈论哲学、政治、道德各方面的大道理，颇有蒙田《随笔》潇洒自然的风度，而且避免了蒙田的引经据典、言必称希罗、三步一跪拜，那种炫学的习气。文艺复兴时代的思想精神和18世纪的启蒙运动，原非毫无前后相呼应的关系的。恩格斯曾经指出，文艺复兴给18世纪的唯物主义作了准备。蒙田的怀疑主义和《波斯人信札》作者唯理主义的倾向，显然有很大的差别，但是他们在不同的时代，不同的角度上，都表现了恩格斯所说的"明快的自由思想"，都是击破"教会的精神独裁"的勇敢战士。正因为《波斯人信札》的基本精神和蒙田《随笔集》有若干相通之处，所以后者给前者的文学影响并不限于形式，而是比较深刻的。

在同样的情形下，《波斯人信札》从拉卜吕衣埃的《品格论》得到文学上的启发。几乎没有一个文学史家肯放过这一点：指出《波斯人信札》的讽刺小品是直接脱胎于《品格论》的。和拉卜吕衣埃一样，《波斯人信札》用冷隽的文笔，描绘了当时的人情风俗，并且嘲笑了他认为不合理、不公平的地方。有些文学史认为《波斯人信札》在讽刺小品文方面，并不能胜过它的蓝本《品格论》。这也许是确实的，因《品格论》的讽刺文似乎范围更广，方式更富于变化；但是，说孟德斯鸠不如拉卜吕衣埃，显然是不全面的看法。首先，《品格论》全书无非由无数讽刺小品文组合而成，舍此而外，别无内容；而《波斯人信札》中讽刺小品仅仅是内容之一。其次，《波斯人信札》的讽刺小品比《品格论》更富于战斗性。它不满足于讽劝世人，并且企图激起群众对于现状的反抗，导致社会改革。《波斯人信札》不仅是一本讽刺作品，而且同时是建设性的作品，因为在有关哲学、政治、道德的议论中，在暗喻哲理的故事中，作者表示了他对于光明合理的人类前程的远大理想，而这是《品格论》所完全没有的。

每一个特定的历史时期，都给文学提出特殊的任务。为了圆满地完成这特殊的任务，文学作品往往有必要采取不完全与前人雷同的形式，来充畅地表达时代规定的内容，这是成功的作品的主要条件之一。在这意义上，《波斯人信札》也表现了它的创造性。

八 《波斯人信札》的影响

《波斯人信札》反映了18世纪上半期在上升中的法国资产阶级的思想和情绪，虽然在基本上作家的思想意识并没有超过资产阶级思想的总的领域，而在许多具体问题上，作者的眼光，显然比19世纪法国资产阶级文人学士的眼光要高明远大得多。也就因此，资产阶级文学史家对于这本书的估计往往是不够的。如果说孟德斯鸠的著作曾经对于法国资产阶级革命起过相当大的影响，那么应当指出，其中也有《波斯人信札》的一份。圣佩韦说："从《波斯人信札》到《法意》，孟德斯鸠的精神并未改变。"《波斯人信札》出版后27年，《法意》才出版。贯彻于两部相隔如此久远的名著间的精神是什么呢？总的说，是反对专制独裁，主张公民在政治上的平等与自由；在宗教方面，反对宗派主义，主张"宽容"，也就是反对宗教信仰上的专制独裁。当然，这两部著作之间并非毫无区别的。有些主张与看法，在《波斯人信札》中仅仅冒了苗头，到《法意》中才得到充分发挥，例如大自然的环境对于人类社会生活的关系，以及商业和工艺的重要性等。有些问题，好像作者在《波斯人信札》与《法意》中有不一致的看法，其实主要的精神仍然是一致的，不过《法意》中的看法，比《波斯人信札》中成熟多了，例如在《波斯人信札》中，作者的政治理想还不很明确，主要倾向于乌托邦式的共和国，而在《法意》中，作者肯定君主立宪是适合当时法国需要的政权形式；另一些意见，《波斯人信札》的作者年轻气盛，说得未免有过火之处，等到 18 年后，这些意见重新在《法意》中出现时，语气就和缓多了，例如《波斯人信札》虽然不公然反对宗教，对于宗教却丝毫不表示敬意，在《法意》中，作者宣称宗教是"人与人之间的正直与诚实的最好的保障"。用圣佩韦的话来讲：年轻的孟德斯鸠在《波斯人信札》中扑打、嬉戏；可是在他的游戏之中，可以找到严肃的成分。孟德斯鸠的大部分见解，已经在这第一本名著中萌芽，甚至不止萌芽，而且已有所发展，无非那时的孟德斯鸠，较后来的孟德斯鸠更心直口快而已。主要地仅仅在这意义上，他那时还是比较不成熟的。

　　《波斯人信札》和《法意》给法国资产阶级革命的影响虽然是间接的，却是基本的，不可缺少的，1789 年大革命的主要活动家，从孟德斯鸠的思想中汲取有用的部分，抛弃过时的部分。革命的结果，成立了三权分立的共和国，而不是如孟德斯鸠所设想的三权分立的君主立宪。孟德斯鸠的思想到 18 世纪末叶，有了更进一步的发展，这是他自己当初不能意料的。作为政治力量和阶级力量的封建势力被彻底打垮以后，许多在《波斯人信札》

和《法意》作者心目中认为难以实现的事都实现了。比如在宗教信仰方面,革命给人民带来的不仅是"宽容",而且是信仰自由、教育也从教会手掌中解放出来;《波斯人信札》所提出的妇女与男子受同样教育的平等权利也实现了,妇女的社会地位,也大大提高了。即使是 20 世纪 50 年代的法国人,仍然可以说:"我们生活在大部分按照孟德斯鸠的愿望安排下来的一个社会中:行政、立法和司法是分立的;刑罚轻重是按照罪行大小而定的;经济的自由曾经在很长一段期间见诸实施。这一切对于我们成了家常便饭,以致我们几乎不加注意了。像我们呼吸的空气一样,那是毫不成问题的事。"

在群众生活中有广大影响的作品,必然经过广泛与久长的流传;也就因此,文学作品往往比学术著作影响大些。有一位苏联的文学研究家指出,在孟德斯鸠的全部著作中,《波斯人信札》最使今日的读者感兴趣。

以上将《波斯人信札》的影响和《法意》的影响合并起来考虑,这只是《波斯人信札》影响的一方面。从另一角度看,《波斯人信札》有它自己的单独的影响,而且在当时,这种影响是很广泛的,因为《波斯人信札》终究是一部文学作品。据说在《波斯人信札》发表的前夕,作者有一个朋友读了他的手稿,预言这本书将会和面包一般地畅销,后来事实果然如此。《波斯人信札》出版于 1721 年。这是一本大放异彩的书。从未有过一个作家,能比《波斯人信札》作者更好地结合社会情况,用更轻妙的手法,揭露那种情况的秘密,用机警的文笔,使那时还隐而未显的各种愿望,还混沌不清的各种思想,明晰地呈现出来。

《波斯人信札》初版是在荷兰印行的,作者隐姓埋名,生怕惹起意外的祸端。尽管如此,这部书销行之广,引起的反响的急速与普遍,成为法国文学史上突出的例子。作者自己也为这种盛况所激动，若干年后，他还回想起来：《波斯人信札》一起头销路就如此惊人，以致书贾想尽方法，谋求续篇。他们无论碰见谁，就拉着那人的衣袖，说："先生，我求您，给我写一部《波斯人信札》吧。"孟德斯鸠自己并没有续写《波斯人信札》，但是别人摹仿的作品，从《波斯人信札》问世以来，直到18世纪末叶，陆续出现，多到不可胜数。这种情况也说明《波斯人信札》影响之广，虽然这并不是影响的主要方面。在那些汗牛充栋的摹仿品中，有若干种是以中国人作为题材的。关于异国情调方面，这些出版物的原始材料一般都采自到过中国的传教士的著作。1735年亚祥斯男爵发表《中国人信札》。1745年又有人发表了一本《在欧洲的中国间谍》。1760年出现一本《中国皇帝驻欧特使费希甫自述》，据猜测，这本书的作者是普鲁士王腓特力二世。不但在法国，即使欧洲其他国家，也造成了一种摹仿《波斯人信札》的风气。1735年，英国出现了李特尔顿爵士的《一个在英国的波斯人给伊斯巴汗友人书》。在西班牙首都马德里，1793年有人发表《摩洛哥人信札》。至于直接间接受了《波斯人信札》的影响而发生的书简体小说的盛况，更无法在此细述。

就像伏尔泰这样的大作家，也不免手痒，写了一本摹仿《波斯人信札》的作品，名为《阿玛倍特信札》，发表于1769年，那时离孟德斯鸠逝世已经有14年之久。当然，所有的摹仿作品都赶不上《波斯人信札》，就连伏尔泰那样的才华，也无能为力。不过伏尔泰摹仿《波斯人信札》而写了《阿玛倍特信札》，并不足以说明孟德斯鸠给他的影响的最主要一面。伏尔泰和孟德斯鸠是同一侪辈的作家，伏尔泰发表作品甚至比孟德斯鸠更早，他的悲剧《欧底普》发表于1718年，比《波斯人信札》早三年。但是《欧底普》之类的假古董不能引起人们很大的注意。而《波斯人信札》的出现却像一声春雷，惊醒了早就蛰伏在群众胸怀中的思想与情感。这件事给伏尔泰很深的印象和很大的启发。1743年他给著名的《格言集》的作者伏弗那格的信上说："人们曾经为《波斯人信札》所陶醉。"群众为文学作品所陶醉，这几乎是对于一部文学作品最高的恭维了。但是在一般情况下，伏尔泰并不是孟德斯鸠的恭维者。在孟德斯鸠的《手册》中，对于伏尔泰，尤其是初期的伏尔泰，并不表示同情。伏尔泰在他的史学著作《路易十四的世纪》中，谈到孟德斯鸠时也并不推崇。可是对于《波斯人信札》，《路易十四的世纪》的作者也不能不表示赞赏："这是一本笑乐的书，充满锋芒，而这些锋芒，表示作者的智慧比他的作品更为坚实。"他认为《波斯人信札》固然是有蓝本的，但是作者在摹仿蓝本时，已经显示青出于蓝而胜于蓝的能力。

伏尔泰的哲理小说是他的文学作品中的精华。而一部分作品受《波斯人信札》中几个独立故事的影响非常明显。当然，在这方面受孟德斯鸠的影响的不止伏尔泰一人，不过伏尔泰所受的影响最为直接，因此他的例子最为突出。主要的问题，倒不在于指出哪一个作家，哪一部作品受孟德斯鸠的影响，而在于指出创作方法上某一种倾向，是在《波斯人信札》的启发之下，逐渐形成的。这种倾向就是索累尔所说的，用"轻妙的手法"，揭发出当时社会生活中的秘密和黑暗；用"机警的文笔"，说出当时群众心中想说的话。换句话说：就是用轻松的，甚至诙谐的风格，表现向封建统治势力作斗争的严肃内容。这样，一方面可以使作品接触到最广泛的群众，同时可以避免危害性太大的迫害。法国当代研究孟德斯鸠的专家霭里·加加松说得很对，《波斯人信札》教给整个18世纪的向旧势力作斗争的笔战家，如何在"半透明的隐喻之下"，说出尽可能多的话，而不至于像年少轻率的伏尔泰一样，被捉进巴士底监狱中去。

九　结束语

　　在孟德斯鸠全集中，如果把杂感、笔记、游记、回忆录、对话等除开，比较完整的、严格的文艺创作并不多。《波斯人信札》是他最重要、最突出的文学作品，也是获得极大成功的作品，至于别的诗篇和小说，一般文学史上往往提都不提。在诗篇之中，《克尼德神庙》是摹仿牧歌的散文诗，另外有很少的几首格律诗，大都是应酬之作，没有多大文学价值。在小说方面，情况比较复杂。如果拿我们今天对于小说的概念来衡量，可以说孟德斯鸠并没有写过比较严格的小说，只写了几篇故事，其中除《波斯人信札》中的故事以外，比较重要的还有两个中篇：《真实的故事》和《阿萨斯与伊丝梅丽》。前者大约写于1731年，即《波斯人信札》发表后10年；后者大约写于1742年，作者在世的时候，一直没有发表，到1783年第一次发表时，离作者逝世已经20多年了。

　　《波斯人信札》也好，《真实的故事》和《阿萨斯与伊丝梅丽》也好，在孟德斯鸠心目中，都是"一种小说"，也就是说，小说之一种。

　　除了《波斯人信札》，孟德斯鸠的文学作品都不曾引起世人注意，这一事实，可以说明另一个规律。那就是：但凡获得巨大成就的文学作品，都必须表达人民大众的心声，它们的基础，都是充塞作者胸膺的极其丰富和炽烈、而且非喷爆出来不可的思想和感情的火焰。同时，正因思想和感情要求像火山似地爆发，所以往往冲破所谓传统的文学体例，而形成一种新的格律。《波斯人信札》作者是一个充满改造社会、复兴祖国的热情的二三十岁的年轻人，他心中有话，不能不说，强烈的内心要求迫使他写成这部作品。作品在当时立刻激起巨大的影响，充分说明这是一部震动人心的书。和这相反，孟德斯鸠的另一些文学创作，却是主要在为了写作而写作的情况下，为了完成作家的任务和满足某些需要而产生的。这些作品，尽管在形式上、技巧上或许比较成熟，可是反而引不起值得注意的反响。

《波斯人信札》中某些见解，即使在今天看来，也还是有明显的进步意义，在这方面，主要表现的是作者的崇高的人道主义精神。他憎恶骄傲自大，提倡谦虚，反映了他对于人与人之间的真诚的平等思想以及实事求是的科学精神。他反对骄侈的寄生生活，提倡勤俭，赞美劳动。他反对男子压迫女子，提倡男女社会地位完全平等。他斥责任何形式的暴政、压迫与侵略；他控诉了残暴的殖民政策和奴役，并且反对狭隘的爱国主义，而把集体的利益，作为个人利益的前提，把全人类的利益放在民族利益之上。凡此种种，使《波斯人信札》不但成为法国文学的宝贵遗产，也是全世界爱好和平与进步的人民共同喜爱的不朽的文学名著。

（1956年12月初稿，发表于《文学研究》
1957年第1期。1987年11月修改）

关于巴尔扎克

1980年是巴尔扎克逝世130周年，恰好中国大百科全书出版社外国文学分卷的编辑同志约我写一篇关于巴尔扎克的条目，我借此机会看了一些手头能找到的原文材料。在直接材料方面，我所看的主要是《人间喜剧·前言》和大约58部作品的序文合辑（根据《七星文库》版）；在间接材料方面，我涉猎的只是莫洛亚的《普罗米修斯或巴尔扎克的一生》；阿澜的评论集：《和巴尔扎克在一起》；以及前不久出版的一部新著，莫里斯·巴代许的《巴尔扎克》（1980年，巴黎，朱里亚出版社）。

我的这篇文章，并不是学术论文，只是由于我最近接触到有关巴尔扎克的新材料较多，有些问题似乎比我过去了解得更清楚了，使我恍然若有所得，因此大胆提出来就正于海内学人。比如第一个问题：巴尔扎克生下来30多天就抱出去寄养，后来上小学、中学一直寄住在外，很少回家，究竟是为什么？这件事值得研究，因为和巴尔扎克性格的形成有一定关系。过去有些学者认为那是由于巴尔扎克母亲宠爱另一个儿子，对巴尔扎克的感情比较淡薄的缘故。例如已故瑞士巴什尔大学亚尔倍·佩甘教授，就支持这一说法。可是最近看来的材料中却说巴尔扎克母亲觉得她自己奶不好，对孩子不利，所以只得把刚生下来的巴尔扎克抱出去寄养。两说都有一定的事实根据，但都不能完全自圆其说，所以这是我在本文中提出的问题之一。诸如此类的问题还有许多，提出来供同志们参考，因为它们对于理解巴尔扎克的生活和创作，有着密切的关系。

一

巴尔扎克出生时，他母亲才21岁，父亲已经53岁。他是父母结婚以后生育的第二个孩子。头一个孩子由母亲自己哺乳，活了33天就夭折了。因此巴尔扎克生下来不到33天就被抱到附近农家去寄养。后来他妹妹洛尔生下来不久也被送到农村寄养，而且和巴尔扎克寄养在同一个家庭里。这样看来，由于生母不能哺乳而把孩子送出去寄养之说，似乎是有事实根据的。但是，后来巴尔扎克上小学和中学都寄住在外，一直没有回家住，这和哺乳又有什么关系？于是又有一说：巴尔扎克有一个弟弟，是他母亲的私生子（这一点，已有文献材料加以证明），他母亲特别宠爱小儿子，所以对巴尔扎克的感情比较淡薄。总之，不管是什么原因，巴尔扎克从童年开始，一直到成人，在家居住的时间很少。据他妹妹洛尔回忆，巴尔扎克14岁那年回到家里，显得面黄肌瘦，身体孱弱，而他的体质本来是很结实的。远离家庭，得不到家庭生活温暖的童年和少年生活，在巴尔扎克心灵上留下了一层痛苦的阴影，使他毕生难忘。后来他给亲友们写信时，常常提起这件事。

从他父亲方面，巴尔扎克所受的影响是完全另一种情况。他祖父是达恩地方的一个农民，有子女11人，生活艰苦。他父亲从小就不安于穷乡僻壤的生活，眼睛看着大城市，怀有"闯天下"的大志。他曾经跟村子里的神父学过一点文化，成年之后，就拿这点本钱到邻近的城市都尔去碰运气。过了若干年，这个年轻人居然在都尔成家立业，得意起来。巴尔扎克家本来不姓巴尔扎克。他祖父和父亲一直姓巴尔沙。等他父亲在都尔得志之后，就把自己原来的姓扔掉，改姓当地一户很有声势的大家族的姓：巴尔扎克。到1802年，这位不久前改姓巴尔扎克的新富户，索性又在自己的姓氏前面加上一个表示贵族门第的"德"（de）字。自从17世纪以来，法国的资产者发了财以后，就可以用钱买封建贵族破落户的封地和爵位，在姓氏（同时也是封地的地名）前面加一个"德"字，标榜贵族身份。到18世纪，有钱有势的资产者为了抬高自己的身份，可以随便在姓氏前加一个"德"字，根本没有人追究他是否有封地和爵位。巴尔扎克的父亲无非是按当时的风气办事而已。巴尔扎克自己在年轻时当然不用"德"字，可是到他成为赫赫有名的小说家时，他就称为"德·巴尔扎克先生"了。有人认为这是这位小说家羡慕贵族身份的一种表示，当然也可以这样理解。但实际上，多少也有承袭父亲衣钵之意。巴尔扎克的父亲后来到过巴黎，担任军队的后勤总管等重要职务。巴尔扎克的小说中并不缺少类似的人物，而且他常常用同情之笔来描写他们。

二

可是巴尔扎克却从来没有想走他父亲的道路。从年轻时期开始，他就立志从事文学，这一点，他是始终不变的。为了能够实现这个志愿，他经历了艰辛曲折的道路。

1816年，17岁的巴尔扎克结束了中学的学业之后，在大学法科注册，当正式生，同时在文科旁听。18岁时，他顺从父母的安排，先后在诉讼代理人和公证人办事处当见习生或书记。这一段经历虽然很短，对于他日后写小说却是十分有用的。

从20岁开始，巴尔扎克决定走他自己选择的道路：从事文学。他父母不赞成。在他一再坚持之下，才同意给他两年时间作为试验期。在这期间，每月供给他极有限的一点生活费。巴尔扎克在巴黎贫民区租住一间房顶上的阁楼，度着艰苦的日子，埋头写作。他的第一部作品是五幕的诗体悲剧《克仑威尔》。这是一部完全失败的作品，它没有引起任何人的兴趣。于是他改写小说。在不长的时间内，一连写了十多部小说，包括和别人合写的。可能当时他只准备写一些迎合大众趣味的通俗小说，赚一笔稿费，解决生活问题，然后再开始正式的创作。因此在那个时期里发表的小说全是用笔名署名的，没有一部用他的真实姓名。那些作品没有给他带来保障衣食所需要的物质条件。可以说又是一次失败。这时他改变了主意，索性暂时放弃文学，先搞一点可赚钱的行业，积累必要的资金，生活有了保障，再安心搞创作。1826年他向亲友借了本钱，出版一部普及版的莫里哀全集，为了打开销路，价格十分便宜。接着又出版一部拉·封丹寓言诗集，销路不佳，赔了本，负债9000法郎。他还想试试运气，低价收买一家倒闭了的旧印刷厂，以为有利可图，结果还是赔钱。他又想了一个花招：搞铸字厂，铸造了一套新型的铅字，结果大赔特赔。他前后负债共达6万多法郎，在当时是一笔巨款。幸而亲友援助，借给他的钱可以慢慢归还，所以他没有宣告破产去坐牢。

从1828年夏季开始，巴尔扎克决定重新回到文学事业上来。其实他做了三次生意赔了三次钱，对于他的创作工作来说倒并不是毫无帮助的，因为他在做生意的实践中所取得的经验，后来有的成了写小说的素材。他做买卖的本领实际上并不高明，在写小说时纸上谈兵却显得十分精明。1828年他回到搞文学创作的桌子上来以后，所产生的第一部作品是《最后一个朱安党人》，以布列塔尼封建势力武装反对共和国为题材。这部小说后来编入《人间喜剧》，改名为《朱安党人们》。这是巴尔扎克所写的第一部严肃的文学作品，也是生平第一次用真实姓名发表的书，此书问世，作者初步奠定了他在文学界的地位。接着，他又发表小说《婚姻生理学》，在读者之间引起广泛注意。1831年他的新著《驴皮记》一出版，巴尔扎克立即成为当时法国最负盛名的作家之一。

1819年到1829年这十年，是巴尔扎克在文学事业上的探索阶段。从1829年开始，一直到1848年，是他埋头创作《人间喜剧》的时期，也就是他文学事业的全盛时期，他用超人的才智和精力，在不到20年的时间内，长长短短的小说一共写作了91部。平均每年写作四五部之多，而且都是质量较高的作品。他每日伏案一般都在十小时以上，常常连续工作18小时。有时文思泉涌，或者为了赶写一部稿子，他一连几天废寝忘餐，夜以继日地劳动。疲乏了，就喝一杯浓咖啡。他明知道咖啡喝多了伤身体，但是为了提神，非喝不可。他曾经说过这样一句悲剧感的话："我将死于喝完三万杯咖啡时！"这句话也表明他不惜一切代价坚持文学创作的决心。

据说他的杰作《高老头》（原名《高立欧老爹》）是他用三天三夜工夫一气呵成的。对于他来说，这并不算偶然的孤立的例子。

三

什么动力激励《人间喜剧》的作者奋不顾身地埋头创作？

人们常说，这是因为他负债过多，一辈子还不清。这句话并非完全符合事实，有必要根据实际材料加以澄清。巴尔扎克年轻时搞印刷出版负债巨万，难道一辈子没有还清？事实上并不是这样。自从他成为名重一时的小说家以来，他的收入是十分可观的。出版商看见有厚利可图，争着和这位小说家签订合同，不惜以重金预约他尚未动笔或尚未完成的小说稿。收入丰厚了，巴尔扎克的生活也就日渐阔绰。他醉心于豪华的排场，钱来得多，花得也就愈多、愈快。他在巴黎同时购置了几处别墅；室内的装潢陈设是按照他自己设计的与众不同的风格高价特制的；他出门坐最富丽的马车，驾着价值千金的骏马；和贵族之家一样，他家中的仆役都穿制服；他自己身穿华贵的服装，手拿赤金包头、宝石镶嵌的手杖，出入于名门大户的沙龙……由于尽情挥霍，名小说家巴尔扎克确实经常欠债，往往为了逃避债权人的追逼而东藏西躲，有时甚至廉价拍卖他精心布置的公馆，以济燃眉之急。

　　这样说来，难道巴尔扎克废寝忘餐地写作，无非为了牟利，借以满足他的奢侈欲望吗？肯定不是。巴尔扎克从年轻时开始就自信有很高的文学才能，所以他对文学有极高的抱负。他不舍昼夜地勤奋写作，主要是因为有一股激情在内心沸腾，促使他充分发挥自己的才能，在文学上做一番伟大的事业。在他的书室里，有一座作为摆设的小型拿破仑塑像。在塑像的座盘边上，巴尔扎克亲笔写着："他用宝剑未能完成的大业，我将用笔杆来完成。"他是以文学领域内的拿破仑自居的。巴尔扎克常说这类豪言壮语，他拿自己和历史上最伟大的人物相比，要求自己在文学领域内完成相当于别人在政治上或科学上完成的伟大事业。1844年2月6日他写道："总而言之，我所干的是这么一回事。有四个人将要有极其广阔的生涯：拿破仑、古维埃、奥康奈尔，而我愿意成为第四人。第一个人以全欧洲的生活为他自己的生活，他把千军万马注入自己的血脉!第二个人怀抱全球!第三个人成为一个民族的化身!而我呢,我将要把整整一个社会装在自己的脑袋里!"

促使巴尔扎克日以继夜地埋头创作的动力,是他决心成为文学上的拿破仑的雄心壮志,而不是别的。

四

所谓"要把整个社会装在脑袋里",也就是写一部多卷本的小说丛书,来"记录"复辟王朝时期30多年社会生活的宏伟创作计划。巴尔扎克废寝忘餐地辛勤劳动20年,终于完成了"把整个社会装在脑袋里"的计划,写出总称《人间喜剧》的长短不一的小说90多部。

第一次在这位小说家笔下出现《人间喜剧》这个名词是在1839年。毫无疑问,《人间喜剧》这个命名是受但丁长诗的标题《神曲》的启发的,因为《神曲》原名在意大利文里是《神圣的喜剧》。1841年,巴尔扎克确定了这个庞大的创作计划。当时有四个出版商和巴尔扎克签订合同,合资承包出版《人间喜剧》的巨大工程。1842年,巴尔扎克写了《人间喜剧·导言》,详细阐述他写作这部史无前例的文学巨著的宗旨。1845年巴尔扎克亲笔写的《人间喜剧·总目》,一直保存到现在。根据这个《总目》,《人间喜剧》分为三大部分:"风俗研究","哲理研究"与"分析研究"。

"风俗研究"内容最丰富,包括小说最多。因此这一部分又分为六个门类:(一)"私人生活场景";(二)"外省生活场景";(三)"巴黎生活场景";(四)"政治生活场景";(五)"军队生活场景";(六)"乡村生活场景"。"私人生活场景"这个小标题下面列入 32 部小说,其中 4 部当时已有提纲,尚未动笔。已发表的 28 部之中包括《高老头》(1833),《猫滚球布店》(1830),《夏倍上校》(1832) 和《三十岁的女人》(1831—1834) 等。"外省生活场景"包括 17 部小说,其中 6 部尚未完成;已经发表的 11 部中有《欧也妮·葛朗台》(1833),《幽谷百合》(1835),《幻灭》(1837—1843) 等。"巴黎生活场景"共有 20 部小说,其中 6 部尚未写出;在已经发表的小说中,有《金目少女》(1834),《纽沁根银行》(1838),《塞沙·皮罗多兴衰记》(1837),《娼妓的奢华与穷困》(1838) 等。"政治生活场景"包括 8 部小说,当时已经发表或已脱稿的只有 4 部,其中之一是《阿尔西的议员》(1847)。"军队生活场景"列有 23 部小说,当时只有两部已经发表,其中之一是《朱安党人们》。"乡村生活场景"只包括 5 部小说,其中三部已经问世,那就是《农民》(1845),《乡下医生》(1833) 和《村里的神甫》(1839)。

　　第二部分"哲理研究"和第三部分"分析研究"规模都很小,不再分门别类。"哲理研究"一共 27 部小说,其中 5 部只有计划,尚未动笔。已经发表的部分,却有几本突出的名著,如《驴皮记》(1831),《对于绝对的探索》(1834),《无人知道的杰作》(1832) 等。"分析研究"共计 5 部小说,已出版的唯一的一部就是 1828 年写的《婚姻生理学》。

　　按照《总目》的内容,《人间喜剧》应有长短不一的小说共计 137 部。当时已发表或脱稿的有 85 部。可是,从 1845 年到 1848 年,也就是在巴尔扎克创作生活最后三年多的时间内,他又写了 6 部小说,其中包括《邦斯舅舅》(1847) 和《贝姨》(1847,原名《佩特阿姨》),这 6 部小说并未预先列入 1845 年的《总目》。因此,到作者逝世之日为止,已经完成的《人间喜剧》小说共 91 部。在这 91 部小说中，作者描述了大大小小的人物共计 2400 多人。

《人间喜剧》的重点是"风俗研究"。其他两种"研究"规模都很小，和内容丰富、规模庞大的"风俗研究"不成比例。可见作者给自己规定的主要任务在于描绘人情风俗，特别是复辟王朝的法国风俗，在上述 91 部小说中，以复辟王朝的法国社会为背景的共计 66 部。

五

关于《人间喜剧》的现实主义创作方法，国内外专家学者已经发表过许许多多精彩的言论，最权威的，当然是恩格斯的尽人皆知的论断。下面简单介绍一下巴尔扎克自己对于这个问题的一些想法作为参考。

《人间喜剧》一向被称为社会百科全书，这是说它通过 91 部小说，2400 多个人物，反映了当时法国社会生活的各个方面，各行各业。必须指出，作者并没有平铺直叙地罗列现象，而是紧紧扣住中心环节、围绕着主要矛盾展开小说紧张而曲折的情节的。这个中心环节就是揭露人与人的关系是"现金交易"的关系。

抓住了金钱决定一切这个关键问题，是《人间喜剧》这部风俗史的现实主义的重要因素，作者在 1842 年发表的《导言》中说得相当详细：在《人间喜剧》中，"法国社会将成历史家，我不过是这位历史家的书记而已。开列恶癖与德行的清单，搜集激情的主要事实，描绘各种性格，选择社会上重要事件，结合若干相同的性格上的特点而组成典型，在这样做的时候，我也许能够写出一部史学家们忘记写的历史，即风俗史。"这段话阐述了

《人间喜剧》的现实主义实质。首先，这部作品是从客观现实出发，从社会生活出发，而不是作者根据某种概念加以虚构的；其次，它将如实地反映社会风俗的光明面（德行）和阴暗面（恶癖）；它将着重描写有典型意义的大事件；描写某些为一种激情所控制的强烈的性格；最后，它塑造的人物将不是某一个人的特征，而是同一类人物的特征的概括。

恩格斯认为他在《人间喜剧》中，"甚至经济细节方面（如：革命以后动产和不动产的重新分配）所学到的东西，也要比当时所有职业的历史学家、经济学家和统计学家那里学到的全部东西还要多。"恩格斯又说，巴尔扎克的"伟大的作品是对上流社会必然崩溃的一曲无尽的挽歌，他的全部同情都在注定要灭亡的那个阶级方面。但是，尽管如此，当他让他所深切同情的那些贵族男女行动的时候，他的嘲笑是空前尖刻，他的讽刺是空前辛辣的"。

提供经济资料力求具体和详细，是《人间喜剧》对于细节的描写十分认真和周详的表现之一。善于算经济账，这是巴尔扎克从小在家庭影响下已经养成的习惯，后来他经营印刷和出版业，负债累累，更痛切地感到算经济账的重要。他在埋头写小说时，还常常到他所熟识的公证人或诉讼代理人办事处去了解情况，搜集材料。重视经济细节的真实性，也是《人间喜剧》作者十分重视写"物"的具体表现。这里所谓"物"，是指生活的物质条件，包括财产、房屋、家具、器皿以及衣物等。巴尔扎克的小说着重写"物"，把写"物"与写人相提并论，认为两者同样重要，关于"物"的细节描写得那么认真仔细，是巴尔扎克现实主义创作方法的一个特点，也是法国文学史上的创举。无论古典主义还是浪漫主义都是不重视写"物"的。而关于这一点，在《人间喜剧·导言》中也已经有明确的表述。作者宣称："我将要写的作品应当有包括三个方面的形式：男人、女人和'物'，这就是说，人物和他们思想的物质表现，总之是人和生活。"只要回忆一下大家比较熟悉的《高老头》中，作者对那个公寓的餐室、房间、家具等的详细描写，就会亲切地理解《人间喜剧》追求"物"的真实是何等一丝不苟。正由于巴尔扎克对于"物"的描写十分具体，恩格斯才能够在《人间喜剧》中获得比较详细的经济资料。

但是，《人间喜剧》现实主义最深刻的意义还不在于细节的真实性和"物"的描写，而在于正确反映当时法国社会阶级力量的对比和正确地暗示了阶级矛盾的发展方向。现实主义文学之所以真实，主要在于正确地反映社会发展的客观规律，即使作家本人并没有明确意识到这一点。《人间喜剧》的作者在政治上是保皇党，而且还是保皇党中的正统派，他拥护法国王族的正宗波旁王室，反对奥尔良旁支。但是由于他的创作方法有唯物主义因素，他主张如实地反映社会生活，因此《人间喜剧》这部"伟大的作品是对上流社会必然崩溃的一曲动人的挽歌"。即使作者倾注全部同情于贵族阶级，他也不能不反映封建贵族注定要没落的客观现实。恩格斯精辟地指出，即使这种现实主义是违反作者主观意愿的，在客观效果上，它仍不失为不折不扣的现实主义。

六

《人间喜剧》毕竟是文艺作品，不能跟一般史籍或经济学资料相提并论。自从巴尔扎克逝世130年以来，《人间喜剧》中最出色的几部小说，如《高老头》、《欧也妮·葛朗台》、《幻灭》、《农民》等，一直是世界各国人民百读不厌的名著。这些作品之所以广泛地、经久不衰地吸引读者，首先由于它们的艺术魅力，而不是由于它们所包含的丰富的历史资料和经济资料。当然，作品的艺术形式是为思想内容服务的，是内容决定形式，而不是形式决定内容。但是，文学作品是艺术品，所以内容与形式是同等重要的。《人间喜剧》在艺术形式上的卓越成就，也值得我们重视。

强调细节的真实不等于机械地临摹客观事物。艺术不是对自然的摹仿，而是根据自然的再创造。巴尔扎克有惊人的观察力和记忆力。他博览群书，知识面极广。他将观察所得的一切，在丰富的想象中进行艺术加工，使他所描绘的"物"的世界，给人以强烈的真实感。为了叙述一件发生在外省的情节，为了描写现场，突出有特色的细节，他曾经写信向当地的朋友打听，从某某街走到某某广场去的中间一条小胡同叫什么名字。在描述各行各业人物的言行时，他尽量使用各行各业的行话。对于一切特殊的事物，尽可能直呼其名，给人以深刻的感性印象。在这一切的陪衬下，小说中的典型人物也就显得更加有血有肉。

在刻画人物的性格时，巴尔扎克采取一种特殊的办法，那就是让每一个重要的人物（尤其是小说中的主人公）都被一种炽烈的激情所控制，使他的一言一行都受这种激情支配；使他不分昼夜地焚烧在这种激情的火焰中，甚至为此而付出生命也在所不惜。这样的人物形象往往使人一经接触就终生难忘。

巴尔扎克是出色的演员，他演什么都能传神。他经常将自己的血液灌注到人物的血脉中去，将自己的灵魂移入人物的躯体，使之成为有真实生命的形象，而不是木偶。根据充足的素材，按照一定的方式塑造一个人物形象，这是一般小说家大体上能办到的事。但是要使笔下的形象有血有肉，栩栩如生，就不那么容易了。巴尔扎克在创作的时候往往是自己和笔下的人物融成一体，不分彼此。写到出神时,他简直忘了自己是巴尔扎克。他感觉到自己就是高立欧、皮罗多……传说他在写高老头临死的凄惨情境时,不觉嚎啕大哭,惊动了四邻。

(1980年10月初稿,发表于《文学评论》1981年第2期。1987年11月修改)

拉法格的文学论著

19世纪末叶国际工人运动的重要活动家之一，法国工人党的创立者保尔·拉法格，1842年1月15日生于侨居古巴的一个法国中产者家庭。1962年是他出生120周年。拉法格所著文学评论文的中译本《拉法格文学论文选》1962年由人民文学出版社出版，表示我们对他的敬仰和纪念。

拉法格的理论著作是多方面的，他的富于战斗性的笔锋，曾经接触到政治、经济、哲学以及宗教等问题，并且常常发表精辟的见解。关于文学的论文，只是他的理论著作中数量较小的一部分，而保存到今天的，已经不是这些为数不多的论文的全部。据巴黎国际社会出版社1936年出版的《拉法格文学批评集》编注者若望·弗雷维尔声明，该集所收题材不一、修短不齐的七篇论文，是经过多方设法搜求而得的，也就是散佚之余，侥幸保存下来的拉法格在文学方面的全部理论遗产。按发表先后，这七篇文章的顺序大致如下：《萨弗》（1886），《关于婚姻的民间歌谣和礼俗》（1886），《舞台上的达尔文主义》（1890），《雨果传说》（1891），《左拉的〈金钱〉》（1891—1892），《革命前后的法国语言》（1894），《浪漫主义的根源》（1896）。中译本《拉法格文学论文选》共收6篇。《革命前后的法国语言》的中译本，由商务印书馆单独出版。

最早将拉法格的著作认真严肃地介绍到我国来的，当推瞿秋白同志。他在距今约30年前，已由俄文转译了《左拉的〈金钱〉》一文。同时写了详细的介绍：《拉法格和他的文艺批评》。这篇译文和瞿秋白同志的有关论文，后来收在《海上述林》和《瞿秋白文集》中。秋白同志在他的文章里比较详尽和深刻地分析了拉法格文学论著的得失之处，对于我们研究拉法格有指导作用。

革命导师马克思和恩格斯对于文学艺术发表过许多卓越的、原则性的见解，对于后来者建立科学的文艺理论是重要的基础。作为马克思主义思想的有才能的传播人，拉法格在文学理论方面不仅遵循马克思和恩格斯的遗教，掌握他们的基本精神，并且在他们指出的道路上前进一步，将马克思主义的原则和具体问题、具体材料结合起来，作了比较全面和系统的专题研究。拉法格始终把文学批评当作阶级斗争的武器。拉法格从事学术研究和发表论著，是他参加革命活动的组成部分，他的理论探讨是为革命行动服务的。他关于语言和文学的研究工作，主要是在约10年之久的一个时期内完成的，在1885年到1895年之间。那些年月，正是他和盖德一起，积极领导法国工人运动的时期。这种情况使我们理解他的文学论著何以总是和他在政治、经济等方面的理论工作密切配合着。例如在《左拉的〈金钱〉》中分析当时交易所的种种情况，无异于给他的论文《交易所的作用》提供了若干补充材料。至于论《金钱》这篇文章中揭发的当时巴黎新闻界的卑污和黑暗，则和作者另一篇政治论文《资产阶级报界的卖淫行为》，互相印证。

《萨弗》和《舞台上的达尔文主义》,是两篇针对当时时髦小说家阿尔封斯·都德的尖锐批评。通过对都德的长篇小说《萨弗》(1884)的分析和揭露,拉法格无情地攻击了资产者面对妇女所采取的卑鄙行为和虚伪道德。在资产者眼里,妇女是一种商品。资产者对妇女的态度,无非是贪婪狡猾的买卖人对待生意经的态度:以最低的代价,换取最大的油水。在男女关系上,资产者表现得极度自私。拉法格甚至说,在这个问题上资产阶级的男性比封建时代的男性更自私,更卑鄙。据说封建时代的男子有时还会因为爱情而牺牲自己(可能是指骑士精神),资产者只晓得对妇女采取玩弄的态度。他们以玩弄女性作为不可缺少的一种消遣,并且恬不知耻,认为这是毫不足怪的。在19世纪40年代,《共产党宣言》揭发了资产阶级男女关系的混乱和肮脏。这腥臭的肿瘤在法国资本主义社会生活中发展到19世纪80年代成了什么景象了呢?小说《萨弗》帮助我们了解这个问题。我们在这部小说中看到卖淫妇被资产阶级卫道者阿尔封斯·都德歌颂为理想的情妇。这个小说家不厌其详地描写这位理想的情妇如何无微不至地体贴情夫,伺候他,供养他,不让他多花一个钱。最后这一点对于资产者来说是有头等重要意义的。等到那女子年纪渐老,姿色日衰,自己觉得不再能维系情夫的心,她就悄然引退,丝毫不和情夫纠缠,不耽误他的"前程"。不但妓女如此"理想",嫖客也很"达理"。他对这个情妇感到餍足之后,毅然决然摆脱了她;为了不辜负父母对他的期望,他浪子"回头",找到一个小官来做,并且准备和一个有优厚陪嫁的女子结婚。公然在文学中提倡卖淫和姘居作为婚姻的补充,这就是资产阶级的所谓道德。小说家都德居然把他这部"杰作"题赠给他儿子,真是"教子有方",可见资产阶级就是拿这样的小说来做生活教科书的。

《舞台上的达尔文主义》批判了都德的剧本《生存竞争》，同时揭发资产阶级文人学者庸俗无知。他们不懂得达尔文学说的真正意义是什么，故意随便歪曲，把生物界适应自然环境的规律硬搬到社会生活上来，将弱肉强食说成天经地义。拉法格在这篇论文中，主要揭穿了都德把资本主义世界的一切偷盗凶杀等罪恶都归咎于达尔文学说的阴谋。

《关于婚姻的民间歌谣和礼俗》中，拉法格强调通过民歌来研究劳苦大众生活中的悲欢苦乐的记录，因为在这里可以得到为一般官方的记载和学者们的著作所忽略和遗漏的许多东西。拉法格并不是为民歌而研究民歌，而是为了探讨普遍地反映在民歌中的一个现实问题，那就是在各个不同民族和不同时代的阶级社会里，妇女所处的不平等地位。旧社会惯用于庄严的仪式和铺张的庆祝来美化婚姻。哲人礼赞婚姻，诗人歌颂婚姻。然而在阶级社会的条件下，婚姻对于妇女往往是一场悲剧。拉法格在民歌研究中所注意的首先是人民群众生活中无处申诉的疾苦，被压迫的妇女的哀歌使他不得不凝神倾听。他认为民歌这种群众性的创作，是"史传上很少提到的无名群众的风俗、思想和情感的最忠实和朴素的反映"。

拉法格深信要系统地宣传无产阶级革命思想——马克思主义，必须奋力击碎资产阶级思想在各个领域内的"虚伪的桂冠"。这是促使这位法国工人党的奠基人去从事学术工作的主要动机。他曾经想写一部巨大的著作：《资产阶级的形成》。他企图从政治、经济、宗教、文学艺术……各个角度研究这个问题。因为只有这样，才能够系统地批判资产阶级思想。拉法格没有完全实现这一伟大的心愿，但是他已经完成了不少准备工作。广义地说，他的全部理论著作都可以算为这方面的准备工作，而他的某些论文，显然是更直接地为"资产阶级之形成"这问题的逐步探讨而写的。《革命前后的法国语言》和《浪漫主义的根源》就是这类论文中的典型例子。

《革命前后的法国语言》一文主要阐明法国资产阶级文学语言的根源及其形成的过程。为了说明这个复杂的问题，作者引用许多词汇方面的例子，叙述了从17世纪法国封建宫廷和贵族沙龙中的所谓"高雅语言"起，直到19世纪初期的浪漫主义的诗文为止的法国语言的演变。经过这样丰富的例证和具体的分析，一系列的重要问题都明确了。比方说：古典主义所用的"高雅语言"如何在资产阶级革命的浪涛中宣告破产，所谓市井和俚俗的语言——主要指词汇，如何由于革命时期的文章和演说的大量采用而逐渐登上大雅之堂。经过作者证明，伏尔泰在语言问题上的极端保守的态度暴露无遗，尽管这位启蒙运动的大文豪在另一些问题上确乎发表了在当时起进步作用的见解，例如反对教会依仗"神权"统治人民的思想。不过经拉法格仔细调查研究，很难设想首先采用"俚俗语言"的并不是当时的革命资产阶级，而是反革命的贵族分子。贵族分子为了保卫封建制度，必须和他们的阶级敌人，革命的资产阶级展开斗争。斗争过程中，贵族感到有必要争取"平民"（劳动大众）的拥护，为此，他们不惜采用"粗俚"的语言。在资产阶级方面，为了反封建的斗争获得胜利，就必须和贵族争夺"平民"，所以也不得不用"粗俚"的语言作为武器。由此可见，拉法格在《革命前后的法国语言》一文中，不仅说明了语言演变的曲折过程，也显示了劳动人民在革命运动中所起的决定性的作用。

拉法格对于浪漫主义文学有他的一些独到的见解。虽然这些见解中有若干问题还需要重新考虑，而总的说来，这篇论文是有特色的。为了说明一种文学潮流的形成，作者着重阐述这一种文学的读者群的形成，从而生动地介绍了这一文学潮流之所以产生和发展的社会背景。文章着重指出浪漫主义文学的反动的一面，说"浪漫主义始终明目张胆地拥护篡夺了大革命成果的资产阶级"。对于以夏多布里盎为首的19世纪初期的法国浪漫主义文学，拉法格这一论点并非不正确。至于这篇论文有不少值得讨论的地方，那是一个需要另作研究的问题。

通过对左拉的小说《金钱》（1891）的详细分析和批判，批判了整个自然主义。在文章的第一部分，作者泛论19世纪末叶的法国资产阶级文学中的小说，明确了左拉和他的自然主义在文学史上的地位。在当时资产阶级文学空洞无聊的一般气氛中，小说家左拉以文学革新者的姿态出现，他并不代表当时资产阶级文学最落后、最腐败的一面。左拉的小说反映了法国资本主义逐步形成庞大的垄断企业，逐步进入帝国主义时期的各种社会矛盾，包括劳资矛盾。这是左拉的优点。但是他只反映了一些现象。每逢他企图稍稍解释藏在现象背后的原因，就错误百出，暴露了他反历史唯物主义的基本立场。在同样的意义上，拉法格有力地指出左拉另一部小说《小酒店》（1877）的反动作用，因为这部歪曲工人阶级面目的小说，恰好发表在巴黎公社烈士们的血迹未干、白色恐怖狂焰方炽的时际。拉法格对于"自然主义大师"左拉的缺点和错误的揭发和抨击是毫不留情的。举例说，他不但对左位的创作方法表示不满，连左拉抄袭别人的地方，都一一挖掘出来了。

拉法格仿佛有一个习惯，他喜欢挖掘资产阶级文学大师们的隐私：举发他们互相抄袭的赃证。在另一篇论文中，他抓住了资产阶级大批评家、史学家泰纳的从事抄袭的手。他这样做，显然不是无聊消遣，而是为了破除迷信，免得人们对资产阶级的文学"权威"不加辨别地顶礼膜拜，何况当时的统治集团往往为了政治目的，通过御用的宣传机器，迷惑众人，使那些为资产阶级服务的文学权威，被大家当作偶像来崇拜。《雨果传说》就是投向这种政治与文学联合组成的迷魂阵的一枚炸弹。许多人对于这篇与其说是学术论文，毋宁说是锋芒毕露的笔战文章的《雨果传说》，颇有意见。拉法格曾经长年累月地搜集资料，准备将维克多·雨果的"资产者的真面目"加以揭穿。1885 年雨果一死，资产阶级统治集团马上就利用机会，大锣大鼓地给这位"无上的诗人"举行国葬。拉法格那时恰好被统治者以政治犯的名义关在监狱里。于是他忍无可忍，气愤填胸地写了这篇辛辣的评论，把雨果说成毫无政治气节，随风转舵，唯利是图的市侩式的文人。当然，拉法格并没有空口谩骂，他揭发雨果热衷名利，每一件事实都列举佐证，确凿可信。但是拉法格的文章终究具有显著的片面性。即使雨果确乎有资产者善于营谋的一面，我们也不能因此抹煞他和一般资产者不同的进步的一面。用偏激的言辞，在牢房的铁窗下起草这篇文章的时候，拉法格不知不觉地把对于统治阶级的仇恨，全部倾注在雨果身上，一边不耐烦地听着从巴黎市中心远远传来的嘈杂声浪，这时一百多万人在巴黎街道上组成了巨大的游行队伍，"兴高采烈"地举行雨果的葬礼。

拉法格的文学批评闪耀着革命战斗的光芒，这是他的优点。但这决不是说他仅仅是个笔战家。正相反，拉法格由于要使自己的文章富于说服力，富于战斗性，所以对每一个着重提到的问题都埋头研究过一个时期。动笔以前，他往往经年累月地陆续累积材料。因此他对每一个主要的论点，都能举出周密的佐证。就拿《雨果传说》为例，这篇评论虽然起草在牢房里，却不是一时心血来潮的急就章，而是经过长期准备的。从 1869 年起，他已经开始看资料，写笔记，目的在于写一本小册子，"将如此古怪地不为人所知的雨果的真实性格暴白于天下。"至于《革命前后的法国语言》和《浪漫主义的根源》这两篇文章，尤其可以作为材料丰富、征引繁博的突出的例子。为了写作论浪漫主义的文章，拉法格"不得不探本穷源，手里拿着笔，去翻阅从共和3年到共和12年的出版物（小说、诗歌、剧本、哲学著作、期刊、报纸）"。正因为有丰富的材料作基础，拉法格立论才能够从具体的事实出发，而不从空洞的概念出发；才能够根据具体事实的具体分析，概括出科学的结论。如果说，立场坚定，旗帜鲜明，战斗性强，这是拉法格的理论工作的最基本的、最值得我们学习的优点，那么他那种深入调查研究、大量占有材料的治学方法，也同样地值得我们效法。

拉法格是将历史唯物主义运用到法国文学的系统研究上的第一人。他的主要努力在于将文学研究和当时社会生活的各方面，首先是物质基础，结合起来考虑。通过文学研究，他企图说明一定历史时期的社会阶级关系。拉法格的文学论著不多，流传到今天的尤其少，但从历史的角度看，它们却标志着文学批评上的革命，文学研究的一个新方向的开始，至少对法国文学说来是这样。在《浪漫主义的根源》中，拉法格给他的文学批评下了这样的定义："真的，如果不在思想上体验那些欢迎夏多布里盎的初期浪漫主义作品的男男女女的情感和狂热，如果不追究那些男女在何种社会气氛中活动，就不能解释他们为什么那样热烈地接受这些作品。在这样的考虑之下，文学批评不再是枯燥乏味的舞文弄墨，不再骂人或捧人、分发作文奖状……而是关于历史唯物主义批评的一种研究；分析者在故纸堆中寻求的不是文章风格的美，而是文章作者和读者的激动的情感。"

党性和科学性的统一，战斗的精神和学术态度的结合，这应当说是拉法格文学论著的重要优点。当然，可能有人会拿《雨果传说》作为例证，反对这种说法，但这是一个孤立的例子，而且我们还须指出,《雨果传说》的作者曾经声明,他并不打算在这篇文章中对雨果作全面研究,而只要求突出一点:雨果的大资产者面目。拉法格文学论著的学术性和创造性也表现在他对资产阶级学者种种谬论的批判,同时提出他自己的正确看法。例如在《关于婚姻的民间歌谣和礼俗》一文中,作者批评了麦克·林南所谓"族内婚姻"和"族外婚姻"等公式。在不同地区、不同民族的民歌中,往往有类似的作品出现。在这个问题上,拉法格也批判了资产阶级学者们的见解,反对民歌起源于某些"中心"的理论。拉法格认为居住在不同地区的不同民族,由于他们生活和斗争的条件可能相同或相似,完全有可能产生内容相近的文学作品。同样,在语言方面,拉法格反对用"母语"解释一切,而认为各种语言的产生和发展不能脱离社会环境和人民生活所造成的条件。

拉法格的文学批评固然着重于阶级分析,着重于文学这种上层建筑与经济基础的相互关系,但并不因此而抹煞文学艺术的特点。拉法格对于文学作品的艺术性是敏感的,虽然他研究工作的重点并不放在这上面,他写文章时无暇对这点多加发挥。拉法格也没有把文学作品的政治性和艺术性机械地混同起来。在尖锐地批判一部作品的思想内容时,拉法格往往对这部作品的艺术技巧表示公正的、实事求是的看法。对于小说《萨弗》就是这样。他认为"这本书的见长之处在于它那些穿插的人物……这些取材于活生生的事实的细节,是用一种纤巧的艺术编织成的,可是纤巧中有令人回味之处"。对于左拉的《金钱》,拉法格作了深刻的分析和批判,然而对于小说作者在艺术方面的一些长处,却并不因此而采取无视的态度。相反,他认为左拉"在描写和分析作为现代巨人的庞大经济机体,以及它们对人类性格和命运的影响时,给小说开辟了一条新的道路,这是一种大胆的事业;作了这样的尝试，已经足够使左拉成为一个革新者，并且使他在当代文学中获得优先的位置和与众不同的地位"。这是对左拉作了很高的评价。对于《金钱》在小说艺术方面的成就，拉法格也极表赞许："要想把交易所的人们和生意经描写得很有味，这是很困难的，可是左拉却成功地把放在他眼前的吃力不讨好的材料戏剧化。如果我们考虑到他所克服的困难，细节的丰富，布局的巧妙，人物性格的突出——有几个性格是非常出色地观察得来的，我们应当承认《金钱》是一部杰作。"有些评论家曾经认为拉法格"对古典文学采取虚无主义的态度"。看来事实上并非如此。他对于左拉尚且于批评之余，应肯定的都慷慨地加以肯定，对于比左拉更为重要，比左拉更古的古典作家和古典作品，当然更不至于一笔抹煞。

肯定拉法格文学论著的若干重要优点，不等于说拉法格在这方面就没有表现任何缺点。为了正确地认识马克思主义文学研究家和批评家的拉法格，我们还必须直言无隐地指出他的错误。在这里，不得不再一次提起《雨果传说》。这篇文章的严重片面性，在一定程度上可以用当时的客观情况，以及作者自己声明不作全面的雨果研究这一事实来解辩。当然这并不是说根据这些理由，作者就有权对雨果作出错误的判断，说雨果的作品是经不起时间考验的，说这位诗人受广泛的欢迎只是一时现象，不用多久，不但雨果的作品将没有读者，连他的姓名都湮没无闻。事实恰好有力地反驳了拉法格的毫无根据的预测。直到离开雨果逝世已七十余年的今天，雨果的作品仍然大有读者，尤其是拉法格着重批判过的小说《悲惨世界》和诗集《惩罚集》，两者都已列入世界文学优秀遗产的宝库中。至于诗人雨果的名字，不但没有被遗忘，而且受到全世界爱好和平民主的人民日甚一日的重视。

批评家拉法格的错误往往在于过分强调事物的某些突出的现象，而忽略了辩证关系。在《革命前后的法国语言》中，他强调的只是一大堆词汇的演变中所反映的政治生活给语言的影响。他只看见语言的变的一面，而看不见语法和词汇的稳定性，因此他错误地认为法国语言在资产阶级革命期间曾经发生"爆发"式的剧变。

拉法格对于浪漫主义的一些错误论点，也是比较典型的。在深入分析19世纪初期法国浪漫主义文学之所以产生的社会背景之后，拉法格立刻把这一巨大的文学潮流产生的缘由和性质概括成为反动的资产阶级逃避现实的消极情绪的表现。由于资产阶级篡夺了人民大众的革命果实，拉法格一直强调资产阶级在政治上的反动的一面，因而表达资产阶级思想情感的浪漫主义文学，也被拉法格说成彻底反动的文学。拉法格另一个过分简单化的概括，是把19世纪的法国资产阶级文学全部归属于浪漫主义，甚至说左拉的自然主义也是"浪漫主义的尾巴"。拉法格之所以获得这样的结论，主要由于他有一个不正确的前提，认为在大革命期间的法国文学中，孕育了整个19世纪各种文学流派的形形色色的苗头。换言之，整个19世纪的法国文学无非是革命时期的文学的余波或发展，也就是浪漫主义的余波或发展。浪漫主义是一复杂的问题。它固然是19世纪法国资产阶级文学的主流之一，但由于资产阶级从它的上升时期到进入最反动的垄断资本主义时期为止，在政治上有演变过程，它和其他阶级的关系以及它内部各阶层之间的关系也有演变过程。浪漫主义文学在一定程度上反映了这些复杂的关系，甚至在一定条件下也有比较进步的一面。拉法格的论断是不能说服人的。

对于拉法格文学论文的缺点和错误，正如对于他的优点一样，必须加以仔细的研究和具体分析。在这篇短短的介绍中，只能略举几个比较有代表性的例子。拉法格文学理论方面的一些错误反映了他思想方法上的弱点。成为马克思主义者之前，拉法格曾经是蒲鲁东和白朗基的信徒。马克思指责过拉法格身上残余的"最后一个巴枯宁主义者"的倾向。另一方面，当时法国工人运动在盖德和拉法格领导下所表现的政治上的软弱性，也不可避免地在拉法格的思想意识和理论著作中得到反映。可以说，拉法格理论方面的弱点并不是偶然的现象。但拉法格决不是机械唯物论者，像某些评论家所指责的那样。充分认识这位早期的马克思主义思想杰出的宣传家的缺点和错误，跟认识他的优点有同等重要的意义：只有那样，我们才能够很好地向这位先驱者学习。如果由于他有这些那些错误而根本否定他的理论遗产，我们对他就不免和他对雨果一样，会采取一种所谓虚无主义的态度。

(1962年2月初稿，1962年5月9日发表于人民日报。

1987年11月修改)

试论《追忆似水年华》[*]

(代序)

马塞尔·普鲁斯特（1871—1922）的《追忆似水年华》（以下简称《似水年华》）确实是一部不同凡响的小说。不但在法国，即使在国际上，都认为《似水年华》是20世纪最重要的小说之一，这早已成为定论。英国的法国文学专家乔伊斯·M.H.雷德在他所编写的《牛津法国文学辞典》中，就是这样评价《似水年华》的。

人们早就说过，小说是生活的镜子，也是现实生活的横断面，是生物学或生理学上的切片。无论是短篇或长篇小说，在它的有限的范围内，强烈地深刻地反映某一个生活机体或生命机体的特性，而且不是一般的生活机体或生命机体，而是在特定的时间与空间条件下的典型的生活或生命机体。在世界各国一切文学产品中，小说是人类生活的最切实可靠的见证。然而在各国文学史上，能够负担这样重要任务的伟大小说并不多见。举例说，巴尔扎克的《人间喜剧》是这样的小说。托尔斯泰的《战争与和平》也是。曹雪芹的《红楼梦》也是。普鲁斯特的《似水年华》

---

[*] 《追忆似水年华》，李恒基、徐继曾译，译林出版社1989年出版。——编者

也是这样的小说。这些伟大的作品都是人类社会生活的活生生的横断面。几乎可以说：都是人类生活有血有肉的切片。

在中国，研究介绍法国文学的专家们很少提到普鲁斯特和他的《似水年华》。当然更没有人翻译过这部巨型小说。这是一部很难译的书，不但卷帙浩繁，全书七卷二百万字左右，而且文风别具一格，委婉曲折，细腻之极，粗心的读者匆匆读一遍不可能领悟其中的奥妙。至于翻译，更非易事。

古人有言，人生五十岁以前周游世界，认识社会，博览群书，积累知识。五十岁以后，可以深居简出，闭门著述。法国文学史上有不少名作家大致是这样安排一生的：先游历读书，中年以后开始著述。16 世纪的蒙田（1533—1592）和 18 世纪的孟德斯鸠（1689—1755）都是这方面著名的例子。普鲁斯特的一生基本上也是这样安排的，所不同者，第一，他的寿命较短，五十一岁就去世了；其次，他自幼体质屡弱多病，未能周游天下。他生长于巴黎"上流社会"的富裕家庭，从小养尊处优，过着纨袴子弟的生活。从青少年时期开始，出入于所谓上流社会的交际场合，成为沙龙中的宠儿。由于他聪慧俊秀，深得沙龙中贵妇人们的欢心，《在少女们的身旁》① 过安闲日子，积累了丰富的上流社会生活感受，从那时起，二十岁左右的普鲁斯特就产生终生从事文学创作的意愿。

大约从三十五岁起，到五十一岁他去世，普鲁斯特由于患有严重的哮喘病，终年生活在一间门窗经常不打开的房间中。清新空气容易引起他犯哮喘，更不用说刮风下雨。他足不出户地自我禁锢的生活，持续了十五年之久。在这十五年期间，普鲁斯特生

---

① 《似水年华》第二卷书名，发表于 1919 年。

活在回忆中，回忆他童年、少年以及青年时期的经历。由于他的身世，他所接触的大致是三类人：贵族家庭的后裔；非常富裕的财务金融界人士；少数享有盛名的文人与艺术家。十五年的禁锢生活，使这位身患痼疾的天才文人省悟到，他的前途就是在这间华丽舒适的病房同时也是囚室之中，等待死亡。他除了缓慢地，平静地等待死亡来临之外，他没有别的生活，没有别的前程。他是一个极其敏感的人，为什么他能在锦绣的床上，过着卧而待毙的"生活"十五年而不觉得沉闷、苦恼甚至烦躁不安，反而其乐融融呢？难道他整天躺在床上在做美梦吗？不，他自己知道生命已经没有前途的人决不可能做关于未来的美梦，所以老年人是不会做美梦的。普鲁斯特虽然只是中年人而不是老年人，可是他早已知道他的痼疾难愈，所以对生活的前程已经不抱希望。他惟一的希望在于利用他的非常特殊的生活方式，写成一部非常特殊的文学作品。这部作品就是《似水年华》，全称《追忆似水年华》。在他的计划中，这是一部极其庞大的多卷本小说。果然，他用了十五六年的漫长时间，分秒必争地写完了这部小说的全稿。

由于疾病的限制，普鲁斯特被迫长年累月囚禁在斗室中，不能开展任何活动，久而久之，他的思想中充满对于过去生活的回忆，而且对于人生形成了一种非常奇特的概念。他认为人的真正的生命是回忆中的生活，或者说，人的生活只有在回忆中方形成"真实的生活"，回忆中的生活比当时当地的现实生活更为现实。《似水年华》整部小说就是建筑在回忆是人生的菁华这个概念之上的。

普鲁斯特是一位博览群书的作家。法国评论家们常常提到《似水年华》的作者受 19 世纪末年风靡一时的法国唯心主义哲学家柏格森（1859—1941）的影响，这是完全可能的。但这并不意味着《似水年华》是一部哲学意味深重的小说。正相反，这是一部生活气息极其浓厚，极其强烈的小说。在世界各国优秀的文学遗产中，令人读过之后永生难忘的、真正有价值有分量的小说，都是从热气腾腾的真实生活中出发，在生活的熔炉中锻冶而成的。从某一个哲学概念，或某一个政治概念出发的小说，既不可能有真实的人生价值，也不可能有高度的艺术价值，即使由于某种特殊原因而名噪一时，也肯定经不起时间考验。我们赞赏和提倡"为人生而艺术"，反对"为艺术而艺术"，所以我们重视从真实生活中产生，有强烈的生活气息的名著——《似水年华》。

《追忆似水年华选篇》的编选者，法国文学评论家拉蒙·费南代在《选篇》的前言中指出："《似水年华》写的是一个非常神经质和过分地受溺爱的孩子缓慢成长的过程，他渐渐地意识到自己和周围人们的存在。"总的说，这是一部回忆录式的自传体的小说，从作者自己的童年生活开始，一直写到他晚年的心情。他三十多岁由于严重的哮喘与气管炎，怕见阳光，怕吹风，把自己囚禁在斗室中，白天绝对不出门，也尽量少接见来访者，实际上从那时起，他已经与世隔绝。《似水年华》，这是一个自愿活埋在坟墓中的人，在寂静的坟墓中回想生前种种经历与感受的抒情记录。

在拉封·蓬比亚尼出版社出版的著名《作家辞典》中，写普鲁斯特评传的乔治·卡都衣是这样给《似水年华》作者下定义的："他对于遗忘猛烈反抗；这种为了生活在时间的绝对性中而进行的狂热与不懈的努力，就是《重现的时光》主要意义。"《重现的时光》是《似水年华》最后一卷的标题，是全部小说画龙点睛之所在。哪一个伟大的真正的艺术家，不用自己的血肉，自己的灵魂来创作使自己毕生事业可以传之后世的作品呢？一言以蔽之，艺术不是别的，而是对生命热烈的爱之表现。艺术作品不是别的，"美"不是别的，而是引起观赏者对生命热爱的一种手段。关于这一点，《似水年华》不是表现得很彻底，很动人吗？

阿纳多尔·法朗士（1844—1924）① 是普鲁斯特在文学界的长辈和好友，对文坛上初露头角的普鲁斯特曾经起扶持作用。法朗士把普鲁斯特的小说比作温室中培养的花朵，像兰花一样，有"病态"的美。可是突然间，"诗人（指普鲁斯特）射出一支箭，能穿透你的思想和秘密愿望……"这是指出小说家普鲁斯特的艺术手法和思想深度，决非一般泛泛之辈可比。

有20世纪蒙田之称的哲学家、随笔家阿兰（1868—1951），认为普鲁斯特从不直接描写一件客观事物，总是通过另一事物的反映来突出这一事物。普鲁斯特一贯通过自己的感觉表现客观世界。他认为对绝对客观世界的研究是科学家该做的工作，文学家只能老老实实反映他自己感觉到的事物，这是最真实的表现方式。所以评论家莫理斯·萨克斯（1906—1945）说普鲁斯特是"奇怪的孩子"，"他有一个成人所具有的人生经验和一个十岁儿童的心灵"。

一个深于世故的人可以成为事业家、政治家，可是成不了真正的艺术家。哪怕老态龙钟的艺术家，往往也保持着一颗比较天真的心，甚至带几分稚气。普鲁斯特就是这类人。在他晚年，离去世不久的日子里，他还津津有味回想在贡布雷的别墅中，早晨起来喝一杯泡着"玛德莱娜"② 的热茶，使他尝到毕生难忘的美

---

① 《似水年华》中提到的作家贝戈特，就是影射法朗士的。
② 用面粉、鸡蛋和牛奶做成的糕饼。

味。这种对往事亲切而多情的回味，是他创作《似水年华》的主要线索。这种情趣，读者在巴尔扎克的《人间喜剧》中是找不到的。评论家把《似水年华》和《人间喜剧》相比，发现有许多相似之处，比如人物众多，主要人物描写得栩栩如生，等等。但是《似水年华》和《人间喜剧》之间有明显的区别，那就是巴尔扎克着重于从事物的外部现象观察世界、描写世界；普鲁斯特则刻意突出内部世界，增加小说画面的深度与立体感。这两位天才小说家表现客观现实世界的目的是一致的，然而他们观察与描写的角度往往不同。仅就这一点，《似水年华》与《人间喜剧》相比，显出早期的现代派艺术倾向，使《似水年华》成为20世纪小说的先驱，与19世纪小说的典型特点有很明显的分歧。

《似水年华》另一个艺术特点是"我"与"非我"的界限不是绝对不可逾越的。普鲁斯特曾经给友人写信时说："我决定写这样一部小说，这小说中有一位'先生'，他到处自称'我'，我如何如何……"这位"先生"就是作者自己，这是无疑的。这么说，《似水年华》是一部自传体的小说吗？不完全是。小说贯彻始终的线索是"我"，但作者常常把"我"放在一边，用很长的篇幅写别人。正如哲学家阿兰指出，《似水年华》的作者要写"此物"时，必先写"彼物"对"此物"的反映。世界上没有不是彼此联系着的事物。没有绝对的"有我"，也没有绝对的"无我"。在这里，又可以指出《似水年华》的艺术手法与《人间喜剧》不同之处。巴尔扎克着重写"物"，这是众所周知的。巴尔扎克把作为他叙述故事的"物"的背景描写得仔细周全，凡是小说人物的住屋、屋子里的木器家具、人物的财产、现金账目等，巨细无遗，令人叹绝。可是巴尔扎克从来不写自然的背景，不写山水草木；也不写活的背景，也就是说，不写小说主人翁周围的其他活人。好像他心目中只有高老头、葛朗台等主要人物，把主要人物的形象塑造得非常深刻、生动。至于次要的人物，往往一笔带过，决不多费笔墨。其实巴尔扎克心中只有一个"钱"字。他写"物"也为了写"钱"，通过对房屋家具的描写，说明这些东西大概值多少钱，因此可以估计出有关人物的财产情况。普鲁斯特和巴尔扎克完全不同。《似水年华》主要写人，写小说中的主角，这是没有问题的，但也写作为陪衬的人物，而有时写得很仔细，比方他写家中的老女仆弗朗索瓦丝，一个农村出身的朴实妇女，头脑中充满农民的成见与迷信。这位老女仆在主人家已经服务了多年，主仆之间建立了感情关系。女主人很信赖她，喜欢她，往往拿弗朗索瓦丝的农民思想，天真和迷信的言论开玩笑，增加了小说的人情味。普鲁斯特有时也描写居室和室内的陈设，但都是一笔带过，简略而不烦琐；有时也写居室外面的庭园，甚至大门外的街巷，以及郊外的田野山川。这一切，都增加小说的人间气息，反映小说中的"我"的艺术家性格，诗人的敏感，以及他对生活的热爱。这一切可能使我国读者联想起曹雪芹不但精心描写了大观园中的主要人物——十二金钗，也写了几个有代表性的丫环，同时也以诗人之笔描写了大观园中的亭台楼阁，曲水回廊，琼林玉树，使人感到亲切浓郁的人间气息。《似水年华》第五卷《女囚》中，作者不惜大费笔墨，详细描写巴黎闹市上的各种声音，这是《人间喜剧》的作者无论如何想不到的。请问：到底是谁的"人间"味更浓厚呢？

作为回忆录式的自传体小说，《似水年华》和一般的回忆录以及一般的自传小说都有所不同。这不是一部普通的回忆录。作者对回忆的概念，对于时间的概念都与众不同。他把今昔两个时间概念融合起来，形成特殊的回忆方式。比如他在儿童时期早晨喝一杯热茶，把一块俗名"玛德莱娜"的甜点心泡在热茶里，一边喝茶，同时吃点心，他觉得其味无穷。等到他写《似水年华》的最后一卷《重现的时光》时，他重新提起这件事，好像回到二十多年前的儿童时代，把当时的生活环境和身边的人物都想起来了，好像"昔"就是"今"，"今"就是"昔"，"今"与"昔"结合，形成真正的生活。所谓时间，实际上是指生命延续。"延续"一词是柏格森哲学的重要术语①，所谓生命就是延续与记忆②。如果没有记忆，思想中就没有"昔"的概念。没有"昔"也就没有"今"，"今"、"昔"两个概念是相对而言的。没有"昔"与"今"的结合，就没有延续的概念，也就没有生命。所以有人说，普鲁斯特生命的最后十五六年是关在斗室中度过的，他把窗帘都掩上，室中无光，白昼点灯，他的时钟与我们的时钟不同，我们的时钟上的指针是向前走的，他的时钟的指针是向后退的。他愈活愈年轻，复得了失去的时光，创造了新的生命。

《似水年华》和传统的小说不同，它虽然有一个中心人物"我"，但没有贯彻始终的中心情节。只有回忆，没有情节。这是普鲁斯特对于法国小说的创新，但不是为创新而创新，而是为了表现他对于生命的特殊感受而创造的新艺术手法。

笔者浅学寡识，不敢说世界各国的小说自从产生以来，毫无例外，必然是以故事情节为主体。但是在我国和法国文学史上，似乎可以肯定在20世纪以前，并无不以情节为主体的小说。所以没有主要情节的小说《似水年华》是大胆的艺术尝试。本世纪50年代法国文坛上出现了新小说派，引起国际上广泛注意。新小说派作品的共同特点之一就是没有主要情节，只有枝枝节节

---

① "延续"，法语 La durée。
② 柏格森的一部重要论著：《物质与记忆》发表于1897年。

的叙述。论者认为新小说派受了《似水年华》的启发。据笔者见到的材料中,新小说派作家并没有自称受普鲁斯特的影响。他们公然宣称反对法国传统小说的艺术模式,尤其是指名反对巴尔扎克的艺术路线,而这种反对的主要表现在于取消作为小说骨干的主要情节。由此可见,新小说派为创新而创新,所以和《似水年华》没有主要情节不能混为一谈。《似水年华》的创新是内容决定形式,由于作者心中酝酿新的内容,所以自然而然用新的形式来表现。

事实说明意图,客观效果说明动机。事实是风靡于五六十年代法国文坛的新小说派始终没有产生过一部有价值、有分量的杰作。新小说派哗众取宠,喧闹一时,却没有创作过一部能与《红与黑》、《包法利夫人》之类的19世纪小说名著媲美的作品,也没有产生过一部具有《似水年华》的艺术水平的作品。而七卷本的巨型小说《似水年华》在陆续出版过程中,它的清新的艺术风格,已经赢得当时重要评论家的同声赞美。作家 A. 纪德(1869—1951)在他的当代文学评论集《偶感集》[①]中写道:"普鲁斯特的文章是我所见过的最艺术的文章。艺术一词如果出于龚古尔兄弟[②]之口,使我觉得可厌。但是我一想到普鲁斯特,对于艺术一词就毫不反感了。"又说:"我在普鲁斯特的文章风格中寻找缺点而不可得。我寻找在风格中占主导地位的优点,也没有找到。他不是有这样那样的优点,而是一切优点无不具备……并非先后轮流出现的优点,而是一齐出现的。他的风格灵活生动,令人诧异。任何另一种风格,和普鲁斯特的风格相比,

---

[①] 《偶感集》于1924年由巴黎伽里玛出版社出版。

[②] 兄弟二人。兄,埃德蒙·龚古尔(1822—1896),弟,儒尔·龚古尔(1830—1870),两人共同署名,发表小说多种。

都显得黯然失色，矫揉造作，缺乏生气。"按说纪德是比较保守的资产阶级作家，以骄傲出名，他不屑读罗曼·罗兰的作品，曾经斥责罗曼·罗兰"没有风格"。纪德平时轻易不恭维人，为什么他对普鲁斯特赞不绝口呢？这也是"令人诧异"的。当然，纪德夸奖普鲁斯特的作品艺术性强，并不直接联系到有没有主要情节这个问题。但是纪德的艺术观是保守的，而传统的法国小说向来以主要情节为骨干。《似水年华》舍弃了主要情节的结构，没有引起纪德的反感，反而大受赞赏，可见小说去掉主要情节并没有损失其艺术魅力。在这方面，《似水年华》的艺术创新是成功的。顺便指出，纪德自己于1925年发表长篇小说《赝币犯》，也放弃一部小说中由一个主要情节贯彻始终的传统结构，而同时用几个情节并驾齐驱。只听人们说《赝币犯》新奇，却从来没有人说过《赝币犯》艺术美。这就从反面证明有没有主要情节与作品的艺术质量之高低优劣没有必然的联系。所以有必要从别的方面寻找《似水年华》的艺术价值受人肯定的理由。

法国评论家高度评价《似水年华》的艺术水平者不止纪德一人。本文不可能——列举，只能略述数例。

法国著名传记文学家兼评论家A.莫洛亚（1885—1967）在1954年巴黎伽里玛出版社出版的《七星丛书》本的《似水年华》："1900年至1950年这五十年中，除了《似水年华》之外，没有别的值得永志不忘的小说巨著。不仅由于普鲁斯特的作品和巴尔扎克的作品一样篇帙浩繁，因为也有人写过十五卷甚至二十卷的巨型小说，而且有时也写得文采动人，然而他们并不给我们发现'新大陆'或包罗万象的感觉。这些作家满足于挖掘早已为人所知的'矿脉'，而马塞尔·普鲁斯特则发现了'矿藏'。"这也是强调《似水年华》的艺术优点就在于一个"新"字。然而艺术发展的客观规律并不在于单纯的创新，也不在于为创新而创新，更不在于对于传统的优秀艺术传统采取虚无主义的态度，从零开始的创新。创新是艺术的灵魂，然而创新绝不是轻而易举的，绝不是盲目的幻想。《似水年华》的创新是在传统的优秀艺术基础上的发展。

法国诗人 P. 瓦莱里（1871—1945）和著名评论家和教授 A. 蒂博岱（1874—1936）都在他们的评论中夸奖《似水年华》的艺术风格继承了法国文学的优秀传统。纪德和蒂博岱都提到普鲁斯特和 16 世纪的伟大散文作家蒙田（1533—1592）在文风的旷达和高雅方面，似乎有一脉相承之妙。还有别的评论家甚至特意提到普鲁斯特受法国著名的回忆录作家圣·西蒙（1675—1755）的影响。

本文笔者在读《似水年华》第一卷《在斯万家那边时》，就觉得作者的文笔给人以似曾相识的印象：不知在何处已经见识过这种娓娓动听，引人入胜的文章。愈往下读，这个印象愈明确，于是就想起 17 世纪法国著名书简作家塞维尼夫人（1626—1696）的《书简集》。不料读到第四卷时，果然在小说中发现了塞维尼夫人的名字。原来普鲁斯特的外祖母酷爱塞维尼夫人的书简。每逢外出旅行，总要把厚厚几册塞维尼夫人《书简集》随身带走，抽空阅读。后来外祖母去世，普鲁斯特的母亲把塞维尼夫人《书简集》珍藏起来，视如传家之宝。她对普鲁斯特说，外祖母在世之日，给她女儿（即她本人）写信时，常常引述几句塞维尼夫人书简中的名句。可以想见，塞维尼夫人是普鲁斯特从小就比较熟悉的作家。

《似水年华》的作者逐渐构思这部小说大致在 19 世纪末年和 20 世纪初年。1907 年他下定决心要创作这部小说，1908 年他开始动笔，到 1922 年他去世前夕，匆匆写完最后一卷《重现的时光》。普鲁斯特创作《似水年华》的十余年间，完全禁闭在斗室中，与世隔绝。他全部精力与时间集中在回忆与写作上，毫不关心世事，所以第一次世界大战以及它对法国人民生活的强烈影响，在《似水年华》中几乎毫无反映。这部小说中反映的巴黎是19世纪八九十年代的巴黎。19世纪末叶是法兰西资本主义逐渐由垄断资本进入帝国主义的过程。20世纪初年，法国资本主义已经达到最高阶级，即帝国主义阶段[①]。在这时期，法国社会出现了物质生活方面的极大繁荣。1900年巴黎举办震动全球的"世界博览会"，就表现出烜赫一时的繁荣景象。凡此种种，都没有引起在斗室中埋头写作的普鲁斯特的注意。由此可见，就其所反映的社会生活而言，《似水年华》是19世纪末年的小说，是反映临近巨大的变革与转折点时刻的法国社会的小说，因此可以说也是一部反映旧时代的小说。《似水年华》是法国传统小说艺术的最后一颗硕果，最后一朵奇葩，最后一座伟大的里程碑。

同时，由于《似水年华》在艺术结构与表现手法上的大胆创新，这部小说也预示着法国文学上一个新的时代将要来到。这个新时代，由现代派文学成为主流的时代，是在20世纪20年代初期达达主义运动和超现实主义锣鼓喧天的呐喊声中开始的，也就是说，正在普鲁斯特在他的病床上细读《似水年华》最后一卷的校样之时，虽然他那时已经病入膏肓，奄奄一息，可是还勉强工作。

不用说，普鲁斯特不可能受超现实主义以及后来的五花八门的所谓现代派文学的影响。可是现代派文学，不但二三十年代的现代派，就连第二次世界大战以后，五六十年代的现代派作家，不时地提到《似水年华》及其作者，好像他们不能不承认《似

---

① 见列宁名著《帝国主义是资本主义的最高阶段》。

水年华》给予他们艺术革新的启发。

　　天才的文学家、艺术家，他们的杰作虽然不可能完全不受时代局限，但经得起时间考验的天才作品，实质上总是超时代、超流派的。《似水年华》就给了我们具体的论证。

（1988年2月于北京）

超现实主义札记

　　超现实主义无疑是 20 世纪法国文学中最重要，影响最深远的流派，值得我们另眼相看。

　　法国文学史上所谓"文学流派"，必须具备下列条件：（一）发表正式的文学宣言，表达新的世界观与美学观，对人生、对艺术要有自己的看法；（二）必须有一个倡导者，作为新流派的核心人物，他可以是作家、诗人或理论家；（三）新流派的主张必须有拥护者、追随者，他们围绕着核心人物，形成一个或大或小的文学团体；（四）必须发表用新观点、新艺术手法创作的，能够引起读者注意的作品。

　　在法国文学史上，符合上述条件的文学流派，举例说，有 16 世纪的七星诗社，17 世纪的古典主义，19 世纪的浪漫主义，象征主义，自然主义等。

　　超现实主义是完全符合条件的大规模的文学流派，虽然它的倡导人勃勒东（1896—1966）以及部分成员坚决不承认他们是文学流派。他们自命为超流派，而且是超文学的。他们曾经表示："兰波（1854—1891）志在改变人生，马克思志在改造社会，超现实主义的宗旨则两者兼而有之。"（大意）

尽管超现实主义者有这种莫名其妙的夸口，我们按照文学史上的客观事实，客观规律，不能不肯定超现实主义是不折不扣的文学流派，20世纪法国文坛上最重要的流派，它思想观点复杂，曲折多变，活动范围极广，影响极大，我们有必要研究超现实主义的现实，那就是说，（一）它的理论和实践；（二）它所反映的当时法国社会生活以及思想意识方面的客观存在，也就是某种现实。

法国的超现实主义产生于20世纪20年代初期，第一次世界大战刚刚停火的日子里。但是我们不能同意单纯地认为超现实主义之产生是第一次世界大战在人们精神上产生剧烈震荡的结果，也不能认为超现实主义的来源仅仅是1916年产生于瑞士苏黎世的"达达"运动。我们不同意把本来不简单的事实简单化，以便于说明。因为我们认为说明问题必须从客观事实出发，而不能从概念出发。

可能笔者自己在过去所写的文章中也曾经人云亦云地认为超现实主义和它的前身"达达"，是第一次世界大战引起精神混乱的后遗症。在这儿，我正式承认过去的认识不够全面，而且缺少独立思考，所以是错误的。

战争和"达达"是超现实主义之所以产生的近因，还有更深远的根源需要一直追溯到大战以前。

自从20世纪初年以来，西欧若干文化中心都出现文学艺术的革新潮流，例如意大利的未来主义，德国的表现主义，巴黎的立体主义画派，等等。西方的文学艺术到20世纪初年出现了一个转折点。这种现象之所以发生，当然不仅是美学上的原因，最根本的理由应当是社会生活的变化，经济与政治气候的转换。也就是说，花木的变化，原因必然在花木托根的土壤中。但是哲学思潮波动，对于文艺潮流的影响更为直接。19世纪末年西方五花八门的唯心主潮,例如柏格森的"创造的进化论"、直觉论、生命力冲动论,对于20世纪初年西方文学艺术在美学上的影响是非常明显的。可见超现实主义的出现有它的时代背景,而不是孤立的、偶然的现象。可是和上述的未来主义,表现主义等新潮流相比,超现实主义的声势最盛,影响最深远,直到目前,20世纪80年代,超现实主义影响余音袅袅,不绝如缕,这是它特别引起我们注意的原因之一。不正视这个现象,就不能充分理解1945年以来法国文坛上令人眼花缭乱的新潮流。

一篇几千字的短文只能说明一两个现象。本文试图阐述的问题主要在于超现实主义的末期的情况,具体来说,就是从第二次世界大战,直到1966年超现实主义主将勃勒东逝世,1969年超现实主义作为文学社团宣告解散这一时期内,强弩之末的超现实主义的各种活动情况,以及百足之虫死而不僵的残余势力的活动情况。

法国文坛上的新潮流往往是外国出身的作家倡导的。1886年发表象征主义宣言的莫雷亚斯(1856—1910)是希腊人。1919年把"达达"运动引进法国的查拉(1876—1963)是罗马尼亚人。最早提出超现实主义这个名词的不是这个流派的倡导者、理论家和领袖勃勒东,而是波兰血统的诗人阿波里奈。他在1918年发表了一个别开生面的剧本《蒂莱西亚丝的乳房》,副标题《超现实主义戏剧》。这是法国文学史上第一次出现超现实主义这个名词。

阿波里奈何许人也?他母亲是波兰贵族,父亲是意大利军官(有人说是教士)。他父母没有结过婚,他是"非婚生子",他一向姓他母亲的姓。他母亲带着他和他的弟弟,到法国谋生。阿波里奈从小受法国学校教育。青年时到巴黎,当小职员,混日子。他喜爱文学艺术,经常和一些年轻的文人画家们在一起,过着放荡不羁的"艺术家式"的生活。这些人中间有不少是外国人，也有天才的文人或艺术家，比如西班牙青年毕加索，后来成了举世闻名的现代派画家。这些人不受法国传统文学艺术的拘束。他们说得好："艺术是无祖国的"，"艺术家的祖国就是艺术"。很自然，他们热衷于文学艺术的革新，标新立异是他们的自然倾向、他们的乐趣，何况又处在文化界的传统势力摇摇欲坠的时代。阿波里奈是个很有才气的小伙子，他热心提倡文艺与绘画的革新。他写短文，办小刊物，支持立体派绘画，自己也写"立体诗"，把诗句排成各种形状。这种气氛已经是产生超现实主义的温床。那时还是1914年爆发世界大战的前夕。

"达达"的情况与此不同。"达达"是战争的直接产物，是空前惨烈的、史无前例的世界大战时期，一部分青年人神经失常的反映。1916年，大战已经打了两年，也可以说：在大战正酣的年月里，瑞士北部大城市苏黎世的咖啡馆里，聚集着一群青年人在大吵大闹。不用说，他们多半是外国人，为首的一个名叫查拉，是罗马尼亚人。瑞士青年最循规蹈矩、最实际，决不干这类"蠢"事。"达达"不是文学运动。"达达"的定义是这样的："什么是'达达'？'达达'什么也不是。"这个定义确实非常精确。"达达"要破坏一切，毁灭一切。大战正在毁灭人类的物质建设，"达达"要毁灭人类精神文明，"达达"是配合战争的不流血的战争。"达达"决心毁灭一切，包括"达达"自己。"达达"的前途就是"无前途"。"达达"是极端的虚无主义，是疯狂病的具体化。西方文明到了一定时机，就会产生"达达"。这使我们对西方文明加深了认识。法国文学在某种气候下，就会产生超现实主义，这使我们对于法国文学，尤其对法国现代文学，加深了认识。

超现实主义和"达达"是两码事，不能混为一谈。甚至不能简单地说超现实主义是由"达达"化生的。然而超现实主义在虚无主义的倾向上,深受"达达"影响,这是无可讳言的。

"达达"有故意用惊人的言行,使群众震骇诧异,即法语所谓 Pour épater les bourgeois 的习惯,和汉语"哗众取宠"意略相似,超现实主义也惯用这套手法。

1919 年,查拉从瑞士把"达达"带到巴黎,受巴黎青年们热烈欢迎。以办《文学》杂志起家的三位诗人:勃勒东、阿拉贡、苏波尔,立即把他们的刊物作为宣扬"达达"运动的工具。本来《文学》与"达达"就有一脉相通之处。刊物虽以"文学"为名,却含有讽刺之意。意思说:这就是文学,一大堆废话无非是文学而已。其精神实质是对传统的文学概念的反抗。这种态度后来一贯成为超现实主义的基本态度。直到 1945 年以后,先后崛起的新潮流,如"新小说"、"荒诞派戏剧"都自称为"反小说"与"反戏剧"。尤内斯库的名剧《秃头歌女》(1949)剧本的内封面上标着:Antipice(反剧本)。

"达达"本来是没有前途的,它也不要求什么前途。它本身就是一场闹剧。它在巴黎起哄,闹了一阵子,不久就被巴黎市民(bourgeois)所厌弃。巴黎的大学生们成群结队,敲锣打鼓,抬着一个纸糊的"达达"模拟像,把它抛入塞纳河中"淹死"了。"达达"收场之后,勃勒东他们的期刊《文学》随即挂出超现实主义的大旗,又一出新戏鸣锣开场了。但超现实主义是文学运动,和"达达"有根本不同之处。超现实主义并不自称为"达达"的继续,可是它和"达达"精神上有相近或相同之处,这也是无可讳言的。

本文的重点并不在于叙述超现实主义的起源,而在于介绍它最后阶段的主要情况。可是在超现实主义发展过程中,首尾有一贯之处,因此不能不把它起头时的情况略加追溯,以便读者理解它的不光彩的结局并非偶然。

从 1940 年开始,法国人民在纳粹德国武装占领下,过着极其困苦悲惨的日子。1942 年,超现实主义诗人保尔·艾吕雅毅然决然投身于法共领导的地下抗敌斗争,冒着生命危险,替地下抗敌组织做了许多工作,同时发挥他诗人的才华,写了大量号召法国人民奋起抗敌的慷慨激昂诗篇,包括他的举世闻名的杰作《自由》。

1927 年,艾吕雅曾经一度参加法国共产党,但由于当时思想没有成熟,不久就退党了。1942 年,诗人艾吕雅面对世界人民反法西斯主义的激烈战斗,面对法国人民呻吟于纳粹占领军铁蹄下的悲剧,基于爱国主义的热情,反法西斯斗争的正义感,以及对共产党和人民血肉相连的革命关系的新认识,再一次申请参加法国共产党(当时法共已被打入地下)。这一次参加党和 1927 年完全不同。这一次入党的动机是他灵魂深处的坚决信念和自我牺牲的精神。直到 1952 年艾吕雅病逝,他始终是坚决忠诚的共产党员。

笔者最近在国内某期刊上读到一篇评介超现实主义的论文,据闻是一位青年研究工作者写的。文章材料相当丰富,分析也井井有条,是一篇好论文,可是其中有一句话很值得进一步考虑。文章说超现实主义在政治上是"进步"的,果真是这样吗?那么为什么在第二次世界大战时期,勃勒东和他的同伙完全站在脱离人民的立场上呢?写这篇论文的同志可能没有调查研究超现实主义在它最后阶段的活动与言论。

说超现实主义在政治上是进步的,这是误会。误会发生的原因很可能是论文作者的眼光仅仅注意 1924 年至 1929 年左右的超现实主义集团的所作所为。那时,勃勒东、阿拉贡等人主编的《文学》杂志,已改名为《革命的超现实主义》。从 1930 年到

1933年，这个刊物又改名为《为革命服务的超现实主义》。1926年11月，超现实主义发起人之一的苏波尔和早期的超现实主义作家安东南·阿尔多（1896—1948）由于他们的政治态度"不积极"而被开除出超现实主义文学集团。1927年，勃勒东、阿拉贡、艾吕雅、佩雷等超现实主义作家和诗人（其实对超现实主义来说，诗人与一般作家是不分的，因为他们的作品既像诗歌，又像小说；既像散文，又像论说。可以说，什么都像，同时什么都不像，这就是超现实的风格），同时参加了法国共产党。但是由于他们既缺乏真正的革命觉悟，又没有正确的思想基础，所以不久以后全部被开除出党。只有阿拉贡一个人始终留在法共党内，思想稳定，态度坚决，受到党的重视，被选为中央委员，并几届连任，直到1982年他因病去世。

不用说，作为法国共产党员的阿拉贡在纳粹武装占领法国期间，积极参加地下抗敌的斗争，同时写了比艾吕雅更多的爱国主义和反法西斯斗争的诗篇，号召法国人民和世界各国人民进行反法西斯的正义战斗。他的诗作如《断肠集》（1941），《法兰西的号角》（1944）等都激动人心，不但在法国，而且在国际上都有较大影响。

阿拉贡和艾吕雅本来都是当代法国的大诗人，各有各的艺术特色和卓越的成就。自从他们用具有高度艺术水平的作品表达了法国人民和世界人民对法西斯恶魔的仇恨，决心和法西斯作殊死斗争的内心呼号之日起，他们已经不仅是大诗人，即使伟大诗人这个称号，他们也是当之无愧。阿拉贡和艾吕雅的抗敌诗篇可以和雨果的名作《惩罚集》（1853）、《静观集》（1856）和《凶年集》（1872）中支持人民与各种各样的暴君斗争的正义呼声，表现人道精神和正义感的杰作相媲美，同样可以永垂不朽。

无论在什么时代，在什么形势下，只有以诚挚的激情和精湛的艺术表达广大人民心声的诗人，才有可能成为永垂不朽的伟大诗人。这条真理，这个客观规律，也被超现实主义出身的诗人阿拉贡和艾吕雅证明了。这个事实不能不引起我们深思。

艾吕雅在1942年参加地下抗敌斗争，并且创作爱国主义和反法西斯诗篇时，实际上已经脱离了超现实主义集团。1927年阿拉贡已经和勃勒东断绝来往。这些都是事实。但是还有一个事实值得我们注意，那就是这两位诗人年轻时都醉心于超现实主义，他们的诗歌艺术的特色，在那时已经基本上形成，已经有深厚的基本功，已经培育了艺术手法上的个性。对于一个艺术家，个性是创作成败的关键。可见超现实主义的美学观点，以及在艺术手法上的革新，对于当代法国的文艺并非没有积极影响。可见超现实主义的艺术特点只要运用得当，并非不能为不脱离人生，不脱离社会实际的正确思想感情服务。

我们是唯物主义者，我们反对以个人主义为思想基础的为艺术而艺术的观点。我们坚信内容决定形式，形式为内容服务，而不是相反。然而我们反对形式即内容，内容即形式；艺术即政治，政治即艺术的机械唯物论。我们认为艺术形式与思想内容的关系是辩证的关系。形式与内容有结合的一面，也有各自独立的余地。超现实主义的艺术手法，如果运用得当，也就是说，如果能利用它的健康积极的因素，是有可能为正确的思想意识服务的。所以我们说现代诗并非全部是形式主义的，脱离实际的作品，也有健康积极的正面例子。

晚年的阿拉贡在他的诗歌与小说中超现实主义艺术手法的味道更加浓郁了。于是评论界有人指出："阿拉贡始终是超现实主义者。"阿拉贡听了这句话毫不反感，反而高兴地承认："说我始终是超现实主义者，无异于给了我一张证明我艺术质量高的奖状。"（大意）这句话有力地说明了超现实主义给当代法国诗歌的影响有积极的一面。

然而在法国当前现代派的文人中，也有人干脆说："阿拉贡在地下抗敌时期所写的政治诗，是他毕生所写的作品中质量最低劣的作品。"为什么要反对政治诗？政治诗是优是劣，首先要看诗人歌颂的或贬斥的是什么政治。不分青红皂白，一律否定政治诗，说这是"宣传"，不是诗，这是不折不扣的为艺术而艺术的荒谬言论。今天法国超现实主义的信徒们还在发表这类言论，提倡虚无主义的艺术，说明超现实主义的"理想"在20世纪末叶的法国文坛上仍有影响，仍有市场；足见超现实主义遗风，它的习惯势力仍不可轻视，仍在兴风作浪，而这种消极影响在我们今天的中国也不是没有痕迹可寻的，所以我们有必要分析超现实主义的正反两面，有责任说明超现实主义的真面目，也就是所谓超现实主义的现实。

在反法西斯战争的年月里，在纳粹武装占领下的法国，挺身而出，不顾个人安危，参加抗敌斗争的超现实主义诗人，或曾经一度参加超现实主义文学集团的诗人，实际上不止艾吕雅和阿拉贡两位。例如洛贝·岱诺斯（1900—1945），他投笔从戎，参加了游击队，同德国侵略军展开真刀真枪的搏斗。1944年他不幸被德寇俘获，1945年瘐死在敌人的牢狱中。还有著名的超现实主义诗人勒内·夏（1907—1988），早年参加过超现实主义集团，后来脱离，第二次世界大战期间参加法国南部普罗旺斯的抗敌游击队，发表号召人民起来抗敌的诗歌。

至于组成集团的那些超现实主义文人，他们面对国土沦陷，生灵涂炭的悲惨现实，依旧采取超然态度。他们大部分人隐蔽起来，明哲保身。他们的领袖勃勒东逃到马赛，准备必要时从海道离开法国。一群超现实主义者陆续到马赛避难，在马赛恢复了他们的集团。勃勒东本来还打算出版他写的两部超现实主义作品，当时建立在维希的法国傀儡政府未予批准。勃勒东感觉气氛对他不利，就于1941年3月匆匆离开马赛，乘船逃往美国。他先到法国殖民地马底尼克停留了一个时期，六个月后才到美国。和他一同到美国的超现实主义者有艾恩斯特和马松等。他们到美国不是宣传反法西斯斗争，号召美国人民在反法西斯斗争中多作贡献，而是继续宣传超现实主义文学，组织超现实主义展览会，用奇形怪状的形象，使美国的布尔乔亚们惊异得目瞪口呆。他们刊行一本杂志，名叫《VVV》。"V"表示胜利。第三个"V"表示战争停止之后，超现实主义必将卷土重来。这些事实说明勃勒东等人对世界人民反法西斯的激烈战斗无动于衷，顽固不化地抱着超现实主义"理想"不放。由此观之，在全世界人民和法西斯恶魔势力进行生死搏斗的关键时刻，勃勒东等超现实主义分子的政治立场，还有什么"进步"可言？

和勃勒东一同逃离马赛的还有一个顽固不化的超现实主义者，诗人班加曼·佩雷（1899—1959）。他在墨西哥竭力宣传超现实主义，甚至发表了一本挑衅式的小册子《诗人的丢脸》（1945）。他斥责艾吕雅、阿拉贡等人为实际的政治活动服务，降低了诗人身份，这对于超越一切庸俗的现实，以建立玄虚的精神世界为天职的诗人来说是可耻的堕落。这本小册子传到法国，引起法国文化界极大的愤慨。

1946年勃勒东从美国回到法国。他和他的追随者若干人，满以为他们始终坚持超现实主义，必将以胜利者的面目受到法国同胞的热烈欢迎。谁知道法国人把他们看成逃兵、临阵脱逃的逃兵。当艾吕雅和阿拉贡等有高尚品格和正义感的诗人，和法国人民站在一边，并肩作战，冒着生命危险，参加地下抗敌的搏斗时，他们，勃勒东和他的同伙，"顽强的"超现实主义者，他们在干什么？他们的言行不等于麻痹人民的斗志，无形中帮助了人民的敌人吗？他们是在法国人民地下抗敌搏斗最惨烈、最艰苦时逃离祖国的。现在祖国人民反法西斯战斗、反侵略战斗胜利了。人民必然要问勃勒东之流："你们对于这场伟大胜利作出了什么贡献？"他们不但毫无贡献，反而诽谤和人民一起斗争的法国诗人和作家们。所以他们一回到祖国立刻遭到强烈的攻击。对他们放第一枪的不是别人，正是三十年前"达达"运动的主将，特里斯当·查拉。自从20年代初期"达达"垮台之后，查拉就投身于超现实主义的旗帜之下，做了勃勒东的追随者。他一直以超现实主义诗人的身份留居法国。反法西斯战争开始后，他果断地走上和艾吕雅、阿拉贡一样的和人民大众一起坚决抗敌的道路。所以三十年后的查拉，比三十年后的勃勒东进步多了，三十年后的查拉，和作为"达达"主将的查拉判若两人。查拉的进步是时代的奇迹，也是历史在不可抗拒地前进中的必然结果。

1947年4月11日，查拉在巴黎大学发表演说，题为《超现实主义与战后世界》，他认为：超现实主义已经决定把自己摒弃在"世界之外"，从今以后，它不可能再回到"思想运行的轨辙上"。意思是说，今后超现实主义在文化界不能再有发言权。1948年，一个年轻时曾经参加过超现实主义文学运动，后来走上进步道路的小说家洛瑞·瓦扬（1907—1965），发表了一本攻击超现实主义的小册子，干脆题为：《反革命的超现实主义！》

第一次世界大战（1914—1918）停战后的年月里，风靡法国甚至西方的文艺思潮是超现实主义。第二次世界大战（1939—1945）停战后立即如疾风骤雨一般震荡法国甚至西方思想界的新潮流是以若望—保尔·萨特为首的存在主义。那时笔者侨居瑞士，听说从巴黎传来流行于青年们之间的一句口号："要么是共产主义，要么是存在主义！"也就是说，当时青年们面临的出路只有两条，共产主义和存在主义。你不走前一条路，只能走后一条路，没有第三条路可走。突然把存在主义提到这样的高度，这样重要的地位，令人惊讶。至于超现实主义，肯定是过时了，没有人提了，提起来除非为了驳斥它。而对它攻击驳斥最深入彻底的，恰好就是当时巴黎思想界和文化界最红的人物，存在主义理论家萨特。

从 1947 年 1 月开始，萨特在他创办并领导的思想、政治和文艺综合性月刊《现时代》上，陆续发表了一系列论文，从哲学和政治的角度，深刻、严厉地分析和驳斥了超现实主义。后来这一组重要论文收入他的评论文集《境遇二集》中，并且加了一个总标题：《什么是文学？》

萨特的专业是哲学，他首先从哲学角度，揭露超现实主义的虚无观点是不彻底的、中庸的。超现实主义总是停留在它所否定和肯定的两种对象的夹缝中。它所要达到的目的首先被它自己否定了。它所否定的正是它将要肯定的新目标。"……超现实主义在进行一种奇特的事业，它用过分充实的存在（être）实现虚无（néant），用睡眠与自动文字，来象征地取消自我；用不知不觉中消失的客观性，象征地取消对象；用脱离常轨的错误意义，象征地取消语言，用绘画毁弃绘画，用文学毁弃文学。超现实主义总是用创作来进行破坏，那就是在已经存在的绘画上再增加绘画，已经出版的书籍上再增加书籍，从而产生他们作品的双重性。每一件作品都可以被视为野蛮与怪异地发明的一种不为人知的存在，一句前所未闻的言语，自愿成为对文化的一种贡献。但是由于每件作品都是消灭一切现实同时消灭自己的计划，虚无在它表面上闪耀，这仅仅是使人眼花缭乱的矛盾。"

萨特称超现实主义为"资产阶级的寄生虫"。他说："超现实主义者比他们父辈更富于野心，他们准备进行彻底的玄学破坏，为了使自己获得比寄生的贵族阶级更高贵千倍的尊荣。问题不仅在于逃避资产阶级，他们必须跳出人类的领域……他们不满足于成为资产阶级的寄生虫，他们的野心在于成为人类的寄生虫。"

萨特对超现实主义尖锐的批判和无情的打击引起公众的重视，对超现实主义无疑造成致命的危机，但这还不是历史的结论，因为超现实主义的生命尚未结束。

自从1946年勃勒东从美国返法，直到1966年他去世，在这二十年中，超现实主义在法国，甚至在国际上还是相当活跃的。不时地有青年作家、诗人加入勃勒东集团。勃勒东自己也继续出版作品，对话录，不止一次地组织大型国际超现实主义展览。与此同时，研究超现实主义的学术著作也陆续出现，重要的如弥什尔·卡鲁日的《安德雷·勃勒东与超现实主义的基本思想》（1950），好像超现实主义文学运动在法国文学史上的地位已经确立无疑似的。

1966年，毕生贡献于超现实主义运动的勃勒东去世。他死后，超现实主义集团还出版了一本期刊。1969年，超现实主义集团终于解散，期刊出了三期，也告结束。

无论在思想方面，或在美学观点（艺术手法）方面，超现实主义给当代法国文学，甚至直到80年代的法国文学，以十分深远的影响，这是不容否认的。究竟怎样的影响，这笔账还没有人算过，更不用说算清了。要算清这笔账，必须先对勃勒东的著作言论有全面详细的研究，然后和几家重要的现代文学流派如新小说，荒诞派戏剧，新批评的理论作比较。笔者风烛残年，恐怕已经没有条件进行这样的大规模研究工作了。在这里，姑且举80年代再版和初版的两本法国名作家的作品为例，给我国读者看看其中明显的超现实主义风格。一本是1983年去世的老诗人昂立·弥修（1899—1983）散文诗集《夜在骚动》。此书1934

年在巴黎初版，1981年再版，完全保留其中的超现实主义格调。弥修年轻时接近过超现实主义集团，但没加入过这个集团，他算是超现实主义边缘的诗人之一。这本书的再版说明80年代超现实主义式的诗作还有市场。

夜在骚动

　　突然，在平静的房间里，地砖上出现了一摊水渍。

　　这时，床上的羽绒盖被大叫一声，并且颤震了一下，于是血就流出来了。床单浸在血液中，一切都湿了。

　　衣柜门猛烈地打开，一个死人从里边出来，摔倒在地上。毫无问题，这一切使人很不愉快。

　　可是扑打一只鼬鼠却是一种乐趣。很好。接着就得把它钉死在钢琴上。绝对必须这样处理。然后大家都走了。人们也可以把鼬鼠钉死在花瓶上。不过这很困难。瓶子经不起钉，这是困难的。遗憾得很。

　　另外一本书是弥什尔·布陶（1926—　）的《探测》，一本一百页的小册子，1981年瑞士初版。这本作品既不是小说，也不完全是诗，有时是诗，甚至有格律诗，有时又像散文或小说。总之，想写什么就写什么，不拘一格。超现实主义作品常常是不拘一格的，他们认为这样才是"自动文字"，才是真正的诗，真正的文学。布陶本来是新小说派代表作家之一，50年代发表小说《路过米兰》（1954）和《变换》（1957）成名。1981年笔者到法国尼斯去访问他，问他近来写什么小说，他说："我已有二十多年不写小说了。"二十多年来，布陶发表了若干部不拘一格的名著。从这一点上说，布陶也是继承了超现实主义的遗风的。下边将《探测》译两段，以见一斑。

（一）方舟中的落水者

年幼的猴子已经老了，它怕冷了。这是因为必须离开这儿的一切。我们一向十分安静，尤其是最近这几年，谁也不来。即使在以前，成群结队来参观的孩子们，在他们的小学老师和爱打瞌睡的看守人的监视下，也只敢轻轻地摸一下我们的皮毛而已。由主管人领来巡视的专家们，在我们面前也只停步一两次，发出惊异的赞叹声，一边拂拭着他们眼镜上的玻璃片。

（二）女预言家的领域

在伊莎佩尔的房间里，原先居住者的幽灵从天花板上垂下来，为了观看棋盘一样的屋瓦，烟囱和天线。门随时可以开闭，随便哪一个生命，哪个人，都可以开闭。银质餐具变成黏土，写出来的字成紫铜，石灰化为泡沫，睡眠在床单和云彩之间摇晃。

（1987年5月初稿，10月修改）

关于存在主义文学

——读萨特的文学作品

问：存在主义有一个明显区别于其他学说的特点，即它的哲学家往往又是文学家。有人问萨特愿意人们喜欢他的哲学还是喜欢他的文学，还是希望他们对二者都喜欢？他答道："我的回答当然是希望他们二者都喜欢。但是有先后之分，那就是：哲学是第二位的，文学是第一位的。"可见他是注重用文学形象来表现他的哲学观点的。我们一些青年接触存在主义，也往往是从存在主义文学作品开始的。萨特的话剧《肮脏的手》在一些文学青年中就有些影响。但是，对存在主义文学，总还是了解得很少。因此，请介绍一下存在主义文学是如何产生和发展的？在西方国家中产生过什么影响？它的积极作用和消极作用是什么？最好能具体剖析一些作品，从而分析出存在主义文学作品在思想上和艺术上的特征。

答：存在主义文学是 20 世纪 30 年代末在法国兴起的一种文学思潮，第二次世界大战后发展到了高峰，畅行于法国和西欧，并影响到日本、印度等东方国家。存在主义文学的代表人物有萨特、波伏瓦等。他们是哲学家，但是特别致力于文学创作，运用文学形象来阐发他们晦涩、艰深的哲学观点。

这里，我着重谈一谈萨特。萨特既是哲学家，又是文学家，而且还是政治活动家。作为文学家的萨特，著有小说三种，共五册，剧本九种。此外，还有几部文学评论。他的回忆录《字句》（1964），文笔精练，实为一部散文佳作。萨特已发表的三种小说指长篇小说《恶心》（1938），短篇集《墙》（1939）和多卷本长篇小说《自由之路》。这部长篇小说已出三卷：《理性的年代》（1945）、《缓期执行》（1945）和《心如死灰》（1949）。按作者原定计划还有第四卷。据说第四卷早已有手稿二百余页，书名《最后的机会》，但是始终没有写完。至于戏剧，卡里玛出版社1962年出版的萨特戏剧插图精装合订本收剧本九种，包括由萨特改写的大仲马的剧本《凯恩》（Kean）这个合订一卷本显然起订定本的作用。它没有收入的还有经萨特改写的希腊欧里庇得斯的悲剧《特洛伊妇女》（1965）以及电影脚本《大事已定》（1947）和《难分难解》（1948）。可能作者自己不大重视上述三种剧本，所以没有收入。戏剧是萨特作品中的重点，所以先谈戏剧。在萨特自己选出的九个剧本之中，我试论三部，即：《密室》、《恭顺的妓女》和《肮脏的手》。

《密室》（Huis Clos, 1944）过去有人译为《门关户闭》，又有人译为《间隔》。此外有人建议译为《禁止旁听》。按原文直译应作《关闭的门》。剧本的情节离奇：三个亡魂被关在一间客厅中，客厅惟一的门从外边上锁，室中人无法出去。三个亡魂在室中吵吵闹闹，互相寻衅。这间房门无法打开的客室，成了这三个亡魂的真正地狱。不需要铡刀、火焰、油锅、钢锯等地狱中应有的残酷刑具，三人同处一室，而且永远无法离开，就形成地狱，而且精神折磨比肉体折磨更难忍受。我们建议将剧名译为《密室》，意思是密封的、与世隔绝的房间。至于"禁止旁听"（指法庭秘密审讯或议会秘密讨论）是法语中的现成词组，其固定的格式是 Le huis clos 或 à huis clos。剧名没有用现成的词组，所以不能理解为禁止旁听，何况剧情只有禁止外出，根本没有禁止旁听这一事实。

《密室》发表与上演之后，受法国公众热烈的欢迎。剧中的名句："地狱就是他人"，一时成了普遍流行的口头禅。这句话的意思是说个人的存在和别人（众人）的存在总是互相抵触，互相倾轧，互相损害的。这就是人间地狱形成的原因。剧中的三个亡魂，两女一男，生前都干过亏心事，他们死了之后，还念念不忘世上之人对他们如何盖棺论定。例如卡尚，三个亡魂中惟一的男性，生前是某报社主笔。他是和平主义者，反对战争。后来战争爆发，卡尚为了躲避兵役，打算坐火车到国外去，结果被人从国境线上抓回来，作为逃兵论处，遭到枪决。卡尚认为他不是逃兵，而是坚持他的和平主义，反对战争。他最怕"他人"说他是"懦夫"。他从斗室地狱中屏息倾听他那报社中的同事在阳间开会评论他的问题。他们当然说他是"懦夫"。卡尚只好希望能说服斗室地狱中的两个难友，两个女亡魂，伊奈丝和爱丝代尔，请她们证明他并非懦夫。这样一来，"地狱就是他人"有了两方面的意义：一是亡魂生前的熟人们对于亡魂的评论，二是关在同一个地狱中的亡魂们之间的互相矛盾冲突。卡尚同两个女魂之间有矛盾，而两个女魂之间也互相矛盾，因为她们两人都想取悦于卡尚，斗室地狱中惟一的男性。她们两者之间的矛盾属于争风吃醋性质。斗室地狱中的三个亡魂有一个共同的愿望，就是尽快离开地狱，尽快离开这间比真地狱还使人难以忍受的布置相当优雅的假地狱。可是，等到门经过卡尚用劲推撞了许久之后，突然打开时，三个亡魂谁也不肯走了。卡尚说，他改变主意了，他宁愿留在斗室中，听听伊奈丝和爱丝代尔怎样议论他，是不是骂他懦夫。这真是"戏剧性的突变"（coup de théaâtre）。评论家们往往认为《密室》是萨特剧作中哲理最深的一个剧本。

"哲理剧"《密室》所根据的哲理据说是：一个人的自我意识必然以排除其他人的自我意识作为存在的条件。《密室》中的三个亡魂，每人都想以自我的存在（自我意识）征服另外两人的存在，使他人的存在从属于自己的存在。这就是矛盾冲突的根源，就是"他人即地狱"这句名言的深意。我们认为人与人之间关系如何，取决于阶级关系，取决于社会制度。在剥削阶级占统治地位的社会中，人与人之间的关系一般地说表现为各人的自私自利之心所引起的互相欺骗、争执和损害。但是，在取消了剥削和阶级对立的社会中，人与人之间的关系不可能停留在像《密室》中所表现的人间地狱的阶段，这是理所当然的。《密室》无非是一个资产阶级作家目光囿于资产阶级社会生活的现状，把人和人之间的关系写得十分阴暗，并且错误地认为这是人类社会必然的、永远不变的现象。这个剧本如果有它的积极因素的话，那也就是相当生动、深刻地暴露了资本主义社会人与人之间关系的阴暗面，而不是表述什么永恒的真理。

剧本《密室》在取材、结构和舞台效果等方面，别出心裁，有所创新。论者认为这个剧本给50年代在法国兴起的荒诞派戏剧的艺术革新，是有启发的。此外，这个剧本和西蒙娜·德·波伏瓦的长篇小说《一个被邀请的女人》（或译《女宾》，1943），显然有共同的来源。原来在萨特与波伏瓦两人不结婚而同居的生活中，确实经历过一段三角关系的困扰。有一次，萨特把他的一个年轻女学生带到家中，和波伏瓦以及他自己同居，形成男女间的三角关系，说是要进行一种新生活的"实验"。后来萨特和年轻姑娘关系十分亲密，异常火炽，波伏瓦未免被冷落了，她当然不能忍受，大闹一场之后，三角关系破裂了。这件事在这两位大作家的精神上留下非常深刻的痕迹。请看在《密室》中，竟出现了两种三角关系：一种是卡尚和伊奈丝及爱丝代尔之间，在斗室地狱中的共同生活关系；另一种伊奈丝在自述生平时所暴露的，她生前和一个男友以及一个年轻姑娘三人同居而演成悲剧的经过。在这里，所谓"哲理"可能应当理解为：男女之间搞三角关系，才是真正的地狱。我们认为一个抽象的哲学概念或文学概念，必然是客观存在的反映，是实际生活中的某种现象的反映，而不可能是从天上掉下来的奇迹。

现在谈谈《恭顺的妓女》。这是最早介绍到中国的萨特文学作品。这个剧本发表于1946年。1948年，我国天津《益世报》文学副刊上，发表了一篇《义妓译序》。序言发表了，中译本在那时兵荒马乱的条件下，却得不到发表的机会。直到1955年，借萨特和他的伴侣西蒙娜·德·波伏瓦接受我国邀请，相偕访华的机会，《译文》月刊发表了这个剧本全文的中译稿。但是，《译文》编辑部将根据原文直译的中译稿，按照苏联译稿删改，改写了剧本的结局，标题也改为《丽瑟》（女主角的名字）。在"文化大革命"前，我国放映过一部进口影片，名叫《可尊敬的妓女》，是根据《恭顺的妓女》改编的，结局也改了，不过和苏联译本所改写的结局不一样。70年代后期，这部进口片重新放映，片名改为《被侮辱和被损害的人》。1981年第4期的《春风译丛》上，刊出《恭顺的妓女》的全文直译，剧名按原文改正，结局也保留原作的文句。

关于《恭顺的妓女》的内容，国内读者和观众想必是相当熟悉的，这里不必赘述。下文只谈结局问题。我们拿这个剧本1946年初版的原文，和1962年收入萨特剧作合订本核对时，发现结局的写法两种版本完全一致，没有改动。由此可见，虽然在外文译本中，在电影中，结局一再改变，而萨特自己还是坚持原来的结局。妓女丽瑟被迫在假证词上签名，诬告在火车上的两个黑人企图强奸她。她十分憎恨参议员和他的儿子对她用欺骗和威胁，要求她在假证词上签字，最后干脆抓住她的手，用暴力强迫她签字。可是在参议员的儿子弗莱特最后用甜言蜜语诱惑之下，丽瑟动心了，她梦想独住一所花园别墅，在一群仆役伺候之下，过养尊处优的生活，于是她同意跟弗莱特走，去做他的外室。在作者的思想中，这结局完全符合存在主义哲理：一个妓女按照她的妓女本性，向金钱和权势屈服、投降，作出了她的"自由选择"，愿意去当百万巨富的参议员儿子的俘虏和玩物，以自己的色相，换取慵懒、安逸和奢侈的生活。这一切都合乎20世纪40年代的美国一般情况，合乎事物发展的客观逻辑的。可是苏联译本和电影脚本却把结局改为一个有革命意识的妓女，准备向当地警察局告发参议员和他的儿子强迫她在伪证词上签字，这样一来，也就替黑人脱罪，使他不至于被白人抓住，活活打死、烧死。这是不符合丽瑟的思想情况的勉强编造。丽瑟在剧中声明过，她不喜欢黑人，讨厌黑人，不愿意管黑人的事，只不过要她在明知是假造的证词上签字，她的良心觉得不能接受。我们觉得，萨特写这个剧本根本没有企图把妓女写成觉悟很高，政治意识很强，决心挽救被迫害的黑人，不惜投身于向美国反动统治势力造反的进步运动的英雄形象。然而萨特写这个剧本时，却明确地意识到他在揭发和控诉美国反动统治势力残酷地践踏与迫害黑人，欺骗和侮辱孤苦无靠的弱女子丽瑟。这个剧本即使结局不改也是有一定的进步意义的，而且意义更为深刻，因为有两个牺牲者。

剧本《肮脏的手》和《恭顺的妓女》有类似的情况，那就是作者的主导思想并不是着重写政治斗争，而是写一个资产阶级出身的青年知识分子的悲剧，理想与实际行动矛盾冲突的悲剧。但是这个悲剧是在政治斗争的背景下产生的。所以《肮脏的手》

不可避免地给读者与观众以某种政治性的影响。

萨特为什么选择一个现在已经不存在的南欧小国伊利里,作为剧中情节的产生地点?显然为了避免使剧本的读者和观众产生某种错觉,以为剧本在影射法国或欧洲某大国的实际政治斗争。伊利里乃弹丸小国,可是它有三四个政党。极右的政治势力以"摄政王"为首,在第二次世界大战初期已经投降德国,后来又跟随德国向苏联宣战。到了大战接近尾声,德军败局已定,眼看苏联红军将席卷东南欧洲,占领伊利里这个小国,保守势力的代表人物"摄政王",为了应付新形势,企图和国内的右翼政治势力,资产阶级政党和农民集团联合起来,并争取"左派"势力"无产党"支持,建立联合政府,以迎接红军的到来。无产党内意见分歧,以海德尔为代表的右派主张和保守势力以及资产阶级政党等搞联合;以路易为代表的党内左翼反对联合。在无产党中央委员会会议上,海德尔获得了多数,他的联合路线通过了。路易这一伙少数派不甘心失败,决定派人暗杀海德尔,以免无产党被他出卖。恰好海德尔要求中委会派一名年轻党员去给他当秘书,他们就决定让派去的秘书乘机暗杀海德尔。

被派去当海德尔的秘书的是雨果,一个入党未久的二十一岁的青年知识分子。雨果出身于富裕的资产阶级家庭,由于他和父亲闹矛盾,所以离开了家,怀着天真的、空洞的社会改造理想,参加了这个小国中的共产主义组织:无产党。雨果在党内被同志们目为空谈家,对于实际行动毫无经验,对于激烈斗争(包括暗杀)缺乏勇气。雨果由于受人轻视而感到痛苦,他希望有机会参加"直接行动",用事实来表明他不是空谈家和胆小鬼,因此在他的好友、老资格的女党员奥尔珈的保荐下,雨果兴奋地接受了暗杀海德尔的任务。然而雨果优柔寡断,犹豫不决,到海德尔身边工作八天之后,还没有勇气下手。正在这时,雨果的年轻妻子，十九岁的勒西卡，却向海德尔透露了雨果负有暗杀海德尔的使命。老奸巨猾的海德尔不慌不忙地说服雨果，让他放弃暗杀的计划，和路易脱离关系。正处于动摇和犹豫中的雨果，忽然由于偶然的机会，发现他的妻子勒西卡被海德尔搂在怀中。怒不可遏的雨果向海德尔开了三枪。海德尔在断气的时刻，对闻声赶来的警卫说："不要伤害雨果，因为他发现我正在占有他的老婆。"海德尔这样说，显然是希望人们把这次暗杀事件当情杀案处理。至于雨果这个十足的资产阶级知识分子，他自己根本不明白，他究竟为什么终于开枪打死了他本已不准备打死的海德尔。为了妒忌吗？他其实并不真爱勒西卡。为了执行路易给他的命令吗？说实话，他根本没有决心完成这个任务，否则的话，八九天以来，他早就可以暗杀海德尔，因他整天和海德尔在一起，开枪的机会有的是。

剧本的最后一幕发生了一个突变。雨果坐了两年监狱之后被释放了。同时，伊利里这小国的政治形势发生了很大的变化。无产党接到莫斯科的指示，要求他们和"摄政王"及资产阶级政党搞联合，因为这样做有利于军事形势。这样一来，海德尔不但没有错误，而且成了"英雄"。至于雨果（这时他二十三岁），路易为了灭口，准备派人把他干掉。奥尔珈苦口婆心地劝说雨果，劝他承认开枪打死海德尔完全出于妒忌，没有政治考虑。雨果扪心自问，认为不能这样说。妒忌至多是他开枪的临时动机，决不是根本原因，仅仅为妒忌他决不至于开枪杀人。雨果不愿意用说假话，不愿说昧心之言来苟全自己的生命。他宁愿被路易派人来杀死他，为保持自己人格的尊严，灵魂的纯洁，他决不说假话。这就是他的"自由选择"。海德尔曾经对他说过："你不愿意和'摄政王'联合，因为你的手是干净的；我不怕，我的手反正是肮脏的。"（大意）这句话肯定对雨果的最后选择有一定的影响。

不论《肮脏的手》作者的意图是什么，这个剧的政治影响是很消极的。它的客观效果是把共产党说成和资产阶级政党，甚至和法西斯政党没有多大区别，因为共产党人照样搞阴谋，要权术，不择手段，满口冠冕堂皇的假话，以暗杀作为党内路线斗争的手段……这是读了这个剧本，或者看了演出之后，必然会在读者或观众头脑中产生的混乱思想。客观作用是，这个剧本对于国际共运进行歪曲和诽谤。不管作者的主观意图如何，剧本的客观效果是反共的。我们介绍这个剧本，必须辨明它在政治上的不良影响，否则谬种流传，误人子弟，我们是难辞其咎的。当然，萨特的文学作品并不是每一部都在政治上有严重问题，否则他早就应该是一个不值一提的作家了。例如剧本《恭顺的妓女》就有比较进步的一面，别的作品也有类似的情况。

在萨特的小说方面，由于篇幅关系，下文只能集中谈短篇小说集《墙》，主要评述其中的三篇代表作。至于长篇小说《恶心》和多卷本长篇小说《自由之路》，就内容而言，比《墙》还重要，可是篇幅太大，不是三言两语所能交代的，这里姑且不谈。

《墙》一共包括五个短篇，最后一篇《一个头目的童年》长九十页，不是短篇小说，而是中篇小说。这篇小说就内容来说，也是集子中最重要的一篇。小说的主人公吕西安是工厂主的儿子，家道富裕，自幼娇生惯养，丰衣足食，瞧不起劳动，瞧不起穷人，养成一副少爷架子。上学以后，专门跟反动家庭出身的小崽子们在一起，他自己没有读到大学已经成为法国"保王党的走狗"（camelots du roi），星期天和节假日，他们拿着法国最反动的报纸，保王党机关报《法兰西行动》在街上义务叫卖。这群反动的右派学生往往摇旗呐喊，招摇过市，遇到外国工人、外国学生，尤其是有色人种，立即发出挑衅的叫嚣：La France, aux Français!（"法国属于法国人！"言外之意，就是：外国人滚出去！）你如果稍稍反驳，他们就动手打人。《一个头目的童年》中写吕西安和他的中学同学在街上和一个外国工人冲突，那个外国工人嘴硬，一个劲儿说他们是坏蛋，结果让这群保王党小走狗活活打死。这些人闹事以后，一哄而散，路人和警察根本没有人出来干涉。萨特写这篇现实主义因素很鲜明的小说大约在 1935 年至 1939 年之间，小说中所反映的是那一时期的法国社会。本文笔者那时正在法国留学，回想起来，当时本人很害怕走过里昂大学法律系门口，因为法科学生中保王党和法西斯分子特别多，万一碰上他们三五成群地从法学院大门内出来，就很可能无缘无故挨骂甚至挨打，理由就是笔者是中国人或印度支那人（两者外貌一样）。这些右派学生都是狂热的民族沙文主义者，排外主义者，横暴的殖民主义者和帝国主义者。读了萨特这篇小说觉得十分亲切，作者反映当时法国右派学生的丑恶面目何其真实！只有反对法国极右派反动势力，憎恨法国保王党和法西斯的法国作家，才能写出这样真切有力的揭发与控诉作用的文学作品。这篇中篇名著的现实主义高度和反对反动势力的进步立场是无可怀疑的。这篇小说正是后来萨特所提倡的"介入文学"（资产阶级左翼作家的进步文学）的一个实例。

在第二次世界大战爆发（1939 年 9 月）前四五年中的法国，阶级斗争十分尖锐激烈。法国的法西斯头子拉洛克上校的"火十字"反革命组织在意大利和德国法西斯势力猖狂活动的鼓舞下，想在法国和保王党勾结起来搞武装政变，夺取政权，但是在法国人民，尤其是在有革命传统的巴黎工人的反击下，阴谋破产了。那时法国保王党人和法西斯分子沆瀣一气，很难分辨。小说中的吕西安就是这样的人物。他的父亲是工厂主，他本人长大后接替父亲做工厂主,这当然是很可能的。但是小说着重表述的不在于吕西安是未来的工厂主,而是他将成为一个法西斯头目,他已经在他的右派同学行列中成了一个保王党与法西斯相结合的小头目。所以把这篇小说的标题按原文直译为《一个头目的童年》,比改译为《一个工厂主的童年》确切得多。

《墙》包含的五篇小说,除《一个头目的童年》之外,还有下列四篇:《墙》、《房间》、《爱洛斯特拉特》、《亲密关系》。《亲密关系》这个标题是原文 intimité 的直译。作者用这个词作为小说标题,可能是指小说女主人公,青年女工吕吕和她的天阉的丈夫之间既矛盾又亲密的一种微妙关系。吕吕的丈夫盎里生理有缺陷,不能满足妻子的生理要求,吕吕当然不满,所以她有外遇,和男友比埃尔发生暧昧关系。可是盎里也有他的长处,他性格温顺,能和妻子和爱相处,而且他有自知之明,自己有生理缺陷,对妻子的外遇只能采取张一只眼、闭一只眼的态度。吕吕的好友丽莱特,一个精明强干的年轻女售货员,简直不能理解吕吕怎么能和假男子盎里老凑合在一起。她一再坚劝吕吕离开盎里,干脆去和比埃尔同居。吕吕也有此意,可是她翻来覆去,总是下不了抛弃盎里的决心。对此情况,丽莱特十分生气,她比吕吕自己更痛苦、更焦急。有一天,吕吕提了一只手提箱,神情激奋地来找丽莱特:这回可算下了决心,吕吕跟盎里终于一刀两断了。恰好比埃尔要去地中海海滨的名城尼斯去度假期,吕吕决定跟他去尼斯,暂时离开巴黎有利于加强她和盎里离婚的决心。可是吕吕心中的矛盾并未真的解决。自从她离开盎里以来,她吃不好睡不香,常常不由自主地想盎里一个人在家里不知道是怎样生活的。临去尼斯前一天,吕吕对丽莱特说要购置一些身边常用的零星东西。丽莱特劝她别去盎里经常走过的那条街上去买,可是吕吕偏要去。去了后,果然碰见了盎里。他对吕吕说:"你是我的妻子，你跟我回家吧。"于是，盎里拉住吕吕一条手臂，那一边丽莱特拉住吕吕另一条手臂，两人都用劲拉，几乎把不知所措的吕吕撕成两半。盎里没有力气，没有能当场把吕吕从丽莱特手中拉回来。可是到了晚上，盎里到旅馆里找她，吕吕心软了，终于做出了合乎她内心最深刻的愿望的抉择，那就是决心和盎里共同生活下去。在这个结局上，萨特表达了他的存在主义观点，即人的选择完全是自由的，人必然是按照他（她）的最深刻的意愿作出自己的选择。《亲密关系》有一定的现实主义的因素，它通过吕吕的遭遇反映了巴黎的青年女工的生活。在同一集子里，中篇小说《一个头目的童年》现实主义的成分远远超过《亲密关系》。但是《亲密关系》在艺术结构和人物性格的生动描写方面，超过《一个头目的童年》。《亲密关系》的局限性也是十分明显的，它以描写青年女工的性生活为主，不反映当时法国社会的重要矛盾。此外小说中对两性生活的近乎自然主义的描述，给小说留下了不少糟粕。

《墙》是萨特最具代表性的作品之一，至今已被许多国家译成近三十种文字。作品取材于20世纪30年代后半期的西班牙内战，通过被处死刑的反法西斯战士巴勃洛·伊比埃塔从生到死，又从死到生的曲折经历，力图反映出人在被押到行刑墙前的心理状态。萨特通过小说形象地表达了他的"存在与虚无"的存在主义哲学观点，即死亡与生命之间所存在的这道"墙"并不是不可逾越的。在小说结尾时，他更以主人公绝望的惨笑，表现了视人生为无可理喻的存在主义立场。萨特是哲学家，可是他创作的文学作品，一般地说，却很少有学究气的抽象、枯燥、索然无味的缺点。在这个意义上，《墙》无疑是一篇可供读者阅读、了解存在主义文学的佳作。但是，由于萨特是从视人为动物的自然主义角度去描写人物的心理和思想的，因此，尽管作品主要描写的人物都是革命者，而他们的形象却是被扭曲了的，并不高大。这些，都反映了存在主义文学的弊端。

上文仅就萨特几部作品略加评述，要了解萨特全部创作，举这几个例子当然是不够的。不过从这几个例子中，我们也可以窥见萨特创作方法的某些特点，最重要的一个特点就是常常在作品结尾的时候，情节发生突变，也就是所谓戏剧性的突变。上文已经提到，在《密室》中，三个被锁在室内的亡魂本来渴望能离开这个斗室地狱，可是到了结局时，房门被卡尚撞开了，三个亡魂反而谁也不愿意夺门而出，离开地狱。又如在《恭顺的妓女》中，丽瑟本来对于威胁利诱，强迫她在假证词上签字的参议员和他的儿子弗莱特十分反感，甚至憎恨，可是最后她突然改变主意，选择了对金钱和权势表示恭顺，宁愿跟弗莱特走，去当他的姘妇。在剧本《肮脏的手》，小说《墙》和《亲密关系》中，都有这种戏剧性的突变，而且都发生在结局部分。这个手法，在萨特的作品中是常见的，几乎是一贯的。仔细考察一下，可以发现这个最终的突变其实也并不是完全从天而降，出人意外的，而是在情节中早已有不止一处的伏笔。萨特的作品结构严密。人物在最后作出一反常态的抉择，其实是此人在故事开始以来就在反复思考，长期犹豫，多次决定之后又否定，否定之后再一次决定的结果。因此萨特的作品显得情节曲折，波澜起伏，引人入胜，到最后，奇峰突起，全剧告终，好像一部交响乐曲演奏到最后一个高潮时，戛然而止，给人印象深刻。

萨特擅长于这种结局发生突变的安排，恐怕我们不应当把它看为单纯的艺术手法，而应当理解为和他思想观点多少是有内在联系的。结局突变说明这个人物的决心在考虑很久之后，终于不顾一切地作了他早有此意的抉择。所以萨特的存在主义说，个人的选择是"绝对自由的"。我们不能同意这种看法。我们认为，只有从唯心主义的角度看问题，只有认为主观先于客观，个人先于集体时，才能够闭着眼睛高喊"个人的选择是绝对自由的"。我们认为，个人在选择自己的行动方向时，正确的态度是必须先研究客观形势，客观条件，也就是必须认识和掌握客观事物的规律。然后考虑怎样的选择比较合理，比较符合事物发展的客观规律。换言之，不应该首先考虑个人的自由意志和个人利益。其实先考虑个人也没有用，因为事实上个人的选择总是受客观条件制约的，这是客观规律。

萨特在他的哲学论著和文学作品之间，偏爱文学作品；在他的文学作品中，他更重视剧作。他年轻时发现了自己有写戏剧的才能，觉得非常兴奋与快乐。后来他果然在戏剧文学方面有优异的成就。读过萨特作品（指原文原著）的人，都会发现萨特的确是怀着创作的喜悦和高度的精神乐趣，创作他的作品的。这种喜悦和乐趣，是真正有才华的创作者的重要标志。萨特并不是为了要表达他的哲学观点或政治立场，才勉强自己去写文学作品，结果无非在世界上增添了几部生硬的、空洞的、枯索无味的作品，人们勉强看了一遍之后决不想看第二遍的作品。萨特的作品，尤其是剧本，往往写得精彩，能给读者以艺术的享受。

萨特是第二次世界大战以后直到70年代，法国最有声望、最有影响的作家。他的国际声望之高也是当代法国作家中罕见的。但是，不论萨特的作品影响多么大，我们评述和介绍时，必须首先分析辨别他的思想实质和政治立场。我们坚持这种唯物主义的态度，因为它是最实事求是、最科学的。世界各国的文学名著，哪怕是第一流的艺术精品，也必须过五十年、一百年，以致两三百年的时间考验，时间冲刷和淘洗，才能够洗净作品中的思想观点和政治立场的陈旧泥沙，剩下金粒，发出璀璨的艺术之光,供读者欣赏。萨特与世长辞距离今天还不到三年。他还是一位虽已盖棺而尚未论定的大作家。对于他的作品做出最后结论为时尚早,但我们必须对萨特的文学成就有实事求是的、严肃的看法。

(1982年10月,于湮园,原载《小说界》1983年第1期)

两次大战间的法国文学

1940年，路易·阿拉贡在《断肠集》的序上说："经过这次战乱以后，重读保尔·瓦雷理的诗，不禁有隔世之感。"这话足以表露战后的文学界对1940年以前的老前辈作何感想。这次大战如是，上次大战亦复如是。两次大战在50年来的法国文学上划着两道深沟，可并不是说1914年以前的法国文学，与1918年以后截然不同，也不是说1939年以前的文学，与1945年以后有彻底的分别。文学是人类生活的艺术记载，它和人文史一样有持续不断的生命。文学史家惯用世纪或朝代的变换为文学分期的准则，本来已够牵强。我们不愿意再借战争来支解整个的文学史机体。本文的标题，仅在指明当代法国文学史上某些特殊的侧影，并没有使之成为断代史的用意。战前战后文学的各种场面，皆互有密切的姻缘联系，不可分割。例如瓦雷理，他的一鸣惊人的《年青司命女神》发表于1917年，可是在1914年以前，他已经是玛拉美的门下士中最惹人注意的后起之秀。这次大战以后，路易·阿拉贡是时势造成的"英雄"之一，而他在1939年以前的文坛上，也已经崭露头角。

20世纪初期以来，法国文坛上流派渐趋驳杂。从上次大战以迄目下,这驳杂的情况更变本加厉。可以说20世纪的法国文学(也许不仅法国)的主要形相之一,就是各种趋潮的复杂与琐碎。这种繁缛发展的程度,为法国文学史上任何时期所不仅见。在量的方面说,其葱郁畅茂,亦古未有之;从质的方面说,这半世纪以来却没有盛大而强有力的全面展开的文学运动。19世纪初,夏多布立昂、史达尔夫人、以及诗人拉马丁、维尼、雨果等,在浪漫主义的风浪里,均以文坛大师的身份,各领风骚数十年,这种场面,在本世纪却没有见到。

也许有人提出异议,说本世纪初年,岂不是有象征诗人们的哀弦急管抑扬于法国文坛上?诚然,象征派曾风靡一时,但它的气派决不能与浪漫主义相比。如果说浪漫主义文学是金鸣玉振的雄健交响曲,象征派诗人的歌吹,只仿佛是房中乐。波德莱、魏尔兰、玛拉美都直接间接地歌颂颓唐的美,作秋虫的呻吟。只有两个比利时诗人,写浓重诗句的魏尔哈仑与《青鸟》的作者梅特林克,虽然不知道为什么也列入法国象征派文学史上去,却不与一般法国诗人同调。本世纪初法国象征主义的纯正的嫡系,其实只能由昂立·德·勒尼叶(1864—1936)代表。但勒尼叶那套

  我吹一支细细芦管,
  整座森林都和唱。

的纤巧的玩意,也不能使所谓"后期象征主义"的苍白的面目,增加一丝泼辣的生气。如果依随文学史家的通常办法,把弗朗西·夏默(1868—1938)和保尔·瓦雷理二人也算为"后期象征主义"的诗人,则可以说象征主义的余波一直延展到上次大战以后。夏默的恬淡的田园诗,很令人想起"悠然见南山"的陶潜。说实话,我始终不大明白批评家把夏默关到象征主义的狭窄的鸟笼里去是为什么缘故。夏默是一只生活在田野间的自由自

在的歌鸟。他尽量唱天主的颂词，信仰的赞美，对于人生，舍此淳朴的乡下人式的宗教观念以外，可以说并不需要其他的"象征"。

到了争一字之奇，斗一句之巧，极尽雕虫能事的玛拉美手中，人们都以为象征主义诗歌已经山穷水尽。想不到瓦雷理出来，柳暗花明又一村。瓦雷理虽属玛拉美直系弟子，却仅接受玛拉美雕琢得八面玲珑的外形。在锻炼字句的工夫上说，瓦雷理尚未能和他师傅媲美。而玛拉美的精髓，所谓"诗的音乐的成分"，却被瓦雷理很聪明地学习了来。于是《青年司命女神》、《海滨墓园》、《水仙词》等名诗的作者，以其圆熟的技巧，沙里淘金的耐心，磨琢清澈如水晶，洗净烟火气的诗句，来写他琼楼玉宇，高处不胜寒的境界。世人仅被瓦雷理的诗的绮丽的外衣所眩惑，对于他的命意所在，都说难解。实则瓦雷理秉玄学者的气质，以冷冷的理智探索，作为他诗的骨子，因此有高不可攀的意境。人们又嫌他的诗"冷"，好像月球风景，处处是莹冰皓雪，遇不到一个血肉的凡人。殊不知他诗中含着一个严肃的悲剧（人的悲剧）。纯理智向宇宙之谜探索认识的道路，却在它前进的历程中，处处受"自我"的牵制，不能摆脱感觉世界的羁绊。瓦雷理诗的源泉，迸发于这理智与感情冲击的焦点。听说他爱好数学，留意自然科学的最近的成果。在他放弃了心爱的数学，搁开综合各科学结果而加以参化的哲学，退而作诗人，仿佛是不得已而求其次。但正因他不是为文章而做文章的文人，对于文字，对于雕虫小技，总存三分藐视的意思，才能无情地用数学家操纵数字的冷静头脑，操纵诗的字句，韵致。他的诗和散文，均以"精确"与"严格"著称。

把抒情诗抬到形而上学的境界，同时把抽象思维的活动，用纯熟的诗的韵调织成有生命的艺术品，瓦雷理的劳绩，可以说是形成19世纪末、20世纪初的象征主义的彩霞满天的黄昏时刻。倘将与瓦雷理同辈的大诗人保尔·克洛代尔（1868—1955）的宗教气味浓重的作品搁在一边，我们可以大胆地说瓦雷理是资产阶级文化最后一位代表诗人。他以后，抒情诗就盛极而衰。四五十岁的侪辈的代表诗人是阿拉贡和保尔·艾吕雅。30岁那一辈诗人，就是说已成名的诗人中最年轻的，以比埃·埃马努埃尔（1916—1985）及巴特里司·德·拉都杜班（1911—1975）为代表。但无论50岁的人，无论30岁的人，都没有七八十岁的老诗人们的造诣：没有他们的圆熟技巧与完美的作品。原因很简单：瓦雷理与克洛代尔的艺术是代表一个盛极而衰，正在没落的过程中的旧文化。那些50岁和30岁的侪辈则正在挣脱因袭的，失了时效的意识形态，与诗的本身技术方面的习惯势力，向新的，尚未确定的路线上探索。这种拓荒的工作，并不是一人尽一生精力所能完成。在最近将来，恐不会有完全成熟的天才产生。不但在诗如是，在别的艺术上亦如是。上文说我们这时代，没有盛大的文学主流，这也是原因之一。

虽没有盛大的主潮，可不缺乏杰出的人才。正因人才济济，各人向不同的方面发展，谁也不肯做谁的尾巴，谁也不听谁的指挥。青年作家在未成名以前，自己不妨承认是谁的私淑。文坛各大头目的周围，往往不缺乏青年们包围着，如众星拱北。等到这些徒弟羽翼成长以后，就各自树立旗帜，自立门户，自翻新奇。这是文学流派不能扩大，不能持久的又一原因。

今年是1947年，20世纪已经徐娘半老。回首过去，她有过惊涛骇浪的经历。两次大战，仿佛是两场凶险的恶症。到如今，虽已年近知命，她仍在多愁多病中度日子。"明天又将是怎么回事？"谁也不能预卜。无论是纪德、瓦雷理、罗曼·罗兰、莫里亚克或马里丹，以致其极左或极右派的，主观独断的文人们，在目前，都无非是黑暗中的探索者。各人都想给我们指出一条路，可是谁也不敢说哪一条是切合于明日世界，惟一的路。这个世界是历史激烈演变中的渡桥。我们大家都挤在这桥上，要不战战兢兢一步步向前进，脚一滑就可能落水淹死。在这种环境之下，思想和文学往往有被直接行动超过的现象。就是说，思想演变的速度，追不上社会一般动态的疾风骤雨。几次大战和革命，使这世纪的人来不及老，来不及死。在思想和文学上，生老病死的速度也异乎寻常地加增。一种文学思潮发生不久，转眼已成明日黄花。一个大师的权威方成立，即已被另一大师取而代之。这是法国当代文学之所以缺乏盛大的主潮的第三个原因。

记得这次大战前两三年（仿佛是 1936 年），柏格森在世界哲学年会会场上，用一句名言结束他的演说："应当用思想家的头脑做事，用实践家的头脑去思想。"如果我们不怕唐突法国当代大哲的话，似乎可以用四个字来概括他的名句中所含的意义，那就是老生常谈的"知行合一"。极端动荡的时代中的文学，单纯的审美倾向已经此路不通。即使是徜徉于诗与玄学交界的高峰上的，超乎凡俗的瓦雷理，也不能不有时走下神龛来，着眼于尘俗的现世界。思想与行动渐趋合一，是最近法国文学的一般倾向。在当今环境之下，纯乎向壁虚构与闭门造车的艺术品，一定没有时代的效应。恐怕慢慢地笔杆与枪杆将不分彼此。我们的愚见就是：这两件不同的工具将有同样的急要性，并且也许将被同一只手去运用。《如此人寰》的作者——马尔和（1901—1976）就是一个极典型性的例子。而世称"善变"的文坛宿将纪德，亦何尝不是常因行动的欲望，引起思想上不少波澜？

马尔和整部作品，可以说是一部"行动文学"的杰作。他每一本小说都是行动实录。一般批评家，只能用陈旧不堪的英雄主义这一名词给马尔和的为人与文学创作下一个界说。许多人都说马尔和的英雄主义反映着莫利斯·巴莱斯（1862—1923）的"自我崇拜"与尼采的超人论的影响。马尔和，巴黎东方语言学校出身，青年时满怀浪迹四海的大志，同时不免掺杂几分凡有欧洲青年皆不免的，碰运气的想法，运气不佳活该倒楣的冒险心理，跑到法属印度支那去探险和发掘古墓。不久，他抛弃了考古工作，跑到广州、上海，以多少近于无政府主义的态度，接触北伐时代各处鼎沸着的无产阶级革命的波澜。在正统的革命观点上，马尔和无非是一个游离的革命分子。也就以此游离分子的态度，他和其时忽然心血来潮的纪德跑到纳粹政权控制下的德国，去援救第三国际要员季米脱洛夫出狱。不久他又跑到西班牙去参加反法西斯战争。1945年，法国军队从德军手中，抢回法国东北境阿尔萨斯与洛林两省。一时战地通讯记者们，争传法军中有裴而介旅长者，就是投笔从戎的马尔和的化名。一等战事结束以后，他立即恢复著作生活，照旧以其惊人的速度，写成以此次大战为背景的，一部半叙事、半议论、半回忆、半自传式的，体裁奇特的小说《与天使斗争》。接着又埋头重写他遗失于战乱中的巨稿《艺术心理学》，这其间，他居然还抽出工夫来尝试了一下做官的滋味。他曾在戴高乐将军内阁中，做了一个多月的文化部长。在二三十岁的青年们的眼中，马尔和正在渐渐成为新的偶像之一。

纪德假使晚生40年，其活动的力量一定不在马尔和以下。他生于1869年，他的重要的作品几乎都发表于上次大战以前。可是他在青年界的影响却不因年龄增加而减退。这是文坛上少有的现象。1940年法军惨败的时候，这个老头正在北非悠游。这是他的家常便饭，每年差不多总去非洲走一趟。1945年战事结束以后，他才从容不迫地返回巴黎。这次大战期间他虽没有发表重要作品，可是在北非阿尔及尔的法国文学界，无形中把纪德奉为首领。当地文学青年们,借了纪德的光,居然把阿尔及尔弄成战时流亡海外的法国文学活动的中心之一。

法国文学主要的倾向,本来注重个人的发展。50年来的法国文学,尤其强调个性发挥与个人主义的满足。纪德与马尔和虽都曾着目于群众,而他们自己的处世态度,仿佛均着重"自我"的完成。在他们二人的作品里,均可以觉察显然的尼采思想的痕迹。纪德年轻时,尼采的学说正初次被人生吞活剥地传入法国。纪德学习德文,虽说为了歌德,恐怕当初先为尼采。研究了尼采以后,他把当时法国知识界对于无神论者尼采的错误认识纠正不少。他主要地指出《查拉都司脱拉如此说》及《要强的意志》的作者的反传统的精神及破坏的热狂,正是积极建设新思想与新道德的不可少的准备。马尔和在最近的小说《与天使斗争》中,也有年轻时大受尼采影响的坦白招供。可是马尔和的个人主义已经是广义的,以社会大众为对象的英雄主义。纪德的态度则有许多人说他自私自利。事实上,人们都艳羡他的祖遗财产。纪德一生没有衣食之虑。由于从来不知道生活的艰苦,他在言论与行为上皆比较地不受拘束,不负责任。可是这悠然的岁月太长久了也使人厌腻。纪德的悲剧,正因为他可以不奋斗而生活。他无形中努力向实际生活接近,不安于面壁枯坐的书斋生活。可是每次与实际生活稍稍接触以后,他又立刻缩了回来。他说他最怕"固定"在一件事物上,他需要不断地转移与变换。老实说,他没有"固定"的习惯,没有负责任的习惯。他与实际生活之间,隔着一垛高墙,那就是他的家产和他的优裕生活。在生活舞台上,他是个永远的客串。在他自己,当然不承认是自私自利的个人主义者,虽然极端的名士派头,令他对于人间生活毫无执著。他并不是不想抛弃这种游离的生活,可是不能。在《夜飞行》的"序"上,他说人生真正的幸福,是将个人的自由贡献于事业，以事业的目的作为生命最高准则而牺牲个人的一切，而甘心受大拘束，负大责任。这些正是他自己的生活中所缺少的。

个人主义与个性发展是两回事。个性是本质，是行动的一种姿态。个人主义是目的，是行动的结果。世人不察，往往易把这两种事实混为一谈。有时因为认识不清，有时故意不分皂白，作为互相攻讦的藉口。1936年从苏俄游历归来的纪德，曾竭力申说个性与个人主义不能混为一谈。他的新俄游记发表以后，引起有成见方面的极大谴责，骂他的人之中最引人注目的一个是罗曼·罗兰。从此纪德索性与共产党绝了缘。当时纪德挨骂的理由之一，说是他在新俄游记中提倡个人主义。实则纪德鉴于集权政治之下，知识与智慧每易受到严格的管制，同时将团体中每一分子看作无机的物件，没有生气没有灵性的机械的单位，好似用以建造房屋的千万块砖瓦中之一块。这实为人类的重大损失。社会生活一般的步调自当切合于集团整个幸福的要求。欲达此目的，必要时甚至可限制各分子的自由及福利。可是因此抹煞个性却是严重的错误。个人之所以能各尽所长贡献于社会者，就因他有个性，他有与同一集团中其他分子不同之点。所以个性不但不应当抹煞，并且要使各人个性分别，充分发展。文化的改良与进步，实以培植个性为基础。个性培植是天才培植的初步。人类文化倘要不断进步，不断创造，不断地适应新的历史环境，就需要不断地有先知先觉的天才出现。这是纪德论个性与个人主义的主要意思。纪德的观点是否有理，应当由历史事实来做结论。

当代法国文学中各人自由发展的风尚，并非始于纪德与马尔和，也不仅是受遥远的尼采的熏染。本世纪初独霸法国文坛的巴莱斯不已高唱"自我崇拜"了吗？上次大战开始，从自我崇拜转到狭义的爱国主义的巴莱斯，不但被一般俗众目为"文坛盟主"，并且确实是当时法国知识青年们顶礼膜拜的活偶像。上次大战结束以后，他的文学势力突然消沉，正如此次大战后的纪德，瓦雷理等巨匠的作品，俱失时效一样。从思想立场上看，仿佛并没有将巴莱斯的作品介绍到法国国境以外来的必要。然而由于他在当代法国文学上所占极重要地位，将他略而不提，似乎无法提到后之来者。初期的巴莱斯，承浪漫主义之余绪，发表了些巡礼名胜和赞美古迹的抒情散文。鉴于当时文坛流派纷纭杂乱，思想界缺乏中流砥柱，他于是以小说的形式倡导"自我崇拜"的理论。不久，他又从狭窄的个人主义走入窄狭的英雄主义与民族沙文主义的牛角尖。等到上次大战发生，他的爱国文学大受群众欢迎。巴莱斯一时有民族诗人之目。上次大战期间，他以众议员及报界要人的资格，在政治舞台上活动。他的政治生活可说没有多大成果。有一次他到法国南部去作竞选演说，几乎挨了听众的围殴。在政治活动时期，他没有工夫致力于文学，只发表了大量的演讲稿与报纸文章，稍后集成六大册《法国国魂与战争》。

巴莱斯在当代法国文学之所以重要，大半由于他文章写得好。他是集旧派散文之大成的高手。我们所谓"旧派散文"，是指那些纯然从书本中脱化出来的文体。在法国当代文学上，自然并不曾有相当于我国白话文学运动那样的变革。可是青年作家们的散文，愈新近者愈语体化。最近的小说家们，不用家常语及各种行话不算时髦。纪德与瓦雷理的散文尚不能完全摆脱书卷气。可是比巴莱斯已经接近语体多了。巴莱斯是旧体散文最后的大师。这是一种抒情的，抑扬顿挫的散文，非摇头摆尾高声朗诵不过瘾的散文。这种文体令我们想起戊戌政变以后的，梁任公在报上发表的文章，任公自称"笔锋常带感情"的那路文章。所谓"常带感情"，本是自谦之词。实则那时梁任公的文章，感情奔放，痛快淋漓。这是耸动闻听的好文体。

爱国主义向来不是一种适宜于销售国外的出口商品。在法国本国煊赫一时的巴莱斯，在国外简直很少有人知道他的姓名。其原因，不外乎巴莱斯是彻头彻尾的民族沙文主义作家，极端保守的右派文人。越受本国推崇，不免越引起外国人的讨厌甚至妒忌，这类本地风光的作家，我们倘用客观无党无偏的眼光去看，觉得也是可以理解的，虽然他的立场是资产阶级爱国主义，但至少比那些专在海外贩卖浅薄无聊的"异域风光"，就是说以祖国作为其低级趣味的文学作品的唯一题材的，所谓做出口买卖的"文人"人格高一些。

天主教诗人夏尔·贝济（1873—1914）亦因为是激烈的爱国者，名不扬于国外。其实他的人格与文格，在法国文学史上皆值得有一定的地位。贝济以纯洁、善良、稍带稚气的憨直的，殉道者的面目出现于当代法国文学。他的短短的一生，充满热情与慷慨的牺牲精神的一生，已经是一首用血和微笑写成的诗。说贝济是法国史上来自民间的第一个重要文学作家，恐不至过分。早年就没有了父亲，他依靠替人修补破藤椅子为生的寡母，在贫穷与饥饿中挣扎长大。跟他的母亲，他不但学习了如何在伶仃孤苦，穷极无告的环境中，以勤劳去交换餬口之需，并且在下流之地众毁所归的贫民环境中，如何保持自己灵魂的高洁与向上的志气。恁他自己的聪明和努力，这个没有父亲的穷孩子居然从小学到中学，从中学到大学，一步步地依靠着奖学金与公费升学。他在世界闻名的巴黎高等师范学院毕业以后，一面作中学教师，一面从事于文学，同时又致力于社会慈善事业。至于家中五个小孩的教养，尚不在其内。他就这样百忙之中，写下了不少诗与散文。他的作风很特殊，在简单与淳朴之中，带着几分不可摹拟的天真。

贝济思想的出发点，是对于人类的深厚的爱。教育心理学者们常说，幼年没有感受父母之爱的人们，往往到老不会有仁慈与恻隐之心。贝济以博爱为出发点，以基督信仰为皈依。又因法兰西是虔信天主教的民族，是圣处女霞娜·达克的故乡，所以天主教诗人贝济又成为热烈的祖国颂赞者。1914年大战爆发，贝济毅然抛弃家室，放开文学事业，投笔从戎。因为他先抱定牺牲的决心，所以在战地勇敢非常，主动要到火线上作战，不久就达到了为国捐躯的目的。

贝济在巴黎高等师范时有一个挚交：罗曼·罗兰（1868—1944）。在贝济独力创办的文学期刊《半月丛刊》上，罗曼·罗兰开始发表文章，渐露头角。开初，贝济和罗兰是携手同行的好友。他们的基本精神均为仁慈与博爱。和贝济一样，罗兰少时也颇受母爱的熏陶。等到贝济对宗教的热心天天增加，罗兰则渐渐离开宗教。他的感情的寄托主要是艺术，尤其是音乐。上次大战爆发后，他与贝济越发站在相反的立场。贝济主战，为防卫神圣的，天主教的法兰西而战：

　　幸福的是那些为真理而战死的人们！

罗曼·罗兰则站在人道主义的立场，反对一切战争。上次大战期间，反战的罗兰被全法国目为卖国贼。在千夫所指，不病而死的威胁下，他只好侨居瑞士，爱国诗人贝济则与巴莱斯同为当时文坛的宠儿。大战结束以后，罗兰的和平主义渐渐为人世了解。尤其是1916年得了诺贝尔文学奖以后，罗曼·罗兰名扬世界，甚至在中国也很出名。而贝济则被人淡忘了。这次大战发生前夕，贝济的作品又渐渐被人提起。这次大战期间，贝济的遗著成了一部分法国人噙着热泪反复诵读的"枕边书"，可是这次大战以后，70多岁的罗兰从瑞士回到巴黎，立刻又成为群众赞扬和热烈欢迎的对象。就在这光荣的高潮中，老人溘然谢世了：这一死也死得其时。贝济和罗兰两人文运的升沉，令人深感于文人的成败荣辱，几乎完全决定于政治气候的转变和群众激情的转移。

肤浅的观察者，往往以为法国人是轻佻善变的。讵不知法国民族性有保守的一面。大部分法国人到如今是天主教信徒。路德与加尔文倡导的所谓"新教"，在法国信徒始终不多。在中产阶级多数家庭中，中世纪式的宗教热情仍保存在各人心里。宗教的成见，在无意之中，与阶级自身物质利益的保持，不无密切关系。在某些境遇中，宗教信仰，不容讳言地是封建以及资产社会自卫的武器之一。这不仅在法国如此，世界各国都一样，法国史上，每一时代皆不缺乏魄力相当雄大的天主教诗人，出来卫道。恐怕只有唯理主义昌盛的18世纪是例外。18世纪末年，反宗教的空气渐告稀薄，于是天主教思想又抬了头，卫道的大作家夏多布立昂顺时势而产生；而以霹雳的声势，震撼初期浪漫主义的文坛。每一时代唱天主教赞美诗的角色们，亦有其时代的特色。夏多布立昂和17世纪的宗教作者，显然不同。当代法国文学的天主教作家是谁？倘就道心虔诚与态度纯正而论，自然当推贝济。可惜贝济作殉道者的激情太热烈，早就自投罗网死于战场，没有能完成他唱赞美诗的大业。于是曾任驻福州领事，驻东京大使，外交家兼诗人的保尔·克洛代尔，就成为本世纪最大的天主教诗人。

非但为当代文坛怪杰，克洛代尔在全部法国文学史上，亦有其特殊地位，他的诗剧的体裁，尤其是诗的作风与技术，皆为前无古人的艺术品。他的长段句诗，听说是脱胎于圣经赞美诗章，而以人的呼吸，作为每一句诗的长短的尺度和通篇的韵律的基础。克洛代尔抒情力量之矫健雄阔，从19世纪浪漫派的热情奔放，一发而不可收拾的诗体以来，没有人能和他相比。可是克洛代尔不仅热情奔放，不仅是洪涛泛滥无遮无拦；他的诗并不是无病呻吟的浅薄的身边小事。他的主要作品是一些长篇的诗剧，均以宗教为主题。以极现代化的精神，去歌颂古已有之的基督教，这本是个难题，而克洛代尔居然大告成功。就是非信徒的我们读他的诗，也觉得被一种不可抵抗的力量吸引了去。要是咬文嚼字地去解释他的作品，你也许得不到什么结果。抒情诗人本不一定是思想家，我们不能在抒情诗中寻绎理论或学说。反之，当我们高声朗诵克洛代尔每一本作品时，立刻觉得它含有深沉宏远的内容，不能言喻的魄力，正如洪钟大鼓的伟大的交响曲一样。

有人说克洛代尔是中世纪式的巨人，迷了路，生在20世纪。换句不恭的话，就说他是时代错误者。我们站在客观立场上，觉得这话并不尽然。设如克洛代尔真是错了时代，他的作品为什么能有普遍的抒情魔力？要之，这位诗人的成功诀窍，在于他全心全力地歌颂着生命的快乐，现世生活的快乐。教会中的批评者们，故意说克洛代尔的快乐，是既识世苦愿求法乐的乐。用不偏不袒的眼光去读克洛代尔，你一定发现字里行间都洋溢着浓烈的烟火臭，也就是亲切的人间味，而绝无飘飘出世，羽化登仙之感。这现世乐的气息，是从诗人的人格深处，从他的生理的气质上自然流露出来，始能有如此结实的，震撼人心的力量。幸亏他用了这异教的精神，现生的颂赞，起死人肉白骨地从中世纪的阴暗里，从新掘出罗马传来的正统基督教，才使惨白的信徒们的脸上，显现几分现代生活的血色。

克洛代尔20多岁时在巴黎上大学，曾经有过年轻人所往往不免的思想苦闷。他那时也感觉到彷徨歧途，无所适从之苦。某年圣诞节的午夜，他踯躅街头，偶然走到巴黎圣母院门口。午夜的弥撒正做得热闹，信徒都跪着默祷，大风琴黄钟大吕一般奏着赞美歌，青年克洛代尔忽然觉得全身起了震动，心灵整个溶化在这午夜弥撒的庄严场面中。立刻，满面流着感动的热泪，他对自己起了誓："以整个生命致力于天主的颂赞。"可是，我们的愚见以为假如克洛代尔不以基督教为唯一的题材，他照样可以成为伟大的20世纪的抒情诗人。他的雄健的人格,即使不借宗教的路,也必然走到伟大的艺术创作上。前几年我们遇见克洛代尔时,他虽已经是白发龙钟的老者,但从他的照片以及传记中,可以想他当年方头大耳、粗壮结实的体魄。他的祖上世居田园,他本人还保持农夫的雄浑的气度。没有这种体质,就没有他的豪壮的诗。在这苦难的乱世,嚣张杂沓的空气中,克洛代尔独以嘹亮的嗓音,歌颂生命之悦乐,对于未来绝对不存一丝失望的阴影,这是当代法国文学上罕见的现象。

上文举出几个天主教作家以代表当代法国文学中保守的一面,下面应当提到当代文坛最跳动的,最冒险进取的,所谓前卫诗人的动态。上次大战告终,巴黎一时成为文学及造型艺术的革命策动点。在文学上爆发了一颗天外飞来的炸弹:反智慧,反逻辑,反一切因袭价值的"达达"主义。"达达"的精髓,倘使读者允许我们借用一句中国游戏文章《何典》的名句,就是"放屁,放屁,真真岂有此理!"玩世不恭,正是"达达"文学的主要目的。反对一切,破坏一切,而本身则毫无实质,更无积极建设的存心,为破坏而破坏,为胡闹而胡闹,为黑漆一团而黑漆一团,不可理喻,亦不求理喻,这就是"达达"可怕的疯狂。文学上的"达达"是昙花一现地过去了。主动的人们说"达达"不求时间,但求空间。换句话就是,不求不朽,但求喧嚷一时,愈闹的凶愈好,闹完拉倒。"达达"文学自知没有明日,也没有留下代表作品。因为"达达"根本没有作品,没有作家,根本不是文学。倘使此地举几个"达达"健将的姓名,对于我国读者,也没多大意义。

批评家常说"达达"之产生,是反映上次大战后,道德与智慧上受了长期战祸的残伤,失了常态的一般人心。事实也许并不如此简单。我们生怕上次大战前夕蔓延于欧洲,尤其临近于大革命的俄国的虚无主义，是"达达"的远祖。

自从"达达"开风气，巴黎文学界一时趋奇立异，常常翻新花样，出新"主义"。其中比较有文学的诚意，比较有思想上的依据的，是超现实主义。超现实主义一面承受"达达"的推翻一切的精神，另一方面却相当明显地反映着柏格森的直觉论，及弗洛伊德的精神分析的影响。从该派中坚人物勃勒东（1896—1966）三次宣言中和阿拉贡的《风格论》中，可以看出所谓超现实文学，乃是潜意识界不可言喻的直觉的表现。他们所用的主要技术，不外乎意象出人意外地，毫不连贯地拼凑。梦境是他们题材的来源之一。催眠术，魔术，变态心理都是他们注意所及的领域。然而，超现实主义最主要作品，恐怕只是他们的理论和保尔·艾吕雅（1895—1952）的诗。

和"达达"一般，超现实主义所希求的只是空间而不是时间。这本是一种革命运动，以思想的极度解放；无目的，无条件的解放为宗旨，故运动本身没有长期存在的必要与可能。凡有文艺革新运动均系取效于一时，倘使年长日久而革命尚未完成，就不免渐渐变质。所以超现实主义虽在艾吕雅的诗中延续到今日，在内容与技巧上均已非当初可比。但是我们却不能因此而抹煞艾吕雅的一片苦心。积20余年之精力，艾吕雅发表了十几册诗集。他在诗的技术上有很彻底的革新。他避免用传统的格律，不用脚韵，用空灵飘逸的诗句，写出心灵深处的隐秘。

阿拉贡与艾吕雅，都是当前法国文坛上的第一流作家。他们曾经是超现实主义者，多少可以说是"达达"的后裔；他们又是共产党员，唯物史观与现实主义是他们思想感情的基石。再说他们两位也实在是才华卓越，著作等身，年富力强，前途无量。此次大战期间，他们很勇敢地参加反侵略的地下活动。艾吕雅依然是苏俄作家爱仑堡的评论集《六个法国作家》中赞美的艾吕雅。阿拉贡大量生产诗与小说，故而有"20世纪的维克多·雨果"之称。最近发表的四五部长篇小说的总标题是：《现实世界》。

除了上述的主流之外，我们在结束这一篇写于1947年的短文时，有必要指出几个值得注意的作家和作品，说明法国文学永远是丰富多彩的。让我们用赞美的眼光，再一次注视马塞尔·普鲁斯特（1871—1922）的多卷本长篇回忆小说《追忆似水年华》，若望·季和图（1882—1944）的花言巧语，富于情趣的戏剧，亚兰·傅尼埃（1886—1914）一举成名的，半追忆半幻想的，朦胧凄恻的童年初恋的回忆《大模儿》，若望·齐阿诺（1895—1970）的，和浓烈的酒一样的，田园生活抒情小说，等等。

法国人自己常常大言不惭地说：巴黎是世界文化的首都。1945年好不容易从死神手里夺回来的巴黎，仍不失为世界文化的首都。假如你不喜欢"首都"二字，至少你得承认巴黎是全世界文化、文学、艺术的中心。对于文化季候的阴晴寒燠，巴黎是最敏感的气压计。举一个例：此次大战前夕已经冒头，战后哄动西方的若望·保尔·萨特（1905—1980）的存在主义文学，势将成为第二次世界大战之后，产生于巴黎，影响全世界的主要文学思潮。但这已不属于本题范围之内，姑不详谈。

（1947年6月写于天津，发表于《文学杂志》第二卷第五期。
1987年修改于北京）

阿拉贡的小说《共产党人》

一

最近人民文学出版社把法国进步作家路易·阿拉贡的小说《共产党人》的中译本六册都出齐了，这是一件很有意义的工作。

《共产党人》不但是一部巨型小说，也是新型小说；不但作为资本主义国家进步文学中的一部巨著而引起大家普遍注意，也应当认为是社会主义现实主义文学的成就之一。在这点上，法国的进步批评家和苏联的法国文学专家的意见是一致的。弗莱维尔主要根据下列理由，说明《共产党人》是一部卓越的小说：作者写这部小说的计划宏大，而实际上他确乎完成了这样大的计划；其次是法国小说艺术上有悠久传统的内心分析等重要手法，在这小说中有新的发展。因此，这位法国当代很有修养的马克思主义文艺理论家认为《共产党人》标志着20世纪法国小说的一个转捩点。弗莱维尔也提到在这部小说中始终贯彻的生动活泼的气氛和异常熟练的语言，甚至指出"说和想"同时表现的这种新风格，这一切形成阿拉贡作品中特有的澎湃的气势，强有力地吸引着读者，使读者合上书本以后，继续被这种滔滔滚滚的旋律所牵引。

《共产党人》这部五卷六分册的巨型小说，是1944年开始写的。1949年开始出版，到1951年便已全部问世。囿于政治偏见，法国资产阶级文学界对于这部小说一直是表示冷淡的。进步的文学界对它表示极大的兴趣和热烈的欢迎。法国工人喜欢在文娱时间听人朗读《共产党人》。进步报刊曾经专为这部小说组织过多次座谈会和讨论会。在一次讨论会上，小说家安德雷·斯谛作了重要的发言。斯谛认为《共产党人》的成就主要在于作者通过推陈出新的艺术创造，使法国共产党在文学艺术方面的领导思想和原则性的指示贯彻在具体的作品中。阿拉贡出色地完成了党的作家所应当完成而不是常常能够很圆满地完成的文学任务。因此，作家兼《人道报》主编的安德雷·斯谛认为《共产党人》的发表是法国人民生活中的一件重大而影响深远的事实，同时也是"我们党的一个重要举动"。

法共中央的领导同志们对阿拉贡这部小说评价很高。多列士指出阿拉贡的功劳在于坚决站在党的立场写了一部斗争性很强的作品，加香认为这部小说的问世标志着社会主义现实主义在法国开辟了道路。革命领导人对于《共产党人》评价的着重点是它的政治影响，这也是理所当然的。不过，像这样一部作品，它在政治影响上的重大意义和它在文学成就上的重大意义是有密切关系的，因此，在这篇评论中我们企图比较地侧重文学的角度去研究问题。

苏联的法国文学专家阿尼西莫夫在《共产党人》的俄文译本序言中肯定了法国的进步思想界对这部小说的极高评价，并且强调这部史诗式的巨著证明了社会主义现实主义文学可以在像法国那样的资本主义国家里发荣滋长。社会主义现实主义文学可以在某些条件适合的资本主义国家产生和发展的这一种理论，恰好就是小说《共产党人》的作者阿拉贡从1935年以来一贯倡导的。

二

《共产党人》是一部巨型的小说，已经发表的六册只是第一集，还有第二、三两集没有产生。全部《共产党人》包括的历史时期是"1939年2月至1945年1月"。而已经出版的第一集包括的时期仅仅是"1939年2月至1940年6月"。按照这样的规模，第二、三集至少每集六册是很可能的事。全书出齐估计当在18册左右。按照预告，第二集（1940年6月至1943年1月）本应从1952年起陆续出版，可是一直到目前为止连影子都没有。

社会主义现实主义的文学创作并不是简单的问题。在资本主义国家里，这是一种新生的事物，它具有一切新生事物的不可遏止的生命力，它的前途是光明广阔的，这一切都是无可怀疑的。可是在目前，它还是一种比较年轻的文学，有待于更进一步的发展和成熟，它本身还有些不可避免的缺点。同时，作为一种新事物，群众对它一时之间还不很习惯，不可能一致表示欢迎，而没有丝毫疑问或顾虑。权威的评论家一致认为《共产党人》是社会主义现实主义在法国胜利的第一座里程碑，我们不妨补充说，这也是社会主义现实主义在一个资产阶级还居统治地位的国家中的非常勇敢，同时也是极有意义的尝试。

斯谛在他的发言中，向《共产党人》讨论会提供8个讨论的题目："小说与历史"，"作家与党的活动家"，"乐观主义的文学"，"反对公式化"，"所谓《共产党人》难读"的问题，等等。正如斯谛自己声明，他提出这些问题并不足以概括《共产党人》所引起的全部问题，而且斯谛从讨论会主持人的地位只是把问题提出来，供讨论时参考，他自己并没有多加发挥，作出结论。虽然我们找不到那一次讨论会的记录，但这些问题的提法在我们探索《共产党人》这部小说的思想内容和艺术特征时是有启发性的，尤其是关于"小说与历史"，"反对公式化"以及"所谓难读"等问题。因此，下文将要不断地提到它们。

事情是这样的，不但通过译本接触《共产党人》的外国读者觉得这部小说"难读"，即使法国读者也有些人认为这书"难读"；不但别有居心的资产阶级读者和评论家在嚷"难读"，甚至因此而"怀疑"这部小说的文学价值，即使在态度友好的读者之间也有人感觉这部书"难读"。对于一部社会主义现实主义的作品来说，这样一个问题不可能不认为是重要问题。不管作品的思想内容多么正确，多么重要，如果它的表现方法，它的艺术形式真的是令人难以接近的话，就有必要首先正视这个问题，分析这个问题。究竟怎样"难读"，"难"到什么程度，为什么"难读"？并且，也有可能这部书并不是像人们所想象的那么"难读"。但是为什么它给人以难读的印象呢？

外国读者认为"难读"，可能问题在译本上。《共产党人》确乎是一部很不容易翻译的书。首先是语言的关系：全书几乎通体用非常熟练、流畅、生龙活虎般的口语化的文笔，读者如果碰到困难，往往不是乞灵于任何词典所能解决。这是一种直接从生活中提炼出来的文学语言，必须熟悉有关的生活才能够很好地理解并且尝味这种语言的妙处，否则不免格格不入。

原文是不是"难读"呢？应当说也"难读"，也不"难读"。总的说来，《共产党人》决不是一部难读的小说。除开别有居心的读者的叫嚷之外，一般接触原文的读者之所以说"难读"，一半是因为他们缺乏耐心，另一半是出于误会，随声附和。至于对于法国语言的掌握程度尚待提高的外国读者，接触了原文以后也跟着嚷"难读"，自然又当别论。对于一般的读者来说，《共产党人》一起头会给他们生疏的感觉。但是读者如果耐心一点，坚持下去，读完一定的页数（各人的情况不同，需要突破的页数也不同），就会渐渐习惯，渐渐地听懂对话，弄清情节；同时，开始为这技巧与众不同的小说所吸引，渐渐感觉它有一种你从未经受过的艺术魅惑力，使你不忍释卷，恨不得一口气读完六册。

使人起头感到生疏，逐渐习惯，最后发生很大的兴趣的理由是多方面的，但是首先应当说明的是作者所用的语言和他的新风格。与其说《共产党人》这部小说是写成的，不如说它是口述的。问题不仅是用口语体代替文章，或者把口语和文章的距离尽量缩短，而是用说书的方式来叙述故事，同时逼真地摹拟故事中各个人物的语调和口吻。

《共产党人》这部篇幅庞大的小说有十分丰富而且复杂的内容，它的表现方式随着内容不同而变化多端，可是上边所说的口述体却占主要部分。在一般情况之下，这种口述体和第三人称的间接叙述法夹杂使用，交错展开。这种口述体的另一特点是人物的思考、梦幻、独白、对白和行动都连缀一片，对话往往来不及用引号。因而从第三人称转到第一人称或第二人称，要不然就是相反的方向转换，都异常迅速。这类例子多不胜举，随手翻开书来都可找到：

真的，就在附近。再说出马约门到那儿很方便。何况玛丽·亚岱尔童年时期曾经在纳侬住过。我从来不愿意离开那儿太远。她坐在弗莱特身旁，他开车灵妙如神。

这并不是什么精彩的片断，无非是随手找到的人称转换的例子。文中忽用第一人称，忽用第三人称，其实都是指玛丽·亚岱尔。这一段文字虽然是用第三人称写的，事实上是码丽·亚岱尔的内心独白——她的沉思。如果朗读这一段应当和这段紧接的上文玛丽·亚岱尔的谈话用同样的声调，不过要抑低一些。和这一段相隔不远的地方，还有类似的例子：

  特·布勒亚太太从来没有到过土耳其，不过她有一些在卢弗西安置有房地产的美国朋友……我疯了，不在卢弗西安，在马里·勒·洛亚！弗莱特，你到安卡拉是有任务的吗？……自然啦。我们答应土耳其人一大堆东西，结果什么也不送去。所以必须叫他们耐心等待着。玛丽·亚岱尔咬着嘴唇：朗多尔小姐是不是很好地完成叫土耳其人耐心的任务了呢？

  在这一段里，开头那一句是第三人称的叙述，接着是特·布勒亚太太（就是玛丽·亚岱尔）和弗莱特的对话，最后是特·布勒亚太太的沉思，在《共产党人》中，并不是所有的对话都不加引号，不分行，只是在情节迅速展开时才这样。到一定的场合，对话成了主要动作，成了重点，也就用分行的形式。因此，这种说的和想的联在一起，你说的和我说的接成一片的写法，并没有使文章显得单调，反而变化多端，增加行文的生气。至于朗读起来，这样的写法效果比一般的对话前、后边加上"某某人说道""某某人回答"之类的累赘说明要好得多。可是这种文体对于不习惯的读者会成为一种障碍，但不是什么不可超越的障碍。

  弗莱维尔说《共产党人》是小说家和诗人结合起来的艺术作品，的确是有道理的。也许阿拉贡毕竟是诗人底子，所以他写小说有某种普遍存在的抒情气氛。可以把《共产党人》的作者设想为一个非常健谈的人。他口若悬河，滔滔不绝地讲故事；并不是简单地交代事件怎样发生，怎样收场，也不是像会议记录似的告诉你某人说些什么，而是围绕某一主要事实；或依据某一个突出的思想或情感，让语言的洪流泛滥成壮阔的波涛。不习惯的读者不免惊讶，为什么在一件事情上有这么多的话可说。然而这些话都不是浪费的，它们在奔放的过程中不但展陈了无数有声有色的细节，增加故事的真实感，并且造成一种拥抱一切的旋律，使这内容复杂的小说，凝结成一个整体，好比一支宏阔的交响曲。这种魄力，这种抒情式的铺张和19世纪上半期那些浪漫派诗人的长篇巨著，似乎也多少有相似之处。假如可以说一部作品从它的思想和情感上有一定程度的浪漫主义的成分，那么阿拉贡的作品，尤其是他的小说《共产党人》，应当考虑为这种作品的具体例证之一。可是已经习惯于20世纪多半个世纪以来的干巴巴的散文的法国读者，不免感到《共产党人》不合常轨，甚至"难读"，却也是不难理解的现象。

这种在现实主义基础上采用部分的浪漫主义的艺术风格，以及上边提到的口述体的叙事方式，都不是在《共产党人》中第一次出现的。1945年发表的同一作者的短篇小说集《法国人的伟大和屈辱》，尤其是其中最长的一篇《罗马法已不存在》，已经是这种新的艺术途径的探索。可是好像没有听人说过短篇小说集《法国人的伟大和屈辱》"难读"。也许由于这一短篇集远不如《共产党人》重要，人们不大注意它是否好读或难读。同时也因为造成《共产党人》"难读"的原因不止短篇小说中已经开始出现的口语腔调和抒情气氛，还有其他种种原因。我们至少应当再举出其中重要的一种，那就是这部巨型小说的结构问题。简单地说，《共产党人》包括的主要故事不是一个，而是好几个，主要的情节不是只有一条线索而是有若干个头绪，甚至简直可以说《共产党人》不是单纯一部小说而是好几部小说的综合体。

这已经大大增加读者对于这部作品的不习惯的感觉和难读的印象,何况事情还不止是这样。作者并不满足于将若干故事纠结在一起,他并不是将这些故事像珍珠一样用一条丝绳一颗接一颗地贯串起来,串成一条项链。他把每一个故事都分成若干段落,然后把它们错综交织,缀成一幅极长的"花毯"。举例来说,《共产党人》第二卷一厚册共分 20 章,从每章的内容看,错综和交织的安排方式是很明显的:

第一章:资产阶级社交生活,巴黎一家大咖啡店的露天座上,有几个思想反动的军官和几个所谓"贵夫人"在闲谈时事。

第二章:共产党员阿兰·巴邦达尼应征入伍,坐火车到集合地点去报到。

第三章:资产阶级政治舞台的侧写,社会党众议员多米尼克·马洛热衷于做部长,到处钻营的丑态。

第四章:应征入伍的共产党员巴邦达尼在军营中的生活,猜疑和迫害的空气包围着他。

第五章:巴黎的一个党小组的地下活动,党员玛格丽·高维萨和洛贝克等的初步介绍。

第六章:反动政客马洛,韦思贡第等人的活动。

第七章:在 1939 年 9 月初的总动员令颁布后,应征入伍的共产党员在部队里的生活,他们之中有工人党员瓦里耶,种葡萄的农民党员伯兹和知识分子党员塞布龙等。

第八章:接受党的任务,准备转入地下的知识分子党员费尔泽和妻子儿女不得不暂时分散的情况。

第九章:在部队里的党员的地下活动。

第十章:巴黎资产阶级的所谓"高级社会"的社交生活,沙龙中的名媛淑女和绅士们的清谈和调笑。

……

不需要把20章全部列举，上面介绍的10章已经充分说明小说的布局：资产阶级社会和共产党员活动的场面错综和交替，前线（部队）和后方（巴黎）生活场景的并比和对照，等等。在这种情况下，不习惯的读者会感觉到仿佛小说中有无数个故事在万马奔腾，并驾齐驱。实际上，作者确乎把一个故事分成无数片段，断断续续地分布在全书各处。赛西尔和若望·德蒙塞的恋爱故事贯穿全书，若即若离，若隐若现，和其他的无数故事掩映交错，增加了情节的委婉曲折。如果把这个恋爱故事集中起来写，干脆开门见山，痛痛快快地一下子交代清楚，恐怕反而索然无味了。连战争中身受重伤，双目失明，两条手臂全被锯去的共产党员吉戈瓦在医院中疗养时，念念不忘党的斗争和工人弟兄们的命运的这样深刻动人但是情节比较简单的故事，也分成几段，散见于第二卷第20章，第四卷第六章和第十章等处。把题材这样组织起来无疑是有它特殊的艺术效果，但同时却增加读者对于这部小说的"难读"之感。

关于"难读"问题，安德雷·斯谛有他的看法。他的意见可能和我们的意见不完全一致，却也是有用的参考。他认为"像《共产党人》这样一部书，尤其是第五卷，无疑地不是供读者消遣的。应当回避的暗礁，恰好是想使我们的文学成为单纯消遣品的这种要求"。斯谛的意见很明白：一部文学作品即使真的难读，不一定就要不得；反之，如果轻松易读，也不一定就高明。他还引用日丹诺夫的话，说明文学固然必须为人民大众服务，使人民大众能够了解，帮助他们进行斗争，却不等于说文学就应当永远跟随在人民大众的水平和需要后面。文学应当进一步提高人民大众的要求，发展他们的爱好范围。从这一原则性的看法中，斯谛引申出这样的结论："那些仅仅站在人民的目前爱好水平，或者低于这样的水平的作家，大有迅速地被原来的人民所瞧不起的危险，人民将要完全有理地责备这些作家不帮助他们进步。"

至于《共产党人》这部小说究竟是否"难读"或"难懂"，斯谛不作结论。他希望大家先耐心地把小说（指原文）从头至尾细读一遍，然后发表意见，自由讨论。不过，他说："不要从对于作家这称号的一种贫乏而贬值的概念出发，这种看法和我们对作家的概念毫无相同之处。"斯谛在这儿所说的"我们"，当然是指马克思主义者，因为那次讨论会的参加者主要是法国大学生中的共产党员。

三

一般地说，《共产党人》的读者遇到的"困难"都属于表现方式上的问题，也就是说有关小说的艺术面貌的问题。我们在上面作了一些肤浅的探索，都不出所谓表现方式这一范畴。但是，如果认为《共产党人》的作者在写小说的艺术上所下的工夫，所进行的一系列的新尝试，都无非在小说的形式上耍耍花腔，其目的不外使读者眼花缭乱，赞为新奇，那就完全错了。不管它究竟是"难读"还是易读，反正《共产党人》给法国的小说艺术开辟了若干新的方面，这一点似乎可以肯定。然而更其可以而且应当肯定的是，这种艺术上的新尝试完全是由小说的主题思想，小说的十分丰富而复杂的内容，作者处理事物的立场和态度以及作者在创作这部巨著时对自己提出的重大任务和严格要求所规定的。

《共产党人》包括的历史时期是第二次帝国主义大战的年月，1939年2月至1945年1月，法国是1939年9月3日向德国宣战的，小说的情节开始在那一年3月，也就是大战爆发的前夕。1945年8月，巴黎从纳粹占领者的铁蹄下解放出来，也就是说小说结束于法国解放的前夕。已经发表的五卷六分册结束于1940年6月初，那时法国军队已经土崩瓦解，希特勒的侵略军迫近巴黎，巴黎的陷落成为不可挽救的定局。1939年3月到1940年6月这十五六个月期间法国历史的发展——也就是小说主要情节的发展，可以分为三个明显的阶段：1939年3月至9月初是第一阶段，那是战争爆发的前夕；1939年9月至1940年5月10日是第二阶段，那时德、法双方陈兵国界，形成对峙，双方按兵不动，宣而不战，所谓"滑稽战争"时期；1940年5月10日希特勒军队侵入比利时，法军北上迎战，到6月4日，法国北部和比国南部的所谓佛兰特尔地区的战役已经以法国军队的崩溃，英国军队的逃跑而告结束。德国侵略军冲向大门敞开的巴黎。贯穿在这三个历史阶段的法国社会的特殊情况是资产阶级反动统治集团的法西斯化一天比一天猖獗，法国工人阶级在共产党领导下，向这种危害人民的恶势力作无情的反击，双方矛盾日益尖锐，斗争日益剧烈。尽管纳粹德国的侵略势力在那时已经剑拔弩张，而且法国是直接受威胁的，当时法国社会的阶级矛盾却比国际上的民族矛盾尖锐得多。在法国大资产阶级所谓"二百家"富豪以及他们的走狗——那些反动政客的心目中，他们的真正敌人不是纳粹德国，而是苏联和法国共产党；他们惧怕和提防国内的工人阶级，甚于虎视眈眈的强邻。小说一开始就描写西班牙法西斯势力在意、德两国的法西斯政府直接支援，和英、法两国反动政府间接帮忙之下终于得逞；战败的西班牙人民军队与民主分子狼狈不堪地越过边界到法国避难，他们受了同情佛朗哥的法国官方的粗暴待遇。这个"楔子"是意味深长的。首先，这是法国统治集团进一步压迫国内的民主势力，进一步法西斯化的一个信号。这一场面，和小说第一集第五卷结束时所描写的法国人民在纳粹侵略者的炮火下仓皇奔命的场面是遥相呼应的。总而言之，整部小说叙述的是法国人民在这苦难的年月里遭受国内外法西斯势力残酷迫害，以及法国共产党领导人民向国内外的敌人展开顽强的斗争的经过。

1939年9月20日，以达拉第为首的法国反动政府颁布了解散共产党以及其他工人组织的法令。不久就大举逮捕党员和同情分子，同时密切监视应征入伍的党员，尤其是中下级军官，以便随时逮捕他们。至于共产党议员，则因碍于宪法，不能随便拘捕，于是捏造了一件挑衅的审判案，加以莫须有的叛国罪，以便实现拘捕的阴谋。这时，多列士、杜克洛等法共领导同志，由于人民群众的掩护，隐蔽得很好，反动派费尽力气也抓不住他们的影子。转入地下的党组织活动得很积极，不断发行油印的《人道报》和其他宣传品，这一切，使反动派又急又恨，于是颁布了抓住身藏共产党宣传品的人一概处死的法西斯法令，同时也说明反动派是多么害怕工人阶级。1940年6月初，法国军队崩溃后，反动政府采取了更毒辣的对策，一面撤回残兵败将，以便保全一部分实力来镇压可能趁着统治者吃败仗而起义的劳动人民，一面散布流氓式的无耻谣言，说什么法国的战败应当由共产党和犹太人负责，他们早就隐伏在军队中到处进行挖墙脚的工作。事实上，出卖祖国的是那些大资本家和反动政客组成的统治集团。

第二次世界大战爆发以前，有组织、有领导的法国工人阶级一直是反对战争，竭力揭穿资产阶级煽动战争的阴谋。1938年9月30日签订的《慕尼黑协定》，12月6日公布的《法德宣言》等勾当，都说明英、法帝国主义者拼命煽动希特勒侵略苏联的战争阴谋。当时法国国会中投票反对《慕尼黑协定》的75个议员中有73个是共产党员。

1939年8月，苏联为了粉碎英、法的反苏反共的新神圣同盟的阴谋而签订了《苏德互不侵犯条约》。法国反动政府怀着深刻的忌恨情绪，趁机对苏联和法共大肆诬蔑，并设法破坏法共和法国人民大众之间的团结，挑拨人民对共产党表示猜忌。法共坚持斗争，在十分困难和艰苦的条件下，向被当时的复杂与混乱的局势搅昏头脑的群众进行耐心的解释和宣传。1939年9月3日全欧性大战终于爆发，法共立刻改变了反对战争，保卫和平的路线，而号召党员积极参加战争，努力尽爱祖国爱人民的责任，以便粉碎国际法西斯武装侵略法国，蹂躏法国人民的阴谋。法国工人阶级这一正义的态度不但不为当时法国的反动统治者所了解，反而加深了矛盾。因为从1939年9月3日到1940年5月10日，在这一段所谓"滑稽战争"期间，法国政府还在那儿搞对德宣而不战，对苏战而不宣的鬼把戏。所以法国工人阶级那时对内既要向统治者的迫害作斗争，对外也准备着坚决抵抗侵略军；法共领导着人民在两条战线上作战。

从1940年5月10日到6月14日法军崩溃的过程中，尽管反动派在后方和前线对共产党员加紧迫害，同时进行含血喷人的诬蔑，党员们在火线上表现出爱国主义和自我牺牲的崇高精神。他们严格执行军令，坚守岗位，许多人都战斗到流尽最后一滴鲜血。在这法国民族危急存亡的紧要关头，共产党人以实际行动来驳倒反动派对他们的诬蔑。不但如此，只要侵略军占领了法国国土上的一个角落，那儿的工人们在地下党的领导下马上开始组织敌后游击战。因此，在小说第一集第五卷结束时，读者看到战争的性质开始在改变。资产阶级策动的反人民的战争已告失败，由工人阶级领导的人民武装，准备起来捍卫祖国，正义战争就要开始。因此，公正的历史家可以这样写：

第二次世界大战爆发后即被达拉第政府打入地下的共产

党，已成为能够保卫人民利益、领导人民反对德国法西斯侵略和法国反动派的唯一力量了。

我们比较详细地介绍了《共产党人》这部巨型小说的历史背景，因为这些同时也就是小说的主要内容、主要情节。这是一部直接写历史的小说。它的困难主要是：要求直接写历史事件，可是不能写成一本干巴巴的历史教科书，必须写成一本有高度艺术性的文学作品。于是，革新写小说的传统技巧，来克服这个困难，就成为《共产党人》作者给自己提出的创造性的任务。

要写资产阶级社会生活的黑暗腐化，政治的反动和军事指挥上的庸碌无能，必须通过具体人物的具体言行、具体性格来描写。要写共产党和团结在其周围的民主进步力量在那悲剧的岁月里的英勇斗争，也不能抽象地记流水账，必须通过有血有肉的人物和有声有色的细节，才能够把历史事件写成活生生的小说场面。既有历史大事，有可歌可泣的英雄行为，也有个人的遭遇和真挚、缠绵的所谓儿女私情，所以阿尼西莫夫说《共产党人》是一部史诗。它的确是一部规模宏大的史诗，它叙述的事实都严格遵守时间顺序；每一集，每一卷，每一分册的内封面背后都标明这一集或这一册中所叙述的故事的起讫年月。这是再一次证明这部史诗式的小说的主要线索是历史大事，有些读者以为小说的主人公是赛西尔和她的情人若望·德·蒙赛，主要情节是他们二人的恋爱，这是一种错觉。而这种错误的印象也附带说明阿拉贡把他的小说写得多么有生气，里面充满真实亲切的生活，尽管主要是写历史事实，却丝毫没有断烂朝报的陈腐气味。

要造成"活"的印象，有必要用虚构的小说情节来衬托真实的历史事件，但是不能歪曲历史事件的真实面目。让虚构的小说人物和真姓实名的历史人物一同粉墨登场，并且必须运用生活中的具体细节来充实历史事件的阔大轮廓。因此，各种不同的成分的错综交织的写法成为这部小说的必要的和主要的表现手法。一切局部的、枝节的错综交织、都建筑在一个基本的、关键性的经纬上：以"民族的戏剧性的遭遇"为经，"个人的戏剧性的遭遇"为纬。换句话说，以历史事实为经，个人遭遇为纬。小说有意避免用交代完了一件事接着交代另一件事的传统写法，因为那种方法只适用内容比较单纯的小说，而不能完成《共产党人》作者给自己规定的巨大复杂的任务。一系列的同时展开，齐头并进的情节中，当然有主次之分。主要的情节是法国人民在工人阶级和共产党领导下，在历史的暴风雨中，向国内外反动势力展开的斗争。一系列的附属的，次要的情节有时分道扬镳，有时互相衔接，汇为洪流；合流了若干里之后可能又重新分叉。由于小说篇幅庞大，内容丰富，数不清的人物和情节不免给我们纷纭复杂之感，不像那些题材较为简单的小说一样，线索反而比较清楚。但是，我们应当同意阿尼西莫夫的说法，这部"史诗式的小说"如果给人内容纷杂和结构"自由"的印象，也只是表面的，而且是有意的"诗的凌乱"。实际上，不但故事有统一性，即使最细小的情节的安排也是力求严格的。

一部小说的统一性是否突出，与其说是技巧问题，不如说和主题思想有直接关系。什么使《共产党人》纷纭复杂的情节和数不清的细节贯穿起来呢？无疑的是作者有意识的努力，尽量符合客观事实反映尖锐复杂的阶级矛盾。地下党的小组在残酷的白色恐怖压迫下展开活动，被捕的党员在刑讯时坚贞不屈，共产党议员在议会中的舌战，凡此种种，固然表现了尖锐的斗争，沙龙和咖啡座上资产阶级的老爷和夫人们的清谈和调笑，何尝不是通过他们对于时事的看法，以及对于共产党的害怕和仇恨，反映了当时社会上的深刻矛盾？例如第二册第十三章中，一张油印的地下《人道报》忽在盛宴之后喝着咖啡在漫谈的一群绅士和淑女中出现，立刻引起在场人物的仇恨、恐惧、惊奇、鄙夷等复杂而尖锐的表情。这是一个很生动、很深刻的镜头。至于那些自以为中立，或者至少在起初自以为中立的人物，例如律师瓦特兰，珠宝商人迦雅等，他们的内心矛盾和思想斗争，也随时随处反映着当时进步势力与反动势力之间的矛盾与冲突。旧时代的巨型小说，也有能够反映当时社会的基本矛盾的，但不能像《共产党人》那样有意识地，合乎规律地，并且在小说浩繁的篇页中贯彻始终地正确反映客观世界。在这点上，再一次证明小说的主题思想和立场观点与它的艺术形式有多么密切的关系。

社会主义现实主义的文学在资本主义国家中客观地、如实地反映社会矛盾，也就是有力地参加了政治斗争。客观地反映现实，并不是说采取"中立"的态度。《共产党人》是一部细致、深入而且相当全面地反映社会基本矛盾的小说，因此它同时是革命的工人阶级进行斗争的有力的武器。本书第五、六两分册的内容就是在反映尖锐的矛盾的同时直接参加斗争的集中表现。这两个分册，尤其是第五分册，完全是用来叙述1940年5、6月间的军事行动的。阿拉贡为了写这两分册，参考了大批的文献材料，包括大部分军事材料，又亲自到战事经过的各地区进行调查访问；另一方面，他和新闻记者一样，访问了数以百计的当时参加战役的人，记下他们的谈话。巴尔扎克在写《人间喜剧》中某一些小说时，也曾经做过一些调查研究工作；至于左拉，更不用说，谁都知道他是非常重视收集资料和现场观察的，他甚至常到现场去生活一个时期。但是《共产党人》作者的调查研究的态度与目的和《人间喜剧》以及《卢贡·马加尔》的作者是有本质上的区别的。阿拉贡写这第五、六两个分册的目的在于通过对战役本身的十分详细的叙述和描写，说明历史事实的真相，戳穿反动派的谎言，纠正被反动派歪曲了的历史记载。这两分册叙述军队的调动，各级指挥官的作战计划和行动似乎过分详尽，简直像总参谋部的日记，有时连每小时情况的变化都不遗漏，因而增加一般读者的"难读"之感；但是作者的努力是有重大的政治意义的，他说明了1940年法军溃败的责任在于资产阶级反动统治集团没有决心和希特勒打仗，以及甘墨林、乔治和魏刚等军事统帅的互相猜忌，犹豫不决，指挥失当。斯谛在讨论《共产党人》的发言中提出了"文学的科学观"的问题，就是指这部小说最后两册的创作，以比较严格的系统研究为基础的这一事实。弗莱维尔等评论家指出《共产党人》不但是一个党员作家个人的作品，也是党的事业。科学的观点和党的立场，这两者之间的结合和统一，显然是这一部社会主义现实主义小说的基本特征之一。

四

有正确的主题思想，正确的立场、观点和可靠的资料作基础可以保证作家写出正确的小说；但如果仅仅有这些条件，那就不一定能保证他写出高度思想性和高度艺术性相结合的完美的小说。《共产党人》肯定不是一部仅仅思想正确而没有别的优点的创作。正相反，这部小说有许多精彩的篇页，足够使善于欣赏的读者获得不易忘却的深刻印象。正如世界上一般的巨型小说，这部小说当然也不可能从头到尾每一段每一页都十分精彩的。这些比较不甚精彩的部分也有它们的积极作用：将精彩的片断衔接起来，衬托出来，犹如枝叶衬托花朵一样。一本规模较小，题材较为单纯的小说，如果写得好，可以给人比较集中的深刻的印象，那是因为它所需要的枝叶部分较少。如果把一部巨型小说中的精彩片断抽出来，往往可以组织成很出色的小型长篇或中篇小说，而事实上也确乎常有这样的选辑本。例如雨果在《悲惨世界》中写巴黎顽童加弗洛许的不朽的篇章，不是经常被人单独印行或抽出来翻译的吗？《约翰·克利斯朵夫》中的《安多耐特》那一卷，不是常常单独出版吗？毫无疑问，《共产党人》中有不少这样的优美的故事，突出的描写，值得作为广泛流传的选本的材料。例如共产党员法郎梭瓦·洛贝克和他主持的地下党小组的活动，一直到他们秘密印刷所被破获，他自己和主要助手被捕，写得非常真切生动，洛贝克的形象塑造得朴质而有深度。这是一个谨小慎微的银行职员，他为什么要参加共产党呢？他可以很满足于卑微的但是衣食无忧的生活。如果感到无聊的话，他可以像他那位办公桌和他最靠近的同事一样，集邮消遣。但是他不甘心满足于这一切。假如不参加共产党，在周围的灰色生活中能够找出一线光明来吗？党使他对于周围的生活有正确的看法，正确的分析和理解。党给他指出道路，通向和目前的灰色生活不能比较的崇高理想的道路。假如，在银行里小心翼翼地数钞票，记账，忙了一天之后，晚上不给党搞工作（他是小组长）他会感到这一天是白活了。他有纯朴忠厚的小职员的性格，甚至把数钞票生怕数错一张的仔细和认真的职业习惯带到党的工作上去了。为了隐藏印刷地下报刊用的一架油印机，他不辞辛苦，任劳任怨地奔走。小组里的女同志高微萨还怪他"胆小"，并且笑他是"圆皮垫子""胆小"？他不能不承认刚刚转入地下时多少有些害怕。但是主要的问题不是谁天生胆子大或胆子小，而是在于有坚定的决心和勇气克服自己的畏葸情绪。洛贝克害怕不害怕，只要看他在被捕时和被审讯时那种面不改色，泰然自若的神情就知道了。洛贝克从外表上看，这是一个极平凡的"圆皮垫子"，可是谁想得到，在平日，他是个勤勤恳恳，埋头苦干的党的干部，在紧要关头他是坚贞不屈的英雄。他的妻子玛蒂尼平日不关心丈夫的政治活动。她不但不是党员，而且好似对党并不发生兴趣。因此，党转入地下以后，洛贝克在外边不顾生命危险的奔走都没有让玛蒂尼知道，怕她扯后腿。没有想到她不但不扯丈夫的后腿，反而责怪洛贝克把群众估计太低了。难道只有共产党员头脑清醒，别人都糊涂？难道只有党员爱国，别人就不成？说得对。洛贝克听了又惭愧又高兴。高兴的是党决不是孤立的。倘若没有群众支持，党如何能在万分艰苦和危险的条件之下继续存在并且一天都不放松斗争呢？洛贝克的银行同事，那个平时以集邮为唯一业余活动，绝口不谈政治的家伙，一听到洛贝克被银行开除并且当天就被捕的消息，马上偷偷地在同事之间募集了一笔款，送去给玛蒂尼，表示支援。还有洛贝克的中学同学，那位生活浪漫的雕刻家让·布莱斯，他不但同意洛贝克把油印机隐藏在他的工作室里，并且一听到洛贝克被捕，就很自然地感觉到自己有挺身入党，拾起洛贝克手中落下的火炬的必要。群众对党的同情和支持是这部小说的重要的描写对象之一。一个人倒下去，十个人站起，令人感动的场面举不胜举。

　　玛格丽特·高微萨是另一个小资产阶级出身的党员形象。她是40多岁的老姑娘，瓦特兰律师的秘书。自己身世的辛酸，再加上她在律师事务所经常接触的那些命运乖张，"走下坡路"的不幸人们的嘴脸，使她深深感觉这个社会必须改变。可怜的老母去世了，高微萨在个人生活上更显得孤凄。但是，她没有工夫去想这些。为什么要去想这些呢？她有倔强的性格，她对个人的所谓幸福并不计较得很多，也没有时间去计较。难道一天到晚为党的工作到处奔走，不够她忙累，还要为一些生活琐事去伤脑筋吗？尤其是和另外几位女同志担任地下组织的联络工作之后，她的活动范围不限于巴黎，也就更忙，责任更重大了。高微萨全心全意投身于党的工作，不需要想的事她一概不去想。她身上藏着党的宣传品，手里拿着日报，读着报上登的反动政府的通告，凡是发现身上带有共产党宣传品的人，"就地正法"。她背上有一阵凉意，但是马上克制自己，不去想它。攀登高处的人没有必要向下面看，免得徒然使自己头晕眼花。同样，高微萨没有时间去想到个人的危险，她用全身力量顶着暴风雨往前冲。但是，在表面上她也是一个引不起人注意的平常职员。

作者塑造了各种各样的党员形象，他们（或她们）有不同的出身，"来自各方"；他们有不同性格和习惯，但是对党的事业的忠诚是他们一致的思想。当然，在他们之间，工人党员的形象最为突出。《共产党人》用相当多的篇幅写工人党员，布朗沙、瓦里耶、吉戈瓦……所以斯谛说这一回工人读者不会再埋怨阿拉贡小说里写工人写得太少了。工人党员的形象不但很坚强和勇敢，而且很沉着、很自然。布朗沙的足迹印遍全书，在第一卷的《序幕》中，布朗沙，这位巴黎思奈汽车工厂的装配工人，已经以参加了西班牙人民反法西斯战争归来的志愿军的形象和读者见面。到这部小说的最后一卷，我们看见布朗沙一个人开着一辆救护汽车，因为忙于彻夜执行任务，和仓皇退却的大队失了联系。布朗沙开着车在敌后横冲直撞，一连几昼夜不停，终于凭勇敢、机智和毅力，消灭了遭遇的敌人，冲过了火线，找到自己的部队。这一惊险的场面有力地表明共产党员在敌人面前顽强的战斗意志。真人真事为根据的栩栩如生的描写反驳了反动派所谓共产党和犹太人出卖祖国的无耻谰言。布朗沙不但是一位战斗经验丰富的战士，而且在政治上也相当成熟，他和同志们在一起，常常能从思想上帮助别人。

瓦里耶是个年轻的铅管工人,他对党的深厚而自然的感情,是工人党员的特征之一。在接到动员令之后,动身入伍的前夕,他把结婚不久的非常年轻的爱人米雪琳带到党小组会上,并且对同志们说,他走后,把米雪琳托付给党小组照看:"我这样想,真正的家庭,就是党。"作者不但从政治面貌上去写瓦里耶,而且从私生活方面,从他和米雪琳的纯真热烈的爱情上,去描绘这个健康、乐观、勇敢而坚定的工人党员的面目。对于这种青年人来说,斗争就是生活,他们不可能在党的生活之外,在斗争之外,再设想有别的值得自豪的生活。他们在接受党的最艰苦和最危险的任务时好似完成一件日常的举动那么自然,一点没有小资产阶级式的狂热和戏剧性的紧张。

工人党员的宝贵品质中,还应指出主人公的感觉和永不丧失信心的革命乐观主义。在这方面,上文已经提到过的吉戈瓦是一个突出的例子。他是个电气工人,在战争里失去眼睛,失去了手臂,但是没有失去对党的忠诚,对革命的信心。他还安慰邻床的病人:"只要脑袋里边在活动,你就不是废物……"一个残废到像他那样的程度,连他的未婚妻米米都怕跟他在一起,活着还有什么意义呢?如果仅仅是为自己想,那么,连饮食、洗脸都得依靠别人,连白天黑夜都看不见,的确是没有多大生趣了。可是,作为一个党员,这位残废军人首先想到自己对党还能效什么劳。他的脑筋没有残废,"他仍是一条汉子",他终于想出"服务"的办法来了:"现在,我是个重伤员。那么,往后呢,也许不需要等多久,在示威游行时,既然我有两条腿,我要走在前头,警察不能向我开枪,否则就会闹成一团糟;这样,同志们就能通过了……只要思索一下,即使像我这样一个残缺不全的人,还是能够服务的……我究竟是个荣誉军人呀!"吉戈瓦虽然残废到十分严重的地步，他的生命的价值和生活的意义，却比许多毫不残废的人要宝贵和崇高得多。

作者还塑造了几个知识分子出身的党员形象，例如巴邦达尼、塞布龙、费尔泽和高麦宜等。关于他们，作者也写出了若干动人的片断。例如中尉巴邦达尼，上级派他去执行掩护大队退却的艰险任务，在混乱中和大队失去联系，反而被别的单位诬为逃兵扣押起来。多少资产阶级出身的军官都在溃退中放下武器，不是投降，便是落荒而走，逃向后方。巴邦达尼把党员的称号看得比生命还宝贵。他吃尽苦头，总是不愿逃跑，当然更不愿降敌，宁肯忍受拘禁，找机会和拿着武器步步进逼的侵略者打巷战。

另一方面，像叛徒奥飞拉、龙巴尔和流氓式的工人党员勒麦尔等人物的可耻的形象也刻画得相当精细。这些人物代表党内的对立面，党内的渣滓。至于党外的对立面，资产阶级反动分子的面目，作者也下了极大的工夫去描写。在反动政客方面，突出的典型是马洛和韦思贡第这两个议员。在大资本家之中，用老威思奈的形象作为代表。但是反面人物写得最深入、最生动，给人印象最深的是那几个青年法西斯败类，弗莱特、威思奈和他的同伙，尼古拉、德·艾格弗宜，加埃当·勒·包赛克和伊伏、居卜来赛等人。这些败类一般都是富家子弟，从少年时代起就不务正业，行为放荡；自己觉得是社会上的特权阶级，可以不劳而食，应当作威作福，压迫地位比他们低的人，所以他们最怕同时也最恨共产党和革命，他们还没有出中等学校的大门，已经成了最右倾、最反动的政党的基本部队，成了法西斯打手和突击队。他们不学无术，有了钱就花天酒地，没有钱给人雇去充当打手，暗杀、抢劫、诬诈、盗窃，无所不为。通过这几个典型人物的描写，使我们对资本主义国家的法西斯活动增加了许多知识。这些不讲道德，没有信义的家伙，在他们自己之间也是互相吞噬的。在某一件暗杀案中，弗莱特曾经出卖过伙伴，告发过同谋。黑帮中人抓着这根小辫子，常向弗莱特诬诈勒索，因为弗莱特是法国最大的资本家之一，汽车和军火制造商老威思奈的侄儿和未来继承人。第四卷第七章描写一个暴客深夜闯入弗莱特的寓所，向他进行威胁的情况，写得十分紧张，富于戏剧性，给人很深的印象。

在群众里面，作者给我们介绍了许多正直的人物。他们有爱国心和正义感，因而同情共产党，支持党员的地下活动。律师瓦特兰是作者着重描写的同情分子之一，他不但关心和同情所谓"共产党议员诉讼案"，而且甘冒风险替被捕的党员和进步人士作辩护人。此外，如同在部队里同情和保护共产党员上尉巴邦达尼的阿瓦涅上校，爆炸敌人工事受伤惨死的宗教人士布劳迈神父，以及宁肯违抗反动的总指挥部的军令，不甘心退却，不肯放下武器，不肯烧掉自己的军旗和辎重以便轻装逃窜的许多有民族气节的法国士兵和军官，都曾经以他们的正义的面目打动读者的心，可是他们的面影往往在比较匆促的镜头下闪过。

着重描写的同情分子，却是一对小资产阶级的夫妇，珠宝商罗拜尔·伽雅和他的妻子伊娥娜。他们是书中先后出现的次数较多的人物，因而对他们的描写是比较仔细的。伽雅当初并不完全同情共产党，不过他很拥护苏联。他曾经有机会到苏联去访问和游历过一次。明白真相之后，他对于反动派对苏联歪曲宣传大为不平，因而加入法国的"苏联人民之友会"，被推选为会长。他说不能完全同意法共的政策，主要当然是进步的小资产者的利益也不可能和工人阶级的利益完全一致，同时也因为他害怕别人把他当作共产党，所以即使心里向着党，也不敢公开表示。1939年9月，大战爆发，共产党被打入地下，伽雅在加紧活动的白色恐怖之前吓得浑身发抖。他黑夜里偷偷抱着"苏联人民之友会"的大包文件抛进塞纳河中的情景，写得非常出色。伽雅应征入伍以后，在驻地感到受监视、受威胁，吓得整天冒冷汗，夜里不敢合眼，写得也很动人。等到伽雅知道特务手中的嫌疑分子黑名单上有自己的名字以后，反而不害怕了。既然如此，当初何必那么怕他们呢！反正你是不是真正的共产党，在特务眼中都一样，你是他的掌中物，只要他们高兴，随时可以收拾你。于是伽雅的情绪倒安定下来了。他在军营里比较谈得来的是上尉瓦特兰和上尉巴邦达尼。他担心的倒是家中的伊娥娜。他怕特务去搜查他这个嫌疑分子的家，把他老婆孩子吓一大跳。真没有想到，等他告假回家时，发现伊娥娜比他进步更快。她虽然没有"领党证"，却已经在给党办事。到了前线开始败退的时候，伽雅终于被特务扣押起来。在审讯时，伽雅表现得很好。特务逼他承认是党员，他不承认，事实上也不是；把他逼急了，他索性大骂反动政府。他的口吻和党员一样；他一边骂，一边自己心里又诧异，又得意。可见他心里早就同意党的看法。伊娥娜终于也落入警察手中，她暗藏在珠宝店后间的油印机和刚印好的《人道报》等都被搜出来了。

伽雅夫妇写得这样详细，是有多方面的意义的。首先，通过这两个积极分子的故事，可以看出一般正直的小资产者走向进步的曲折和艰苦的道路；其次，因为伊娥娜是书中重要人物若望·德·蒙塞的姐姐，她的进步直接影响了若望·德·蒙塞和他的情人赛西尔·威思奈。

若望和赛西尔的爱情故事，以及对于这两人的家庭生活、社会活动和思想演变等，书中写得十分详细。他们也是"足迹"遍全书，占相当多的篇页。毫无疑问，这是《共产党人》主要情节之一。在他们名下，作者塑造了逐渐走上进步道路的资产阶级知识分子形象。知识分子的进步历程,这一向是阿拉贡小说中的主要命题之一,在《共产党人》以前发表的小说《奥雷连》和《街车顶层的旅客》等,都描写了知识分子的觉悟过程。统治集团的反动,资产阶级生活的腐化,无聊和丑恶,使许多诚实的知识分子,憎恶自己的环境,竭力挣脱腐化势力的笼络和自己的阶级分裂。赛西尔,这位22岁美貌的少妇,就是一个竭力打破豪华生活的樊笼的知识分子的典型例子。她是弗莱特·威思奈的妻子,青年法西斯败类尼古拉就是她的胞弟;她的生活环境的黑暗丑恶是可想而知的。弗莱特不但是挥金如土,而且壮健俊秀,正是一般资产阶级女性梦寐以求的对象,但是赛西尔并不满意这样的丈夫。结婚对赛西尔来说是残酷的失望,她和弗莱特之间早就没有爱情了。弗莱特是地道的丧尽天良的纨绔子弟,他除了搞钱和玩弄女性以外,没有别的能耐。他虽然已经很有钱,他伯父老威思奈的巨大的财产等于是他的未来财产一样,可是他还不顾一切去找发横财的机会,甚至出卖祖国利益他也在所不顾。

赛西尔不愿意和她周围的有钱太太们一样,整天忙于游宴、花钱、卖弄风情、偷汉子等无聊鬼混。她看中她弟弟尼古拉的一个中学同学,家道清贫的医科大学学生若望·德·蒙塞,对他发生深厚的感情。若望比她年轻两岁,是一个纯朴的青年,他也深深地爱赛西尔。对赛西尔来说,若望是纯洁和诚朴的感情的活的形象。她虽然出身于大资产阶级家庭,父亲是银行老板,丈夫是法国最大的资本家之一的子弟,然而她鄙弃这种不劳而获的生活。她很同情劳动人民,她的女仆欧吉妮的弟弟,电气工人吉戈瓦在炮火中受了重伤,双目失明,双臂截去,赛西尔自愿去当护士。若望……她随时随地都想念应征入伍的情人。在她心目中,若望是纯朴、诚实和勤劳的合理生活的象征。因为若望的关系,她认识了伊娥娜，若望的姐姐。伊娥娜给地下党效劳而被捕那天，赛西尔大胆地到珠宝商伽雅家里，把伊娥娜的两个小孩子接回来，负责扶养。

赛西尔和若望的爱情，给《共产党人》这部庄严的小说添了不少柔美的情调。评论家在这重要的插曲里看到阿拉贡对斯丹达尔的小说艺术作过认真的研究。赛西尔坚强而深情的形象，的确很容易使读者联想起《巴尔玛修道院》中的女主角吉娜·特·桑式弗里那。固执而忠诚的情侣，不顾一切障碍追求纯洁的爱情，曲折而委婉的情节，都令人仿佛尝味到《巴尔玛修道院》的高度艺术魅力。但是这决不是说阿拉贡和斯丹达尔有同样的恋爱观。在写爱情小说的艺术上，《共产党人》的作者是在斯丹达尔的基础上有新的发展的。

五

无论在他的抒情诗或在他的小说中，阿拉贡给了恋爱以新的内容，这是这位作家对于今天的法国文学的重要贡献之一。资产阶级男女关系的杂乱和腐化，革命导师早在一个世纪以前起草的《共产党宣言》中有所揭发。从19世纪末叶以来，法国文学上几乎找不出一点健康与纯洁的爱情故事的影子。在19世纪初期，资产阶级的文学曾经唱过所谓"恋爱至上"的高调。但是现在这些世纪末的文人所唱的，却干脆是"恋爱破产论"。资产阶级的男女之间，一般地说，早已就没有真的爱情，只有颓废和糜烂的情欲。安德雷·纪德不早就说过："用善良的感情写不出好作品。"纯洁的爱情当然是一种善良的情感，因此它早已被摒斥在资产阶级文学的所有的"好作品"外面了。

阿拉贡不但重新使恋爱理想化，而且使它和别的崇高理想、崇高情感相结合:"一个孤独的男人,他的思想有什么价值呢?……一切伟大美好和纯洁的东西,只有在男人和女人的关系中才能找到自己的位置,成为人生的装饰品。"并不是说恋爱是人生的点缀,而是主要的考验。弗莱特,赛西尔的丈夫,和淫荡的电影明星丽妲·朗多尔形影不离,他们的丑史是社交场中的公开秘密。这当然谈不上是什么恋爱,但是这种男女关系也诱导了弗莱特去干卖国求财的勾当。纯洁的爱情可以鼓励人向上。赛西尔对若望的爱情渐渐巩固和深刻化的过程,同时也是她的觉悟日益提高的过程;在若望那方面情况也一样。对恋爱采取严肃态度的人,对人生的一切也容易认真和严肃地去考虑。

　　阿拉贡的恋爱观和资产阶级文学中反映的恋爱的区别不仅是纯洁和肮脏的区别,而是基于不同的人生态度和不同的世界观的本质的区别。资产阶级文学把男女之间的爱情写成绝对个人的、自私的情感,一种强烈的占有欲。阿拉贡笔下的进步的恋爱观却与此完全相反,只有对于生活采取了正直与诚实的态度,热爱祖国,热爱人类的人,才能够在他们(或她们)的慷慨纯真的心里,遇到机会滋长健康的爱情。也许有人会说,这样的恋爱观未免把恋爱过分理想化,事实上恐怕不尽如此。问题正是在这里:只有对于人类的一切崇高的理想,例如建立一个没有人剥削人,没有阶级矛盾,大家团结友爱、勤劳幸福的美好社会的理想,采取真诚态度,不以为这些都是"教条"和"空话"的人,才能够对恋爱这一崇高理想有足够的理解和真实的信心。共产党员瓦里耶应征入伍;他的年轻的妻子米雪琳独自一人在家,又怀了身孕,非常想念丈夫。这种怀念亲人的心情,很自然地促使米雪琳接近地下党,不久就参加了组织,她这样做,诚然主要以阶级觉悟和政治热情为基础,可是对纪佑穆(瓦里耶的名字)的爱情也是重要的推动力,正因为两者之间不但不矛盾而且是互相促进的。米雪琳给党工作，她入党，都来不及征求纪佑穆的意见，而且也没法征求，因为那时写信决不能提到这些。而且她坚信，她那样做一定会使纪佑穆高兴，因而会更爱她。

想到这儿，这位年轻的女工心里充满温暖，充满希望和幸福的感觉。这部小说中可以找到很多这样的例子，比方工人党员白朗沙的妻子保莱特到部队里去探望白朗沙，在充满夫妻间的温情的会见中，保莱特对丈夫表示全心全力，为地下党工作的决心。又如知识分子出身的党员费尔泽遵照党的指示决定转入地下，和在海滩上带着孩子们在休假的妻子告别，他的妻子不但没有阻挠他，反而因为党对费尔泽的信任而自豪。

爱情，自从人类有文学艺术以来，它就在大大小小的作品中占着重要的位置。这是个"老题目"，但绝不是"老生常谈"。通过像阿拉贡这样的作家的创造性的启发，爱情势必在进步的文学中获得新的生命，重新高奏凯歌。我们一定会读到许多描写光明健康的爱情的好作品，至少在直接受阿拉贡影响的法国进步文学中。

岂但爱情如此，爱国主义何尝不是在《共产党人》中发出新的光辉？正如在敌后准备游击战的矿工所说，没有工人阶级参加，不可能在保卫祖国的战争中取得胜利。资产阶级害怕人民甚于法西斯的侵略武装：他们宁愿向侵略者投降，不愿意改变他们骑在劳动人民头上作威作福的特权。资产阶级有时也唱"爱国"的高调，例如在希特勒侵略军卵翼下的法国维希傀儡政府，曾经提出"劳动、家庭、祖国"来代替18世纪末叶革命的资产阶级所提出的"自由、平等、博爱"。但是这里所谓"祖国"是指维护资产阶级的既得利益和一切特权的那一套国家机器，不然的话，以反动的贝当元帅为首的维希卖国集团为什么一面向希特勒下跪叩头，一面还高唱"祖国，祖国"？资产阶级文人中比较诚实的早就讨厌这种虚伪的"爱国主义"，因此他们在作品中索性避而不提"祖国"二字，这也是由来已久的现象。波德莱在他的题为《异方人》的散文诗中曾经这样写：

——你的祖国呢？

——我不知道我的祖国在什么地方。

《共产党人》给爱国主义以新的内容，新的力量。法共领导人多列士给响应动员令入伍的党员的唯一的盼咐是："没有什么特别的指示。到处做最好的人……你按照法国人，共产党员的良心做事……"遵照这样的"没有什么特别的指示"行事的党员，他们在战场表现得非常顽强和勇敢，上文已经提到。为什么能这样呢？因为"按照法国人"、"共产党员的良心做事"不是别的，就是爱国主义和国际主义相结合的真正的爱国主义的精神。小说《共产党人》正确地表现典型人物的爱国主义的崇高行动，因为作者站在工人阶级的立场处理这个问题，正和他对于恋爱问题所采取的态度一样。

阿拉贡给爱国主义和恋爱这两个古老的题目以新的血液，并不是从小说《共产党人》开始。早在第二次世界大战期间发表的诗集《断肠集》和《法兰西号角》中，他已经把爱祖国的热烈的情感和恋爱的深情结合在一起歌唱。不过小说《共产党人》中，通过具体人物和典型环境来表现这种崭新的理想主义的崇高情感显得更亲切动人。

六

《共产党人》是社会主义现实主义在法国文学上占领的第一个桥头阵地。在这个目前资产阶级仍然居于统治地位，同时又有优良的文学艺术传统的西方大国里，社会主义现实主义的胜利，哪怕只是初步的胜利，也是有重大意义的。总的看来，当前法国文学上资产阶级的势力还是相当大的，在读者方面，资产阶级的读者占全部读书群众的极大多数。在这种情况下，社会主义现实主义的文学的创作本身就是一场斗争；它能赢得像《共产党人》所赢得的胜利，是不容忽视的事。

在法国的文学艺术传统里，有这样的一种传统精神：经常反对保守，反对墨守成规。没有比法国的群众更敢于欢迎文学艺术上的花样翻新。巴黎，将近一个世纪以来，常常成为新的文学艺术流派的策源地。但是社会主义现实主义不同于普通的"花样翻新"，也不是一个普通的流派，这是革命的洪流在文学艺术上的涌现。《共产党人》和一般资产阶级文学艺术上的所谓"前卫"作品，也就是说开辟新风气的作品，有本质的不同。资产阶级文学家与艺术家的作品不管"新"到哪里去，精神实质总归是老样子；而《共产党人》却提出了新的立场观点和方法，这才是名副其实的"前卫"作品。由于资产阶级的反动政治嗅觉很灵敏，所以《共产党人》这部巨型小说一发表，他们就大喊"这不是文学，是政治宣传"。

老实说，小说《共产党人》确实宣传了不少东西，而且都是非常重要的东西：革命的法国工人阶级对于第二次世界大战前后的这段法国历史的看法，对于1940年法国军队崩溃的责任问题的看法，对于资产阶级反动统治集团卖国行为的控诉，以至对爱国主义，男女之间的爱情问题的新看法，等等。不但是宣传，而且是要求打动和争取读者的心的文学艺术形式的宣传。为此，《共产党人》不但具有革命思想的内容，在小说艺术上也有很多的革新。它用生动活泼的口语体作为叙述和描写的主要武器，而这种经过艺术加工的精练的口语，是和有高度文学修养的文雅的语言很自然地配合在一起使用的；它将整个民族生活上的剧变和小说中人物的个人遭遇上的剧变错综交织起来；它把虚构的小说人物和真实的历史人物互相配合；它塑造人物时往往两三笔就把性格栩栩如生地勾勒出来；它继承法国小说艺术的优良传统而加以发展，例如写恋爱。总之，《共产党人》的成就在于将革命的思想内容和反公式化和反教条主义的艺术形式相结合。今后法国的社会主义现实主义文学势必从《共产党人》已经在资产阶级占优势的文坛上打开的桥头阵地继续发展，势必以《共产党人》的战斗经验为继续前进的阶梯。

在资本主义国家里发展社会主义现实主义文学有它的特殊性的问题，读者对象就是这样的问题之一。一本进步的文学作品如果只能引起那些国家里的目前为数还是比较少的进步读者的注意和赞扬，为数较多的资产阶级的保守与落后的读者却对它采取冷淡或反对的态度，那么尽管这部作品内容正确，它的客观效果还是有限度的。资本主义国家的进步作家如果要求自己很好地完成任务，不能满足于只有若干进步读者作他的群众，还必须争取更广大的中间的或偏右的读者作他们的群众。也就因此，他们在作品的艺术形式上，往往不能不适当地考虑到不完全是进步的广大读者的接受力。法共领导人鼓励党员作家将自己的作品多多交给资产阶级的出版商去出版，因为资产阶级出版商的资金比进步出版社雄厚，广告能力强，发行网广阔，能接触更多的读者；而且一本书如果在进步的书店出版，许多有成见的读者根本就不想去买来看。

资本主义国家的进步作家在他们的文学事业上需要进行性质较为复杂的斗争。因为在这比较复杂的条件和要求之下进行创作，不可避免地会遇到一些困难，例如作品的思想内容和表现形式的矛盾。又要跑在群众前面，甚至和落后群众展开斗争，又要群众能接受，不至于脱离群众，这样的矛盾，资本主义国家的社会主义现实主义文学的实践者不免特别深刻地感觉到。可是这些作家正在发挥高度的创造性来克服这些矛盾；在这意义上，小说《共产党人》的作者树立了出色的范例。斯谛说得对，我们必须用"建设性的批评"来对待正在成长中的社会主义现实主义文学，肯定它的良好的收获和经验，促使它蓬勃地向前发展。

(1959年7月初稿，发表于《文学评论》第4期，
1987年11月修改）

当代法国文学评论初探

关于法国当代文学，目前我国专家们介绍得最多的是存在主义（萨特）、新小说、荒诞派戏剧，这是可以理解的，因为这些问题在当代法国文学中确实比较突出、比较重要。可是，是否除了这些题目之外，当前法国文学就没有别的同样突出、同样重要的事物值得我们注意了？并非如此。晚近法国文学评论界形形色色的倾向与派别既繁多又复杂，这种情况，也同样值得我们进一步了解。结构主义文评在我国最近已经有人介绍过了。这很好。不过结构主义只是晚近法国"新评论"中的一派。光介绍结构主义是不够的。

根据法国高等师范学院教授洛瑞·法尧勒（Roger Fayolle, 1928—　）的专著《评论》（1978）①中的统计，自从1947年萨特发表了他的存在主义文学评论专著《波德莱尔》以来，直到1976年，法国出版的文学理论和作家、作品评论共233部之多，报刊上零星发表的论文不计算在内。这个不完全统计已经足够说

---

① 本文所举各种出版物均用括弧注明初版年代；出版地点除特别注明者外，均为巴黎。

明第二次世界大战后的三十多年间，法国的文学理论与评论出现了空前的繁荣景象。古今中外文学史上常常有这种现象，在文学创作比较萧条的年月里，评论之花反而迎风怒放。当然这也不是绝对的规律，不过是常见的现象而已。当代法国文学也不例外。

在上述的233部文论（包括文学理论以及作品或作家评论）著作中，历史性的研究及考据共35部，这类著作极大部分是学院派的研究成果，也就是所谓"教授评论"（法国当代著名文论家谛波岱语）。第二类包括心理分析、存在主义心理分析以及"命题评论"①（Critique thématique），共54部。第三类是社会学以及马克思主义文评，共32部。第四类是文学理论、修辞学、结构主义（Structuralisme），以及符号学（Sémiologie或Sémiotique）文评，共51部，这类文评总称"新文评"（nouvelle critique），在1966年至1976年间最为活跃。第五类是杂类，凡不能归入上述四类的都归入此类，包括各派文评之间进行笔战的出版物。以上分类只是为了便于统计，便于叙述，没有别的作用。下文介绍晚近三十多年来的法国文评，大致按照这个顺序，否则面对纷繁复杂的当代法国文评界，不知从何说起。

从第二次世界大战停战以来直至今日的法国文评（包括文论）总称"新的文评"（critique nouvelle），和"新文评"是两个不同的概念，不是一回事。"新文评"或"新评论"专指1966—1976年间风靡法国的文评，其中包括大名鼎鼎的结构主义。在有关的文献资料中，有时把"新评论"和结构主义两个名词等同起来，作同义词使用，无非为了叙述方便，其实结构主义只是"新评论"中的一派，而不是全体。上述复杂关系，如用图形表现，就可以一目了然。

---

① 或译"主题评论"。

```
      新的文评
   "新文评"
   结构主义
```

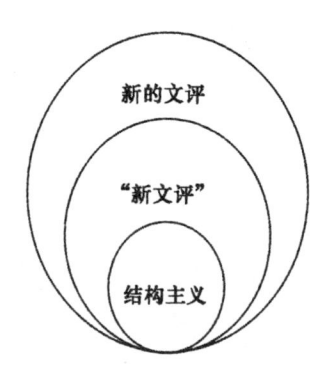

晚近法国文评派别繁多，内容复杂，企图在一篇短文中全面介绍而无遗漏，事实上不可能办到。只能以上述的一般情况作为基础，择其要者分为三大类，简略介绍。这三大类的次序是先介绍比较不占重要地位的社会学派文评，其次是心理分析学派文评，把声势最大、地位最突出的"新文评"放在最后。

在新的文评中，社会学派比较冷落，但在这方面我们也可以看到一些新气象。先说传统的社会学，然后再说受马克思主义影响的文评。法国社会学派文评的创始人是丹纳（H. Taine, 1828—1893），他在《英国文学史》（1864）导论中提出的"时际、环境、种族"这一文学评论公式，在当时就没有什么人响应，现在更没有人提起丹纳。正和任何僵化的公式一样，丹纳的公式没有严格的科学价值，这已是众所公认的事实，今天法国社会学派文评重视实地调查，掌握第一手材料。例如比埃·蒲狄欧（Pierre Bourdieu）和他领导的小组专门研究 19 世纪末叶巴尔拿斯派、自然主义和象征主义等文学作品之所以获得成功的社会条件。他们的研究成果发表在 1975 年第四期的《研究行动》上。又如洛贝·埃斯卡比（R. Escarpit）和他主持的波尔多大学群众文学艺术研究所曾经发表《社会与文学》、《文艺社会学要素》

等专著。

在马克思主义文学评论领域，也表现了反对公式化教条化，着重掌握具体材料，分析具体材料的新动向。进步的法国文学研究工作者认为目前编写一部马克思主义的法国文学史条件尚不具备，对于法国某些历史时期的物质生产具体情况、上层建筑各领域的互相影响和联系以及人民群众的文学活动等，没有足够的资料。他们不满足于利用资产阶级学者的现成的文学史，套上几个"马克思主义"的抽象的"观点"，改头换面地编写一下，就自称为马克思主义的法国文学史。近年来法国社会出版社出版的十卷本的《文学的法国史》，基本就是采取这种比较实事求是的态度。

法国资产阶级学者对于30年代，以及第二次世界大战停战后不久的年月中的法国某些"马克思主义"文学评论表示非常不满。例如法尧勒教授在他的法国文评史《评论》一书中，认为列宁在1908年到1911年这几年中陆续发表六篇论托尔斯泰的精辟短论中提出托尔斯泰的小说是"俄国革命的镜子"，是一种科学的"反映论"。可是在"斯大林时期和日丹诺夫时期"，这种科学的"反映论"就变质了，成了政治斗争的武器。在很长一个时期，法国的"马克思主义"文学评论家，公式化地运用"反映论"，囫囵吞枣地将资产阶级文学判断为反映资本主义世界崩溃的"颓废文学"。"他们过火地强调作家及其作品中人物的阶级属性"，"他们将重点单纯地放在作品的主题思想上，完全疏忽作品的艺术本质"。结果，这种"教条主义"文评的狂风吹到之处，"大地变成一片沙漠"。这种情况似乎不仅在法国曾经出现。对于法国来说，这都是已经成为过去的事实，今天法国的马克思主义文论家正在从中吸取教训。比埃·马什莱（Pierre Macherey）等学者努力介绍马克思、恩格斯、列宁的经典著作，也是和公式化、机械化作斗争的一种方式。

最近法国颇为著名的"新马克思主义"文评家是吕相·戈尔特曼（Lucien Goldmann，1901—1970，或作 1913—1970）。他先在罗马尼亚、维也纳和苏黎世等地求学，最后定居巴黎。他对德国哲学和匈牙利著名文论家卢卡契教授的早期著作比较熟悉。在法国，戈尔特曼是以"卢卡契的学生"的面目出现的。他的代表作是《隐蔽的上帝》(1955)。在这部著作中，他说："一个思想，一部作品，只有纳入一个生命、一个行为的整体中时，才能够获得真正的意义。而且使作品能够被了解的行为往往不是作者个人的行为，而是一个社会集团的行为（作者可能不属于这个集团）。"（转引法尧勒《评论》第 198 页）

戈尔特曼的理论先称为"文学的辩证社会学"，后来他赶时髦，改名为"基因结构主义"①（Structuralisme génétique）。按照他的理论，每一个社会集团是文学创作的真正主人。每一个集团有自己的世界观……使这个集团（常常是一个社会阶级）结成一体，而且和别的集团对立。一个集团的成员对于本集团的世界观并不明确地意识到，作家和艺术家却对此有"最高度的明确意识"。

此外，路易·阿尔杜塞（Louis Althusser）等马克思主义文论家主张把文学作为意识形态的产品对待。他在自己的著作《拥护马克思》(1965) 和《请读〈资本论〉》(1968) 中，号召人们认真研究马克思的科学著作。

在"新马克思主义"文评的影响下，法国出现了一些马克思主义文学理论研究小组，在最正统、最保守的在法国地位极高的高等师范学院中，都成立了研究马克思主义文学理论的"认

---

① 或译"生成结构主义"。

识论小组",研究成果发表在他们的《分析丛书》中。

晚近法国的心理分析文评比社会学文评"昌盛"得多,而且这一派的支流也特别繁复。心理分析文评家各有各的特色,然而有共同的一点,那就是他们言学必称师,各人自夸见过心理分析学的创始人维也纳的医生弗洛伊德(Freud,1856—1939)和瑞士学者容格(Jung,1875—1961),或者自称读过他的权威著作。而法国社会学派文评家几乎都以承认自己是实证主义文评家丹纳和法国社会学创始人杜克汉(Durkheim,1855—1917)的后辈为耻。

心理分析学(Psychanalyse)本来是治疗精神病的一种方法:分析患者的幻梦和变态言行中经常出现的某些症象,发现患者多年来压抑在内心深处的某种未能满足的欲望或精神上的创伤,然后加以治疗。不过弗洛伊德在他的精神分析学著作中,例如在1900年发表的《释梦》中,常常用文学作品中的人物,如希腊悲剧中的俄狄浦斯王,莎士比亚作品中的哈姆雷特王子,作为分析的对象。20世纪20年代法国流行超现实主义文学(主要是诗歌),有意识地摹仿潜在意识作为诗歌的内容,反映了心理分析学对文学创作的影响。

心理分析应用到文学研究上,是30年代才开始的。它的原理在于把文学艺术作品看成作家、艺术家被压抑的痛苦心理在虚构的境界获得满足与安慰。最早运用心理分析原理处理文学问题的代表作家是两位瑞士教授即日内瓦大学教授马塞尔·雷孟(Marcel Raymond)和巴尔大学教授阿尔贝·佩甘(Albert Béguin,1901—1957)。前者的代表作是《从波德莱尔到超现实主义》(1933),后者的代表作是《浪漫派的灵魂与梦》(1937)。法国的重要心理分析文评家是加斯东·巴什拉(Gaston Bachelard,1882—1964,或作1884—1962)。他的第一部作品《火的心理分析》发表于 1938 年。他的最后一部著作、他的遗著《做梦的权利》发表于 1970 年。在 40、50、60 年代，他发表了一系列的著作。他既是法国心理分析派文评的最早作家，又是 60 年代法国"新文评"风靡时期的重要人物之一。

巴什拉的心理分析文评被称为"命题派文评"。他的理论在法国影响极大，评价极高，被誉为文评界的"哥白尼式的革命"。他对"想象"提出和传统看法不同的理论。他把"想象"看成"人的灵魂"，而不是传统心理学所说的"感觉的残余"。"想象"是感觉的主要部分，它富于创造性，充满活力。它使诗人艺术家在现实生活中开辟自己的世界，形成艺术创造内在的一致性与恒久性。在他的著作《水与梦》（1942）中，他说，"我理解世界，因为我用自己的深刻力量出其不意地发现了世界"。他认为评论家应当和创作家一同进入梦境，必须在诗的形象涌现出来的时候就抓住它们，发现它们的秘密组织。巴什拉的文评是诗的世界的分析与再创造，所以人们说他把诗人的梦一直做到底。他的理论根据源于心理分析学，但和心理分析学有很大的差别，是新的理论发展。萨特的存在主义文评，罗朗·巴特的结构主义文评，在不同程度上都受巴什拉的影响。

巴什拉的命题评论是"新评论"中的一个较大的派别，属于这一派的重要评论家如下：乔治·布雷（Georges Poulet），他的代表作是《普鲁斯特的空间》（1964）和《浪漫主义神话三论》（1966）；日内瓦大学教授、《形式与意义》（1962）的作者若望·鲁塞（Jean Rousset）；《评论的关系》（1971）的作者若望·斯达罗班斯基（Jean Starobinsky），他是医学博士兼哲学博士，他的文评以医学上的心理分析和哲学上的现象论为基础；以及若望－比埃·理查（Jean-Pierre Richard），著名的《现代诗十一讲》（1964）的作者。

"存在主义心理分析",这是著名哲学家兼文学家若望-保尔·萨特(Jean-Paul Sartre,1905—1980)的文学理论的称号。根据这一理论,研究文学作品应兼顾作品之所以产生的社会条件与个人条件。社会条件的探讨取法乎马克思主义,个人条件的探讨则取法乎心理分析学。人们把萨特的存在主义心理分析说成马克思主义与心理分析学的综合,其实也不过从这两方面都得到一点启发而已。

在萨特的著作中,文学评论家和哲学家永远是连在一起的。他一贯寻找和分析作家的世界观和他的风格之间的关系。提到美国作家福克纳时,他说:"写小说的技术总是和小说家的形而上学有关联的。评论家的任务在于先找出小说家的形而上学,然后欣赏他的风格。"(见《处境》卷一,1947)萨特的文评企图描述一个被焦急不安的心情所驱使而走上文学创作道路的人的遭遇。对于哲学和文学的关系的考察,使文评家萨特去寻求"我"的存在意义,从而了解在什么条件下某些人走上文学创作的道路。在这种前提下,萨特提出"原始计划"(Projet originel)这个命题。在他的第一部文评专著《波德莱尔》(1947)中,萨特认为波德莱尔之所以写诗,并非把诗歌当作可以治疗灵魂创伤的一种天赐的恩惠,而是他的"原始选择"即"原始计划",他对命运的反抗。

萨特的存在主义心理分析文评和心理分析学相近之处在于两者都企图从个人心灵深处找出个人行动的潜在的或"原始的"根源。同时两者又有很大的差异,心理分析根据的是个人精神的异态,长期压抑造成的变态心理,而萨特分析的是从人的一般言行出发,根本不考虑什么潜意识和 Libido(变态性欲)之类的理论。

至于萨特的文学理论与马克思主义的区别,主要是哲学问题，萨特的哲学属于唯心主义范畴，这是很明显的。

萨特的文论虽然社会因素与个人因素并重，但是和传统学院派文论不同，与马克思主义的科学文论更大异其趣。在当代法国的文学论坛上，萨特的折中主义文论相当孤立，影响不大，"原始计划"学说没有什么人响应。在我们见到的材料中，只有《为什么要新评论》（1966）的作者赛奇·杜勃洛夫斯基（Serge Doubrovski）宣称他赞成萨特的论点。

"新评论"是本文介绍的重点，而且情况复杂，非三言两语所能交代，所以放在最后来谈。"新评论"的主流是结构主义。法尧勒教授在《今日文学评论之方向》（见《世界百科全书》）指出，结构主义文评在法国最流行的时期是1966年至1976年间。结构主义作为文学评论的新潮流，轰动了当时法国文化界。"结构"一词成了当时流行在社会上的时髦名词，成了挂在人人嘴边的口头禅，不管用这名词的人是否懂得什么是文学评论，什么是结构主义。

结构主义文评又称为形式主义文评，因为这种文学评论单纯从语言学或修辞学角度出发，毫不考虑作品的思想内容，也不涉及作品的美学特点。可是结构主义者把他们的文评称为"科学的文评"，宣称他们的目标在于建立一种研究"文学的科学"，并且认为一涉及作品的思想内容就不能对作品进行科学研究。由于结构主义完全置作品的思想内容于不顾，这种文学研究方法必然既脱离社会实际，又脱离个人实际，而结构主义文论家反而说这是科学，而且是精确的科学。按法语中常用的"精确科学"一词向来是指自然科学而言。结构主义的文论和文评恰好是将精神产品（意识形态产品）和物质产品等同起来，以对待物质产品的方式对待精神产品。

自从 19 世纪末叶丹纳从实证主义社会学的角度提出"科学"的文学评论原则以来，结构主义又一次以"科学"的架势出现在法国文评界。究竟结构主义的理论有多少真正的、实事求是的科学价值，现在还没有到下结论的时候。诚然，我们要求文学评论加强科学性，可是用结构主义的形式主义方法，能不能达到加强科学性的目的，这是重要的问题，本文没有条件作深入探讨，因为我们掌握的材料还很不够。

不论结构主义是什么性质的一种学说，它在 20 世纪六七十年代的法国文评界形成那样浩大的声势，绝不是偶然的现象。其次，结构主义不但强调了自己的形式主义的"科学"性，而且认为它是惟一正确的科学方法。它对传统的学院派的文评，社会学的、马克思主义的以及其他各派文学理论与评论，一概采取否定的甚至挑战的姿态。于是在 60 年代中期，法国文评界引起了一阵激烈的笔战。在这场笔战中，不管结构主义有理没理，获得最大的益处的似乎不是别人，而是结构主义文评家，因为他们由于论战而更加出名了，他们的"新颖的"文学理论引起公众极大的兴趣。

我们知道，19 世纪末叶由法国象征派文学开始的现代主义（modernisme）倾向中，本来就含有一定程度的形式主义因素。象征派诗人玛拉梅曾经宣称："诗歌不是用思想写成的，而是用字句（les mots）写成的。"好像说，诗歌除了字句美以外，没有别的意义；读者通过语言去欣赏诗歌，除语言美之外，可以不必寻求和探讨别的意义。20 世纪初期的后期象征主义诗人瓦雷理说："一句诗本来没有别人加于它的意义。"换言之，对诗歌的理解也只能仁者见仁，智者见智而已。形式主义这个词，在我们的理解中是含有贬义的，可是在结构主义文论家的词汇中，"形式主义"不但毫无贬义，而且很有光彩。这个称号不是他们自己标榜的,是舆论界赠给他们的。显然,他们不但当之无愧,而且洋洋得意。这种情况之所以发生,和19世纪末叶以来唯心主义思潮在西方资本主义文化学术界占上风是分不开的。然而问题并非如此简单。晚近文学理论上的形式主义的策源地不是西方最大的几个资本主义国家,而是俄国,十月革命前后的俄国。

1914年与1915年之间的冬季,莫斯科几个语言学家和一些大学生组织了一个语言研究中心,目的在于推动语言学与诗学研究工作。1916年他们发表了第一批研究成果。1917年,"诗歌语言研究会"(Opoïaz)在莫斯科成立。这个研究会目的在于撇开从社会学、哲学、心理学研究文学的传统方式,而用语言学的术语来阐明文学作品产生的过程。他们的研究范围从诗歌扩大到故事(包括小说)语言的结构。经过十五年的努力,俄国的形式主义文评家发表了大量著作。在诗的语言研究方面,这一派的代表学者是施克洛夫斯基(Chklovski)和多玛契夫斯基(Tomachevski),在故事分析方面以普洛布(Propp)和洛曼·雅各伯森(Roman Jakobson)最为著名。

应当指出,和俄国的形式主义语言学派进行研究工作几乎同时,瑞士日内瓦大学教授斐迪南·德·叟素(Ferdinand de Saussure,1857—1913)提倡研究语言内部结构,通过语言关系说明语言在一定的历史时期所起的作用。从叟素开始,语言学的研究重点已经不再是语言演变中,而是语言内部关系的分析。叟素在日内瓦大学的讲稿在他去世之后,根据学生的笔记整理出版,名为《总体语言学教程》(1916)。叟素是语言学家,不是文论家,但是他的学说对法国结构主义文评影响很大。

俄国形式主义文论家的作品1960年首次被介绍到法国,由朵道洛夫(Tzvetan Todorov)翻译出版的《文学理论》,就是俄国形式主义文评选集。这部《文学理论》一出版,立即引起法国文评家的热烈反响，从而点燃了法国结构主义文评的火炬。法国的结构主义文评派别繁多，内容复杂。有的结构主义者倾向社会学研究，有的结构主义者带有心理分析的色彩。由于各派之间既互相分歧，又互相渗透，互相交叉，所以情况特别复杂。大致说，格洛德·勃雷孟（Claude Bremond）按照俄国形式主义文评普洛布的方式，把故事分为两大类："已被叙述的故事"和"正在叙述的故事"。勃雷孟引用一个尽人皆知的简单寓言《狐狸和狼》：狐狸骗狼，说井里面有一大块酪干，谁敢跳下去，谁就可以饱餐一顿。其实井里并没有酪干，只有反映在水面上的一轮明月。狼以为真的有酪干，跳下井去，结果淹死了。将寓言的情节做了如下的结构主义分析："设陷阱者使可能成为落陷阱者的一方不自愿地改善设陷阱者的命运，同时造成自己命运的不自愿的降格；为此，设法说服可能的落陷阱者设法尽力改善设陷阱者的命运（引起不自愿地改善设陷阱者的命运，同时不自愿地使落陷阱者的命运降格），为此，设法用欺骗手段使对方相信考虑改善自己命运的机会；用欺骗手段引诱对方，激发对方实现这一行动的毫无根据的愿望，用欺骗手段劝告对方，同时向他们指出实行这一行动的不适当的方法。"（转引法尧勒《评论》第214页）我们掌握材料不多，不敢说所有的结构主义分析都如上例，如果是那样的话，真不知道结构主义分析能说明什么问题。在我们接触到的有限的材料中，已经发现人们常常指出，结构主义分析一般用大量的语言学与人种学的专门名词术语阐述问题，使文学评论成为非常深奥玄秘，只有极少数专门家能看懂的文章。这和法国文学评论既要求有科学的内容，又要求写成清晰流畅的文章的优良传统，相去甚远。

俄国形式主义文评家普洛布在研究大量俄国民间故事之后，把故事情节归纳为三十一种"职能"，就是说每一个行动在情节中的地位。普洛布的私淑弟子,法国结构主义文评家格来玛(A. J. Greimas),《结构语义学》(1966)的作者,继承普洛布的治学方法,并加改进,将普洛布三十一个"职能"概括为几对各自对立而且互相关联的"职位":"禁止—破坏,失望—屈服,迫害—解放"如此等等。格来玛将各种类型的故事内容概括成一个公式:

发件人→对象→收件人
↑
辅佐者→主人→反对者

以上是故事(包括小说)类的散文作品的结构主义分析。至于诗歌语言的结构主义分析,代表人物有尼古拉·路韦(Nicolas Ruwet)。他是俄国语言学家雅各伯森的名著《语言学总论》的法语翻译者(译本1963年出版于巴黎)。路韦自己的论文集《语言·音乐诗歌》出版于1972年。在诗歌方面,另一个法国结构主义评论家是乔治·莫南(Georges Maurin)。路韦和莫南都在雅各伯森的理论基础上有所发展。

最近法国结构主义新诗学(诗歌理论)反对拘泥于传统的诗歌欣赏方式,那就是通过吟咏,用听觉欣赏诗歌。结构主义者认为有必要同时用视觉欣赏诗歌。并不是欣赏诗中五色缤纷的描写,而是指诗行在白纸上的排列方式。这种理论显然是受现代诗(例如立体诗)的影响,同时反过来影响法国最近的抒情诗。于是现在有些诗人在诗行之间故意留下一片空白,说是让读者用自己的感受补充诗中所没有表现的内容。

当前法国结构派文评家为数甚众,而且各有奥妙,本文不可能——列举。不过其中最有才华、最著名而且影响最大的一位结构主义者,却不能不稍稍详细地介绍一下,那就是罗朗·巴特(Roland Barthes,1915—1980)。巴特试图从语言的角度分析文学作品，完全不涉及作品的社会意义与哲学意义。1953年他发表第一部著作《文字的零度》，立即引起学术界广泛注意，认为这部书给法国文评揭开了新的一页。1964年巴特发表《文学评论集》，奠定了他在法国结构主义文评中的首屈一指的重要地位。1963年，学院派文评家，拉辛的悲剧的权威研究家，巴黎大学教授雷孟·比卡（Raymond Picard）开始在《世界报》上发表攻击结构派文评，矛头首先指向罗朗·巴特。1966年比卡发表攻击结构主义的挑战式的著作《新评论，还是新骗局?》，引起了法国文评界一场异常激烈的笔战。人们把这场笔战的猛烈和重要意义比作17世纪末叶法国文坛古典主义者与革新派之间的有名的"旧新两派之争"。1966年巴特发表专著《评论与真理》，是对比卡的回击与反攻。笔战丝毫没有减损巴特的威望，正相反，他的学术地位反而提高了。1976年他被任命为"法兰西大学院"（Collège de France，旧译"法兰西公学"）教授。这座大学院是名副其实的法国最高学府，在其中讲学的都是当前法国最有成就、最有创见的优秀学者。学院中并无学生，也没有研究生，社会公众经过介绍可以去自由听讲，听法国学术界各派的代表人物在那里展开争鸣。巴特被任命为法兰西大学院教授，不但是他本人的最高荣誉，也是法国"新文评"的荣誉。

巴特一生学术思想演变过程大致可以分为三个阶段。

在第一阶段中，巴特也无可讳言地受到了马克思主义和存在主义两方面的影响。他致力分析他所谓"社会的神话"，也就是指语言的"神话"。他企图揭露隐藏在这个"神话"下面的社会实质和个人实质。在《文字的零度》中，巴特阐明"文学语言的政治的介入与历史的介入"，"介入"（engagé）一词是萨特存在主义文论中一个关键性的术语。巴特指出在很长一个时期，文学语言为资产阶级所垄断。到了19世纪，资本主义的发达破坏了这种语言垄断的局面。从那时起，各种文学语言，"精工细作的语言"、"民众化的语言"、"中性的语言"、"口语化的语言"，等等，纷纷扮演了文学语言的角色。通过不同的语言工具，作家表达了他对资产阶级社会条件的接受或摒弃。在各种语言中，巴特举出两种语言作为例证。一种是所谓"白文"，或"透明的语言"、"中立的语言"，也就是《文字的零度》中所指的"零度的语言"。举例说，也就是加缪的小说《局外人》中所用的语言。巴特认为那是一种典型的"反介入"的语言。另一种是雷孟·格诺（Raymond Queneau，1903—1976）的散文《文体练习》（1947）的"充分社会化的语言"。总之，"文字是作家思考的产物，为的是向社会表达他所选择和负责的立场的一种方式"，"文字直接说明作家的介入"。

第二阶段，巴特在另一位学者影响下进入他学术思想的新境界。这位学者便是叟素，日内瓦大学的语言学教授。这时，巴特开始分析文学语言中提示的各种符号（signes），译述文字中所包含的密码（code）。在他的著作《弥什莱》（1954）中，巴特不着重于说明这位19世纪伟大历史家的世界观以及他对于历史的解释，而力求在弥什莱作品中探索"命题系统"，一种在他思想中经常出现的"意念的网络"。这一切使这位伟大的史学家能够形成本身的统一性。1957年巴特发表新著《神话种种》，他用轻松的嘲笑笔调，研究我们日常生活中起主导作用的种种"符号"。犹如某些号码之于电脑一样，我们接触这些符号时，脑中立即起反应，并支配我们的行动。巴特在这个阶段的研究工作属于"符号学"，为语言学的一个部门。也有人说符号学范围更广，语言学是其中一个部门（见比埃·季洛，P. Giraud，《符号学·导言》，1977年第三版）。

巴特在这一阶段停留十多年之久，发表了几部关于符号学的重要著作，如《关于拉辛》（1963）、《评论集》（1964）、《符号学要素》（1965）以及《时髦事物的体系》（1967）等。在《评论集·序言》中，巴特宣称："一部作品或一篇文章的意义不是作品或文章本身完成的"，作者所完成的总不过是发出一系列信号（符号）而已，由读者对于信号进行分析、译述，探索作品或文章的意义。

到了第三阶段，也就是最后阶段，巴特更明确地把研究的重点放在作品的文字（语言）上，而不放在作品的整体上。这个时期给他影响较大的法国结构主义者是索莱（Sollers）、克里斯特娃（Kristeva）、德里达（Derrida）、拉岗（Lacan）。到结构文评的最高阶段，分析家不但要分析一篇文字的"潜在结构"，从中寻绎出作品的含义，而且更进一步，将作品的语言结构拆散之后，重新组成一种新的结构。巴特认为有两种"文字"（即文学语言），一种是"可读"的文字，另一种是"可写"的文字。"可读"的文字是固定的"死文字"，古典文学的文字属于这一类。"可写"的文字是"活"的文字，可以将其结构拆散重新组合，这是现代文学，也就是现代主义的文学作品的文字。由此可见，结构主义这种现代派的文评和现代派文学的关系十分密切。

以上简略地介绍了当代法国文评的大致情况。本文尽可能照顾全面，但是挂一漏万在所难免。由于本文把介绍的重点放在新的文评，尤其是"新文评"上，关于法国的正统的文评，也就是所谓学院派文评，上文无暇顾及。是不是在新的文学评论冲击下，学院派文评已经销声匿迹，不值一提？不，完全不是这样。上文没有把学院派文评和新的文评放在一起介绍，首先因为至少从表面上看学院派文评比较墨守成规，没有什么新发展，即新的文评家之中也有大学教授，像符号学这样的新学问也已列入个别大学的课程表上，但是总的说，还没有出现新学院派。但是，法国学院派文评并不是自古至今始终不变的。我们的印象是，如果有一天法国的文学评论真正变为研究文学的科学，那么肯定将由学院派来起主要作用。学院派当然有它的缺点，比方故步自封，不容易肯定新的潮流，但是它有诚朴严肃、实事求是的优良正统，有利于使法国文评真正提高科学水平，适应新时代的要求。某些标新立异，哗众取宠，炫耀一时的先锋派是不能完成这样的任务的。因此，在结束本文之前，扼要介绍一下法国学院派文学研究工作面对纷纭繁杂的文评新潮流作何反应，似乎也有必要。

不顾新的文评对他们的攻击和挑战，法国学院派文学研究家仍在埋头工作。他们坚持本世纪初期的权威文学史家朗松（G. Lanson, 1857—1934）的道路，认真仔细地将他们的研究工作建立在尽可能全面的调查研究上。首先是对研究中的文学作品作详细考证，比较不同的版本，建立可靠的文本；然后对作者的身世、遭遇、家庭生活、交往、信札、日记，等等，作详细的调查研究；对于产生作品的历史条件与社会环境以及公众对于作品的反应，等等，愈来愈成为法国学院派文学研究的调查研究对象。最近三十多年来，法国学院派研究家在法国文学通史、断代史以及个别作家与个别作品的专题研究方面，都有发前人之所未发的卓越成绩，这里限于篇幅，不可能一一列举。顺便举一个例子：上文提到的巴黎大学比卡教授，除了由于发表《新评论，还是新骗局？》一书而在法国文评界引起一场激烈的笔战之外，也是一位公认的在拉辛悲剧的研究方面最有成就的学者。

当前法国的学者教授对于新文评并不都像比卡一样采取鸣鼓而攻之的强烈态度。可是一般地说，对于文评界五花八门的新潮流都表示存疑和保留，而不贸然下结论，可能是为了避免再挑起一场笔战。例如巴黎大学教授卜吕内尔（P. Brunel）主编的学术小丛书《文学评论》（1977）中，指出当前法国文评处于"危机"中。可是去年11月我在巴黎和他晤谈时，请教他对于"新评论"的看法，这位中年的学者沉吟了片刻之后，只说了一句非常有分寸、非常含蓄的话："我看新评论还不能代替旧评论。"又如法国高等师范学院教授法尧勒，在他的权威著作《评论》（法国文评史）中，不止一次地对"新评论"的科学性表示怀疑。他说："二十年来，以至今日，这一切（指'新评论'）已经没有什么新鲜事物的吸引力了。这类研究可以产生光辉夺目的论文，从而炫耀作者的才华和他们的研究方法的高明，但并没有给这种方法以真正的科学威望。"（《评论》第189页）在另一页上，这位五十多岁的著名文评史专家又说："这种……企图说明一切言论所用的'符号'是什么做成的文学评论，已经处于绝境，它远远没有形成真正的科学，它已经僵化在一种新的演说之中，这种演说和过去的各种演说虽然方向不同，但同样是神话，同样是随俗浮沉的表现。"（《评论》第210页）我又向巴黎文化界另一些人士谈起"新评论"的问题，他们不是教授，也不是文评家，他们的意见或许比较客观。他们大致认为，结构主义、符号学，这些新的思潮可能形成新的科学，没有理由绝对否定它们有科学的前途。但是，它们即使成为比较严密的科学，也只能成为与文学没有多大关系的科学，因为它们基本上无助于解决文学本身的问题，即作品的思想内容与艺术形式的问题。

话说回来，学院派的理论家倒并不断定结构主义和符号学完全与文学无关。正相反，有几位学院派文评专家，例如法尧勒教授，不能不承认"新评论"对于法国文评界已经作出贡献。这种贡献主要表现为对学院派的保守的文评敲响了警钟，使学院派文评认识自己的缺点和错误。一句话，学院派文评已经不能满足当前法国文学的需要。自从19世纪末叶以来，以波德莱尔为前驱、玛拉梅和兰波等诗人为主将的象征主义以来，法国文学已经进入现代主义（现代派）的阶段。本世纪法国文学的主流是现代派。很显然，学院派的老式文评不能完成研究和评论现代派文学的任务。这就是晚近法国新的文评应运而生的深刻原因，历史的和社会的原因。新的文评与老旧的文评的矛盾虽然表现为方法上的差异，其实深刻的原因当然不止是方法而已。法尧勒教授不愧为20世纪60年代崭露头角的法国学院派文评新的大师，他说了一句老一辈的学院派文评大师们所不可能说的话，他指出"新评论"不是在一个"消过毒的领域"（意思说真空的领域）生长的，"它是和我们这时代的意识形态和政治的纠纷分不开的"（《评论》第226页）。

近三十年来法国形形色色的新文评纷纷出笼，其目的在于建立一种适合于现代派文学，适合时代需要的新的文评体系，取代学院派的旧文评。从目前来看，它们的目标似乎尚未达到，将来是否能达到不得而知。不过目前它们已经给法国的正统文评，即学院派文评提供两点重要的启示：（一）传统的文评目的在于评判，也就是判断一部作品的优劣、美丑、正误、高下。晚近出现的新的文评目的在于说明，而不在于判断。（二）传统的文评一般都把探讨的重点放在作品外围，着眼于与作品有关的社会条件与个人条件上，而很少触及作品的本身，文字语言的本身；新的评论则单刀直入，从解剖作品本身的文字语言出发。在上述两点上，新的文评无疑地有优于旧文评之处，至少可以说能纠正旧文评的某些缺陷。传统的文评今后如要提高自己的科学水平，不能不认真考虑上述两个问题。

为什么大家认为说明性的文评比判断性的文评更适合时代需要？因为判断性的文评为了判断作品的优劣，必须有一个判断的准则。实际上在传统文评中起衡量作品优劣的尺度作用的往往是道德概念，甚至宗教概念。以美学概念为判断尺度的机会比较少。而道德观与宗教观甚至于美学观，实质上都不可避免地受当时居于统治地位的最高政治权威控制的。法国17世纪的古典主义文学评论是判断性最强、是非优劣的分野最明确的评论，这是当时强大的中央集权的封建统治和君主专制的绝对主义（absolutisme）在文学评论上的反映。在今天的西方"自由世界"，新的精神权威（政治、道德等）没有树立起来，旧的权威实际上已经丧失控制作用，文学评论如果仍旧热衷于执行它的判断任务，不可避免地只能以早已过时的、不得人心的精神权威作为依据。而且，即使文评所依据的精神权威是正确的、及时的，解释性的说明性的评论效果也肯定比老吏断狱式的教条主义和命令主义的评论强得多。今天的法国已经不是17世纪的法国，今天的世界也已不是17世纪的世界。法国文学史的权威学者朗松所犯的一个严重的判断错误，他曾经用他认为绝对正确的道德准则，把法国现代派文学先驱者、诗集《恶之华》的作者波德莱尔骂得一文不值。这是一个判断式的法国传统文评不适用于现代文学的典型例子。直到今天，法国文评家们还常常提起这个权威文评家朗松犯目光短浅的错误的事例，作为笑谈。其实这不是"笑谈"，而是传统文评家应当引为鉴戒的严重问题。

至于对作品本身语言结构进行研究，无疑是当前"新文评"的可取的一方面，因为文学毕竟是语言的艺术。然而无论"新文评"也好，传统的文评也好，到目前为止，都没有对文学作品的艺术性，对作品的美学规律进行分析研究。这是新老文评的共同缺点。此外，对于文学评论除了必须加强科学性之处，它本身也应当成为优美的文学作品，写成能说服人、感动人、具有艺术魅力的文章，这个问题也一直没有明确。今后的法国文评如果企图找到新的更合理、更健康的方向，从而在现有基础上大大提高，无疑地必须先在上述两个问题上有所突破。

去年 11 月，本文作者应法国邀请，到巴黎去访问并考察法国文学界现状，来去匆匆，为时迫促（33 天），走马看花，所获无几。预先安排的考察重点有二，首先是抒情诗，其次是文学评论。在文评方面，笔者会晤和拜访了四位法国专家，其中三位是教授，一位是作家。此外接触到的法国文化学术界人士，包括法籍华人学者程抱一教授和《红楼梦》全文的法译者李治华先生等，都或多或少对于笔者调查研究的问题提供了值得参考的意见。尤其是程教授，他本人就是一位符号学专家。对于上述友好人士给笔者的热情协助，在此一并致以衷心的谢意，由于不可能一一列举笔者为了了解法国当代文评情况而接触的有关人士和进行的谈话，这里只举四例，以见一斑。首先见到的是巴黎高等社会科学研究院的路易·玛兰（L. Marin）教授，他的专业是文学艺术理论，尤其精通结构主义。笔者向他请教结构主义的主要内容和目前在法国的流行情况。由于时间匆促，他所谈不多，但是提供了初步了解这个问题的一些线索。笔者请他给中国读者写一篇介绍结构主义浅近短文，他欣然承诺，可是直到目前，他的文章尚未寄来[①]。接着笔者登门拜访巴黎大学教授卜吕内尔和高师教授法尧勒。他们两位都是法国学院派文评工作的后起之秀，已经是声名卓著的中年学者。他们给笔者提供了研究当代法国文评的重要意见。尤其是法尧勒教授，他是研究法国文评史的专家，他提供的线索对笔者的调查工作极为宝贵。最后笔者拜访了作家克洛德·莫里亚克（Claude Mauriac），著名的文评集《当代的反文学》（1958）的作者。他说他已有二十年不写文评，现在正集中精力写小说，所以对法国文坛现状已经不十分熟悉。不过

---

① 此稿正待发排，路易·玛兰教授的特约稿寄到了，标题为《语言贵如金》，副标题《一篇童话的结构主义分析》，我们在此先向玛兰教授表示感谢。

他告诉笔者,法国当前文学界不乏有才华的作家和作品,真正伟大的作品却没有。

在匆忙的访问与考察中所得的一点极有限的资料,是这篇对当代法国文学评论初步调查报告的惟一根据。本文除肤浅外,还不免有疏漏与误解之处,望同志们批评指正。

(1982年5月于北京,原载《世界文学》1982年第5期)

试论 20 世纪法国文学

1982年6月下旬，承南京大学外国文学研究所约请，我在南京作了一次关于20世纪法国文学的报告。在这篇报告里，我只是提出几个我认为关键的问题，进行了初步探讨，供同志们参考。

一　德雷福斯事件是20世纪法国文学的开场锣鼓

1894年到1906年，法国统治集团诬告犹太族军官德雷福斯里通外国的冤案拖延了十二年之久，最后才以宣告德雷福斯无罪，恢复名誉而告结束。这是声势浩大的群众性的正义斗争的胜利果实。当时，主持正义的法国作家纷纷起来参加所谓德雷福斯派的群众斗争。大家都知道，最著名的例子是左拉在1898年发表的给共和国总统的公开抗议书《我控诉》。左拉发表了这封抗议信以后，得到了要被逮捕的消息，匆匆忙忙逃亡到英国去。可是在同一年，另一封抗议书也公开发表了，那就是罗曼·罗兰的剧本《群狼》。剧本强烈反对以所谓"民族的最高利益"作为借口，抹煞真理，制造假案冤案。剧本取材于1793年法国资产阶级革命时期的历史事实，影射德雷福斯事件。所谓"群狼"，在作者心目中，当然是指那些诬告德雷福斯以叛国罪，必欲置之死地而后快的那一群反动分子。可是罗曼·罗兰由于怕受连累，怕受迫害，故意把剧本的结局写得含含糊糊，不表示明确的态度。当然这种"中立"的态度是一种伪装，是保护色，否则剧本根本不可能上演。果然，剧本第一次演出时就引起轩然大波。台下观众之中大多数是主张为德雷福斯平反的"德雷福斯派"，他们毫不迟疑地体会到剧作者的真正用意所在，于是为剧本热烈鼓掌，大声喝彩。同时，观众之中也有不少反德雷福斯派，他们起劲给台上喝倒彩。两派先互相叫骂，接着动手武斗。这时台下的戏比台上的戏更紧张激烈，台上只好停演。

《群狼》这个剧本虽然是1898年上演的，按年代属于19世纪末年的作品，按性质来说是地地道道的20世纪文学。这是20世纪第一部"介入文学"（littérature engagée）作品。罗曼·罗兰通过他的剧本《群狼》，在当时的重大政治问题上，在一场剧烈的社会斗争中，表明他的立场。他通过他的剧本，干预了一场激烈的群众性的政治斗争，实质上是一场阶级斗争。尽管剧本作者不敢旗帜鲜明地表示他的立场，可是演出的客观效果充分说明这个剧本毫无问题是介入了当时的政治斗争。"介入文学"这个名词，这个理论，是50年代才由萨特提出来的，然而"介入文学"的事实，19世纪末年已经出现了。"介入文学"是20世纪法国文学的特点之一。试问，从中世纪到19世纪末叶，有没有一部法国文学作品，像罗曼·罗兰的《群狼》一样，在一场具体的政治斗争中不言而喻地表明了作者的立场？当然，广义地说，文学作品毫无例外地反映了作者的政治立场、阶级立场。所以我完全同意《在延安文艺座谈会上的讲话》中所说的"政治标准第一"这个科学观点。但是"介入文学"的定义不仅指文学作品的一般的政治态度，而是指作家在某一场具体斗争中所表明的具体立场。18世纪法国启蒙运动时期的文学作品，例如《波斯人信札》，反对封建专制，不能说没有反映一定的政治立场，但是并没有介入具体的斗争。雨果的《惩罚集》也不能算"介入文学"，他对拿破仑第三的个人怨仇甚于政治义愤。巴黎公社的文学，例如鲍狄埃诗歌，当然是"介入文学"，而且是最高级的"介入文学"，是革命的文学，党的文学。按照萨特所说的定义，"介入文学"是不包括党的文学在内的。让我们把话说得明确点：我们这里所说的"介入文学"是指资产阶级作家面对进步的政治运动采取积极态度的文学作品。这种性质的文学在20世纪法国文学上形成一种重要的倾向，它是20世纪法国文学的特点之一。而这种情况是19世纪末年和20世纪初年出现在法国文坛上的。德雷福斯事件使当时的法国文坛分裂为左右两派。左拉（1840—1902）去世以后，左翼的代表作家是阿纳托尔·法朗士（1844—1924）。就在1902年，法朗士发表中篇小说《克兰克比尔》，借一个推小车卖青菜的穷苦老汉受警察迫害的故事，揭露和控诉资本主义社会司法机关的黑暗，影射德雷福斯冤案。《克兰克比尔》又是一部20世纪初年的"介入文学"的代表作。

以上是本世纪初年，在德雷福斯事件影响下的法国资产阶级文学左翼的简单情况。所谓左翼文学当然并非都是"介入文学"，而是包括有进步倾向的作品在内，例如1904年法朗士发表的空想社会主义小说《在白石上》，以及罗曼·罗兰在1904年开始写作的多卷本长篇小说《约翰·克利斯朵夫》。至于当时法国资产阶级右翼文学方面的代表人物首先是小说家莫里斯·巴莱士（1862—1923），他在上世纪末和本世纪初发表了总题为《民族精力》的三部小说，鼓吹民族沙文主义。其次是保守派代表作家保尔·布瑞（1852—1935）和昂利·鲍陀（1870—1963），他们所写的小说都以捍卫资产阶级的传统道德与天主教信仰为内容。

总之，法国文学上左右两种倾向明显的分化是从20世纪初年就开始的，其深刻的原因在于进入帝国主义阶段的法国资本主义使国内和国际上的矛盾空前激烈，德雷福斯事件就是这种矛盾斗争的一个具体表现。

二 20世纪的法国文学究竟从何年开始？

这个问题似乎是多余的。上面不是已经说过，作为20世纪法国文学特点之一的"介入文学"在19世纪末年已经开始，可是许多法国学者写的20世纪法国文学史却并不认为20世纪法国文学是在20世纪初年开始的。较多的人认为1914年第一次世界大战爆发标志着20世纪法国文学的开始，正如1715年法国国王路易十四逝世标志着18世纪法国文学的开始一样。也有人认为20世纪法国文学是在停战后的1919年开始的，例如比埃尔·布罗丹（Pierre Brodin）在他的专著《当代法国文学的主要潮流与命题》（1957）中所主张的那样。关键问题在于对1901年到1914年这十多年间的法国文学如何评价。

不少法国学者认为本世纪最初的十四年间的法国文学是19世纪法国文学的余波，而不是真正的20世纪文学。我们的看法恰恰相反。我们不但认为1901年至1914年或1919年的法国文学不是19世纪文学的余波，而是20世纪文学的序曲，并且认为这一时期的法国文学是20世纪法国文学十分重要的阶段；在这一阶段中，20世纪法国文学的各种重要倾向差不多都出现了苗头。下面把我的理由提出来向同志们请教。

罗曼·罗兰的长篇小说《约翰·克利斯朵夫》无论从思想意识或从批判现实主义的创作方法来说，都不愧为20世纪法国文学中最杰出的作品之一。而这部名著是1903年至1912年之间分十卷陆续问世的。在壮年的罗曼·罗兰以及晚年的法朗士等倾向进步的权威作家们的影响下，年轻一辈的资产阶级作家如乔治·杜亚美（1884—1966）、夏尔·维尔特拉克（1882—1971）、勒纳·阿戈斯（1881—1966）等，毅然决定抛弃了带有一定程度的形式主义和为艺术而艺术倾向的象征主义，采取了为人生而艺术的积极态度，他们组织一个文学社团（Cénacle），办了一个印刷厂，亲自劳动，出版自己的以及别人的作品，以劳动所得维持简朴的生活。他们这样做，目的在于保持精神自由和思想纯洁，同时为了更接近劳苦大众。他们的社团名叫"修道院"。他们的言行反映了托尔斯泰人道主义的影响。另一方面，他们主张扩大视野，要以现代生活中的大都市、大工业、铁路轮船等现代交通方式，作为文学题材。在这方面，他们受美国诗人惠特曼、比利时诗人凡尔哈仑以及法国当代诗人兼小说家于勒·洛曼（1885—1972）的影响也是很显然的。"修道院"由于经费困难，只维持了十四个月就散伙了。无论是"修道院"，或是于勒·洛曼提倡的所谓"一致主义"或译为"整体主义"（Unanimisme），严格说，都不成为文学流派。这一点下文还要提到。这里要说明的是这一点：难道像"修道院"和"一致主义"这些文学潮流能说它们是19世纪的余波，19世纪文学的尾声吗？当然不能。它们是20世纪的新产品。在19世纪法国文学上我们找不到类似的新气象。

在这里，我还必须提到贝济（Charles Péguy, 1873—1914）在高等师范学院上学时，是狂热的德雷福斯派。1900年他创刊《半月丛刊》时，是激烈的社会主义者。后来他的立场发生了很大的转变，他终至成为民族沙文主义者。贝济是在德雷福斯事件风雷激荡中成长的那一辈法国作家中的代表人物，在他身上就反映着当时政治斗争引起文学界左右两派分化的历史痕迹。

此外，20世纪最初的十四年中的一件大事，是《新法兰西评论》（La Nouvelle Revue Française）月刊的出现。该刊的发起人中有安德烈·纪德（1869—1951）和若望·苏兰佩瑞（1877—1968）以及另外几个革新派的资产阶级文人。1908年，《新法兰西评论》出了一本试刊，1909年正式出版第一期。围绕在《新法兰西评论》周围的是一群有才华的中年和青年作家。他们的共同意愿和志趣是反对19世纪遗留下来的象征主义文学矫揉造作、华而不实的风格，提倡以精练的文字表现真挚的思想感情。他们并不重视作品的政治意义与社会意义。他们要求作品有很高的文学价值。《新法兰西评论》创刊号上就发表了纪德的小说《窄门》，接着发表的夏尔—路易·菲力普（1874—1909）的遗著《夏尔·白朗沙》（小说）；瓦雷理·拉博（1881—1959）的《A. O. 巴那波特的日记》；洛瑞·马丁·杜加（1881—1958）的小说《若望·巴洛亚》。这个刊物在20世纪初期发表了这许多使人耳目一新的文学作品，仅就这个事实而言，也不可能把那一时期的法国文学看做19世纪的尾巴。何况在抒情诗方面，1913年阿波利奈尔（1880—1918）发表了《醇酒集》，为法国现代诗开辟了新的方向，更不能说这是19世纪文学的尾声。

总而言之，把20世纪初期的文学划为19世纪文学的一部分，是与事实不符的武断的看法。我们要对具体事实进行具体分析，对那些从概念出发的论断不能苟同。

三 本世纪法国文学究竟有多少流派？

在这个问题上，我个人主张我们的态度宁可慎重些。首先，对"流派"这个名词应当有明确的概念。我们知道，任何学术讨论的最初步也是最基本的工作就是对于讨论中所用的词（termes），至少是最主要的词，先下明确的定义。这是学术工作的常识。

我们是研究法国文学的。我们面对的事实是法国文学。我们在这里所说的"流派"这个词，是指法国语言中的 école。例如：école classique，古典派，école romantique，浪漫派，等等。在法国文学史上，最早的流派出现于16世纪，那就是以诗人龙沙（1524—1585）为中心的七星诗社，以及以女诗人路易丝·拉佩（1526?—1565?）为中心的一个诗社，文学史称它为 l'école lyonnaise，里昂诗派。通过这两个早期的实例，我们看到，成为一个文学流派至少必须具备下列几个条件。那就是，要有一个权威人物作为中心，要有宣言或纲领，要有一个社团（cénacle），要有若干作家或诗人按照这一派的主张和创作方法进行创作。此外，称为"流派"必然在当时当地的文坛上有较大的声势和较大的影响，因而在文学史上有一定的地位。17世纪法国的古典派文学完全合乎一个正式流派所应有的规格。18世纪法国启蒙运动的文学没有形成流派，只是一种思潮。19世纪的浪漫主义文学是地地道道的流派，它有社团，有理论与纲领，提出新的创作方法，有中心人物，有若干作家诗人在总的方向下进行创作。19世纪法国还有别的文学流派，虽然声势不如浪漫派，也都有一定的重要性，它们是巴尔那斯派，自然主义派和象征派。只有现实主义的情况比较特殊。现实主义是19世纪法国文学的主流，它的辉煌成就和深远影响远远超过浪漫派，超过巴尔那斯派，超过自然主义和象征主义，然而它没有具备法国文学史上公认的文学流派的规格。因此法国文学史上没有听说过有"现实派"或"现实主义派"这样一个约定俗成、一般通用的名称。现实主义的最卓越的代表作家巴尔扎克，在他的《人间喜剧》的序言中提出他的现实主义创作计划和创作方法。但是这篇理论性的宣言只对他本人适用,对于别的作家没有多大影响。当时别的杰出作家如斯丹达尔和弗洛贝尔(一译福楼拜)的某些作品中也有明显的现实主义因素。可是他们的现实主义和巴尔扎克的现实主义意义不同。巴尔扎克的现实主义并未形成流派,这是事实。可是,另外有两个第二领袖作家却力求提倡一种现实主义的流派,他们是尚弗勒里(1821—1889)和杜朗谛(1833—1880)。他们办了一个刊物,名叫《现实主义》。他们发表他们的"现实主义"的理论,并且按照他们的创作论写了几部小说。但是他们的刊物只是昙花一现,没有发生任何影响。他们的创作也不曾引起公众的注意。他们力求创立一个现实主义流派,可是他们的企图完全落空了。文学史上从来没有承认过他们的流派,比较简略的文学史连这两位作家的名字都不提。可见并非任何文学见解、文学主张,都可以按照个别作家的主观愿望而形成流派,也不能由于一两个评论家高兴而可以随意封为流派。20世纪初年由于勒·洛曼一个人提倡的一致主义没有形成流派,原因即在于此。

如果我们在平常随便漫谈,我们说当代法国文学有很多派别,这样说当然也可以。但是,如果我们写一篇学术论文,我们应当按照严格的定义来衡量流派。不符合流派规格的,只能算潮流或倾向。

至于20世纪法国究竟有多少流派这个问题,话说到这里,似乎答案也就明确了。那就是,20世纪法国文学不是有很多很多流派,而是相反,只有很少几个名副其实的流派,至少比19世纪少一些。不但像上文提到的"修道院"、"一致主义"等等都不能算作流派,即使存在主义这样的庞然大物,近年来也有人认为它不能算文学流派,而是企图用文学方式来表现的一种哲学思潮。我个人是倾向于这种看法的,因为萨特虽然发表过《什么是文学》等论文学的专著和论文，但是他讨论的只是文学作品的思想内容，完全没有接触到美学问题，没有涉及创作方法。法国文学史上的一些正规的文学流派都提出自己的创作方法上的新见解。此外，虽然出现过几个存在主义作家，但是没有存在主义文社，除了西蒙娜·德·波伏瓦，谁也不是萨特的忠实追随者。萨特固然是存在主义文学的最高权威，但是他没有成为一个文社的中心人物。

20世纪法国文学流派比较少，而不是比较多，这正是本世纪法国文坛的特点之一。其所以造成这种情况的最根本的原因，在于八十多年来法国经历两次世界大战以及国际和国内的变革，政治、经济以及社会生活各方面受到空前剧烈的震荡，一切陈旧的生活信念、道德价值、精神支柱等，都在崩溃中，新的理想、新的信念没有建立起来，人们的精神世界空虚混乱，反映在文学上，表现为形形色色的新奇倾向、浪潮，此起彼落，互相冲击，耸动人们的听闻，但是没有一种真正的、比较稳定的文学流派，能产生可以提高人们精神境界的伟大作品，经得起时间考验的作品。

在这个问题上，也许有人会这样说：时代不同了，文学流派的规格也可能起变化，不要墨守成规，抱住老旧的概念不放。对于流派，可以给它一个新的概念，我同意。但是，既然是学术研究，学术讨论，对于所用的名词总该有明确的定义吧？作为一个文学流派，它应当具备哪些基本条件，这是我们应当有一致看法的问题，含混不清，信口雌黄的态度是不严肃的，不科学的。

四 20世纪的现代派文学

现代派是20世纪法国文学的主流，这是客观事实。

也许可以这样理解：现代派是 20 世纪法国文学的最大的流派，甚至是惟一的流派。不过这个流派和法国文学史的各大流派不完全相同。现代派在 20 世纪各个不同的阶段以不同的形式出现，而基本倾向则是一致的。在 20 年代初，出现了"达达"和超现实主义，这是现代派文学在 20 世纪的第一阶段。这个时期的现代派文学主要表现在诗歌方面。超现实主义是 20 世纪法国文学中最合乎流派规格的一个比较大的流派，它有一位非常积极的流派首脑，核心人物安德雷·勃勒东（1896—1966）。由于勃勒东前后发表过三篇"超现实主义宣言"（1924，1930，1942），法国有一位文学评论家称他为"宣言迷"。超现实主义的主要诗人除了勃勒东以外，还有阿拉贡（1897—1982）、艾吕雅（1895—1952）、苏波（1897—　）、勒内·夏尔（1907—　）等。在不同程度上受超现实主义影响的诗人为数甚众，略举数例，有弥修（1899—　）、米歇尔·莱里斯（1901—　）、苏佩维埃尔（1884—1960）等。这些诗人各有各的特色，这里限于篇幅，不可能一一介绍。

超现实主义的前身是"达达"。在法文中有时称为"达达"，有时称"达达主义"，更常见的是只称"达达"，从来没有人叫它"达达派"。"达达"不是流派，也不可能成为流派，这是决定于"达达运动"本身的性质的。

1916 年，正当第一次世界大战炮火连天的日子里，有一个流亡在瑞士的罗马尼亚青年，特里斯当·查拉（1896—1963），在苏黎世城提倡"达达运动"。这是一种反对文学的文学运动，它的宗旨在于破坏"人们头脑中和社会组织中的一切抽屉"。意思是说破坏一切在人们思想中以及社会生活中已经有固定价值、固定地位的观念和事物，包括文学在内。换言之，"达达"企图放一把火，把旧世界，把社会上一切既存的事物，统统加以破坏。空前惨烈的世界大战,那时正在用炮火疯狂地破坏人民的生命财产,破坏一切物质生产的果实,"达达"用悲愤的心情企图破坏炮火所不能破坏的精神世界的一切固有的建筑、固有的观念,包括文学艺术在内。十分明显,"达达"是人们的精神受了世界大战猛烈震荡,而丧失平衡,变成极度空虚、混乱、痛苦和悲观绝望的一种表现。"达达"虽然用文学形式表达自己,他们出刊物,出书,然而他们的目的不在文学艺术,而在于表现精神幻灭,表现精神领域、思想领域内的虚无主义,无政府主义。"达达"曾经宣称,为了建设一个新世界,必先彻底摧毁旧世界,包括他们自己在内。这就意味着"达达"的目的是自杀,和旧世界同归于尽,至于建设新世界,他们认为那是遥远的将来的事,与"达达"无关。这就是"达达"的主要精神。至于"达达"这个名称从何而来,据说经过的情况是这样的:几个青年人在咖啡店里一边喝咖啡一边商量给他们的文学运动起个名称。他们找来一部词典,由一个人随便翻开一页,然后由另一人用手指在翻开的一页随便一指,恰好手指停留在 Dada 这个字上,于是就把他们的文学运动叫"达达"。按照字典的解释,婴儿开始学说话时,把"马"叫做 dada。"达达"这个词没有别的意义。

  1919 年,"达达"的首创者查拉来到巴黎。巴黎有三个年轻诗人,勃勒东、阿拉贡、苏波,本来也在搞一种类似"达达"的文学运动。查拉一到,他们三人立即举起"达达"的旗帜和查拉合作,把他们的刊物《文学》作为"达达"的刊物。可是"达达"是天生没有前途的,它要摧毁一切,必然很快就摧毁了它自己。一开始,"达达"给人们强烈的刺激,引起大家的好奇与新鲜的感觉,可是不久人们就讨厌它的那套把戏。1921 年,巴黎的大学生们抬着纸糊成的"达达"像,想必是摹拟的人像,把它抛入塞纳河中淹死,这样,"达达"就结束了它的荒诞而短促的生命。查拉后来在法国定居,发表了许多作品,但不再用"达达"的名义。"达达"作为文学运动很快就结束了,但是在20世纪的法国现代文学中,"达达"的阴魂至今未散,反对一切,否定一切,尤其反对和否定传统的文学内容与形式,实质上是反对文学本身,以文学的自杀作为文学的"新"出路,凡此种种,直到今天还影响着法国的现代派文学。

"达达"对于20世纪法国文学来说是一种进口货。可是它在法国生了根,它是本世纪法国现代派文学的导火线,是超现实主义的前身。从瑞士进口的罗马尼亚人发明的"达达运动"和巴黎当地的先锋派诗歌结合,生下了一个宁馨儿,那就是超现实主义,20世纪法国文学中生命力最强的流派。在超现实主义的演变过程中,第一阶段和它的前身"达达"十分相像,充满虚无主义和无政府主义的调子。勃勒东曾经说:"超现实主义最简单的行动在于拿起手枪,走到街上,朝着满街行人随便开枪。"[①]幸亏勃勒东和他的超现实主义同伴们实际上并没有这样做,否则他们早就成了刑事犯或者被关进疯人院。

超现实主义发展到成熟的阶段才接受弗洛伊德的心理分析(或译为精神分析)学说的启发,着重于表现所谓潜意识,同时提倡"自动文字"(l'écriture automatique),也就是不受意识控制随手乱写的文字[②]。实际上,潜意识根本无法表达,诗人表达的潜意识只能是伪造的潜意识。所谓"自动文字"不是迷信,便是骗人,或者半迷信半伪造。超现实主义提倡潜意识实质上是提倡反理性主义,"自动文字"的表达法等于提倡反逻辑。反理

---

① 转引自萨罗蒙《简明法国文学史》,第447页。
② 相当于扶乩。

性的内容,反逻辑的表达法,抓住这两个要点,这就是抓住了现代派文学的灵魂。

以上说的是现代派文学中的抒情诗。至于现代派的小说与戏剧,虽然和抒情诗不能相提并论,但是基本上有相同之处,那就是反理性反逻辑的倾向。50年代风靡法国的"新小说"早已不新了。有的"新小说家",例如米歇尔·布陶(1926—),早就觉得新小说不可能再花样翻新,颇有此路不通之感。去年11月间,我在法国尼斯拜访他时,他对我说,他已有二十年没有写小说了。

20世纪法国的现代派小说不仅是50年代出现的"新小说"。普鲁斯特的多卷本小说《追忆似水年华》(1913—1927)以及纪德的《伪币犯》(1925),都从不同角度为现代派的小说开辟了道路。现代派的小说号称在小说的创作方法方面完全革新了法国传统小说,特别是和19世纪巴尔扎克的现实主义背道而驰。其实现代派小说所反对的岂止传统小说的创作方法,主要是反对传统小说所代表的精神世界。要彻底摧毁旧世界,对于建设新的人类社会又没有信心,这是"达达"的老路。八十多年来,现代派文学在原地踏步,在围绕着虚无主义转圈子,企图用形形色色的新花招来掩饰空虚的灵魂。

关于现代派的戏剧,我更是外行,更没有发言权。戏剧是综合性的、复杂的艺术。不能认为看了几个剧本就了解戏剧。剧本是重要的,但舞台效果更重要。没有看演出,就不知戏剧为何物。荒诞派的剧本我看过一些,但至今没有全部过目。至于演出,只有去年11月应邀访问法国时,在一个小剧院里观看了尤涅斯库的《秃头歌女》和短剧《上课》的演出。我没有资格评论荒诞派戏剧,至多谈一点印象而已。我觉得用荒诞的舞台手段、荒诞的台词直接表现西方现代生活中的荒诞现象,是大胆的、可取的尝试。这是合乎用讽刺画、漫画的笔法来暴露事物的矛盾的艺术规律的。但是，肯定荒诞派戏剧在反映当前法国社会客观现实方面获得成功，并不意味着荒诞派戏剧艺术也适用于反映当前我国的现实，并不等于说我们在中国也要提倡荒诞派戏剧。

对于20世纪的法国现代派文学，我们应当用历史唯物主义的科学态度进行实事求是的分析研究，提高认识，汲取教训，并且加深对西方世界的具体了解，而不应采取赶时髦、附庸风雅的态度，同时也不应当不做充分的调查研究就下主观的结论，将自己不了解、不认识的事物全盘否定。

五　正确对待存在主义

第二次世界大战刚刚停火，在1945年左右，萨特和他的存在主义突然在法国（不久以后在西方世界）成了一种震动人心的新思潮，连萨特自己都"感到意外"，这是西蒙娜·德·波伏瓦在她的回忆录中所说的。那时候我在瑞士，我听到从巴黎传来的一种令我惊讶的呼声："走存在主义的道路，还是走共产主义的道路？"这是受了战争震荡而思想混乱的青年一代，不知道应当走什么道路的苦闷呼声。当时使我感到十分惊奇的是，存在主义居然可以和共产主义相提并论！存在的道路是什么？萨特告诉我们，人生本来是荒诞的、没有意义的，世界本来是荒诞的，没有意义的，每一个人都必须自己选择自己的道路，在这点上，每个人都是自由，这就是人生惟一意义，显而易见，这种道路是个人主义的道路，这种自由是主观的自由。我们是唯物主义者，我们认为正确的人生道路应当是符合事物发展客观规律的道路，是和人类社会发展的客观规律不能背道而驰的道路。

从萨特一生走过的道路来看，在政治上他寻求的是中间路线。一方面，他以资产阶级左翼知识分子的姿态出现，他表现了企图改造社会的"左"的立场，同时他对科学社会主义从来不重视。有时，他好像是共产主义革命的同路人；有时他从右的立场，或者从极"左"的立场攻击共产主义革命；他的一生就是这样摇摆于左右之间。他的"介入文学"就是反映这样摇摆姿态的文学。

存在主义认为，存在先于本质。这个观点孤立起来看是唯物主义的观点，可是在萨特思想体系中，这个观点又不完全是唯物主义的。既然存在先于本质，萨特的哲学观点当然是决定于他的社会存在，也就是决定于他的政治立场的。他的政治态度的摇摆不定，是他的折中主义的哲学倾向的根源。而他的文学作品不可避免地是他的政治态度和哲学思想的综合立场。不过萨特是很有才华的文学家，他的剧本写得比他的小说更好。萨特的最好的文学作品，是他忘记了自己是存在主义哲学家的时刻所写的作品。每逢他有意识地宣传他的存在主义哲学观点，他反而写不出有很高的文学价值的作品来。艺术本身的客观规律是无情的。存在主义文学不属于现代派的范围，因为它是一种理性思考的文学，也是用逻辑语言表达的文学。它并没有企图表达一般语言所不能表达的潜意识活动。无论如何，我们对待存在主义文学也应当像对待现代派文学一样，必须对它做实事求是的科学研究，然后再下结论。

我个人对存在主义文学也好，对现代派文学也好，都没有系统的研究。以上说了许多肤浅的话，无非是初步的探讨，而不是论断，提出来供同志们参考，希望同志们批评指教。

（原载《当代外国文学》1983年第1期）

《约翰·克利斯朵夫》和文学遗产的批判继承问题

一

文学作品通过艺术形象和音乐性的节奏，酿造成思想情感的旋律，犹如一杯醇酒，使读者陶醉，从而产生潜移默化的作用，深刻影响他们世界观的形成和发展。在我们经常接触的作品中占绝大多数的新作品，首先是中国的和外国的革命文学，对我们能起积极的教育作用。那些为数较少，但不免也和读者常常见面的古典名著，包括外国名著在内，它们是否也能起所谓生活教科书的作用呢？一般说，不能这样简单地要求。要古代或外国的文学作品对我们起教育作用，还必须下一番工夫。

必须对古典名著从历史角度进行具体分析批判，然后才能使广大读者从中获得有益的启迪，避免可能的误解。实事求是，按照当时的历史情况作有分析、有批判的继承，这是我们对待文学遗产的基本态度。

唯物主义者从来就反对用虚无主义态度对待一般文化遗产，对文学遗产当然也不例外。我们从来没有限制我们自己，也没有拦阻别人去接触古典文学和外国文学。全国解放以来，在党和政府的关怀和支持下,我们在中国古典作品的整理和外国文学的翻译介绍方面,分别进行了许多工作。这些工作的质量数量都远远超过解放前。据初步了解,全国各地公共图书馆文学书籍的出借率中,古典作品占相当大的比重。青年们重视的当然首先是我们今天的革命文学;与此同时,他们对于优秀的古典作品和外国作品,也很感兴趣。这一切,充分说明我们对文学遗产绝对不是全盘否定,而是予以足够的重视。但这并不等于说我们无条件地推崇中外古典名著,一律接受,不加辨别。我们要求读者对文学遗产能正确地认识,合理地欣赏和有益地借鉴。

能不能对待过去时代的文学名著和对待古代文物一样,采取客观的欣赏态度,或敬而远之,和它保持一定的距离,不让自己的思想感情跟它们发生联系呢?不能。比方说,在博物馆的玻璃柜中,陈列着一件远古的铜器,铜绿斑驳古色古香的爵,或者别的什么酒具。游览者用好奇和赞美的目光,注视这表现古代劳动人民智巧的艺术品。谁也不会动这样一个古怪念头:把它拿来真的盛酒喝。因此,铜绿中毒之类的问题,是不至于发生的。文学遗产和群众的关系却与此大不相同。读者捧着一部古典名著,不论是中国的或外国的,读得津津有味,实际上相当于用古代的酒卮(zhī 支)在饮酒,拿古董作为日用器皿。那古色古香的酒味,难免陶醉读者;读者的思想感情受了这样潜移默化,难保不中"铜绿"之毒。在这个问题上,如果我们采取袖手旁观的态度,是错误的。必须帮助一般读者,尤其是青年,使他们对文学遗产所不可避免地采取的盲目的"古为今用"态度,经过分析批判,成为正确的、健康的、真正的古为今用,从而受到有益的影响。

在当前新文学的园地里,尚且需要评论家经常浇花锄草,帮助读者从新的文学产品中,吸收最好的营养。何况古典文学问题较为复杂，怎么能不给广大读者指出一条正确的、批判继承的道路呢？我们认为：一、对于中外文学遗产必须是积极地批判继承，而不是消极否定或拒绝；二、继承文学遗产必须运用历史唯物主义观点，辩证的方法，对具体问题作具体研究与分析，然后始能吸收精华，吐弃糟粕，化腐朽为神奇，从陈旧的作品中取得新的营养料。

文学作品是作者的思想观点通过艺术形象的反映。过去时代的作品，不论它在当时当地产生过多少积极影响，不管它的艺术水平多么高，反正是受着作者社会地位的制约不可避免地反映着当时当地社会错综复杂的矛盾。尽管有些思想比较进步的作家，在他们作品中某种程度上反映了当时劳动人民的思想情绪，但如果他们是出身于剥削阶级的，他们的阶级立场轻易不可能改变，所以他们作品中表现对劳动人民的理解与同情不免有一定限度。

读者和文学作品发生思想情感上的联系或共鸣，主要是从阶级意识这一角度出发，而不是像某些人所说，通过抽象的人性概念起作用的。因此封建阶级的文学遗产对于我们今天读者的影响，一般比资产阶级文学遗产的影响间接得多。在读者方面，也更多地对资产阶级文学遗产感兴趣。这是因为我国资产阶级占重要经济地位的历史时代结束未久，它的思想意识在我们新社会里还有相当多的残余；同时由于我国目前还处于帝国主义包围中，外国资产阶级的影响不免有所渗入。在这种情况下，资产阶级的文学遗产，尤其是19世纪欧洲的小说，即西方资产阶级全盛时代的灵魂的镜子，在我们一部分青年读者之间引起了很大的兴趣。

历史上每一个阶级在上升到统治地位的过程中，为了在意识形态战线上竖起自己的帅旗，必须将过去时代的文化遗产重新评价一番，对文学遗产当然也不能例外。文艺复兴时期和18世纪启蒙运动时期的欧洲学者，都曾从事过类似的工作。革命的无产阶级也有必要重新评介往昔的文学遗产。但是，我们对文学遗产的再估价，也就是批判继承，却和任何其他统治阶级在同一问题上所采取的态度有本质的区别。由于无产阶级是以消灭剥削，消灭阶级，解放全人类，建立共产主义世界为己任的大公无私的先进阶级；由于无产阶级以人类最进步、最科学的思想武装自己，我们必须在批判继承文化遗产这一艰巨细致的工作中，运用严格的科学观点和方法，将为无产阶级政治服务这一要求和追求科学真理的科学要求完全统一起来。历史上其他一切阶级，即使它们在上升时期思想意识具有一定程度的进步意义，对人类文化多少有过一些贡献，但是如果它们是剥削阶级，它们的阶级本质限制了它们的思想视野，它们对文化遗产的重新评价问题，不可能采取比较彻底的科学态度。而我们今天的要求则是反对一切教条主义，实行严格的科学原则。

二

小说《约翰·克利斯朵夫》虽然写于20世纪初年（1903—1912），书中主要情调却可以说是19世纪末叶那种所谓"世纪末"的气氛：在当时纸醉金迷的巴黎，无形中仿佛存在着一种大难临头的威胁，人心惶惶，思想混乱。可怕的明天，将给法国人带来什么呢？是战争，还是革命？要不就是战争和革命接踵而来？这是普法战争以后到第一次世界大战前夕的法国社会。在法兰西资本主义进入帝国主义阶段的时期，各种错综复杂的社会矛盾日趋尖锐，加以国际风云日益动荡不宁，知识分子彷徨歧途，苦闷万分。小说如实地反映了这一历史时期的精神风貌。可是由于作者自己思想上的局限，小说对于当时最基本的矛盾，即无产阶级革命力量和资产阶级反革命势力之间的矛盾，认识不足，连巴黎公社那样翻天覆地的武装起义，可歌可泣的斗争史迹，也一字不提。但作者对于普法战争带给法国的灾难性的后果，却十分敏感。面对19世纪70年代以来一直存在于法德两国之间的紧张局面，和潜伏着的战争危机，他表现得胆战心惊。他不了解这是两大帝国主义之间必然的矛盾，而误解为两个民族间的传统纠纷。小说中主要人物克利斯朵夫和奥里维的友谊，象征着小说作者生平最热烈的一个心愿：法德两民族握手言和，世世代代友好下去。

指出《约翰·克利斯朵夫》在重大社会问题上所表现的资产阶级立场和唯心主义观点，有助于读者深刻理解这部内容异常丰富复杂的小说的基本态度，不至于迷失方向。如果要求小说作者在当时历史条件下必须有和我们今天一致的认识，那是完全不可能的。指出它的历史局限性不等于对这部作品表示笼统的否定。恰恰相反，我们一向认为罗曼·罗兰在20世纪初年写成这部优秀的作品，它的积极意义和进步作用是很显著的。作者不满意资本主义世界虚伪与腐化的生活，面对黑暗的现实采取了毫不妥协的态度。克利斯朵夫和奥里维是作者心目中"伟大的理想主义者"，他们幻想通过文学艺术或其他精神感化方式，培养若干"优秀分子"，从而改变社会黑暗的现状。为了实现这种"理想"，他们进行了顽强的个人奋斗。他们是以资产阶级浪子和叛逆者的姿态出现在小说中的。通过他们，小说作者对反动势力和腐化现象作了无情的揭露。在资本主义文明绚烂夺目的外衣之下，克利斯朵夫闻到了"死尸的腐臭"。没有一个资产阶级作家对本阶级的腐化表示过如此辛辣的讽刺，如此沉痛的控诉。这部小说不但表现了深刻的批判现实主义精神，而且热情洋溢地抒写了在黑暗中摸索前进的知识分子渴求光明的心意。在上世纪末叶和本世纪初期的法国资产阶级知识界,像克利斯朵夫和奥里维那样的人物,应当说是代表着阴暗势力的对立面。在当时法国文学界,像《约翰·克利斯朵夫》这样的小说无疑地代表比较健康的倾向。小说在艺术方面也有很高的造诣。在现实主义的基调上,往往泛滥着抒情的热潮,使许多篇页充满着诗的光辉。作者的艺术手法是多方面的,在多方面都显示出不平凡的才能。既善于深刻的讽刺,又能用婉约的文笔写青年人对于生命的纯真美丽的梦,或用奔放的文笔写天真的幻梦在丑恶的现实面前碰壁以后的慷慨激昂的义愤。作者在给友人的信中,希望大家把他这部长篇巨著看作一支浩浩荡荡的交响曲,或者一首史诗式的抒情长歌。

不能否认的事实是,《约翰·克利斯朵夫》的思想内容存在着严重的局限性。和黑暗腐化的社会势不两立的艺术家克利斯朵夫,被描写成顽强的个人英雄主义者。他反抗黑暗势力的唯一方式是个人奋斗。小说中第二号重要人物奥里维是极端的自由主义者,他的最高"理想",是各人为了自己选定的信仰而奋斗,"不论是什么信仰"。

克利斯朵夫虽然定居巴黎,却并不是法国人。他的故乡是莱茵河畔的一个德国小城镇。他出生于贫穷的音乐师家庭,父亲和祖父都曾经受当地封建豪门雇佣。实际上,他们的社会地位虽然比当地小市民略高一点,而面对贵族主人,他们那种卑躬屈节的样子,却与一般仆役相差无几。见了暴发户,他们也习惯于低声下气地奉承。引起少年克利斯朵夫强烈反感的正是豪门富户的强暴,和小市民的鄙俗卑贱。对于前者,他心里燃烧着反抗的怒火。对于后者,他只有鄙视与怜悯。他自己出身于小市民阶层,所以特别熟悉小市民庸俗势利的嘴脸,并且感到深深的厌恶。在故乡,他由于言行不合时好,触犯众怒,终于成为一个社会公敌式的叛逆者。

这种不甘心与世俗同流合污的志气,在作者笔下,却成了克利斯朵夫的个人英雄主义的动力。在当时的历史条件下,要求少年克利斯朵夫有革命无产阶级的集体主义意识,是不可能的。从少年时代起,他已打下了追求个人"胜利"的决心。有一次,少年克利斯朵夫在生活上碰了钉子,动了自杀的念头。在千钧一发之际,另外一个强烈的念头挽救了他:他要胜利,他必须在自己的事业上获得胜利。要为有朝一日的胜利而活下去。"胜利"便是他向可恶的人和事的一种报复泄愤的方式。从此以后,追求"胜利"的坚强意志经常鞭策着他。他的具体目标是个人在音乐创作方面的成就。小说在这一点上交代得非常明确:"他有个人的事业,非实现不可。"

在个人英雄主义思想指导下,克利斯朵夫能写出什么样的乐曲呢?小说在这方面似乎没有明确的说明。读者凭印象,至多只能说这位作曲家好像写过一些所谓充满生命热力的乐章。到了晚年,克利斯朵夫的艺术达到炉火纯青的境界。他企图把宇宙间各种矛盾冲突的力量,融合在一种十分和谐静穆的交响曲中。小说最后一卷名为《新的一天》,表示走到了生命路程上最后一个段落的老艺术家克利斯朵夫,跟少壮时期勇于反抗的克利斯朵夫,前后判若两人。老音乐家但求平息一切冲突,调和一切矛盾。一切归于和谐,实际上无异于一切归于虚无。个人英雄主义者终于落到虚无主义的下场,老音乐家克利斯朵夫临死前不得不向宗教信仰祈求虚幻的安慰。这一切,不管小说作者主观上如何认识,在客观上,恰恰是对个人主义人生观和艺术观的尖锐讽刺。

至于奥里维,小说把他写成典型的"法兰西理想主义者"的形象。他出身于破产的银行老板家庭。童年时代家庭生活富裕舒适。自从父亲破产自杀以后,少年的奥里维,他母亲和他年轻的姐姐，三口子遭受到十分凄惨的命运。衣食艰难和世态炎凉的滋味，在奥里维孱弱的心灵上落下了深深的创痕。对于资本主义社会的黑暗腐化，他也怀着深恶痛绝的心情。对于虚伪的资产阶级道德和颓废的文化，他尤其不能忍受。他是固执的个人主义者和自由主义者，他始终不喜欢接触政治，特别讨厌一切党派团体。但是，他对于革命却始终抱着"虚幻的希望"。他坚信人人有选择自己"理想"的绝对自由。无论什么"理想"都可以，他也坚信世界的命运掌握在少数"优秀分子"手中。革命在他看来当然也只是几个"优秀分子"的事。尽管他在一定程度上同情那些为了衣食终日汗流浃背的穷苦大众，可是他的根深蒂固的小康生活习惯，使他和劳动人民之间始终保持着一定的距离。他心目中的"最优秀"的法国人，是那些兢兢业业的小资产者、小市民和手工业者。

在奥里维的影响下，克利斯朵夫思想中发生过这样的问题：周围有这么多令人愤慨的现象，搞音乐还有什么意义？他的答案却很难令人满意：他说反正少写一部乐曲是不会减轻别人的痛苦的，那么不如多写几部，音乐可能使那些在苦痛中的人得到安慰。他对于革命并没有抱什么"虚幻的希望"，因为他干脆认为"世界是无法改造的"。他从小单枪匹马，为衣食而劳碌，为艺术而奋斗，好像谁也没有帮过他忙，因此他只相信自己的力量。他承认自己也帮不了革命的忙。他只会，而且只愿意搞他熟悉的音乐。奥里维眼看周围挣扎在饥饿线上的穷人，情形十分悲惨，因而感到痛心疾首，终日坐卧不宁。克利斯朵夫不赞成这样。他认为，明知自己无能为力，没有办法改变残酷的现实，倒不如不闻不问，埋头去干自己力所能及的事。有一年，奥里维在五一节那天到巴黎街上去看热闹，终于在工人和警察的混战中误伤毙命。于是克利斯朵夫越发不问世事，专心搞他的音乐。

这样说来，难道克利斯朵夫是个十足自私自利，卑鄙狭隘的人吗？当然不是。他和奥里维基本上有同样性质的思想矛盾。两人都不满现状，真心诚意想做点对社会有益的事。两人都有正义感和要求进步的倾向。可是，与此同时，两人都没有机会和条件认识改造世界的科学社会主义光明大道，因而一贯强调个人自由，只相信个人力量与智慧，只看见个人作用。

克利斯朵夫家里虽然贫困，思想感情和劳动人民却隔着一段距离。在那个社会里，一个贫穷音乐师的地位类似手艺匠人，面对豪门富户，穷音乐师的小资产阶级本性可以有两种相反的表现：或者表现为趋炎附势，或者怨愤和反抗。克利斯朵夫的祖父和父亲采取了前一种态度。克利斯朵夫本人采取了反抗的态度，这是因为小资产阶级也是受压迫的阶级，所以有一定程度的反抗性。克利斯朵夫和奥里维企图用虚幻的资产阶级人道主义解决个人与集体间的矛盾，结果一切落空，两人都不能避免幻灭的下场。所以作者在小说最后一卷的序言中说："我写下了快要消灭的一代的悲剧。"换句话说，作者用了十年之久，写成这部分为十大卷的巨型小说，在写作过程中已经逐渐认识到他当初计划写的个人主义英雄人物的颂歌，已经不由自主，不知不觉地变成了宣告个人主义幻灭的无可奈何的悼歌了。

三

由于家道中落，罗曼·罗兰年轻时曾经度过近乎贫困的日子，所以对劳苦大众怀有一定程度的同情。在1888年的日记上，他写过这样的话："当我母亲家里做短工的女仆瞧我坐在桌前念书的时候，我感到惭愧。当我碰到一个干完一天重活，晚上疲乏不堪地回家的工人时，我感到惭愧。"罗兰管这种自发的社会主义感情叫"本能的社会主义"。在那时，空想社会主义用各种形式，在西方知识分子之间开辟了广大的市场。罗兰在他晚年所写的《回忆录》中，对于自己年轻时以"社会主义者"自居的那种天真无知状态，曾经有这样的批评："没有纪律，没有学说，不列入正规军的，游击式的个人主义社会主义。"

"个人主义社会主义"是个离奇的名词，但它却很能说明《约翰·克利斯朵夫》作者当时思想复杂的情况。他年轻时甚至在日记中歌颂利己主义，将利己主义看成"推动世界的马达"。这种思想阻碍他对于社会发展的光明前途有正确的认识，同时也是他精神上矛盾、混乱与痛苦的根源。而这一切，都不可避免地在《约翰·克利斯朵夫》中得到反映。当时罗兰的思想情况在很大程度上和他笔下的人物奥里维有相同之处，对革命还只是抱着一种"虚幻的希望"。

小说《约翰·克利斯朵夫》像一幅巨大的浮雕，逼真地记录了在新旧两个世界交替之际，革命力量与反革命力量互相消长的疾风暴雨中，彷徨歧途的知识分子在痛苦中挣扎的种种形象。

这部小说自从被介绍到我国来以后，曾经在民主革命和抗日战争时期，在要求进步的爱国知识分子之间，在反抗旧社会这一点上，产生过积极的影响。但是，即使在那时，当马克思列宁主义思想已经深入人心的时候，克利斯朵夫式的思想感情也是比较落后的。文学作品是历史的产物，也可以说是一种客观存在。作品的内容与形式由作者自己加以固定，作者死后无论年代隔得多久，不可能再有任何变动。改变的是不同时代、不同社会的读者，用不同的立场和观点去读古代作品而获得的不同理解。但这并不是说对文学遗产的评价没有标准。标准就是用历史唯物主义和辩证唯物主义进行科学分析。

古典名著之所以值得珍视，首先在于它的主导思想，它的精神实质，在一定的历史时期起过或多或少的进步作用。古典名著值得我们借鉴之处，主要在于作者从当时当地人民群众的生活和斗争中汲取素材，提炼为艺术作品，通过高度的艺术手法，使作品反映当时当地受压迫的人民大众争取光明和幸福的意愿和希望。倘若有人读了古典名著就依样画葫芦地摹仿作品中人物的一举一动，今天的《红楼梦》的读者如果仿效贾宝玉和林黛玉的思想言行，势必酿成大错。

在古典文学作品中，积极因素和消极因素往往是错综复杂，有机地组合在一起的。必须经过辩证的分析，才能够将积极因素和消极因素溶解分离，然后可以从精华中淘汰糟粕，从消极的成分中滤出积极的内核。因此，在一部古典名著中，越是精华所在，就越有必要进行实事求是的历史唯物主义分析批判。例如对于《约翰·克利斯朵夫》，就必须先具体分析批判个人主义与人道主义的消极影响，然后才能够实事求是地肯定小说中主要人物不甘心跟黑暗腐化的社会同流合污的积极精神。我们从来不曾因为他们的反抗没有获得具体效果，而一笔抹煞他们的反抗精神，我们不能用我们今天的尺度去要求他们，但是我们坚决反对用古人或外国人的尺度作为我们思想和言行的标准，坚决反对盲目复古，坚决反对盲目崇洋。

(1964 年 3 月 22 日发表于《人民日报》，

1987 年 11 月修改旧稿)

《母与子》译本序

释 题

  罗曼·罗兰一生写过两部多卷本的长篇小说,一部是《约翰·克利斯朵夫》,我国早有译本;另一部是《母与子》,到目前为止,还没有完整的中译本。

  《母与子》法文原题 L'Ame enchantée,直译就是:《受魅惑而欢欣鼓舞的灵魂》,我过去译为《欣悦的灵魂》,接近直译而非完全直译。

  法语 enchantée 这个词(动词 enchanter 的过去分词),意义双关,既可训为"受魅惑"或"中了魔法",也可理解为"欢欣鼓舞"。而在汉语中却找不到这样一个意义双关的词,所以按原文直译,势难办到。

  罗曼·罗兰在 1934 年 1 月为这部小说的订定本(Edition définitive)写《导言》时,对于小说的标题有所说明。首先,他认为人生如梦,小说的主人公安乃德每次开始一场新的幻梦时,感到欢欣鼓舞,如同受到魔法的魅惑一样;等一场美梦幻灭之后,她又开始另一场美梦,于是又受一次魅惑,又欢欣鼓舞一番。这样连续不断地从一场美梦过渡到另一场美梦,直到生命终结。因此他把小说的女主人公叫做"受魅惑而欢欣鼓舞的灵魂"。其次,作者在《导言》中声明,他故意用这个意义双关,模棱两可的词作为小说的标题,为的是让读者去大费猜思,像猜谜一样。也就是说,这个标题本身是一个"谜",也是一种文字游戏,用汉语直译是不可能的。

与其用似是而非的直译,不如按照小说的真实内容而采用适当的改译,所以决定用小说第三卷的小标题《母与子》,作为全书的总题。

至于译本改题,早有先例,而且不少,例如但丁的《神曲》,意大利文的原题直译是《神圣的喜剧》;雨果的《悲惨世界》,法文的原题直译应作《苦难的人们》,诸如此类,不胜枚举。

梗　概

《母与子》篇幅巨大,全文中译将达 120 多万字,分为上、中、下三册出版,上册包括《译本序》、《初版序》、《订定本导言》、《安乃德和西尔薇》、《夏季》;中册包括《母与子》(上、下)、《七将攻打岱勃城》和《安乃德在丛林中》;下册包括《罪恶之风》、《搏斗》、《弗洛仑斯的五月》以及《神圣的道路》。由于这样长的篇幅只能分卷陆续出版,为了让读者对这部小说的全貌先有一个大致的了解,现将情节概略介绍如下:

小说主要叙述女主人公安乃德和她的儿子玛克一生的事迹。时代背景是上世纪末叶到本世纪 30 年代初,那时,意大利和德国的法西斯日益猖狂,又一次世界大战势难避免。

安乃德是巴黎一个颇有名气的建筑师的独生女。她母亲早已去世。她20多岁时，父亲也病死了。她成了一笔巨大遗产的唯一继承人。但是由于她将全部家产委托一个公证人（相当于会计师）经营保管，自己长时期不闻不问，结果公证人背着她拿她的财产去作赌注，搞投机事业，现金股票全部输光，连人都逃跑了。安乃德没有想到她突然间成了赤贫之人，连她住的祖屋也被法院查封拍卖，偿还公证人用她的名义欠下的债务。

安乃德在破产之前，人个生活上还发生了一件不正常的事：她没有结婚，可是生了一个孩子，而且决心由她一个人承担抚养孩子的责任。她热爱孩子，为什么一个没有结婚的女人没有权生育和抚养孩子呢？她反抗这种不合理的社会专制法规。破产以后，安乃德找不到正式工作，只能靠当家庭教师谋生，终于把她的私生子拉扯大了。

安乃德有一个热情洋溢的性格，而且非常正直、固执。年轻时，她由于一时失去自制，和她当时的未婚夫洛瑞发生了关系，怀了身孕。她并不后悔她的轻率举动，而且也不一定出于轻率，她是有意反抗一个不结婚的女子不能做母亲这种专制规定。她是一个叛逆的女性，她拒绝和洛瑞结婚。理由是洛瑞不能理解她的独立不羁的性格。她主张妇女即使结婚也不能成为男子的附属品，应该保持良心的自由和人格的尊严，有独立自主的精神生活。而洛瑞不能理解，也不愿意考虑这种他认为非常奇特的见解。再加上洛瑞的父母是外省的富裕资产者，他们的生活习惯和家庭气氛，使安乃德反感，所以她坚决不和洛瑞结婚。

安乃德始终没有结婚，独身到老。并不是她没有结婚的机会，曾经有不少男子追求她。可是她选择对象非常苛刻，稍不称心，宁愿破裂，决不降格以求。倒不是她在物质生活或其他方面有什么过高的要求，而是由于她禀性非常耿直，待人接物绝对诚恳，做事决不稍稍违背自己的良心。没有一个男子能理解和尊重她这种高度真诚、正直和纯洁的精神境界。连她自己的儿子也不理解她。有一个时期，玛克和他母亲在感情上发生很大的隔阂，母子二人闹矛盾，生活非常痛苦，安乃德十分伤心，可是她坚忍不屈，决不向她儿子表示让步，委曲求全，相安无事。

玛克到了中学时期，成了一个体质比较脆弱而精神非常倔强的神经质的少年。他外表冷淡，心里充满热情，而固执的脾气则和母亲不相上下。他先不理解为什么安乃德没有丈夫，怀疑她品行不端。等他长大成人，才慢慢认识母亲的高尚品格，她一辈子宁愿过艰辛刻苦、自食其力的生活，决不肯委曲求全，取悦于人而过那种比较富裕安逸的日子。玛克渐渐地理解母亲，佩服她的为人，恢复了母子间的感情。但是母子之间真正同心同德，有共同的语言，要到第一次世界大战以后，两人对于当时的社会现实一致表示不满，对于不公正的现象怀有同样的义愤，直到最后，母子二人在不同程度上都参加了反法西斯斗争。总之，小说在母子之爱这个老生常谈的命题上，处理得比较入情入理，实事求是而不落窠臼。那就是说：即使是骨肉至亲，光凭温爱和私情也不一定能保持牢固持久的感情关系，而共同的理想、共同的事业则可以使亲密的感情经得起考验。

《母与子》这部小说实际上分为上、下两部分。前半部写到第一次世界大战结束。后半部从20世纪20年代写起，写到30年代初期。前半部基本上完全写安乃德的个人生活：恋爱、生育孩子、破产、过自食其力的艰苦生活……小说前半部的最后一卷（第三卷），叙述安乃德在大战时期从事反战活动，这是她从个人生活到社会活动的过渡，也是小说前半部与后半部之间的过渡。

小说的后半部先写第一次世界大战刚刚结束的年月里，法国（以至西方）社会上各种矛盾反而更复杂、更激烈了，人心惶惶，思想混乱。小资产阶级知识青年玛克和他的同学、同辈的青年人都心烦意乱，思想苦闷，前途茫茫，不知所从。在那时期，青年玛克曾经去拜访路过巴黎的当代文学大师罗曼·罗兰，请他指点人生道路。罗曼·罗兰对玛克的劝告归结为一句话：勇敢地走你自己认为正确合理的道路。这句语重心长的赠言后来对于玛克走上要求进步的道路，参加反战反法西斯的群众性斗争，起了极大的推动作用。正和罗曼·罗兰自己20岁时去拜访当时法国的著名史学家和文学家勒南之后，把这位大师的赠言作为自己终生的座右铭一样。勒南的赠言就是"没有自由就没有真理"。

《母与子》前半部的主人公是母亲安乃德；后半部虽然标题为《女信使》，实际上的主人公是儿子玛克。玛克勇敢地走上他自己选择的正义道路，也就是靠拢革命的道路。安乃德心里赞成儿子的正义行动，而且在一定程度上鼓励他，支持他。但是，母亲毕竟是母亲，她知道玛克的勇敢行动会招致危险的后果，因为当时法国的法西斯势力也相当猖狂。安乃德常常夜里从睡梦中痛哭着醒来：她梦见了玛克惨遭不幸……

噩梦不幸成了事实。有一年夏季，玛克为了暂时避开法国的法西斯对他的威胁，和母亲、妻子、小孩一起去瑞士游览休息了一个时期（那时他正好收到一笔稿酬）。在瑞士，一个伪装朋友的坏人把玛克诱骗到意大利去玩。于是，在弗洛仑斯的大街上，光天化日之下，一群黑衫党暴徒用匕首把反法西斯的青年战士玛克刺死了。

安乃德在悲痛之余，毅然决然拾起从玛克手中落下的反法西斯大旗。她踏着儿子的血迹前进，勇敢地加入反法西斯的群众斗争,继承玛克未完成的事业。她在群众大会上登台发言,给听众以深刻的印象。可惜她未老先衰,60多岁已身患重病,不久就离开人世。

主导思想

《母与子》这部小说并非只有一个主题,实际上先后出现几个主题:有作者在动笔前预先计划的主题,又有在创作过程中想到的主题,甚至还有在脱稿后总结出来的主题。更值得我们注意的是,作者自己宣布的主题思想,往往和小说的实际内容,以及具体的艺术效果、客观影响,都不吻合。讨论《母与子》的主导思想,是一个复杂的问题,必须具体情况具体分析。

罗曼·罗兰在写《约翰·克利斯朵夫》的最后几卷时,已经开始设想第二部多卷本长篇小说,而且打算让这部未来的小说中的主人公走出个人生活的小天地,参加到社会生活的群众活动中去。这一主导思想后来在《母与子》中确实兑现了,在小说的后半部,安乃德和她的儿子玛克已经走到了十字街头,参加人民群众反法西斯斗争。

《母与子》的作者曾经考虑过的第二个主题思想,是两性间的矛盾冲突。具体说是指同一辈的男子和妇女之间在思想状况和社会地位方面的种种不协调、不均衡引起的冲突,也就是现代妇女争取完全独立自主的社会地位的斗争。从小说的实际内容看,上述主题思想并未充分发挥,更说不到占主导地位。只在第一、二两卷中,这个问题似乎接触到了,但作者并没有紧扣这个命题做文章。至于在小说的第三、四两卷(篇幅约占全书四分之三),这个问题根本不提了。这意味着作者事先考虑的这种想法,在他写作这部小说的实践过程中,证明是不切实际的。

为什么用两性间在思想与生活上的矛盾冲突作为命题不可能在小说中大做文章？因为这不是当时法国社会的主要矛盾。小说的第一、二两卷反映的时代是19世纪末叶与20世纪初年。当时法国妇女在选择职业和自食其力的问题上，基本上与男子享有同等权利，只是在政治地位上，女子没有被选为议员，也没有担任行政官吏的权利。可是安乃德所争的不是做官的权利。在男女关系上，法国法律规定成年妇女在爱情与婚姻上绝对自主，任何人（包括父母）不得干涉。成年妇女没有结婚而自愿地和男子发生关系，甚至同居、生儿育女，法律也没有明文禁止，不过资产阶级，尤其是富裕的大资产阶级的伪善的道德，表示鄙视与排斥这种非正式的婚姻关系。

由此可见，安乃德斗争的对象不是法律，不是社会制度，而是上层资产阶级的自私与虚伪。安乃德虽然曾经是出身于富裕的大资产者家庭的"阔小姐"，但是她的思想意识，她的感情和爱好，完全反映了小资产阶级知识分子的心理，尤其在她破产以后。而这部合计将近1500页的小说，在第190页上已经宣告安乃德破产。所以，小说所写的安乃德基本上是破产后穷得一无所有，靠工资度日的安乃德，而不是阔小姐的安乃德。

破产后的安乃德和社会的矛盾已经不是什么自由恋爱，不是什么不结婚而做母亲的权利，等等，而是吃饭问题，也就是劳动的权利，谋生的权利。这些问题对男女都是一样的，许多贫穷的男知识分子解决谋生问题和安乃德一样困难。所以说，小说写到这里，实际上的主题思想已经根本与女权问题无关。

安乃德对大资产阶级，或者说"上流社会"的反感在她一生各个不同时期有不同的表现。年轻时，安乃德讨厌大资产者，尤其是资产阶级男子在爱情、婚姻以及家庭等问题上的自私与伪善；中年时期忙于谋生的安乃德深深感到受剥削的痛苦。由于她没有高等学校的毕业文凭，不能担任正式的中小学教师，只能做家庭教师，工资不固定，生活没保障，东奔西跑地教家馆，工作特别辛苦，报酬却十分菲薄。那时，她看到周围和她处境相似的贫苦知识分子，有男的也有女的，往往为了一块面包互相争夺得头破血流，惨不忍睹。而社会上富有家财的人们，对于这种现象是无动于衷的。

经过第一次大战期间严峻的事实教育，安乃德开始省悟战争之所以爆发并且战火久久不能熄灭的原因就在于有一些大资本家、大财阀在幕后操纵，兴风作浪。以这个思想认识为出发点，安乃德逐渐走上同情苏联，同情社会主义革命，参加反法西斯斗争的道路。到那时，安乃德从年轻时期起对大资产阶级，对上流社会的反感已经发展到自发的、朴素的阶级感情的高度。但是，必须说明，安乃德的阶级意识只是一种初步的感觉，还不是明确的思想认识，也必须说明，罗曼·罗兰写了安乃德阶级意识的发展过程，也不可能是出于历史唯物主义观点（他没有形成这种观点），而仅仅是他的现实主义创作方法所造成的客观效果，所以不能牵强附会，认为这也是《母与子》的主导思想。

《母与子》的作者没有立意用阶级观点塑造他的人物。他在安乃德身上强调的是她的崇高的精神境界和坚毅不屈的个性。在罗曼·罗兰的作品中，主要人物几乎都具有绝对正直和真诚的人格，强调"良心"的坦白和"灵魂"的纯洁；他们经常把"良心"、"灵魂"这些名词挂在嘴上，就像新教的牧师一样。安乃德这个人物的精神面貌，在罗曼·罗兰的作品中绝对不是孤立的例子。

最后，请看《母与子》作者自己一再声明的主导思想和上文分析的小说的实际内容，相差有多么远。1922年小说第一卷出版时，卷首有一篇短短的《告读者》，最后一段说："请不要在这里寻找什么命题或理论。请看，这不过是一个真挚、漫长、富于悲欢苦乐的生命的内心故事，这生命并非没有矛盾，而且错误不少，它虽然达不到高不可攀的真理，却一贯致力于达到精神上的和谐，而这和谐，就是我们的至高无上的真理。"又是"真理"，又是"和谐"，难道这还不算命题，不是理论吗？

在1934年1月写的订定本《导言》中，作者重申这种命题和理论。首先，他认为写小说光写人物的言语行动，那还没有接触到生活本身，因为真正的生活是内心生活。所以《母与子》特别着重写人物的，尤其是安乃德的内心生活。然后作者把安乃德的内心生活概括为上文提到的那个公式，那就是安乃德从一场美妙的幻梦，过渡到另一场美梦，在这过程中，她不断地受美梦的魅惑而欢欣鼓舞，又不断地幻灭，如此连续不断，直到生命结束，最后一切互相对立的因素都归于调和，达到和谐的最高境界。所以他说人的生命是交响乐，是不同音节的矛盾统一，形成和谐的节奏，小说也无非表示这种音乐而已。所以他说《约翰·克利斯朵夫》是"音乐小说"，《母与子》也是"音乐小说"。这种玄而又玄的哲理，是罗曼·罗兰写小说的总的指导思想，他的美学原则：到最后，一切归于和谐。

如何解释小说的实际内容、它的现实主义的艺术效果、它的客观影响和小说作者所宣扬的玄理之间的距离呢？在这里，我们不能不再一次想起恩格斯论巴尔扎克时说过的一句话，那就是小说的现实主义可以不由作者自主地表现出来。

创作过程

罗曼·罗兰开始构思《母与子》远在《约翰·克利斯朵夫》

完全脱稿以前，也就是说，在1912年之前。第一次世界大战的风暴及其对于罗曼·罗兰的生活与思想的影响，肯定是这部小说之所以不能及早动笔的主要原因。1922年5月，罗曼·罗兰移居瑞士，6月开始写这部多卷本小说的第一卷《安乃德和西尔薇》，同年10月脱稿。紧接着他就写第二卷《夏季》；1923年春，《夏季》完成。在这以后，有两年之久，作者完全中止了小说的写作。当然，他忙于别的事，有别的原因使他分心，但是恐怕也由于他需要充分踌躇一番，才能决定怎样接下去写，怎样继续发挥他原先计划的主题思想。

从罗曼·罗兰的《日记》中看，似乎有一件偶然发生的事给了他很大的启发，使他的思想豁然开朗，"山重水复疑无路，柳暗花明又一村"，他终于看见了小说继续发展下去的一个新方向，所以又拾起搁置已久的创作之笔。

事情是这样的：在大战期间，有一个朋友告诉罗曼·罗兰，说他曾经在法国某小城市遇到一队德国战俘，从前方押送到后方去集中拘禁。在大街上，一群法国人包围了他们，对那些缴械投降的德国俘虏大肆辱骂、侮辱，甚至殴打。战俘们不敢抵抗，低头忍受，样子十分觳觫狼狈。那位朋友实在看不过去了，便挺身而出，拦阻那些"爱国英雄"继续虐待战俘，并且向大家解释，这些德国人上前线打仗也不都是出于自愿的，他们大部分是普通老百姓、劳动人民，他们拿枪是被迫的，战争的责任不应当由他们承担。虐待失去抵抗力的战俘不能算什么爱国行动，而是卑怯的表现，况且在德国也有许多被俘虏的法国人，难道他们也应当受这样的虐待……这番话开导了虐待战俘的那些人，使大家陆续散去，给战俘解了围。

在《母与子》第三卷中，作者写了和上述情况完全一样的一段插曲，不过当事人不是某某朋友，而是安乃德。第三卷中安乃德的一切活动就是以此为出发点的。她不但同情战俘，而且帮助一个战俘逃跑。在当时，她的反战思想是单纯地以资产阶级人道主义为基础的。

小说第三卷于1925年10月动笔，1926年5月完成。这之后，罗曼·罗兰的创作活动又中断了。这一次搁笔有三年之久。

最后一卷《女信使》（初版分为三册）1929年11月才开始写，到1933年4月完成。至此，小说《母与子》才算全部脱稿。

罗曼·罗兰创作第一部长篇小说《约翰·克利斯朵夫》时，用十年工夫写完十卷，每年写一卷，连续不断，按时完成。为什么写《母与子》时先后中辍两次，搁笔的时间加在一起有五年之久？应当说有客观与主观两方面的原因。

首先因为第一次世界大战以后法国国内与国际形势都和战前大不相同。1919年6月凡尔赛和约签订后，人们（包括罗曼·罗兰在内）都感觉到这个不公正的和约埋下了再一次大战的祸根，大家对于世界大势不免悲观失望。当时世界上各种矛盾日趋激烈，风雷激荡，日子很不安宁。在这种形势下，小说家不可能长期地闭门创作，不问世事。再加战后的罗曼·罗兰和战前也大不一样。用他自己的话说："你不关心政治，政治会上门来找你。"实际上，从第一次世界大战期间开始，罗曼·罗兰书斋的门已经关不住了，政治的风不停地吹进门来，这位作家也不停地探头去看门外的热闹：从那时起，他的言论和行动已经和政治有直接的或间接的联系，也就是说，有一定程度的政治影响。由此可见，他即使想足不出户，埋头写作，按照原定计划，一卷接一卷地写十年二十年，事实上也是完全办不到的。世界大势在很快地发展，作家的思想也在变化动荡，要使这一切完全不反映在他正在写的作品中，或者说要他正在写的作品和当前的现实完全无关，实际上也是不可能的，何况罗曼·罗兰那时已经成了一个关心时事、关心政治的作家。

在小说第三卷中，母亲安乃德的言行与思想在一定程度上代表了第一次世界大战期间的罗曼·罗兰本人。在第四卷中，儿子玛克更忠实地反映了作者在第一次世界大战后，20年代到30年代初期那一段时间的思想、言论和行动，主要是他的同情无产阶级革命，拥护苏联，反对帝国主义战争，反对法西斯的政治立场。

不管作者自己宣扬的中心思想是什么，我们读完《母与子》以后，深刻地感觉到这是一部现实意义很强的杰出的作品。近年来法国有几个比较进步的评论家，认为《母与子》是法国当代社会主义现实主义文学的第一座里程碑，这种看法并不是毫无根据的。

总的印象

由于工作需要，我不得不反复阅读合订本1500页的鸿篇巨著《母与子》。我想我应当算是这部小说的一个实实在在的读者。请允许我从读者的角度，谈一点肤浅的感想，供大家参考。

《母与子》肯定是罗曼·罗兰的重要代表作，其重要性至少不亚于《约翰·克利斯朵夫》，而且某些地方它有《约翰·克利斯朵夫》所没有的特色，无论从思想内容，或从艺术形式看。

《约翰·克利斯朵夫》代表作者青年时代的人生理想，文章具有清新自然的抒情魅力，尤其是开头几卷（大致说从一至四卷）。《母与子》则完全不同。这是一本在火辣辣的现实生活和社会斗争的炎阳照耀下写成的作品。当时作者已经是60多岁的人，人生的体验比写《约翰·克利斯朵夫》时要深刻得多。当时他已经不是一个不问世事的书斋工作者，至少在思想上他已经走上了街头。所以他说"我是思想上的革命家"。他是受了十月社会主义革命的伟大教育和深刻影响的西方知识界的代表人物；是从那以后走上向往光明，同情革命的进步道路的西方作家中的典型人物。《母与子》（尤其是后半部）就是反映这种倾向的名著。

这部小说在艺术上也有它的特色。罗曼·罗兰的创作生涯是以写剧本开始的。他曾经写过许多剧本，在他开始写小说以前，已经长期地受过写剧本的锻炼。因此他的小说在结构上往往善于突出戏剧性的波澜，长于安排戏剧性的高潮和紧张场面；对话尤其精彩，他常常通过对话刻画人物的性格。以上这些优点，在《母与子》中达到很高的水平。此外，着重描写内心生活、思想斗争（也就是内心的戏剧场面），也是这部小说比较突出的优点。

不过优点有时超越了分寸，也难免变成缺点。内心生活的描写有时过于繁琐冗长，或倾向于抽象与晦涩，也不免给人沉闷之感。

这些缺点主要应当归根于罗曼·罗兰所受的19世纪末叶和20世纪初期的西方各种唯心主义思潮的影响。例如柏格森的直觉论、生命力论；弗洛伊德的精神分析、潜意识、被压抑的性冲动，等等，都可以在这部小说中找到反映。《导言》中着重阐述的所谓"生命的河流"、"使爱情依依不舍的每一个对象都是虚幻的"、"人生是一连串的幻梦"，等等，以及小说的原题"受魅惑而欢欣鼓舞的灵魂"，都在一定程度上表达了唯心主义的玄理。此外，小说大费笔墨，描写安乃德作为一个身体健壮，精力充沛的妇女而过着独身生活的性苦闷，也反映了在西方风靡一时的弗洛伊德精神分析学说的影响。

以上种种，都是小说的阴暗角落，都是糟粕，不是精华。但是这些并不是小说中的主要成分,而是白璧之瑕。总的看来,《母与子》仍然不失为一部内容与艺术都有特色的值得重视的现实主义作品,它在现代法国文学中是无可否认的最重要的作品之一。

(1979年12月初稿,1987年11月修改)

为人生而艺术

——罗曼·罗兰的艺术观

创作的动机

"不创作,毋宁死!"这个誓言,根据《回忆录》的追述,是1890年的日记中初次出现的(回,105)。那时罗曼·罗兰只有24岁。他决心搞文艺创作,生死以赴,不达目的,誓不罢休。他当时是这样想的:"艺术创作对于我,并不是一种事业,也不是娱乐,而是生死攸关的必要性"(同上),换句话,是宗教意识。

罗曼·罗兰说艺术创作对于他"并不是一种事业",表明他把艺术看成仅次于宗教,甚至和宗教同样神圣的事物。换言之,他是以宗教激情、"宗教意识"从事文艺创作的,所以他认为艺术不能和一般事业同日而语。

至于所谓"生死攸关",也不是一句空话,在他当时的条件下,是有具体内容的。20多岁的罗曼·罗兰,体弱多病,居常有不久于人世之感。加以当时德、法两国关系紧张,双方剑拔弩张,武装冲突有一触即发之势。万一战争爆发,罗兰和他的同辈青年一样,势必应征入伍,被送上火线。青年罗兰急于在文艺上留下一点成绩,万一不幸身死,也算没有虚度此生。

分析"不创作,毋宁死"的热情和决心,可以窥见罗曼·罗兰的创作动机。那时他有一个规划:"一边从事史学工作,一边研究世界,体验生活。到 30 岁,放弃史学教员的工作,发表第一部小说。如果办不到,那我就是一个废物,我的生命算完蛋了。如果我能办到,那么……那么到了 35 岁,我可以死而瞑目了,因为我已经发挥了我的能力。"(回,62)这儿所说的小说,还不是指后来的《约翰·克利斯朵夫》,而是指他最初设想的以法国 16 世纪宗教战争为题材的一部作品。小说也行,别的作品也行,反正他想"产生一部作品,不管什么样的作品,手痒得难受"(回,68)。

罗曼·罗兰否认他的创作动机在于追求个人名利;他追求的是"光明",是"真理",他说:"我在地底下盲目地、长久地摸索,竭力设法达到光明之路。光明就在那儿,我知道,如果我不是中途而死,我一定能达到光明,于是我手忙脚乱,精疲力竭,挖了许多地道,没有一条通到目的地。"(回,69)在日记中写下这些话的罗兰,正埋头创作一个接一个的剧本。他的作品到处碰壁,既不能上演,又无法发表。上演和发表的只是极个别的例外。然而他仍旧日以继夜地埋头苦干,剧本失败,又试写名人传记,写小说,不达目的,誓不罢休。

在资本主义社会里,文艺家以文艺作为个人奋斗的武器,是"正常"现象。可是以个人为中心的创作动机,必然产生颂扬个人力量、个人意志的文艺作品。别的不说,《约翰·克利斯朵夫》就是这样的作品。罗曼·罗兰在 1884 年 6 月的日记中宣称:"在我试图以文艺方式表现自己以前,我已经掌握了我的文艺的主导思想。我的艺术创作并不是要使人们变得更好些,而是为了使人们更生气勃勃,为了鼓励激情,好的或坏的激情,那倒

无关紧要，只要能把生命燃烧起来。"（回，28）

什么是道德？最强有力的人最有道德。弱者、失败者，都是最不道德的。创作《信仰悲剧》、《革命剧》、《名人传》和《约翰·克利斯朵夫》时的罗曼·罗兰，就服膺这种尼采式的"超人主义"，歌颂个人主义的"英雄"。《贝多芬传·序言》中有几句曾经脍炙人口的名言，说得非常动人："欧洲的空气污浊，令人窒息，快打开窗子吧，让英雄的气息吹进来！"几乎同时，他给友人索菲娅的信中又说："我们需要找到给人以清新之感的灵魂。这种灵魂是不多见的。我们必须创造它。"

年轻的罗曼·罗兰就这样开始了他的文艺生涯。

为人生的艺术

资产阶级个人主义可以有种种不同的表现形式。有的以满足个人物质享受为主，这是一种猥琐的个人主义。也有的目光远大，胸襟开阔，但是一切以个人为中心，万事按个人意志安排，这种个人主义者自以为独手擎天，有能力改造世界，变革世界，他要求全世界听从他指挥，地球按照他的意志转动。这样的个人主义者如果是文学家或艺术家，他必定要求按他个人的意志反映现实，表现人生。对于艺术家说来，表现世界也就是对于现实世界进行某种意义的改造。

同样是资产阶级艺术家，可以消极遁世，独善其身，也可以积极入世，兼济天下。同样是资产阶级个人主义艺术，有的只供饱食终日，百无聊赖，胖得发愁的"上等社会"人士消遣，也有的则以发聋振聩，移风易俗为使命。罗曼·罗兰的艺术属于后一种。作为艺术家，他的态度是积极入世的，他的作品通过各种不同的方式，表现了改造现实的主观愿望。

西方的评论家习惯于把艺术大体上分为两类，一类是"为艺术而艺术"；另一类是"为人生而艺术"。罗曼·罗兰的艺术属于后一类。

按照他自己的说法，罗曼·罗兰的艺术以表现"和谐"为最高境界。但这是他的空论，他的主要作品《约翰·克利斯朵夫》和《母与子》，都只是用最后若干页表现主人公临终前的心情时，突出"和谐"的意境。当然，作者认为这是他画龙点睛的得意之笔。在我们看来，这正是他的败笔，是作品中的蛇足。幸而在整部作品中，不但看不到"和谐"，而且到处充满矛盾。正因为作者思想中不自觉地占主导地位的是正视现实的存在，而不是逃避现实的幻想。由于正视现实，所以他的作品不可能不反映现实生活的矛盾，不可能不表白他面对那些矛盾所采取的态度。我们在罗曼·罗兰的作品中所肯定的，正是这一方面，而不是别的。

罗曼·罗兰一贯反对"为艺术而艺术"。1934年他在《列宁，艺术和行动》一文中指出："在事实上，艺术永远和时代的战斗纠结一起，即使它自称退出战斗而用这种孩子气的标签装饰自己：'为艺术而艺术'。这条标签是一句谎话。单就退出战斗这件事的本身说……就意味着将阵地让给压迫者，而且用默契帮助了压迫者粉碎被压迫者……"（旅伴，229）

由此可见，罗曼·罗兰不但反对为艺术而艺术，而且主张艺术参加被压迫者为了解放自己而进行的斗争。这种艺术观的积极入世的精神是无可置疑的。当他肯定艺术应当是反压迫的战斗的武器时，他的出发点是重视个人与个性。因此，他既强调艺术的社会作用，又强调艺术的个人主义特点；既强调艺术的现实性和斗争性，又强调艺术的"纯洁性"，甚至提倡"纯诗"。"纯诗"的说法是他在1934年5月给苏联作家协会写信时提出的："必须为诗歌保留'纯诗的沉思'的自由场所和精神的广阔天地"（见贝吕《罗曼·罗兰与高尔基》，312）。

罗曼·罗兰在一再强调个人自由时，始终认为非此不足以言集体利益；在一再强调主观时，始终认为非此不足以言真理。我们不否认罗曼·罗兰的作品有力求反映现实的倾向，但也不能讳言他的思想和作品有时流露脱离实际的倾向。而他自己，却坚决不承认脱离实际。罗兰在1934年的日记中写道："谁也没有像我这样提倡艺术家和具体现实的活生生的结合……任何不以行动为归结的思想，不是流产，便是叛卖。我一贯努力使我的著作成为行动。"（同上，313）

所谓"行动"，是指直接干预社会生活，就是个人与集体的结合。试看罗曼·罗兰的作品如何干预社会生活。首先，他认为必须"抢救"人的灵魂："现在我觉得我的第一职责在于将人从虚无中抢救出来，在于不惜代价地给人灌输魄力、信念与英雄主义。"（回，321）他企图改造世界，却是从改变人的精神面貌入手，而不从改变所有制和生产关系入手，这是唯心主义的道德救世论。18世纪启蒙运动的思想家，例如孟德斯鸠、卢梭等，都曾经提倡从道德入手，改造社会。

以上各观点，都体现在罗曼·罗兰早期创作的那些剧本中。戏剧代表他的为人生而艺术的第一阶段。到了第二阶段，这种艺术观点主要表现为"人类爱"，正如托尔斯泰所说："一切使人团结的是善和美，一切使人分裂的是丑和恶。"代表这一阶段的作品是《约翰·克利斯朵夫》。为人生而艺术的第三阶段，即最后阶段，从"人类爱"转变为以具体行动拥护无产阶级革命，在当时，主要行动是反对法西斯，反对帝国主义战争。最后阶段的代表作品是《母与子》。更进一步的思想和作品，限于作者的年寿，未及实现。

浪漫主义与现实主义

虽然发表过一本文学评论集《旅伴》,罗曼·罗兰却不是文学理论家,他不重视系统的文艺理论,正和他不重视系统的哲学理论一样。

关于浪漫主义与现实主义,罗曼·罗兰曾经发表过一些言论,不过他的意见是零碎的,有时甚至是凌乱的。我们的企图在于在他零碎纷杂的意见中,找出比较一贯的,形成主流的思想线索来。

浪漫主义、现实主义,都是文学评论上常用的术语。应当给它们比较精确的定义,而不是含糊的概念。关于罗曼·罗兰,我们所说的浪漫主义,主要指他强调个人、强调主观和强调空想;我们所说的现实主义,主要是指他的思想和艺术作品在一定程度上结合当时社会上矛盾和斗争的实际这一倾向。

罗曼·罗兰的十多个剧本集中表现了他的浪漫主义倾向,展陈着相当强烈的浪漫主义色彩。它们代表他创作生涯中的青年时期。至于他的小说《约翰·克利斯朵夫》和《母与子》,则表现为浪漫主义因素和现实主义因素的错综复杂的纠结和矛盾。《约翰·克利斯朵夫》的主题思想是浪漫主义的:一个"天才"音乐家,个人主义的英雄人物的奋斗史,"通过痛苦,达到欢乐"的斗争过程。可是作者要描述这个英雄人物的成长和他所走过的道路,就不能不涉及他所处的时代和社会。为此,作者不由自主地大费笔墨揭发和控诉社会的黑暗和腐败。甚至用整整一卷书,约当全书篇幅的十分之一,来痛斥巴黎文艺界的腐化堕落。这一卷,《广场上的杂耍》,在整部小说中,奇峰突起,高度发挥了作者的批判现实主义的精神。有人说,《广场上的杂耍》和《约翰·克利斯朵夫》全书不协调，去掉这一卷也无损于全书。我们认为恰恰相反。《广场上的杂耍》集中表现了书中的现实主义倾向，但这一卷书在全部小说中并不孤立。事实上，这部小说并没有正面地写"天才"艺术家克利斯朵夫的"天才"究竟是怎么回事，也没有写他到底有什么了不起的音乐作品。小说写的主要是"天才"同"世俗"社会的冲突。大致说，描写"天才"这方面时，作者笔下浪漫主义多于现实主义；描写到"天才"的对立面即"世俗"社会时，现实主义多于浪漫主义。

《母与子》也一样，主题是资产阶级家庭的妇女要求解放，女主人公敢于砸烂虚伪的传统道德枷锁，不结婚而作了母亲，充满浪漫主义的气氛。幸而作者没有让事先设想的主题约束自己。这部篇幅相当于汉语120万字的巨型小说，从第三卷开始，就逐步越出原始主题的范围，写成一部反映20世纪初年，直到第二次世界大战前夕，这一段历史时期的法国知识界，在尖锐复杂的社会矛盾的风浪中，摸索光明道路的艰苦斗争。这儿，浪漫主义情调不得不给头脑比较清醒的现实主义让路。

总之，上述两部小说，罗曼·罗兰的代表作，都表现了浪漫主义和现实主义两种因素的错综复杂的纠结和互相矛盾。这不是偶然的现象。这种矛盾不但反映了作者的艺术观中存在的矛盾，也反映他的世界观的保守性和内在的矛盾。浪漫主义和现实主义在罗曼·罗兰的作品中不是有意识的结合，而是从落后逐步过渡到进步的思想历程，在艺术创作上的几乎是不自觉的反映。

有人说罗曼·罗兰是法国19世纪浪漫主义文学，尤其是后期浪漫主义的继承者。雨果、乔治·桑等人都用人道主义或乌托邦社会主义写过小说。罗曼·罗兰自己不承认他接受浪漫主义的影响。可是他却不否认德国浪漫主义文学对他的启发。席勒关于浪漫主义戏剧的言论，曾经被年轻的罗兰引用，而且把它当作自己创作剧本的指导思想。席勒说过："我们今天的悲剧,不能不同无所作为、麻木不仁、缺乏骨气和智力的、庸俗的时代精神作斗争;悲剧必须显示出骨气和力量;它应当设法振奋和提高人心……当你对萎靡不振的那一辈人发言时,必须用最崇高的激情来摇撼他们。"

罗曼·罗兰自己也有这样的几句话,看起来无异于席勒言论的法文版,他说:"我强烈反对当时文学界的享乐式的瘫软。目前的首要任务,我认为是将人从虚无中抢救出来,不惜代价地给他灌注毅力、信念和英雄主义。"（回,321）

对于现实主义,罗曼·罗兰有时赞成,有时反对,没有明确的定见。例如他发表于20世纪初的论文《理想主义的毒药》中指出:"必须如实地看待生活,如实地表现生活。理想主义也好,现实主义也好,大家都有同样的义务,就是以现实的观察作为基础。……首先,必须使作品都脚踏实地,必须使它参与人间生活!"（旅伴,19）

这些话,似乎在提倡现实主义。可是他对法国19世纪的批判现实主义文学,基本上采取反对的态度,认为缺乏理想,使人陷入悲观失望之境。罗曼·罗兰对于巴尔扎克始终没有说过一句肯定的或赞扬的话,甚至连名字也很少提到。

为什么人

罗曼·罗兰反对"为艺术而艺术",他早知道赞成"为艺术而艺术"的资产阶级文艺界决不会喜欢他,也不会成为他的热心的读者。他说:"我确信,我所写的任何东西,都不会引起艺术家圈子的兴趣,也不会引起政客圈子的兴趣。"（回,270）"因为这些人不相信艺术的客观现实性","他们关心的只是各人自己"。(回,269)罗曼·罗兰并不希望资产阶级文人和政客成为他的作品的读者,因为他明确地说:"要和这个世界较量,我手上有什么武器呢?那时,我选择了三种武器:批评、戏剧和小说。"(回,204)资产阶级的文人和政客,正是他批评矛头所向的对立面。

由于他决心用笔杆为武器,促进弃旧换新的社会变革,他很自然地把希望的目光投向广大劳动人民,于是他参加了以平民为理想观众的戏剧革新运动。

罗曼·罗兰搞"人民戏剧"的主观意图,在《人民戏剧》一书的初版序言中表白得很清楚:"问题在于为新世界建立一种新的艺术。"他在1895年的日记中也说:"我要竭尽全力,为艺术的复兴而工作,和盖德一样,我在新的理论中看到新的原则。资产阶级的艺术已经陷入衰老性的幼稚病中,说明它已经走到了演变过程的终点……我要留出时间来写一些坚决投入伟大战斗的作品,为了反对老旧世界的成见,为了反对压制一切的暴政而斗争。"(回,225)这些话说明罗曼·罗兰搞"人民戏剧"的指导思想是相当积极的,在20世纪初年的法国文化界,应当说是代表比较进步的倾向的。

自从"人民戏剧"失败以来,罗曼·罗兰在一个相当长的时期内没有再写剧本。而且在为什么人的问题上,他的看法也有所改变,不是向前进的方向改,而是相反,在某种意义上说,他的态度反而后退了。我们知道,《约翰·克利斯朵夫》这样的重要作品,根据作者本人声明,是写给稀稀拉拉地分散在各国、各地的少数几个"自由灵魂"看的。即使他的晚年的大作《母与子》,也不是和当时"人民戏剧"一样,作者事先声明以广大人民群众为服务对象。

由此可见,"人民戏剧"的经验教训,并没有被罗曼·罗兰正确理解，正确总结。所以这个经验对于他后来的文学事业的影响，是比较消极的。总之，直到晚年，罗曼·罗兰心目中读者对象，是少数几个"优秀分子"，而不是广大的人民群众。

1934年，法共期刊《公社》，向法国文学界广泛征求意见，题目是："你为谁写作？"罗曼·罗兰在复信中写道："我向来就是为前进着的人们写作的。我自己也一直在前进。我非常希望永不停步，直到死亡。如果生命静止不动，那是一文不值的，——不用说，所谓动，就是指勇往直前。"（战斗，237）

听起来，这些话好像相当明确，为不断地在前进的人们写作。但是，实际上，到底为什么人，仍然没有说清楚。谁是"勇往直前"的人？是广大群众，还是少数几个优秀分子？不清楚。

在"为什么人"这个重要问题上，罗曼·罗兰说到最后，态度似乎还是相当含糊的。这种含糊的态度，含糊的思想，当然有许多原因，而其中比较最为根本的一个原因，我们认为是阶级立场不明确。一个作家要明确地解决"为什么人"的问题，必先有旗帜鲜明的阶级立场。

反对形式主义

最后，有必要简单谈一谈罗曼·罗兰关于艺术风格的意见。

文风不是小问题。一定的形式是为一定的思想内容服务的。某种风格表现某种精神状态。风格是灵魂的镜子。文学史上常有这种现象，一个朝代衰亡的时候，则靡靡之音兴，文风趋向绮丽繁缛，空虚颓唐。华而不实是没落阶级的文风。晦涩纤谲是阴暗思想的外衣。新兴的阶级富于朝气，光明正大，文风往往健康清新，简洁明快，落落大方。

资产阶级评论家曾经指责罗曼·罗兰文笔拙笨，说他不是"风格家"，不会写文章。保守文人安德雷·纪德不喜欢罗曼·罗兰的思想，也不喜欢他的作品，却伪装主张艺术标准第一，说什么"我从来不欣赏罗曼·罗兰的风格"。资产阶级以文风为借口，攻击罗曼·罗兰，其真实意图在于反对罗兰的比较进步的政治立场。

罗曼·罗兰的文风，一般地说，是比较朴质率直，言之有物的。他最反对矫揉造作，这是他的优点。但是，他也有失之繁琐，比较空洞或抽象之处。他偏好说理与抒情结合的笔调，搞得不好，反使说理既不够周密通畅，抒情也嫌泥沙杂下，缺少诗意的潇洒飘逸。总的说，罗曼·罗兰的文风比较诚恳切实，平易近人。资产阶级文人贬低他的风格，十之八九出于阶级成见和保守立场。

罗曼·罗兰生平最憎恶文学艺术上的谎言。1959年增订重版的《内心旅程》中，有一段从1912年的日记中摘下来的话："从全部文学中，经常出现谎话，像一团腐臭的烟雾，冉冉升起。谎话等于死亡。这些作家，如果他们有一种强烈的生活要表达，何至于这么说谎。……一切风格上的花花草草，都是发臭的有病的躯体上掩盖着的衣服。艺术的第一条规矩是：如果你没有什么可说的，干脆闭上嘴；如果有话要说，直截痛快地说，别扯谎。"（内，306）

罗曼·罗兰对文艺家正面提出的要求是"真诚"二字。他对自己也是这样严格要求的。"真诚"包括两个具体内容：（一）有话要说，而且非说不可，你才提起笔来写作品；（二）言必由衷，想说什么说什么，不要口是心非。这两条说起来简单，实际上都不容易做到。要做到，必须付出代价，下苦功，要正确地用最准确、最直接、最清晰和最简练的形式，正确地把你要说的真实情况表达出来。

"真诚"的先决条件,是言之有物。罗曼·罗兰不止一次地强调这个艺术创作的大前提。在小说《比埃和吕丝》中,他写道:"你不应当去搞艺术,除非你所感觉的东西实在太多,绝对不能将它们闷在心中而不加以发泄。"(比,86)创作是什么?创作是艺术家内心火山的喷爆。喷射出来的是光和热。不能设想,一个艺术家心中冷冰冰的,根本没有火山,却偏要假轰隆轰隆的爆发和喷射。不幸的是,这样的"艺术家",世界上确实是有的。而罗曼·罗兰则绝对不是这样的艺术家,也绝对不欣赏这样的艺术家。

罗曼·罗兰心中充满了非发泄不可,非表达不可的激情。往往他一个作品尚未写完,已经忙于构思第二个、第三个作品了。创作是他唯一的乐趣:"我所有的一点快乐,几乎全部从创作中得来。"

总而言之,如果艺术家内心充实,不必借助于华丽的外衣,也能产生好作品。如果艺术家内心空虚,华丽的外衣,适足以证明他在说谎。罗曼·罗兰说:"一句漂亮的句子不是艺术。一处漂亮的笔触不是艺术。这都是物质的标志,通过它们,眼睛瞧不见的艺术得以表现。艺术存在于艺术家的内心。"(回,139)

古今中外的有价值的文学家、艺术家,都是以真诚和朴实作为他们的基本风格,或者说,作为他们的风格中的最根本的要素的。罗曼·罗兰的风格并不是十全十美的,然而这位作家有意识地、一贯地追求的风格上的特色,主要也不外乎真诚与朴实。

(《论罗曼·罗兰》节选,1979年初版,
1984年修订再版,1987年11月修改)

先生之风山高水长

——《论罗曼·罗兰：结束语》

1917年，十月社会主义革命胜利，凯歌传遍世界，宣告人类史上的新纪元开始。古老欧洲的传统势力，那些帝国主义分子们，从黄金和霸权的迷梦中惊醒，用惊慌、惶惑和仇恨的目光，注视着新生的社会主义国家苏联。世界在变，世界已经变了。这是不能由旧世界的主人，资本家、官僚、军阀的主观愿望为转移的。各国的广大劳动人民，从十月革命的伟大启迪中，认清自己斗争的方向和前途。西方的知识界，素以"人类最优秀的文明创造者和保持者"自居的那些精神贵族，面对十月革命的胜利，有非常复杂的反应。但是其中有一大部分人，确实觉得再不能用"纯科学"、"纯艺术"、"为真理而真理"，"为艺术而艺术"等梦呓来陶醉自己，蒙蔽别人。眼看人类社会一场巨大的变革就要到来，自己也愿意赶上时代，顺历史潮流前进，尽自己一分力量，为迎接人类灿烂的明天作出贡献。罗曼·罗兰就是这样一个西方知识界的代表人物。

没有十月革命的胜利，没有列宁领导下的年轻苏联英勇斗争和伟大建设给罗曼·罗兰的实事教育，就不可能有罗曼·罗兰后半生坚决反对法西斯、拥护苏联的政治立场，以及不断要求进步的思潮趋向。旧意识、旧观点给他背上了极其沉重的包袱，迫使他在进步道路上每走一步都付出艰苦的努力作为代价，使他迂回曲折地走到自己生命的尽头，认识的提高和思想的进步是十分显著的，但仍然没能抛掉旧世界给他的思想意识和感情、信仰等加在一起的沉重包袱。罗曼·罗兰的相当坚定的进步政治立场，和他在比较缓慢的思想改造之间，始终有一段距离，因而也有矛盾。应当肯定罗曼·罗兰要求进步的意志是坚定的，愿望是诚恳的，可惜时间不等人，生命的道路是有尽头的，前进的步伐如不加快，必然成为终生的遗憾。

以上是罗曼·罗兰一生的极简单的概括，也是历史所能够给他的实事求是的评价。

对于一个作家的成长，时代风云，社会演变，是主要的和根本的条件。罗曼·罗兰生于普法战争前夕（1866年初），卒于第二次世界大战末期（1944年底）。他一生遭遇三次大规模的战争，两次有重要意义的革命。具体说，就是普法战争和第一、第二次世界大战，巴黎公社起义和十月社会主义革命。

1870年爆发普法战争，罗曼·罗兰那时还是个四岁的幼童。但是普法战争在法国人民经济生活和精神上留下长期的深刻影响，在罗兰的记忆中始终保留着痛苦的痕迹。第二次世界大战时期，罗兰已经是风烛残年的老人，由于当时法国沦陷和他个人的艰难处境，他只能将残剩的精力集中起来写回忆录《贝济》，对于当前的现实，不可能有多少直接的接触和反应。给他最深刻的印象的历史事件，是第一次世界大战。从那时起，他对西方社会（指资本主义社会）的改良主义幻想实际上已经破灭。从那时起，他把希望寄托于无产阶级的革命斗争。

巴黎公社起义那年，罗曼·罗兰只有五岁，家住离巴黎相当远的乡村小镇。他对巴黎公社的革命斗争没有直接的印象。但是，罗兰成人以后，对1871年的公社起义是有他的看法的。小说《母与子》中，有这样一段话："巴黎公社只不过是一堆干柴烈火。它横七竖八地把什么都吞没了，除了满天红光和滚滚浓烟之外，什么也没有剩下。"（母，1251）这是对巴黎公社的贬词。可是，1934年发表的《以革命争取和平》这本政论集中，作者对巴黎公社有了和过去完全不同的看法。他说："无产阶级革命受了一些挫折，实际上是胜利，因为那是走向胜利的阶段。比如1871年的公社和1905年的俄国革命，如果没有这些革命，1917年10月的革命不可能胜利。"在同年发表的政论集《战斗十五年》，罗兰又说："不先以一次或几次流血革命的失败作为代价，就没有一个社会主义革命能获得强大的胜利。没有1871年的公社和1905年被镇压的革命，1917年10月的胜利绝不可能。"无论他的论断是否完全正确，重要的是他已经由过去的贬斥巴黎公社，转变为肯定巴黎公社革命运动的伟大历史意义。罗曼·罗兰对于巴黎公社这一重大历史事件的前后截然不同的见解，也是他思想在缓慢地然而不停地进步的一个标志。

罗曼·罗兰的一生，不但处于战争与革命的风雷激荡中，不但处于19世纪与20世纪的转折点上，而且处于资本主义与社会主义新旧两个世界、两个时代交替的转折点上。罗曼·罗兰的一生是处在人类历史上可以说是空前重要的转折路口。对于生活在这样一个历史时期的人们来说，确实经常有一个该走哪一条路的抉择问题，也就是站队问题。历史给罗曼·罗兰的评价是：他在交叉路口曾经徬徨踟蹰，莫知所从，但最后还是选择了正确的方向，站对了队，至于他世界观改造比较缓慢，影响了他前进的步伐，那是另一个问题。

罗曼·罗兰是艺术家，他的代表作是两部长篇小说，他的思想感情主要是用艺术形象表达的。《约翰·克利斯朵夫》表达了他的人道主义的一个阶段：强调个人奋斗以及对于腐化黑暗的社会现象的鞭挞。《母与子》表达了他的人道主义的另一个阶段：开始将改造社会的强烈愿望付诸行动，不顾个人安危，投身于革命斗争，虽然还没有超过个人单枪匹马的斗争阶段。

罗曼·罗兰的艺术成就，主要在于用豪爽朴质的文笔，刻画了在时代的大风大浪中，追求正义、光明和无愧于"人"这个称号的生活而奋勇前进的知识分子形象。他成功地塑造了几个从个人奋斗、个人反抗出发，在艰苦的生活中受到磨练，在时代的风浪中受到教育，逐步提高觉悟走上进步道路的知识分子典型形象，他不但擅长分析和表现理想与现实的矛盾，个人与社会的冲突，而且常常在反映这类矛盾冲突的过程中，展示处于剧烈动荡与深刻变革中的社会生活的一些横断面。

我们阅读罗曼·罗兰的作品，常常掩卷沉思，觉得这个作家宽广的襟怀，豁达的气度，和他的经常面向全人类，面向未来的激情，确实能使读者的精神世界，也被引向无限开朗的地平线上，瞩目于辽阔和光辉的远景，这就是他的作品的艺术魅力之所在。

在提到艺术风格时，罗兰表示，除了诚恳二字，他不希望别人承认他有什么别的优点。他说，他一生的最高奢望和抱负，就是能够做到始终如一的诚恳、真诚。晚年，他的态度更为恳切动人，他说："我在这即将卸下生命的重担的时刻，对于自己在往昔的种种过错，不再那么耿耿于怀，不再替它们辩护了……可是，有理没理，我的那些错误……有助于理解时代的灵魂，理解它的种种成见和谬误，以及由此而引起的纠纷。"（《回忆录》，246—247）所谓"不再耿耿于怀"，意思是说，不再斤斤计较个人得失。个人的错误，辨别清楚之后，可以提供大家作为殷鉴。

为什么罗曼·罗兰能有这样豁达的心胸呢？因为他站得高，看得远："我何所求？我所求的是指引人类前进的种种规律获得胜利。而且我现在比过去更亲切地感到，这些规律无论如何是会胜利的……"（《旅程》，296）最后他说："我对于我国和世界的前途，充满信心。"（同上，297）

是的，人类的前途是无限光明的。眼前有一些烦扰和苦难，那又算得了什么呢？而你，罗曼·罗兰，你对于美好的未来社会的热情期待和你在探索光明的漫长道路上坚忍不拔的斗争，难道不足以说服那些发表目光短浅的议论者，使他们不再以你在1944年12月底停止呼吸的那一天所达到的思想境界、给你作为盖棺论定的根据吗？不，不能作那样机械的结论。因为你的光明正大的目标和方向，你的热情和毅力，应当能够远远地超过有生之日所允许你到达的终点。我们没有忘记克利斯朵夫临终时慷慨高呼："我已走到了生命的尽头，我倒下了，年轻的人们，踏着我的躯体前进吧！"

以上我们谈到了罗曼·罗兰的个人品质，我们认为这是他一生不断地、不停地趋向进步的原因之一。但是品质、性格都不是最根本的原因，因为个人的品性也只能在社会条件与历史条件的基础上形成。

罗曼·罗兰曾经是一个有广泛的国际影响的作家，首先由于他经常胸怀世界，他的思想感情常以广大人民群众为着眼点。并不是任何法国作家，西方作家，都能像罗曼·罗兰那样享有很高的国际声誉的。18世纪的卢梭、伏尔泰，19世纪的雨果等，寥寥可数的几个作家，曾经有过类似的情况。《约翰·克利斯朵夫》先后被翻译成20多种外国语言。听说英国小说家韦尔斯有一次发起了一个似乎要革新小说这种艺术的运动。他号召小说应当密切结合人生的实际,并且举出《约翰·克利斯朵夫》作为革新小说的样板。荷兰作家望·蔼覃1915年发表《关于罗曼·罗兰的信》。他从人道主义的角度,高度评价《约翰·克利斯朵夫》的作者。他说:"法国曾经产生过许多大诗人、大作家、大小说家,但是法国最大的荣誉,却在于那些性格不动摇,精神自由和自豪的人,他们有纯粹的人道特点,对于人类来说,这些特点的价值超于艺术和文学的才能。维克多·雨果曾经是这样的人。雨果之后,我不知道谁比罗曼·罗兰更近似雨果。"(《战时日记》,619)在《战时日记》中,我们发现罗兰非常欣赏望·蔼覃对他的评论,认为"最为深刻"。

在法国资产阶级作家中,罗曼·罗兰确实是值得另眼相看的卓越人物,因为他胸襟很广,气魄极大,他心里总是想着全人类,目光总注视着人类的远大前程。这一点是无可置疑的。可以说,罗曼·罗兰之所以卓越,原因就在于他的长期思想演变过程一贯地是向积极方面发展的。

罗曼·罗兰在法国国内的声誉远远不如他的国际影响之深远。这是可以理解的,因为他的广阔的胸怀所拥抱的是全人类,所关心的人类的命运,并不限于法国一国。世界各国读者热爱罗曼·罗兰是有充分理由的。有这样"伟大的心"和崇高意境的作家,绝对不可能是狭隘的个人主义者。这也是不言而喻的。"先生之风,山高水长",罗曼·罗兰是进步人类的骄傲,也是法国人民的光荣。

[1975年12月初稿,1976年12月修改,1983年2月修订(部分改写),1987年12月再修改]

作者主要著作目录

《诗人萨曼》,《中法月刊》六卷三期,1935。

《唐人绝句百首》,瑞士 La Baconniere 出版社,1942。

《古镜记》,瑞士 La Baconniere 出版社,1944。

《先是人,然后是诗人》,瑞士 La Baconniere 出版社,1948。

《马雅可夫斯基小传》,上海文化工作出版社,1953;三联书店 1986 年再版。

《艾吕雅诗抄》,人民文学出版社,1954。

《阿拉贡诗文抄》,人民文学出版社,1956。

《波斯人信札》,人民文学出版社,1958。

《拉法格文学论文选》,人民文学出版社,1962。

《拉法格论革命前后的法国语言》,商务印书馆,1964。

《母与子》,人民文学出版社,上册,1980;中册,1985;下册,1987。

《无弦琴》,作家出版社,1987。

《玫瑰与净盆》,里昂 TDET 出版社,1988。

《淡淡的一笔》,天津百花文艺出版社,1988。

《我们最美好的日子》,作家出版社,1990。

《罗曼·罗兰日记选页》,浙江文艺出版社,1990。

《罗大冈散文选集》,天津百花文艺出版社,1996。

《罗大冈学术论著自选集》,

北京师范学院出版社,1991。

《论罗曼·罗兰》,上海文艺出版社,1979;1984年修订再版。

《罗大冈文集》,中国文联出版社,2004。

作者年表

1909 年
5月21日,生于浙江绍兴县长塘镇一个中学教师家庭,原名罗大刚。

1916 年
七岁,全家迁居杭州。

1917 年
八岁,杭州市省立女师附小。

1921 年
十二岁,杭州市浙江私立鹾务小学。

1924 年
十五岁,杭州市私立安定中学。

1926 年
十七岁,上海怡泰茶楼学徒。

1928 年
十九岁,考取上海震旦大学"特别班",专修法文一年。

1929 年
二十岁,暑假到北平考取私立中法大学法国文学系。

1933 年
二十四岁,中法大学毕业。10月下旬,与齐香乘海轮赴法国里昂中法大学。

1935 年
二十六岁,北平中法大学毕业论文《诗人萨曼(1858—1900)》发表。

1937 年
二十八岁,获里昂中法大学文学硕士学位,进入巴黎大学文学院准备博士论文。

1938 年
二十九岁,与齐香在中国驻巴

黎总领事馆举行婚礼。

1939 年

三十岁，7月10日，以"特优"评语通过博士论文，获巴黎大学文学博士学位。

1940 年

三十一岁，春天乘海轮回国，因战争而漂流了七个月，结果仍然回到了法国的里昂中法大学，作为战时难民被收容。

1942 年

三十三岁，任中国驻瑞士使馆随员，公余时间从事翻译和写作。

1947 年

三十八岁，2月乘战后第一班通往远东的海轮回国，4月30日抵达上海。5月赴天津南开大学任法语和法国文学教授。

1951 年

四十二岁，与齐香一起调入北京清华大学任教授。

1952 年

四十三岁，任北京大学文学研究所西方文学组研究员兼西语系教授。

1954 年

四十五岁，译著《艾吕雅诗抄》由人民文学出版社出版。

1956 年

四十七岁，译著《阿拉贡诗文抄》由作家出版社出版。

1958 年

四十九岁，译著《波斯人信札》由人民文学出版社出版。

1962 年

五十三岁，译著《拉法格文学论文选》由人民文学出版社出版。

1964 年

五十五岁，任中国社会科学院外国文学研究所西方文学组研究员。当选为第三届全国人大代表。

1970 年

六十一岁，到河南慈县社科院干校劳动。

1978 年

六十九岁，任第五届全国政协委员。

1979 年

七十岁，专著《论罗曼·罗兰》出版。

1980 年

七十一岁，担任《中国大百科全书·外国文学》的编委。译作《母与子》（上册）由人民文学出版社出版。

1981 年

七十二岁，10月底应法国外交部邀请赴法访问一个月。与罗曼·罗兰夫人会面。

1982 年

七十三岁,当选为中国法国文学研究会会长。

1983 年

七十四岁,获巴黎大学荣誉博士学位。任第六届全国政协委员。

1984 年

七十五岁,《论罗曼·罗兰》修订再版。

1985 年

七十六岁,译作《母与子》(中册)由人民文学出版社出版。

1987 年

七十八岁,任中国法国文学研究会名誉会长。译作《母与子》(下册)由人民文学出版社出版。

1991 年

八十二岁,《罗大冈学术论著自选集》由北京师范学院出版社出版。

1996 年

八十七岁,《罗大冈散文选集》由百花文艺出版社出版。

1998 年

八十九岁,3 月 17 日,因心脏病突发去世。

2004 年

《罗大冈文集》(四卷)出版。